CUENTOS DE BERETH I

Cuentos de Bereth I

Encantamiento de luna

Javier Ruescas

VERSATIL
ediciones

Diseño de la cubierta: Edició Limitada
© Ilustración de la cubierta: Anna Maldonado Vallhonesta
© Poesía Real: Carlota Echevarría Alemany

1.ª edición: marzo 2009

Passeig de Gràcia, 118
08008 (Barcelona)
www.ed-versatil.com

ISBN: 978-84-937042-1-6

Depósito legal: B. 8.249-2009
Impreso en España
2009. — Novagrafik, S. L.
Polígon Industrial Foinvasa
Molí d'en Bisbe
Vivaldi, 5
08110 Montcada i Reixac (Barcelona)

A mi princesa.
Por haberme dejado rescatarla de la torre
sin darme cuenta de que era yo
el que estaba prisionero.

A mi familia.
Por haberme tratado siempre mejor que a un rey.

A mi abuela María.
Por ser el hada madrina de todos los cuentos.

PRÓLOGO

Érase una vez una niña que lloraba. Era comprensible que llorase ya que su padre se había marchado y la había dejado sola. Bueno, sola no, porque eran muchos los que cuidaban de ella, pero ninguno era su padre. Él había muerto. Y el día de su décimo cumpleaños, nada menos.

Ariadne, que así se llamaba la niña, cerró la puerta de la habitación y se deslizó hasta el suelo sin dejar de llorar. Hacía mucho que no la dejaban sola para pensar. Comprensible, todavía era pequeña.

Pero esta niña no era una niña corriente; en absoluto. Era la princesa del reino de Bereth y a la mañana siguiente se convertiría en la reina. Echaría de menos a su padre, Amadís Rosterborth, pero cumpliría la promesa que le hiciera unos días atrás de que sería fuerte.

Era costumbre en todo el Continente que quien fuese a gobernar un reino debía componer durante la noche anterior a su coronación una poesía llegada de la inspiración divina y susurrada por las musas de la creación. Aquellos versos le guiarían hasta el último de sus días. Hasta el final de su reinado.

Por eso Ariadne se había encerrado sola en aquella habitación, para escribir la Poesía Real. Las palabras que se convertirían en el himno de una nación, en un legado para la historia. Le habían dicho que, al amanecer, su poesía sería recitada en cada templo, escuela y hogar para que todos los berethianos la aprendiesen de memoria y descubriesen una enseñanza personal en sus palabras. Y, sin embargo, sólo una persona debía descubrir el auténtico significado de los Versos Reales: su propio autor. Ya que si, en alguna ocasión, un enemigo descubriese el secreto que se ocultaba tras aquellas palabras antes de que lo hiciese quien las escribió, todo estaría perdido.

Por eso las guerras más mortíferas del Continente se libraban en las bibliotecas; entre libros y estanterías, con una pluma como espada y la tinta como sangre. Pues, aquel que desentrañara los laberínticos significados de las Poesías Reales de los Reinos vecinos lograría, tarde o temprano, hacerse con su poder.

Ariadne se secó las lágrimas algo más tranquila. *Ya tengo diez años*, pensó, *puedo escuchar a las musas sin miedo.*

Se puso en pie y avanzó lentamente hasta la única silla de la habitación. Tomó uno de los pergaminos en blanco que había sobre la mesa, mojó la pluma en tinta, respiró hondo y comenzó a escribir.

Bajo el frío de la entera,
luna con brillo de sangre,
se reúnen en el claro
el Mensajero y la Amante.
Al abrigo de las sombras,
rodeados por los vivos,
discuten sobre la muerte
y sellan nuestro destino.

Sabed lo que allí el Heraldo
con voz ronca y seca dijo:
«Has de guardar tu secreto,
porque corre un gran peligro
tu tesoro más preciado,
si alguien llegara a oírlo»
Ella cayó de rodillas
y lloró desconsolada
pero él ya le advirtió
que no le pidiera nada.

Sus palabras rebotaron
en el dolor de su alma
y ella no pudo hacer más
que suplicar, desolada:
«Por el día lo protejo,
en mis vestidos lo guardo,
pero cuando cae la noche,
¿cómo saber que está a salvo?

Ayudadme; habéis de hacer
que nadie pueda tocarlo,
y que sufra todo aquel
que un día quiera dañarlo,
como causa mi desdicha
el amor por el que ardo.»
El anciano conocía
el futuro de la dama
y se lo quiso mostrar
para evitar la desgracia.

Pero ella miró a un lado
como si no viese nada
y con gesto decidido
dio la cuestión por zanjada:
«Si no puedes protegerlo
haz de mi tesoro un arma
y la mantendrás oculta,
pues nadie deberá usarla»

Y así es como se cumplen
los deseos de las musas.
Poco a poco las historias
van despertando inconclusas
y un final feliz en ellas
es vana esperanza ilusa.

PRIMER LIBRO

EL PRÍNCIPE Y LA DONCELLA

Los hombres mueren, los imperios se desploman,
las obras de arte desaparecen, las costumbres cambian,
las lenguas se transforman… pero los cuentos permanecen.

LOLA LÓPEZ DIAZ,
Tiempos modernos, lecturas antiguas

El hijo del rey estuvo todo el tiempo a su lado y no dejó de decirle cosas agradables; la joven doncella no se aburría en absoluto y se olvidó de lo que le había recomendado su madrina, de modo que oyó la primera campanada de las doce de la noche cuando pensaba que no eran más que las once: se levantó y huyó tan ligera como una cierva.
El príncipe la siguió, pero no pudo alcanzarla.
Dejó caer uno de sus zapatitos de cristal, que el príncipe recogió con mucho cuidado.
Cenicienta llegó a casa sofocada, sin carroza, sin lacayos y con feos vestidos: de toda su magnificencia no le quedaba más que un zapatito, la pareja del que había dejado caer.

CHARLES PERRAULT, *Cenicienta o el zapatito de cristal*

1
EL TRAIDOR

Las calles de Belmont estaban desiertas y oscuras. Las nubes ocultaban la luna y las estrellas. La llovizna no se hizo esperar y, poco después, comenzó a caer una fina pero insistente cortina de agua sobre los tejados de las casas. Los pocos animales que no tenían donde guarecerse corrían de un lado a otro espantados y tirando cuanto encontraban a su paso.

El encapuchado cabalgó hasta la muralla de la ciudad y esperó sin inmutarse bajo la lluvia a que se abriese la puerta. De repente, las enormes bisagras comenzaron a chirriar y lentamente pudo ir viendo el interior del reino. Cuando tuvo espacio suficiente para pasar, espoleó a su caballo y marchó en dirección al castillo que había en su interior, en lo más alto de la colina, más allá de las casas. Completamente seguro del camino y sin necesidad de detenerse a comprobarlo, cruzó la ciudad como una exhalación sin más ruido que el de los cascos de su caballo amortiguados por el barro. Los relámpagos iluminaban ocasionalmente la portentosa silueta. La magnífica construcción tenía menos altura que el palacio de Bereth, pero, por otro lado, ocupaba más terreno. A su alrededor, los belmontinos habían construido un foso de agua infranqueable que sólo podía salvarse mediante el puente levadizo. El encapuchado se detuvo al final del camino de tierra y esperó a que el puente bajase para poder cruzar el foso. Como ya ocurriera la vez anterior, no tardó en oír las cadenas, y el puente levadizo fue descendiendo lentamente hasta alcanzar el otro extremo del foso, donde aguardaba el encapuchado.

En el otro extremo apareció una figura alta que le hizo un gesto para que avanzase. Con la oscuridad que reinaba dentro del patio no pudo distinguir ningún rasgo de aquella sombra, pero no por ello se amedrentó. Espoleó al caballo y trotó lentamente hasta él. Cuando estuvo a su lado, descabalgó y agarró por las riendas al caballo, el cual parecía estar, de pronto, nervioso y agitado.

—Quieto —le susurró el encapuchado—. ¡Sooo… !

El animal se revolvió y piafó sin hacer caso a sus palabras.

—¡Quieto te digo! —volvió a exclamar.

De pronto, el caballo se alzó sobre sus patas traseras y al hombre se le escapó la brida de las manos. El otro individuo ni se inmutó. El caballo relinchó asustado unas cuantas veces más antes de salir al galope por el puente, que comenzaba a izarse.

—¡Subidlo! ¡Rápido! —gritó el encapuchado mientras corría tras el animal sin ninguna posibilidad de alcanzarlo—. ¡Se va a escapar!

Y entonces el caballo llegó al final del puente. No pareció advertirlo y se precipitó a las aguas emitiendo un sonoro relincho que terminó perdiéndose en la tormenta.

El encapuchado se giró hacia el hombre con el puño en alto.

—¡Maldita sea! ¿Por qué no habéis subido el puente más rápido? ¿Cómo voy a volver ahora?

—Seguidme —contestó el otro haciendo caso omiso de su enfado.

Dio media vuelta y avanzó por el encharcado patio interior del castillo hasta una puerta situada al otro extremo. El encapuchado le siguió tras arroparse mejor con la capa y maldiciendo el momento en que había decidido emprender aquel viaje.

Temiendo que pudiese tratarse de una trampa, el encapuchado agarró la empuñadura de su espada con fuerza bajo la capa. Varias antorchas iluminaban el interior del pasadizo. El eco de sus pisadas y la tormenta del exterior era el único telón de fondo. Cada sombra ponía más en guardia al encapuchado. Cada nuevo pasadizo le infundía más temor que el anterior. Sin embargo, su guía parecía estar completamente tranquilo y avanzaba con premura por aquel siniestro lugar.

Tras andar un buen trecho y haber perdido la orientación, el encapuchado le preguntó al otro hombre:

—¿Adónde me lleváis? ¿Falta mucho?

No obtuvo respuesta.

—¡Os estoy hablando! Os he preguntado que adónde me lleváis. —El hombre siguió sin decir palabra—. ¡Maldita sea, decidme ahora mismo… !

—Es aquí —le interrumpió el hombre. Habían llegado al final de un pasillo. Frente a ellos se alzaba una espléndida puerta con relieves.

El hombre llamó con los nudillos, la abrió y después se apartó para dejar paso al encapuchado, quien le dirigió una mirada hostil al pasar junto a él. Entró en la lúgubre estancia y la puerta se cerró a su espalda. Aunque había más luces en aquella habitación que en el resto de pasillos, seguía estando enterrada en sombras. No sabía hacia dónde dirigirse, por lo que se quedó esperando, inmóvil.

—Podéis avanzar, no vamos a morderos —bromeó una voz profunda y pegajosa que hizo estremecer al encapuchado. Quien había hablado se encontraba frente a él, al fondo de la habitación, abrigado por las sombras. El encapuchado avanzó decidido, no debía demostrar debilidad alguna.

Cuando se encontraba a escasos metros del final de la sala, dos antorchas prendieron de repente a cada lado del encapuchado, revelando a dos hombres que le miraban fijamente. Uno se encontraba sentado en un elaborado trono de madera; era robusto, casi gordo, con una barba tan gris como sus ojos. Iba vestido con traje de montar y una enorme armadura con un cuervo dibujado en el pecho. El otro hombre, esbelto, delgado y con rasgos tan finos como alfileres, permanecía de pie.

—¡Bienvenido a mi humilde castillo! —le saludó el hombre sentado en el trono. Sonreía, pero de tal forma que un nuevo escalofrío recorrió la espalda del encapuchado—. Siento lo de vuestro caballo, ha sido una terrible e inesperada pérdida —ironizó.

El hombre apostado a su lado sonrió cruelmente antes de volver a recuperar la compostura. El encapuchado tragó saliva y cerró con rabia los puños bajo la capa.

—Pero bueno, qué le vamos a hacer… como suele decirse, quien algo quiere, algo le cuesta, ¿no es cierto?

—¿Podemos dejarnos de refranes y hablar de lo que nos interesa? —preguntó el encapuchado, incómodo con tanta broma.

—Claro, claro, cómo no. Pero antes… —el hombre le miró sin dejar de sonreír y añadió—: quitaos la capucha y mostradnos el rostro.

—No.

—¿No? ¿Cómo que no? ¡Este es mi reino, mi castillo! ¡Mis leyes!

—Yo no tengo que obedecer a nadie. Estoy aquí como invitado, os lo recuerdo, majestad.

—Oh, está bien, mientras sea *majestad*… —estalló en una carcajada y el otro hombre lo imitó. El encapuchado sintió cómo le hervía la sangre de ira. Cada vez estaba más convencido de que no tendría que haber emprendido aquel viaje—. Está bien, está bien, no nos enfademos. Conservad la capa y la capucha, tampoco son muy útiles teniendo en cuenta que sabemos su verdadera identidad, Sir…

—¡No! —le interrumpió el encapuchado dando un paso al frente.

—¿Otra vez? ¿Qué peligro hay en decir su nombre en voz alta? Todos los aquí presentes le conocen…

—Sí, los presentes sí, pero quizá no los que se ocultan tras las paredes, espían desde las sombras o escuchan sin ser vistos.

De nuevo el rey se echó a reír con aquella risa siniestra y profunda.

—Sois muy listo, mucho más de lo que aparentáis…

—Dejémonos de juegos de palabras y hablemos de una vez por todas, empiezo a cansarme.

—Como queráis, como queráis. —El rey se aclaró la garganta, escupió al suelo y después anunció—: Querido amigo

Encapuchado, habéis sido invitado al reino de Belmont a recibir audiencia con su majestad el rey Teodragos VI, hijo de Taocronos II, con motivo de la carta que recibimos hace dos noches de su puño y letra.

El hombre que había junto al rey le tendió un pergamino que extrajo de uno de los pliegues de su capa. El encapuchado la reconoció al instante: era su carta.

—Según esto, parece que habéis resuelto el enigma de la Poesía Real de Bereth y, en consecuencia, habéis encontrado la tan envidiada arma de la que se hace referencia en ella.

El encapuchado asintió con una media sonrisa.

—Así es.

—Ya veo... Cuanto menos, es asombroso que la familia Real haya podido ocultar el secreto durante tanto tiempo. Me gustaría saber cómo reaccionarían los berethianos si lo llegasen a descubrir.

El rey Teodragos se echó a reír y esta vez el encapuchado le acompañó.

—Lo que me obliga a preguntarme lo siguiente. —El rey dejó de sonreír y le miró seriamente—: ¿Cómo sabemos que no nos estáis mintiendo?

—Podéis confiar en mi palabra. No conseguiría nada mintiéndoos, ¿no es cierto?

—No estaría tan seguro. Siendo un hombre tan cercano al príncipe, algún beneficio obtendríais si él cayese...

—Digamos que me conviene más jugar esta carta.

—Sería una lástima tener que empalaros a las puertas de mi castillo —contestó Teodragos inspeccionando sus sucias uñas—. Bien, y ahora la cuestión estrella de la noche: ¿qué pedís a cambio?

—Poder.

—Muy original... —contestó el rey poniendo los ojos en blanco.

—Sin Adhárel a la cabeza, Bereth tardará en caer menos que un castillo de naipes con un soplido. Quiero que, cuando eso ocurra, yo pueda estar al mando. Quiero ser el nuevo gobernante de Bereth.

El rey golpeó con sus puños los reposabrazos del trono.

—¡Es mucho lo que pedís! —rugió.

—¡Os estoy entregando a Bereth en bandeja!

—No me vengáis con bravuconadas, ¿de qué me sirve conquistar Bereth si después he de ceder el poder?

—Es mucho lo que os queda, majestad: súbditos, armamento, un ejército nuevo, sentomentalistas y... electricidad.

Teodragos estuvo a punto de interrumpirle con un grito, pero la última palabra le dejó helado.

—¿La electricidad... será mía?

—Toda vuestra. Al fin y al cabo, yo no la quiero para nada y seréis vos quien debáis utilizarla para proteger tanto este reino como el de Bereth.

—Visto de ese modo... —el rey se acomodó en el trono.

—Entonces, ¿hay trato?

Teodragos se puso en pie lentamente y descendió los dos escalones que le separaban del encapuchado con la barriga balanceándose plácidamente tras la armadura. El otro hombre también se aproximó.

—Hay trato.

Y diciendo esto, le tendió la mano. El encapuchado dudó un instante, pero acabó por estrechársela, decidido. Justo antes de que pudiera soltarse, el fornido soberano se la agarró con más fuerza y el misterioso acompañante posó sus manos sobre las de los dos hombres.

—Esta es siempre mi parte favorita —comentó el rey, guiñándole el ojo.

—¿Qué está pasando? —gritó el encapuchado—. ¿Qué estáis haciendo? ¡Soltadme!

Mientras se esforzaba por liberarse del rey, una luz emergió de las manos del tercer hombre. El encapuchado, aterrorizado, intentó soltarse de nuevo, pero esta vez una oleada de calor le recorrió el brazo entero, dejándoselo dormido. La luz que había surgido de las manos del hombre tomó la forma de una serpiente que se arrastró sobre las de los otros dos hasta formar un anillo en torno a ellas y unir la cabeza con la cola. De pronto, la piel de la muñeca del encapuchado pareció desgarrarse y creyó sentir cómo recibía a cambio una sustancia diferente.

—¡Detened esto ahora mismo! ¡Os lo ordeno!

El rey Teodragos soltó una carcajada presionando aún con más fuerza la mano del encapuchado.

—No estáis en disposición de dar órdenes. Aguantad un instante más. Es sólo por seguridad.

Al poco, la serpiente soltó la cola y se deshizo en un humo blanquecino que se disipó bajo las manos del hombre. A continuación, el rey soltó al encapuchado, sonriendo.

El encapuchado se agarró el brazo inerte con la otra mano mientras recuperaba el aliento. Las gotas de sudor le descendían por el rostro.

—¿Qué... qué me habéis hecho?

—Oh, no ha sido nada. El brazo volverá a funcionaros en un santiamén, creedme.

—¿A qué ha venido eso?

—Como ya os hemos dicho, es una medida de seguridad. Aquí mi siervo, a falta de lengua, incapacitado para contar secretos, tiene la misteriosa habilidad de... modificar los estados de los seres.

Un sentomentalista, pensó el encapuchado. *Debería haberlo supuesto.*

—¿Qué demonios ha sucedido?

—Digamos que una parte de vuestra esencia ha sido... convertida a su estado más puro: el polvo. Un polvo tan fino que no llegaríais ni a apreciarlo con el tacto. Lo mismo ha sucedido con una parte de mí. Después, Sísite se ha encargado de intercambiárnoslas. Gracias a ello podremos mantenernos en contacto en todo momento. —El encapuchado se miró la muñeca y descubrió en la parte interna un extraño símbolo de un color más oscuro que el resto de su piel. Con un tono similar al de la piel del rey—. Si intentáis engañarme, lo sabré. Si intentáis huir, también lo sabré, y si decidís cambiar de opinión, lo sabré antes de que el pensamiento se haya terminado de formar en vuestra cabeza. Y tened por seguro que no dudaré en cortárosla de un golpe si eso ocurre. ¿Me entendéis?

El encapuchado siguió masajeándose el brazo, el cual ya empezaba a sentir, y continuó en silencio. La crueldad, en cualquiera de sus formas, era la firma indiscutible de aquel rey. No en vano había elegido para su blasón al cuervo.

Todo le había quedado claro.

—Ahora será mejor que volváis a Bereth antes de que despunte el sol y alguien pregunte por vos.

—¿Cómo queréis que regrese en tan poco tiempo y sin montura?

El rey soltó una de sus acostumbradas risotadas y le golpeó amigablemente en la espalda.

—Ya veréis como terminan gustándoos los talentos de mis amigos. —El rey dio una palmada y la puerta por donde el encapuchado había entrado volvió a abrirse y por ella entró otro hombre—. Ahora relajaos. El don de mi otro *amigo* especial consiste en poder transportar cualquier materia que contenga agua en su interior a través de la lluvia.

El encapuchado tembló con sólo pensarlo.

—Eso es imposible... Un cuerpo no sólo está formado por agua. ¿Qué sucede si algo sale mal? ¡Podría caerse a miles de kilómetros del suelo! ¡Podría perderse por el camino! Podría...

—Llegar tarde, que alguien descubra que no está donde se suponía que debía estar y que tarde o temprano relacionen hechos.

El encapuchado tragó saliva. No tenía otra salida. Teodragos le estaba obligando a confiar en él con los ojos cerrados... ¿Pero qué otra salida le quedaba?

—Está bien. Llevadme de vuelta a Bereth inmediatamente...

—Será todo un placer.

Y diciendo esto, Teodragos se dio media vuelta y se marchó de la sala por una puerta oculta tras el trono.

A continuación, el recién llegado posó sus manos sobre la cabeza del encapuchado y después empezó a tararear una melodía apenas audible que fue adormilándole hasta que casi no tuvo fuerzas para sostenerse sobre las piernas. Sin embargo, sus pensamientos se sucedían uno tras otro en su cabeza: ¿qué clase de poderes tenían los sentomentalistas de Belmont? ¿Podría confiar en ellos? ¿Qué otras variedades poseerían? Y cuando creía que iba a quedarse dormido, sintió una sacudida desde lo más profundo de su ser que se expandió por todo su cuerpo y que le dejó sin respiración. Al mismo tiempo sintió que se evaporaba, que pesaba mil toneladas y que viajaba tan rápido como un relámpago mientras seentía aún las botas sobre el suelo del castillo de Belmont. Todo aquello sólo duró un instante.

Y entonces notó algo que le golpeaba por todo el cuerpo insistentemente. Gotas. Lluvia. Una tormenta. Y frío, mucho frío por todo el cuerpo. Cuando abrió los ojos, se descubrió ante las puertas del palacio de Bereth, desnudo y solo. Perplejo y aterido, corrió hasta una de las puertas traseras del palacio, aquella que daba a las cocinas y, dando gracias por que aquella noche no hubiera guardias apostados allí, entró a través de ella. Tenía poco tiempo para regresar al lugar donde se suponía que debía estar sin llamar la atención. La noche iba quedándose atrás y el sol no tardaría en asomar, revelando las sombras que se agazapan en la noche.

2
LA CAMPESINA DE BERETH

Duna cerró el libro, aburrida. Estaba cansada de leer y escuchar una y otra vez la misma historia. Nada de todo aquello tenía ningún sentido para ella. Estaba convencida de que antes de que consiguiese aprenderse de memoria, como el resto de sus compañeras, la Poesía Real, la honorable soberana Ariadne habría fallecido.

Se mordió la lengua inmediatamente después de haber tenido aquel pensamiento. Aquello en Bereth era considerado alta traición y no deseaba terminar encerrada en algún tenebroso calabozo en los sótanos del palacio. Pese a ello, en su fuero interno bullía el deseo de liberarse, de tirar por la ventana el libro que parecía burlarse de ella sobre la mesa y gritar al mundo entero que ella no obedecía normas, que era libre y que era capaz de tomar sus propias decisiones…

Ilusión que desapareció en cuanto la puerta de la habitación se abrió de golpe y, como un torbellino, entró por ella una oronda mujer cargada hasta las cejas con cestas repletas de ropa.

—¡Ni un minuto más, Duna! —le advirtió mientras dejaba uno de los cestos sobre el camastro frente al escritorio—. Basta de holgazanerías.

La muchacha enarcó las cejas, exasperada, y se puso en pie lentamente.

—¡Dices que estudias y siempre que entro te encuentro con el libro cerrado y con la mirada perdida más allá de la ventana!

Duna ni siquiera intentó excusarse; en el fondo, Aya tenía razón. Sin poner reparos, empezó a doblar la ropa y fue guardándola en su viejo arcón, a los pies de la cama.

—¡A cierta edad deberían prohibir que las muchachas asistiesen a la escuela! —farfullaba la mujer—. ¿Crees que yo fui a la escuela? ¡Jamás! Ayudé a padre hasta que el cielo quiso llevárselo, y después me hice cargo de mi marido, el Todopoderoso le tenga en su gloria, para luego conseguir todo lo que ves ahora.

—Todo lo que veo… —murmuró Duna sarcásticamente mientras pensaba en el diminuto corral y en la vieja casa en la que vivían.

Si Aya lo escuchó, se hizo la sorda. Tomó el resto de la ropa que le quedaba y salió, dando un fuerte portazo tras ella. Duna se quedó sentada sobre la cama, de nuevo sumida en sus pensamientos.

En el fondo no estaba tan mal todo aquello, se dijo echando un vistazo rápido a su alrededor. Había quien no podía permitirse ni tan siquiera un techo bajo el que cobijarse. De no haber sido por la generosidad de Aya, seguramente Duna seguiría siendo una esclava maltratada.

Doce años atrás, cuando en Bereth aún se permitía el comercio de esclavos, la humilde mujer había ido como tantas otras veces al mercado de la plaza de Bereth en busca de algunas legumbres para cocinar. Fue entonces cuando vio por primera vez los preciosos ojos de una jovencísima Duna. Asustada, la niña de cinco años se agarraba a los ajados faldones de su madre como quien se aferra a un frágil madero en mitad de una tempestad. Su madre, incapaz de acariciarla debido a los grandes grilletes que aprisionaban sus muñecas, le susurraba en una lengua extraña una canción de cuna con la intención de sosegar a la pobre criatura.

Aya, conmocionada por la situación, se acercó al comerciante de esclavos y le preguntó por el precio de la madre y la hija. Siempre había estado en contra de la esclavitud y deseaba poder comprarlas para después liberarlas. Cinco mil berones y una bombilla cargada por las dos, le había contestado el temible comerciante.

La pobre mujer rebuscó en todos y cada uno de los recovecos de su vestido reuniendo hasta el último berón que pudo encontrar, pero el total no alcanzaba ni los dos mil quinientos. Desanimada, empezó a regatear con el hombre en busca de una solución. Ya que no podía salvar a las dos, que al menos la pequeña pudiese tener un futuro digno y una educación. O al menos, alguna posibilidad de sobrevivir y de disponer de una vida propia.

Al principio el comerciante se mostró reacio, pero, tras varios regateos, llegaron a un acuerdo y la joven Duna quedó en libertad.

La madre de la chiquilla había mirado entonces a Aya y le había rogado, o al menos eso había entendido ella por sus gestos, su tono de voz y su mirada, que la salvase, que le proporcionase lo que ella no había podido darle...

Aya besó sus agrietadas y sucias manos para después tomar a la pequeña Duna en brazos y regresar de vuelta a casa. Atrás quedó la madre, que se despedía de su hija a voz en grito con los ojos inundados en lágrimas aunque, por primera vez en muchos años, sonriente.

Duna creció sana. Y con el paso de los años se convirtió en una atractiva joven de ondulado pelo negro. Había heredado los suaves rasgos de su madre: unos preciosos ojos castaños, una nariz respingona y unos carnosos labios idénticos a los de su progenitora.

Podían decir de ella todo lo que se les ocurriese excepto que era vanidosa, presumida o engreída. Había crecido sabiendo lo que era la miseria y jamás se perdonaría a sí misma hacer ostentación de algo ante nadie. De su madre apenas tenía recuerdos. Tal vez Aya pudiese contarle algo más, pero el tema era demasiado doloroso como para sacarlo a colación. A una le gustaba pensar que tenía una hija de su propia sangre, y a la otra le costaba demasiado pensar lo contrario.

Ahora, con diecisiete años recién cumplidos, seguía haciendo lo mismo que había hecho a los dieciséis, los quince o los doce: ir a la vieja escuela de la ciudad, ayudar a Aya con la cestería y ordenar cada mañana la destartalada vivienda. Pero, a pesar de todo, Duna era feliz y, aunque algunas veces se sintiese asfixiada en un lugar tan pequeño, le gustaba vivir con Aya y con Cinthia.

—¡Duna, no te lo voy a repetir ni una vez más! —oyó gritar a la mujer desde el piso inferior— ¡Te quiero en la cocina a la de tres!

—Maldita sea —susurró la muchacha mientras se ponía en pie y alisaba la colcha de plumas.

—¡Una!

Veloz como un relámpago, Duna corrió al pequeño tocador que había junto al pupitre y, mirándose en el espejo, se alisó el pelo lo mejor que pudo. Fue inútil.

—¡Dos!

Cruzó como una exhalación el pasillo hasta alcanzar las escaleras que llevaban al piso de abajo. Las bajó en varias zancadas y, saltándose algunos escalones, torció a la derecha y...

—¡Tres!

—Ya estoy aquí —anunció Duna, como si no fuese más que evidente mientras recuperaba el aliento a trompicones.

Una fugaz sonrisa cruzó el habitualmente serio rostro de Aya.

—Quiero que busques a Cinthia y que las dos vayáis al mercado. ¡Acaban de llegar nuevos comerciantes que dicen venir de la otra punta del Continente!

Duna puso los ojos en blanco; a veces la buena de Aya se conformaba con tan poca cosa...

—¡Venga! —le recriminó— ¿No me has oído? ¡Ve a buscar a la otra holgazana!

La chica asintió enérgicamente y salió por la puerta de la cocina que daba al pequeño patio interior donde estaba el corral.

Cinthia era hija de un hermano de Aya. Tras la desaparición de sus dos hijos mayores y de la misteriosa muerte de su madre, el pobre hombre había decidido enviar a la más pequeña de sus hijas a vivir con su hermana mayor, donde pudo refugiarse de la terrible enfermedad que asolaba su reino. Cinthia era muy pequeña cuando llegó a casa de su tía Aya, no recordaba apenas a su familia y además nunca hacía preguntas al respecto. Ahora, con dieciséis años, ni ella ni Duna eran capaces de imaginar un pasado sin la buena de Aya.

Cinthia debía de estar en el corral. Le encantaba pasarse horas ahí dentro, entre las gallinas, los cerdos y las dos vacas: limpiando, recogiendo los huevos, haciéndoles rabiar...

—Aya nos está buscando —le informó Duna mientras subía por la pequeña rampa de madera que daba al corral—. Quiere que vayamos al mercado.

Le costó acostumbrarse a la falta de luz del interior y hasta unos segundos más tarde no consiguió ver si realmente Cinthia se encontraba allí.

Sí, no se había equivocado, allí estaba la joven. Su pelo rubio estaba apoyado contra la pared del fondo mientras dormitaba sobre un montón de paja. Duna rió maliciosamente y tomó del suelo un cubo repleto de agua.

Se acercó sigilosamente a su amiga, se plantó frente a ella, inclinó levemente el cubo y...

—Ni se te ocurra... —masculló Cinthia mientras se desperezaba.

—¿Tan predecible soy? —preguntó Duna dejando el cubo en el suelo.

—Más de lo que imaginas —le contestó su amiga guiñándole un ojo.

Duna le hizo una mueca de burla y le ayudó a ponerse en pie.

Aya las esperaba en el jardín abanicándose con la lista de la compra que acababa de escribir.

—No compréis tonterías —les advirtió—. Ceñíos a lo que he escrito. Como a alguna de las dos se le ocurra gastarse los berones en caprichos, se llevará una buena tunda.

—Vaaale... —respondieron las dos chicas al unísono.

—Como si alguna vez lo hiciésemos —murmuró Cinthia.

Salieron del pequeño jardín, atravesaron un pedregoso camino que se alejaba de Bereth hacia tierras desconocidas para ellas y enfilaron el atajo más rápido hacia la ciudad.

Para llegar a ella desde el hogar de Aya, debían descender una suave pendiente cubierta de altas hierbas y flores silvestres, cruzar un pequeño riachuelo que circulaba por los alrededores de la ciudad y, por último, recorrer varios kilómetros por un amplio prado que terminaba en la gran ciudad de Bereth.

Desde lejos se podían adivinar en el horizonte las pequeñas casitas con tejados puntiagudos de madera y pizarra. Al fondo, entre las pálidas nubes que teñían el cielo y los hogares de los aldeanos, el palacio de Bereth se erguía orgulloso y flamante, con sus enormes vidrieras despidiendo destellos allí donde el sol las iluminaba.

El Palacio Real era propiedad de la familia Forestgreen desde tiempos inmemoriales. La joya del reino, el corazón de una nación, el fortín de un ejército y el orgullo de un pueblo. Todo eso y más representaba aquella construcción laberíntica que se erguía sobre una base rectangular y que escalaba hacia el cielo con torres y torretas rematadas en puntiagudos tejados azabache.

Duna lo había visto tantas veces desde la distancia, y tantas veces había deseado entrar, contemplar su interior y ver cómo se desarrollaba la vida en un paraíso como aquel, que siempre que lo contemplaba se quedaba embelesada. Era una construcción tan perfecta, tan proporcionada, tan hermosa con sus filigranas y con las altísimas paredes exteriores que costaba creer que fuese el diseño de una mente humana. Entonces Duna cayó en la cuenta: mentes humanas quizá no, pero sentomentalistas seguro.

Aparcó sus pensamientos y corrió para alcanzar a Cinthia, quien ya le sacaba un buen trecho.

Unos minutos más tarde llegaban a la imponente muralla que protegía la ciudad de visitas no deseadas. Las casas alejadas, como la de Aya, no poseían ninguna defensa y sus habitantes corrían a refugiarse en el interior de la ciudad cuando sufrían un ataque. Por suerte, durante el tiempo que Duna llevaba viviendo allí, jamás se había dado el caso. Y, aunque algunos se empeñaban en augurar tiempos peores, ella seguía teniendo dudas al respecto.

Las dos muchachas rodearon la formidable pared de piedra hasta toparse con el portón principal que daba acceso a la ciudad. Dos guardias lo custodiaban, con sus lanzas en ristre y las miradas puestas en el horizonte. Vestían la armadura verde y negra de Bereth, una capa esmeralda y el casco en forma de cráneo de dragón, ya que este era el símbolo de Bereth.

—¿Quién va? —preguntó uno de ellos, inquisitivo, mientras cruzaban las lanzas para impedirles el paso.

Duna estaba cansada de tanto formalismo. Cada día venían y cada día les hacían la misma pregunta, como si no supiesen perfectamente quiénes eran y a qué venían.

—Somos Cinthia y Duna Azuladea —se apresuró a contestar Cinthia, improvisando una breve reverencia—. Venimos...

—¡A lo de siempre! —le cortó Duna, exasperada—. Como cada día, nos encontramos ante esta puerta para que nos permitáis pasar al mercado. Y como siempre, enarboláis vuestras lanzas prohibiéndonos el paso y haciéndonos perder el tiempo.

Los dos guardias se miraron asombrados y después volvieron a fijarse en Duna, quien tamborileaba con el pie en el suelo.

El otro guardia dio un paso hacia ella.

—Disculpadnos, son órdenes...

—Órdenes de arriba —le interrumpió de nuevo Duna—. Lo sé. ¿Quién si no retendría a dos pobres aldeanas que sólo vienen a comprar unas hortalizas y algún que otro capricho?

Cinthia abrió la boca, asombrada. Duna no estaba segura de si era por lo del capricho o por otra cosa. Daba lo mismo.

Con toda la dignidad de que fue capaz, Duna levantó la barbilla y pasó entre los dos hombres sin tan siquiera mirarles. Cinthia la siguió, avergonzada y haciendo pequeñas reverencias hasta estar segura de que ya no las veían.

—¿Te has vuelto loca? —le preguntó Cinthia cuando las rodeó la muchedumbre—. Podrían habernos encarcelado o... ¡ejecutado!

Duna la miró divertida y echó un vistazo hacia atrás.

—¿No te has fijado? Eran guardias novatos. Además, estoy cansada de que todos los días nos interroguen del mismo modo; que si adónde vamos, que si a qué venimos, que si quiénes somos, que si pensamos atentar contra la reina... ¿De verdad creen realmente que podríamos estar tramando algo malo contra el reino? ¿Nosotras? ¡Es inaudito!

—No resulta tan inaudito, Duna —respondió cortante su amiga—. La relación con el reino de Belmont ha empeorado mucho en los últimos tiempos y algunos incluso hablan de guerra.

Duna sacudió la cabeza, despreocupada.

—Tonterías. La reina Ariadne no lo permitiría —respondió convencida mientras echaba un vistazo a los primeros puestos situados en la Gran Plaza.

La ciudad bullía de vida. Los berethianos se agolpaban en las calles de la ciudad para ver las mercancías venidas desde lejos. Parecía como si todos los habitantes del reino estuviesen allí reunidos. Había tanta gente que, a pesar de la holgura de las calles, había tramos en los que era complicado avanzar de lo abarrotadas que estaban.

Aquí y allá se oían risas, gritos, anuncios y conversaciones... Todo el mundo se divertía, despreocupado y feliz, pasándoselo bien. ¡Era imposible pensar en la guerra viendo todo aquello!

Y, sin embargo, alguien lo hacía.

No muy lejos de donde se encontraban Duna y Cinthia, un viejo harapiento encaramado sobre un montón de maderos vociferaba a la multitud:

—¡Temed lo que se avecina! ¡Nada detendrá a los reinos cercanos que quieren acabar con Bereth! —Mientras hablaba, hacía aspavientos con los brazos para llamar la atención de los allí congregados—. Lo he visto en las nubes, lo he visto en el cielo. ¡Bereth caerá bajo el yugo de los otros reinos! ¡Todos sucumbiremos! Yo...

No pudo terminar la frase. Un grupo de guardias armados se abrió paso entre la multitud, lo cogieron por los hombros y se lo llevaron a rastras.

—¡No me condenan por escándalo! —seguía gritando sin amedrentarse—. ¡Saben que tengo razón! Los sentomentalistas siempre...

Las dos muchachas, que se habían quedado perplejas al escuchar sus palabras, dejaron de prestarle atención en cuanto escucharon aquella palabra.

—Cómo no, sentomentalista tenía que ser... —murmuró Duna para sí.

Cada día aparecían dos o tres personas que afirmaban ser

sentomentalistas. Aseguraban conocer secretos inimaginables por los que el resto de los mortales darían su vida y que sólo compartirían a cambio de algunas bombillas o, en su defecto, berones. Para Duna no eran más que unos pobres desdichados que no tenían de qué vivir y, estafando a los ingenuos, conseguían agua y comida para sobrevivir. Los sentomentalistas eran una raza extraña en el Continente. Poco numerosos y muy misteriosos. Mala hierba en cualquier caso; ladrones, bandoleros, timadores...

Según se rumoreaba, esa gente nacía igual que el resto de los mortales, pero con una extraña percepción de la naturaleza. A diferencia del resto, se decía que eran capaces de hacer brotar una planta de la más sólida roca si ponían una semilla sobre ella o que podían controlar las nubes para que lloviese en ciertos lugares, que subyugaban al fuego para estudiar los acontecimientos venideros o que, incluso, podían cambiar el pasado con tan sólo contemplar las aguas de un riachuelo. Pero, según la ley de Bereth, todo aquel que creyese poseer las cualidades innatas de un sentomentalista, debía presentarse en la corte para ser evaluado. Si el fallo era positivo, el susodicho pasaba al servicio de la corte real y, en consecuencia, de su reino. Si por el contrario resultaba ser un vil mentiroso, como ocurría en la mayoría de los casos, era condenado a varios años de prisión en los calabozos del palacio por falta de lealtad hacia Bereth. Duna había conocido muy pocos sentomentalistas a lo largo de su vida y siempre habían resultado ser gente de la peor calaña, pues, en muchos casos, se negaban a prestar servicio a su patria y malvivían como podían, ocultando sus misteriosos dones.

Alcanzaron el centro de la Gran Plaza unos minutos más tarde. Duna se subió a la fuente que decoraba el lugar y, haciendo visera con la mano, buscó entre los tenderetes la mercancía que habían venido a comprar.

—¿Qué nos falta? —le preguntó a Cinthia desde donde se encontraba subida.

La muchacha leyó el papel y contestó:

—Mimbre de ébano, grasa de polen y... —la chica se quedó muda al leer la última anotación de Aya.

—¿Y qué más?

—Dos... dos bombillas.

Duna le arrebató el papel, intrigada:

—Imposible. ¿Dos bombillas? ¡Esta mujer debe de haberse vuelto loca! ¡No tenemos suficiente dinero!

Pero ahí estaba, escrito con letra bien clara: «Dos bombillas».

Aquello debía de ser una equivocación. ¿Para qué iba a querer Aya un par de bombillas más? Acababan de recibir su entrega anual y la reina se negaría en redondo a entregar más bombillas sin motivo alguno.

Duna se encogió de hombros y bajó de la fuente.

—Bueno, si lo ha pedido por algo será. Aya no desperdiciaría así como así las bombillas...

Compraron el mimbre en tiras, una bolsa de polen y después se dirigieron al palacio real. Duna sabía que sería inútil, pero no perderían nada por intentarlo.

Dejaron atrás el mercado y ascendieron por la sinuosa calle principal que desembocaba en el grandioso edificio que tanto admiraba la muchacha. Deseaba, al menos una vez, poder recorrer el interior del palacio con la excusa de las dos bombillas.

Cuando llegaron, se sacudieron el polvo de sus vestidos tan bien como pudieron y se dirigieron hacia los guardias.

—Buenos días, amable caballero —saludó Duna al guardia apostado en la puerta—. Deseamos hablar con la Reina.

El soldado sonrió al oír aquello y Duna enarcó una ceja, molesta por su descortesía.

—¿Qué os hace tanta gracia?

—¿Creéis que es tan fácil que la reina Ariadne acepte visitas de los aldeanos?

Las dos chicas se miraron extrañadas. Nunca antes habían tenido que ir al palacio para nada y no sabían cómo funcionaban las cosas allí.

—¿A qué venís? —preguntó el soldado—. ¿A quejaros de algo o... a por bombillas?

—A por bombillas, señor —contestó azorada Cinthia.

De nuevo el soldado soltó una carcajada.

—Como vuelva a reírse se traga el cesto —le susurró Duna a su amiga.

—Deberíais haber pedido cita previa... O mejor, haberos evitado el paseo —se aclaró la garganta y prosiguió—: Dejadme que os lo explique. Bereth, como sabéis, es el único reino del Continente que aún posee electricidad, pero en pocas cantidades. Es difícil regenerarla y las bombillas no abundan en estos tiempos. Si cada vez que alguien viniese pidiendo bombillas se las diésemos, no tardarían en agotarse. Ya habéis recibido vuestro suministro anual, tendréis que apañaros con eso.

Se irguió, se puso serio y añadió con voz potente:

—Además, la electricidad debe ser utilizada para defender el reino de futuros ataques, no para iluminar el escritorio de una aldeana.

Duna iba a replicar pero Cinthia le agarró del brazo indicándole que se calmase.

—Entonces no tenemos nada más que hacer aquí. Buenos días.

Dicho esto, dieron media vuelta y tomaron el camino de regreso. Antes de perderlo de vista, Duna echó un nuevo vistazo al imponente palacio.

Algún día, se dijo Duna, *algún día cruzaré las puertas y contemplaré su interior sin que nadie pueda impedírmelo.*

Regresaron a la atestada Plaza Central y tomaron la calleja que les devolvería al portón de la muralla. Pero antes de que pudiesen alcanzarlo, el sonido de unas trompetas se elevó hasta el cielo y todo el pueblo quedó en silencio, buscando su origen.

Unos pasos por delante de Cinthia y Duna, el portón de la muralla se abrió y por él apareció, lento y solemne, el séquito real.

—Lo que nos faltaba... —dijo Duna apoyándose hastiada sobre la pared de una de las casas—. Ahora la gente se apelotonará, gritará y tardaremos un buen rato en alcanzar la salida. Vaya suerte la nuestra, ¿no crees?

Entonces se dio cuenta de que Cinthia ya no estaba a su lado. Se giró rápidamente buscándola con la mirada y la encontró varios metros más adelante, observando embelesada cómo la pequeña comitiva avanzaba hacia el castillo. Otro grupo enorme de gente se agolpaba junto a ella gritando, vitoreando y saludando con manos y gorros.

Duna se abrió paso entre la muchedumbre hasta alcanzar a su amiga.

—¿Qué estás haciendo? ¡Vámonos antes de morir aplastadas!

Cinthia negó con la cabeza sin dejar de mirar al frente.

—¿Cómo vamos a irnos ahora? ¡Mira! —dijo señalando al imponente caballo blanco que encabezaba la marcha—. ¡Es el príncipe!

Duna se echó a reír mientras Cinthia le gritaba y le halagaba con un innumerable repertorio de piropos. Nada quedaba ya de la cohibida Cinthia que Duna conocía.

—No sé que ves en ese joven engreído —le susurró al oído—. Dudo que sea capaz siquiera de vestirse solo.

Y justo cuando iba a echarse a reír con su broma, sus ojos se cruzaron con los de aquel príncipe de cabello dorado oscuro. Parecía como si el príncipe hubiese escuchado las palabras de Duna y ahora la miraba con un halo de misterio y diversión.

Fue tan sólo un segundo, quizá menos, pero Duna fue incapaz de apartar la mirada de sus ojos. El príncipe Adhárel sonreía cortésmente, tal vez a ella, tal vez a otra persona. Daba igual... El príncipe era tan... tan...

—¡Es guapísimo! —gritó una muchacha junto a Duna, despertándola de sus ensoñaciones.

La chica sacudió la cabeza para deshacerse de las absurdas ideas que la habían asaltado mientras miraba al príncipe y cogió del brazo a Cinthia.

—Nos vamos. Aya debe de estar esperándonos desde hace rato con la comida.

La chica se dejó llevar por la marea de gente hasta que alcanzaron la salida.

Durante el viaje de regreso, Cinthia no dejó de comentar lo maravilloso que le parecía el Príncipe Adhárel, lo valiente que era, su aspecto tan noble...

—¿Noble? ¡Pero si no le conoces! —replicó Duna—. A saber las maldades que lleva a cabo bajo su título. No me fío ni un pelo...

Cinthia la fulminó con la mirada.

—Estás muy equivocada, Duna. Él no es así. He oído que, siempre que puede, acompaña a sus hombres a velar por nosotros.

—Habladurías. Nada más que eso... y una pérdida de tiempo. ¿De verdad has creído las locuras que decía ese chiflado?

—Las verdades dichas por un loco siguen siendo verdad.

—Lo que tú digas.

Cinthia dejó el tema, exasperada. Había dos temas de los que era imposible hablar con Duna: la guerra y la monarquía. Lo primero, porque no daría su brazo a torcer hasta que viese con sus propios ojos al enemigo llamando a la puerta de casa. Y lo segundo, porque decía que mientras existiesen los reyes, existiría el pueblo, y las desigualdades, la pobreza y las injusticias. Cinthia siempre le decía que estaba exagerando, que bajo el mandato de la familia Rosterborth vivían muy tranquilos, pero Duna hacía oídos sordos a las explicaciones y dejaba la conversación.

Aya salió a recibirlas al camino cuando vio que se acercaban con las cestas llenas.

—¿Habéis conseguido todo lo que os he mandado comprar?

Las dos chicas se miraron de soslayo.

—Todo menos las bombillas, Aya —contestó Cinthia.

Por un instante pareció que la mujer iba a regañarlas pero después se calmó y asintió lentamente.

—Imaginé que no os las darían tan fácilmente, pero había que intentarlo.

Duna se acercó a ella y le preguntó intrigada:

—¿Para qué queremos más bombillas? Tenemos suficientes en casa.

Aya la miró entre comprensiva y entristecida y le dijo:

—No para lo que las necesitamos, cariño, no para lo que las necesitamos.

Y tras decir esto se metió en casa seguida por Cinthia. Duna, en cambio, se quedó observándola. ¿Qué había querido decir con eso? ¿Para qué quería más bombillas?

Una fugaz idea cruzó por su cabeza, pero al instante la desestimó. Aquello era una tontería. No las utilizaría para eso. No sin antes hablarlo con ellas.

3
EL PRÍNCIPE

Los largos pasillos acristalados del Palacio se encontraban desiertos. Ni siquiera la servidumbre se paseaba por ellos. Cada quién andaba encargado de su tarea: trabajando en las cocinas, recogiendo las habitaciones reales o tendiendo la ropa en las lavanderías interiores del enorme edificio. La paz y la rutina reinaban en el palacio.

De repente, la gran puerta principal se abrió de par en par y por ella entró el príncipe Adhárel acompañado por un séquito de quince hombres, todos ellos ataviados con ropajes de pieles que arrastraban como colas por los pasillos y ruidosas armaduras que tintineaban al entrechocar.

La calma que hasta entonces había reinado en el palacio desapareció, dando paso a un tremendo alboroto que se extendió desde aquella misma planta hasta la más alta de las almenas. La servidumbre, llegada de todas partes, irrumpió en el gigantesco recibidor. Unos tomaron las ropas de abrigo que los caballeros y el mismo príncipe se iban quitando. Otros corrían a las caballerizas para ayudar a sus compañeros con los caballos que acababan de llegar; debían desensillarlos, darles de comer, de beber y cepillarlos en el menor tiempo posible. A la nobleza no le gustaba esperar. Mientras tanto, los hornos de las cocinas ardían voraces y calentaban la comida que les servirían unos minutos más tarde a los recién llegados.

Por su parte, el príncipe y el resto de los hombres entraron en el enorme comedor que ya estaba dispuesto para el almuerzo.

Adhárel fue el primero en tomar asiento en la cabecera de la larga mesa. A su derecha se sentó un joven desgarbado de pelo cobrizo y mirada escrutadora, su hermano Dimitri, y a su izquierda un hombretón de espaldas anchas y tupida barba negra, su hombre de confianza, Barlof.

El resto fue tomando asiento donde buenamente pudo entre risas y comentarios pícaros acerca de las sirvientas que se paseaban por el comedor mientras terminaban de disponer la mesa.

—¡Magnífica cacería la de hoy, señor! —gritó uno de los hombres alzando su copa hacia el príncipe en señal de respeto—. ¡Por su majestad, el príncipe Adhárel!

Este sonrió complacido al tiempo que levantaba la suya.

—¡Por el príncipe Adhárel! —gritaron los demás.

Los sirvientes entraron en ese momento con fuentes y bandejas repletas de pescados sazonados con diferentes salsas. El olor a comida recién hecha inundó la habitación.

El vino corrió entre los allí congregados junto con el pan y el pescado, de los que daban buena cuenta los caballeros.

Cuando terminaron con los primeros platos, Barlof se inclinó hacia el príncipe y con voz grave le dijo:

—Señor, me preguntaba si ya habíais decidido algo acerca de la propuesta que os hice ayer.

Adhárel suspiró levemente algo consternado mientras su hermano Dimitri se incorporaba en su asiento y se acercaba a la mesa para escuchar mejor la conversación.

—No, Barlof, aún no he tomado decisión alguna respecto a ese tema.

—No quiero daros prisa, Adhárel, pero creo que se trata de algo sumamente urgente —insistió Barlof llevándose una pieza de carne a la boca—. El ejército de Belmont crece por momentos y dentro de poco no podremos contraatacar.

Dimitri volvió a enderezarse y miró de soslayo a su hermano mayor en espera de una respuesta.

—Vuestro plan es inviable en estos momentos, Barlof —dijo entonces Adhárel—. Es una locura enviar a nuestro ejército a luchar contra el de Belmont.

El hombre quiso replicarle, pero Adhárel le detuvo con un gesto de su mano y siguió hablando:

—En primer lugar, nuestros nuevos soldados aún no están preparados para luchar, y en segundo, porque pondríamos en peligro a todo Bereth. —El príncipe se masajeó la barba de dos días y añadió—: Es cierto que el reino de Belmont ha insinuado innumerables veces que desea hacerse con el territorio de Bereth, pero aún no ha hecho nada para conseguirlo.

—¿Queréis acaso esperar a que seamos atacados para actuar? —su voz se elevó más de lo que había pretendido y el resto de la mesa guardó silencio para escuchar la respuesta de su príncipe.

Mientras tanto, Dimitri comía y bebía simulando indiferencia.

—Lo que quiero —contestó Adhárel sin elevar la voz— es mantener la paz en mi reino tanto tiempo como sea posible.

—El reino de *nuestra* madre —le corrigió Dimitri, sonriendo cordialmente.

Los murmullos se extendieron entre los hombres; algunos asintieron, otros protestaron por lo que acababa de decir el príncipe. La bebida empezaba a afectarles en cierta medida.

—¡Deberíamos irrumpir en Belmont sin avisar y arrasarlo todo! —gritó el hombre que momentos antes había brindado por Adhárel.

—¡Eso es una locura! —intervino otro— ¡Sería mejor arrasar con fuego sus alrededores para que no tuviesen con qué subsistir!

Las risas tronaron de nuevo y algunos incluso brindaron tras las palabras de su compañero.

Adhárel no daba crédito a lo que escuchaba. Mirándolos de hito en hito, se cruzó con la sonrisa sardónica de su hermano, quien contemplaba, ahora sí, la escena con fascinación.

—¿Y tú de qué te ríes, hermano? —le preguntó molesto Adhárel— ¿Te resulta divertida la conversación?

Dimitri le miró desafiante.

—Me parezca o no divertido, hermano, debería preocuparte más el inesperado motín que se está produciendo en esta mesa.

Adhárel fue a contestarle cuando el hombre que se sentaba junto a Dimitri se puso en pie y preguntó a voz en grito:

—¿Quién cree que es nuestra obligación exterminar a todo belmontino que haya en el Continente?

Al unísono, los hombres irrumpieron en vítores y aplausos, enajenados por la bebida y la situación.

Entonces, enfurecido, Adhárel se puso en pie y, dejando caer su silla al suelo, golpeó con fuerza la larga mesa.

De inmediato se hizo el silencio. El príncipe habló entonces y su voz sonó clara y segura. No admitía réplicas:

—¡No permitiré que se declare la guerra a Belmont en mi nombre! —sus ojos verdosos llamearon con decisión, acallando los últimos cuchicheos—. Creí que trataba con hombres de honor, pero ahora mismo sólo veo ante mí animales sedientos de sangre y borrachos como cubas que no dudarían en acabar con la vida de inocentes si alguien se lo propusiese. El ejército de Bereth seguirá creciendo como hasta ahora para defender al reino en caso de un ataque. No invadiremos Belmont, no arrasaremos sus tierras y, desde luego, no involucraremos a nuestros aldeanos en una batalla de la que difícilmente podamos protegerles. Vale más la vida de un sólo berethiano que vuestras ganas de saciaros con sangre vecina.

Los ojos del príncipe recorrieron todas y cada una de las caras de aquellos hombres que, humillados por su comportamiento, bajaron las cabezas. Todos menos Dimitri, que aguantó la mirada de su hermano, desafiante, hasta que la puerta del comedor se abrió y por ella entraron la reina y sus doncellas. Se trataba de una mujer más joven de lo que aparentaba. Las arrugas alrededor de los ojos, como si siempre se estuviese lamentando por algo, y su delicado estado de salud, al cual ningún médico de la corte había podido encontrar solución, habían ido apagando el color de sus mejillas como una vela en la tormenta. El pelo, antaño rubio y brillante, lo llevaba recogido en un moño con algunos mechones sueltos más blancos que dorados. La reina se dirigió con paso firme hacia el príncipe Adhárel mientras las damas de compañía esperaban junto a la puerta.

—¡Madre! —saludó el príncipe, acercándose a ella y dándole un beso en la mejilla—. ¿Te hemos despertado?

La reina Ariadne le miró con ojos cansados.

—No, hijo mío. Paseaba por los jardines esperando que remitiese el dolor de cabeza. Os esperaba para cenar, ¿cómo es que habéis llegado tan pronto?

—Hemos tenido suerte con la caza.

Los caballeros soltaron una carcajada general y alguno se puso a vitorear con la copa en la mano.

—Deberías recordar a tus hombres —dijo la mujer mientras se masajeaba una sien—, que no es de buena educación gritar cuando hay gente enferma intentando recuperarse.

Las disculpas se sucedieron por parte de los hombres, que corrieron a arrodillarse en señal de respeto.

—Discúlpales, madre, a veces se comportan como animales —la última frase la dijo mirándoles disgustado.

Dimitri se levantó en ese momento y fue a saludar a la reina, quien lo estrechó entre sus brazos.

—¿Cómo está mi pequeño? ¿Has disfrutado con la cacería de hoy?

Dimitri se zafó del abrazo inmediatamente y se acomodó las ropas con seriedad. No le pasaron desapercibidas las sonrisas burlonas de los demás hombres.

—Si, madre. He disfrutado —contestó con frialdad, volviendo a su asiento tras una leve inclinación.

La reina le miró algo consternada y después le susurró a su hijo mayor:

—Intenta hablar con él. Me tiene algo preocupada.

—No es nada, madre —le contestó Adhárel. Y recordando su comportamiento durante la comida, alzó la voz y añadió—: Seguramente esté algo molesto porque se le escapó la única presa que había logrado capturar.

Los hombres volvieron a soltar algunas carcajadas. Dimitri les fulminó con la mirada y musitó algo inaudible.

—Está bien, hijos, me retiro a mis aposentos. Todavía me siento un tanto indispuesta.

Hizo llamar a sus dos doncellas y juntas salieron del comedor. Antes de llegar a la puerta, la reina no pudo controlar un feroz ataque de tos que le hizo doblarse por la cintura.

Adhárel hizo ademán de acercarse a ella, solícito, pero su madre se lo impidió.

—No te preocupes, es sólo tos.

Dicho lo cual, desapareció apoyándose en una de sus damas y cerró la puerta tras de sí.

El príncipe se volvió entonces hacia la mesa, donde ya se levantaban todos sus invitados.

—Creo que ya es hora de que nos vayamos, alteza —dijo uno de ellos—. Ha sido una jornada magnífica. Esperamos poder repetirla pronto.

Adhárel fue el primero en salir del comedor y en dirigirse a la gran puerta principal.

—Nos veremos pronto.

Los caballeros fueron inclinándose ante él y saliendo al patio exterior, donde ya les esperaban sus monturas dispuestas para partir. Cuando todos estuvieron fuera, las puertas se cerraron y el príncipe regresó al comedor, donde aún estaba su hermano pequeño con la mirada perdida.

—¿A qué diablos jugabas antes, Dimitri?

El joven se limitó a suspirar y a desviar la mirada hacia una bandeja con fruta que quedaba sobre la mesa.

Adhárel dio otro paso hacia el chico.

—¡Te estoy hablando! ¿Por qué me has dejado en ridículo delante de todos mis hombres?

—Al fin sabes cómo me siento yo cada vez que estoy a tu lado —respondió mordaz, llevándose una manzana a la boca.

Adhárel, sorprendido, se quedó donde estaba.

—¿Crees que me río de ti? ¡Sólo quiero que madures! En caso de que me sucediese algo, tú serías el heredero de la corona de Bereth.

Dimitri dejó entonces de masticar, esbozó una suave sonrisa y después se puso en pie. Se dirigió a su hermano y, poniéndole una mano sobre el hombro, le susurró:

—En ese caso rezaré para que nada te ocurra, hermano...

Adhárel quiso responderle, pero Dimitri ya había salido por la puerta.

—Más le vale cambiar, por el bien de todos —murmuró para sí.

Horas más tarde, Adhárel se reunió con Barlof para tratar algunos asuntos de estado. El fornido hombretón entró unos minutos más tarde que el príncipe en la sala Estratega, situada en una de las torres más altas del palacio. Desde allí podía divisarse todo Bereth y sus alrededores. No había nada que se les pudiese escapar a varios kilómetros a la redonda. Un par de taburetes de madera, varias antorchas y una amplia mesa formaban todo el mobiliario de la sala.

Cuando Barlof llamó a la puerta, Adhárel se encontraba garabateando algo y dibujando movimientos de defensa en los mapas desperdigados por la mesa.

—Adelante —dijo en respuesta el príncipe sin levantar la vista de la mesa.

Barlof abrió la puerta y, tras hacer una reverencia, avanzó hacia él.

—¿Preparándoos para atacar? —bromeó.

Adhárel esbozó una media sonrisa sin dejar de escribir. La cicatriz de la mandíbula se tensó por el movimiento.

—Señor, quería pediros disculpas tanto por mi comportamiento como por el del resto de hombres durante la comida.

—No importa. Digamos que fue culpa de la bebida.

Barlof sonrió, mucho más tranquilo ahora que se había arreglado el malentendido.

—De todas formas, príncipe, había cierta verdad en nuestras palabras.

El príncipe dejó de escribir y se irguió. Le llegaba a Barlof a la altura de los hombros. Adhárel era alto, pero no había conocido a nadie que superase en altura a su mano derecha.

—Barlof —dijo—, mis palabras también estaban cargadas de verdad. Intentar invadir ahora Belmont sería un suicidio; una masacre no sólo de nuestro ejército sino también del reino entero. Los jóvenes reclutados durante el invierno pasado ni siquiera son capaces de mantenerse erguidos con la lanza y la armadura, tú mismo los has visto. ¿De verdad crees que voy a ser yo quien les envíe a una muerte segura?

El hombretón guardó silencio.

—Esperaremos —sentenció el príncipe—. Por ahora, Belmont no ha hecho más que fanfarronear sin dar muestras de querer atacarnos realmente. —Tras una pausa, añadió—: De todas formas, estaremos preparados por si ocurre.

—¿La electricidad... ? —mascculló Barlof.

El príncipe asintió mientras paseaba alrededor de la mesa.

—Nos queda suficiente para defender el reino durante varios años. Los ingenieros están trabajando sin cesar en la manera de capturar nueva energía para cuando se terminen las reservas.

—Pero, señor, llevan años con ese proyecto y todavía no han dado con una solución.

—Por eso debemos ser pacientes. Los depósitos están a la mitad y, en caso de que el ejército de Belmont intente algo contra nosotros, la electricidad fundirá a sus soldados en un abrir y cerrar de ojos.

Barlof pareció tranquilizarse al ver a su príncipe tan esperanzado.

—Además —continuó Adhárel—, como último recurso tenemos a los sentomentalistas. Algunos están ayudando a los ingenieros con la electricidad, pero muchos se están entrenando para ayudar a defender el reino si fuese necesario.

—Me alegra tener de nuestro lado a personas como esas —murmuró Barlof, algo incómodo.

El príncipe asintió pensando en sus cosas.

—Ya lo creo.

—Que sean capaces de andar sobre las aguas, de atravesar paredes, de esfumarse en el aire o de controlar las tormentas. Está bien saber que podrían ayudarnos a ganar la guerra contra Belmont.

—No habrá guerra por el momento —insistió Adhárel—. Y dejemos la discusión, empieza a cansarme. Si al menos pudiésemos averiguar a qué arma se refiere nuestra Poesía Real... Pero madre no deja de repetirme que ella no sabe nada y que cuando caiga en la cuenta, nos lo hará saber. Esperemos que sea pronto.

—Seguro que sí, alteza. Y sobre la de Belmont, ¿sabemos algo?

Adhárel negó enérgicamente.

—Nadie la conoce.

—Es curioso...

—¡Es desquiciante! ¿Cómo puede ser que su rey la ocultase de tal modo que nadie en todo su reino la haya leído jamás? En el resto del Continente obligamos a nuestros aldeanos a aprenderla, ¿por qué en Belmont no?

—Estarán guardándose las espaldas...

—Eso es jugar sucio —se lamentó el príncipe.

—¿Y qué esperabais de los belmontinos, mi señor? Harán cuanto esté en sus manos para defender su reino y, a cambio, obtener otros mayores... Como Bereth.

—No se lo permitiremos.

—Lo sé, alteza. —Barlof miró los mapas en los que trabajaba el príncipe—. Veo que estáis ocupado, no quiero molestaros.

—Espera —le detuvo el príncipe antes de que llegase a la puerta—. Ahora que lo recuerdo, debería ir a ver qué tal están progresando los sentomentalistas. Zennion me propuso hace tiempo pasarme a comprobar sus progresos y hasta hoy no he tenido tiempo... ¿Querríais acompañarme?

El hombre se dio la vuelta y le miró, algo incómodo.

—¿Hay algún problema?

Barlof negó rápidamente.

—No, no, alteza. Estaré encantado de acompañaros si es lo que deseáis.

—No te lo hubiera pedido si no fuese así.

Barlof asintió y salió tras el príncipe en dirección a los pisos intermedios del palacio. Bajaron las empinadas escaleras de la torre hasta el descansillo de una de las más altas plantas del palacio. El suelo, cubierto por una alfombra granate, se extendía hasta la vidriera del fondo, la cual inundaba de luz toda la planta. Los dos hombres recorrieron sin prisas el pasillo mientras dejaban atrás puertas, armaduras y cuadros de bellos paisajes.

Cuando estuvieron frente a la puerta adecuada, el príncipe llamó con los nudillos y esperó a que le abriesen.

Poco después, las bisagras de la puerta chirriaron y apareció ante ellos un hombre de baja estatura, encorvado y con una barba azulada que miraba a través de unos anteojos. Uno de los ojos era de cristal.

—¡Alteza! —saludó enérgicamente el viejo con una voz estridente mientras tomaba la mano de Adhárel para besarla—. ¡Qué alegría veros por aquí! ¡Pasad, pasad!

Desde pequeño, Adhárel y su hermano habían recibido clases de aquel viejo excéntrico mientras dirigía la Escuela de Sentomentalistas. Todas las mañanas se reunían con él en aquella misma aula donde les impartía lecciones de álgebra, lengua, historia, estrategia y otras muchas materias que necesitarían conocer para el futuro.

El príncipe se soltó de Zennion sonriendo y pasó junto a Barlof al interior de la sala. En ella, varios alumnos sentados en sus respectivos pupitres miraban la pizarra que había frente a ellos, la cual estaba repleta de fórmulas indescifrables para el príncipe.

En cuanto los jóvenes vieron quién había entrado por la puerta, se pusieron en pie y agacharon la cabeza sumidos en un silencio absoluto. No se escuchó ni un sólo comentario. Ningún murmullo. Adhárel reconoció en ellos la severa disciplina impartida por el viejo Zennion.

—Podéis sentaros —les dijo su maestro—. Poneos con la tarea que os he mandado.

Todos tomaron asiento y se pusieron a escribir.

—¿Qué hacen? —preguntó en un murmullo Barlof. Tenían la impresión de estar en un lugar sagrado.

—Les he pedido que hagan una redacción sobre la evolución que están observando en sus dones —se acercó a los dos hombres y, casi al oído, añadió—: Algunos están avanzando increíblemente rápido.

Uno de los chicos levantó los ojos en ese instante y les miró. Tenía el pelo negro y numerosas pecas cubrían sus mofletes y parte de su nariz respingona. Sus ojos oscuros estudiaron detenidamente al príncipe y después a Barlof. Pero, antes de que volviese a enfrascarse en la escritura, Zennion le descubrió.

—¡Demonios! —gritó de pronto— ¿Qué crees que estás haciendo?

El viejo avanzó entre los pupitres hasta el chico y, agarrándole de la oreja, le levantó y le sacó de la clase ante el asombro de los dos hombres. El resto de los alumnos no habían dejado de escribir. Barlof se puso tenso junto al príncipe.

—¡Quiero verlo terminado antes de que oscurezca! —gritó Zennion desde el pasillo.

Al poco entró de nuevo en el aula y cerró la puerta suavemente. Cuando se volvió hacia Adhárel y Barlof, su cara volvía a ser de lo más cordial.

—¿Qué... qué ha pasado? —preguntó el príncipe, sorprendido— ¿Qué ha hecho?

—Ese joven es uno de los que os hablaba antes, príncipe: un iniciado aventajado. Lleva en el palacio menos de un año y ya es capaz de percibir el aura de las personas a su alrededor.

Barlof se removió, incómodo.

—¿El Aura?

—Sí, eso mismo. Dejadme que os lo explique.

Avanzó hasta la pizarra y allí, en un pequeño espacio que había entre números y fórmulas, dibujó un monigote con forma humana.

—Cada persona desprende energía —explicó—. Dependiendo de cómo sea la persona en cuestión, su energía será de una u otra forma, más o menos intensa y con unas cualidades u otras. Desde luego esa energía emitida es invisible para el ojo humano... Pero no para algunos sentomentalistas.

—¿Pueden ver la energía invisible? —preguntó Adhárel, asombrado. Barlof parecía distraído.

—Así es. Pero de una manera física: la ven convertida en colores —el viejo cambió la tiza blanca con la que había pintado el monigote por una de color rojizo y empezó a rodear el dibujo con ella—. De una manera similar a esta representación, algunos sentomentalistas pueden percibir las tonalidades que bañan a las personas.

—Pero, ¿para qué les sirve? ¿Qué sacan con ello?

Zennion soltó una sonora carcajada.

—Mi joven príncipe. ¡Quién diría que fuisteis alumno mío!

Os enseñé desde pequeño a comprender que a veces puede hacer más daño lo invisible que lo que se nos muestra.

—No si cuento con una espada —murmuró Barlof.

—Gracias al aura —prosiguió Zennion sin hacer caso del comentario—, ellos pueden saber las intenciones que una persona puede tener en determinadas ocasiones: cuándo pueden estar mintiendo, ocultando algo o diciendo la verdad. Es una herramienta sumamente peligrosa en las manos equivocadas, además de una absoluta falta de respeto hacia la persona a quién se estudia. Es como... como violar su intimidad mas privada.

—¿Entonces por qué se lo enseñáis?

—En esta escuela no enseñamos nada, sino que desarrollamos lo que cada uno lleva en su interior. Ese chico nació con una percepción insólita para captar el aura de las personas. Nosotros no podemos impedírselo. Pero podemos castigarle cuando no lo utiliza correctamente.

—Como ahora —puntualizó Barlof.

—¿Entonces el chico estaba estudiando nuestras... auras? —preguntó Adhárel—. Si no nos lo hubierais explicado, no nos habríamos dado cuenta.

Zennion borró el dibujo que acababa de hacer y volvió junto a ellos.

—Es un don interesante, útil y en ocasiones fastidioso. Normalmente es algo que aprenden a controlar tras años de estudio. Ese joven es un caso especial. Espero que haya aprendido la lección; escribir una redacción acerca de la falta de privacidad espiritual para esta noche le ayudará a no olvidarlo.

Los dos hombres rieron con el comentario y después echaron un vistazo al resto de los alumnos.

—Como podéis comprobar, príncipe —dijo Zennion—, el número de sentomentalistas jóvenes ha decrecido en los últimos años. Mientras que hace veinte mis alumnos podían contarse por decenas. Ahora no son más de ocho, los que veis aquí, quienes poseen dones.

—Pero vuestros alumnos adultos seguirán formándose, ¿no es así? —preguntó Barlof, algo confuso.

—Muchos de ellos huyeron en cuanto tuvieron ocasión —le contestó el viejo—. Al cumplir la mayoría de edad no se les vigilaba tanto como de jóvenes, y muchos aprovecharon la oportunidad para huir de Bereth y no volver nunca más.

—La Noche Encapuchada...

Zennion asintió, cabizbajo. Los alumnos no parecían estar atentos a la conversación de los adultos. El rasgar de las plumas sobre los pergaminos sonaba como telón de fondo.

—Pero no todos huyeron, ¿verdad? —preguntó esta vez Adhárel.

—No, todos no. Pero si un gran grupo.

Aquel año, durante el festejo de ascensión de jóvenes a adultos sentomentalistas que se celebraba cada vez que unos cuantos alumnos alcanzaban la mayoría de edad, un grupo de ellos escapó del palacio para no volver jamás. Desde entonces las medidas de seguridad habían aumentado y pocos eran los privilegiados que se paseaban en libertad por el exterior del castillo.

—Por entonces tú no eras más que un crío que cabalgaba a lomos de potros —le dijo Zennion al príncipe—. Te quedaban años para empezar a gobernar y, no obstante, aquel desafortunado incidente aceleró todo el proceso.

—¿Por qué escaparon? —quiso saber Barlof. Había escuchado hablar del motín, todo el mundo lo había hecho, pero nunca había tenido la oportunidad de preguntarle sobre el tema a alguien que lo hubiese vivido tan de cerca.

El viejo maestro meditó unos segundos antes de responder.

—Por entonces, los sentomentalistas eran mucho más numerosos, o al menos no les asustaba mostrar sus poderes en público. Eran libres. Y cuando el reino de Bereth empezó a reclutarlos para que sirviesen en el ejército como apoyo, la mayoría se negaron y provocaron graves enfrentamientos. Tu abuelo, el Todopoderoso le tenga en su gloria, promulgó el decreto ley que obligaba a todos ellos a presentarse en palacio para iniciar el entrenamiento de sus dones bajo la tutela del reino. Algunos eran verdaderos sentomentalistas que no querían estar bajo el yugo de ningún reino y por ello, cuando les aprisionaron en este castillo para servir a Bereth, se convirtieron en auténticos focos de conflicto.

«Con el paso de los años fueron calmándose, o al menos se

resignaron a su cautiverio. Pero algunos nunca llegaron a estar conformes con lo impuesto y en cuanto cumplieron la mayoría de edad y encontraron la oportunidad de escapar, lo hicieron para no volver.

—¿Pero no ocurrió lo mismo en todos los reinos del Continente? —preguntó el príncipe— ¿No estaban siendo reclutados de igual forma en todas partes?

El viejo asintió, pesaroso.

—Pasaron de estar encarcelados con sus dones a ser libres sin ellos. Desde entonces los ocultan, ya que si la guardia de algún reino se enterara de su existencia, les darían caza y les obligarían a alistarse en su ejército.

—Ahora entiendo por qué ha decrecido tanto el número —murmuró Barlof para sí.

Zennion puso su mano arrugada sobre el cabello de uno de sus alumnos.

—Estos que aquí veis son los últimos hijos de campesinos, rateros y mendigos que han optado por una niñez y juventud cómodas a cambio de una peligrosa vida adulta. Saben lo que les espera, y, sin embargo, quieren seguir adelante con sus estudios.

El príncipe avanzó hacia él.

—¿Acaso les queda otra opción?

Zennion le retó con la mirada, como solía hacer cuando Adhárel no era más que un adolescente respondón.

—No, pero es mejor que lo acepten por las buenas que por las malas. —Dicho esto, se giró hacia sus alumnos y dio un par de palmadas—. La clase ha terminado por hoy.

Los alumnos se levantaron acompasadamente, dejaron los pergaminos y las plumas sobre sus escritorios y salieron en fila de la clase sin decir nada. Adhárel y Barlof entendieron que para ellos también había terminado la lección.

—¿Qué opinión te merecen ahora todos esos chiquillos? —le preguntó Barlof mientras bajaban al primer piso del palacio.

El príncipe tardó en contestar. Estaba sumido en sus propios pensamientos.

—La ley es la ley, Barlof. Quizá con el tiempo les necesitemos. ¿Y tú qué piensas?

El hombre se quedó pensativo.

—Yo creo que…

De repente, la puerta principal se abrió de par en par y dos jóvenes soldados entraron arrastrando consigo el cuerpo de un hombre envuelto en harapos.

Adhárel y Barlof bajaron corriendo el último tramo de escaleras. En cuanto los soldados les vieron, inclinaron la cabeza y empezaron a contarles, atropelladamente, lo sucedido:

—Señor, ¡fueron ellos! —dijo uno, el que parecía más afectado.

Dejaron al hombre en el suelo con sumo cuidado.

—Varios hombres de Belmont —prosiguió el otro—. Iban a caballo. Este hombre iba atado con cuerdas tras uno de ellos; lo venían arrastrando desde lejos.

Adhárel se inclinó sobre el hombre para destaparle la cara. La sangre empezaba a empapar el suelo de piedra.

—Cuando llegaron frente al portón de la muralla lo desataron y lo dejaron en el suelo.

—Antes de irse nos dijeron que os diésemos el siguiente mensaje —añadió el otro guardia—: *Belmont está preparado.*

Barlof se inclinó para hablar con Adhárel.

—Os lo dije, señor. Sus amenazas no cesan.

Adhárel apartó entonces el pedazo de tela que cubría el rostro del pobre moribundo. No pudo evitar retroceder consternado. Los soldados y Barlof también se alejaron del hombre inmediatamente.

—¿Qué le han hecho? —preguntó uno de los soldados.

—Esto es obra de sentomentalistas —respondió Barlof.

El rostro del hombre había sido desfigurado de tal manera que sus ojos estaban a la altura de la boca, mientras que esta se encontraba bajo las cejas. La nariz parecía partida y sangraba profusamente. A excepción de la nariz, el resto parecía haber estado ahí siempre, como si hubiese nacido de esa manera. No había signos de cortes.

Con precaución, el príncipe terminó de destapar al hombre y comprobó que aquellas malformaciones se habían producido por todo el cuerpo; nada parecía estar en su lugar. Manos donde debería haber pies, pies al final de los brazos, moratones y cortes por todas partes…

—Ha muerto —anunció mientras volvía a cubrir el cadáver. Después se puso en pie—. Volved a vuestros puestos. Si vuelven a acercarse monturas, dad la alarma. No habléis de esto con nadie. ¿Me habéis entendido?

—Sí, alteza —respondieron al unísono y después salieron corriendo del palacio.

—¿Qué hacemos, Adhárel? —preguntó Barlof, sin poder apartar la vista del cuerpo.

—Este hombre no era berethiano —dijo el príncipe. Se trataba de un soldado de Belmont usado en algún tipo de experimento macabro. Con el pie dejó a la vista el escudo grabado a fuego sobre el hombro del cadáver—. Quieren que sepamos que ellos también tienen sentomentalistas en sus filas.

Barlof hizo ademán de replicar pero al ver la firme decisión en los ojos de Adhárel, desistió. Hizo una pequeña reverencia y salió del palacio cargando con el deforme cuerpo del soldado belmontino.

A pesar de que Adhárel no quería reconocerlo, la guerra se aproximaba tan rápido a Bereth como la lluvia tras los primeros relámpagos previos a la tormenta y no podría hacer nada por detenerla.

4
UN MAL DÍA

Duna se desperezó y bostezó un par de veces antes de abrir los ojos. El sol acababa de asomar por el horizonte y un fino rayo de luz se filtraba por las grietas de las contraventanas de madera directo a su almohada.

Volvió a estirarse una vez más, aún tumbada, y después se puso en pie. Anduvo hasta la ventana, abrió los postigos y dejó que el sol inundase la habitación. Hacía una mañana espléndida.

Sin perder un momento hizo la cama y ordenó las pocas cosas que había por el suelo. No tardó en oir el grito de Aya desde la planta inferior reclamando su presencia y la de Cinthia.

—¡Bajad ahora mismo! ¡Además de perder el tiempo en la escuela no quiero que lleguéis tarde!

Siempre la misma cantinela, pensó Duna. ¡Cuánto sufrimiento le habrían ahorrado a la vieja Aya si ninguna de las dos estuviese obligada por ley a asistir a la escuela cada mañana!

Cogió la cesta que había debajo de la cama y que contenía un par de libros y pergaminos y bajó corriendo a la cocina, donde ya estaba su compañera.

—Buenos días —saludó sentándose junto a Cinthia. Esta le respondió con un gruñido apagado y un bostezo.

Aya les sirvió un plato con gachas a cada una y se sentó en un tercer taburete que había junto a la mesa de la cocina.

—¿Lleváis todos los libros? No quiero que ninguna tenga que volver a casa cuando ya estéis en la ciudad —dijo echando una significativa mirada a Cinthia—. En cuanto terminéis, volvéis directas a casa, hay mucho trabajo que hacer y además...

Las dos chicas dejaron de comer y la miraron, intrigadas.

—¿Además qué? —preguntó Duna.

—Eh... nada. ¡El granero, que está hecho una porquería!

Duna se quedó mirando pensativa a la rechoncha Aya, quien al instante se puso en pie y fue a servirse un vaso de agua.

—Vamos Duna, ya he terminado —anunció Cinthia.

La muchacha tomó una última cucharada de gachas y cogió su cesta antes de salir por la puerta. Estaba intrigada por lo que Aya les ocultaba.

Caminaron sin dirigirse apenas la palabra, cada una sumida en sus pensamientos. Tras llegar al riachuelo, salvarlo y recorrer la mitad del prado, Duna se sintió más despierta y preguntó:

—Oye, ¿qué crees que nos iba a decir Aya?

Su amiga parecía despistada. Se entretenía soplando un diente de león.

—Ya la oíste: ¡el granero está hecho una porquería! —dijo, imitando la voz y la pose de la mujer.

Duna no pudo evitar reírse aunque no le convencía en absoluto la explicación.

—No sé, tal vez... tal vez... —incapaz de encontrar una respuesta, Duna terminó por rendirse—. Quizá el granero esté verdaderamente sucio.

—¡Eso se debe a todo el tiempo que pasas allí! —bromeó Cinthia.

Casi habían alcanzado el portón de la muralla cuando unas campanas redoblaron a lo lejos.

—¡Ay, no! ¡Llegamos tarde! —advirtió Duna echando a correr junto a Cinthia.

La escuela del reino se encontraba dividida en dos edificios situados cada uno en un extremo de la ciudad: uno al Este y el otro al Oeste. El primero de ellos había sido construido con piedras blancas talladas hasta la perfección. Representaba la feminidad, la elegancia y el pensamiento frente a los actos, o, al menos, así había sido en sus comienzos.

Era un edificio sin apenas adornos, de altura considerable y con un tejado en punta donde una bandera negra ondeaba con una lechuza y una pluma tejidas en blanco sobre ella. Sólo las mujeres tenían permitido el acceso y todo hombre que cruzase la verja que lo separaba del resto de la ciudad era inmediatamente enviado al calabozo del palacio sin contemplaciones ni juicios previos.

El segundo edificio, situado al oeste de la ciudad y diametralmente idéntico al del Este, estaba construido con piedras parduscas y simbolizaba la figura masculina, la fuerza, el honor, las leyes y la virtud del valor. Al igual que el edificio femenino, este tenía la misma forma y su tejado estaba coronado por una bandera blanca en la que estaban hilvanados una espada y un tintero en colores oscuros.

Sus banderas, una oscura con dibujos claros y la otra clara con dibujos oscuros, representaban la unión de las dos escuelas. Pues, al igual que el hombre nada podía hacer sin la mujer —a pesar de las creencias de algunos—, la mujer tendría serias dificultades para sobrevivir sin el hombre. Se necesitaban y se apoyaban el uno al otro. Y, para que ninguna de las dos escuelas lo olvidase jamás, se habían establecido una serie de actividades realizadas en el edificio del Este y otras en el edificio del Oeste sin las que la otra escuela no podría sobrevivir. Así pues, la escuela femenina debía suministrar a la masculina la tinta, y ellos a ellas los pergaminos. Sin una cosa no podían utilizar la otra. Cada mañana, antes de que tañeran las campanas que anunciaban el comienzo de las clases, un alumno de cada escuela cargaba un carro con la tinta y con los pergaminos, respectivamente, y lo llevaba hasta la puerta trasera de la otra escuela.

Duna y Cinthia corrieron por la calle principal hasta la Gran Plaza, donde tomaron una calleja que las llevaría directas a la escuela del Este. Los comerciantes y artesanos abrían sus tiendas en esos momentos y, a cada segundo que pasaba, las dos muchachas tenían que esquivar a más berethianos. Para cuando alcanzaron la verja de hierro que rodeaba la torre, las campanas ya habían dejado de sonar y las últimas alumnas rezagadas corrían con los faldones recogidos a refugiarse en el interior del alto edificio.

Haciendo un último esfuerzo, llegaron a la puerta justo antes de que una de las Maestras la cerrase.

—Llegáis tarde —les recriminó la mujer mirándolas con desprecio—. Siempre igual, señoritas. Daos prisa en llegar a vuestras respectivas aulas.

—Sí, señora. Sí, señora —respondieron inclinando levemente la cabeza antes de echar a correr escaleras arriba.

La torre estaba compuesta básicamente por una escalera de caracol que llegaba hasta el último piso y las diferentes aulas iban apareciendo en los descansillos de cada piso, donde se impartían las clases. Eran poco espaciosas y algunas de las alumnas que llegaban tarde tenían que quedarse de pie el tiempo que durase la lección por falta de sitios libres.

Duna y Cinthia corrieron juntas hasta el tercer descansillo, donde Cinthia se detuvo, recuperó el aliento y llamó a la puerta ya cerrada.

—Te espero a la salida —le susurró Duna antes de seguir subiendo la escalera.

Su amiga asintió y entró en el aula, donde le recibió una buena reprimenda.

Duna llegó a su piso unos segundos más tarde, se secó las gotas de sudor de la frente y después llamó a la puerta. No recibió contestación pero oyó cómo se apagaban los murmullos en el interior.

Con delicadeza, intentando que la puerta no chirriase demasiado, accedió a la pequeña habitación donde un montón de ojos mordaces se giraron para mirarla.

—Otra vez tarde —advirtió la profesora sin levantar la voz. Se acercó a ella con una vara de madera en la mano izquierda y una mirada inescrutable.

Duna sabía lo que tocaba; inclinó la cabeza y extendió la mano derecha. Al instante escuchó la fugaz sacudida de la vara sobre su mano y sintió el dolor penetrante que le recorrió el brazo. Hizo un esfuerzo por impedir que el dolor se reflejase en su rostro.

—Siéntate —ordenó la maestra, regresando a su mesa.

La chica obedeció, tomó asiento en uno de los pocos pupitres libres que quedaban y sacó los libros de la cesta.

—Como decía antes de que fuese interrumpida —la maestra miró a Duna de soslayo y con desprecio—, ya deberíais conocer, a estas alturas, todo lo necesario para convertiros en mujeres plenamente adultas. Vosotras, queridas, sois las damas del futuro. Las mujeres que esperarán en casa a sus valerosos maridos y cuidarán de sus hijos hasta que se conviertan en aguerridos caballeros a las órdenes del reino.

Duna, incapaz de reprimirse, no pudo evitar chasquear la lengua al escuchar lo que a ella le parecían arcaicas sandeces.

—¿Tienes algo que añadir? —le preguntó la maestra con un tono gélido.

—No —respondió Duna bajando la mirada.

—Tal vez te gustaría compartir con el resto de compañeras tus opiniones.

Duna, imaginando lo que vendría a continuación, no quiso caer en la insinuación y negó con la cabeza.

—No tengas miedo, estamos aquí para escucharnos entre nosotras —insistió con creciente ironía.

Duna no quería. No debía dejarse engañar. Sabía lo que pasaría si comentaba en voz alta su opinión, sin embargo...

—Opino... —terminó balbuceando Duna— que los lemas de esta escuela se han debido de perder por el camino, maestra. Ya no se habla de mente sobre fuerza y actos...

—¿Ah, no? —le interrumpió la mujer, asombrada pero sin dejar de sonreír.

—No —respondió ella envalentonándose—. Ahora se habla de cómo fregar, zurcir y remendar los harapos que nos traerán nuestros maridos, Maestra.

—¿Y... no te gusta eso? —preguntó esta, esforzándose por no dejar traslucir su enfado—. ¿Es eso?

—¡Desde luego que no me gusta! —Se giró hacia el resto de sus compañeras— ¿Acaso a vosotras sí? ¿Queréis convertiros en las esclavas de vuestros maridos?

Las alumnas comenzaron a murmurar y a opinar, algunas escandalizadas, las otras, divertidas.

La maestra se dio cuenta de que estaba perdiendo el control de la situación y cortó por lo sano.

—¡Basta! ¡No quiero escuchar más sandeces, niña malcriada!

Las alumnas guardaron silencio, pero no Duna.

—¿Perdón?

—¡Ya me has oído! ¡Explícame por qué tengo que aguantar día tras días tus impertinencias!

—¡Fuisteis vos quién me preguntó! Yo no quería y...

—Cállate. Déjame que te diga una cosa, Duna Azuladea —dijo, escupiendo su nombre—. No mereces la suerte que tuviste en el pasado. Habría sido mejor para todos que te hubieses quedado con tu madre.

Duna sintió que las palabras se clavaban en su alma. ¿Cómo podía ser tan ruin? Era cierto que desde el comienzo del curso la maestra y ella habían tenido tantas confrontaciones como días había asistido Duna a clase, pero esta vez ella no había tenido la culpa de nada. ¿Cuándo aprendería a morderse la lengua?

—Lo... lo siento... —balbuceó Duna.

Pero la mujer no iba a dejarla escapar tan fácilmente pudiendo humillarla frente al resto de alumnas. ¿Lo habría preparado de antemano?

—No he terminado. Tu presencia aquí es una pérdida de tiempo. —El resto de alumnas rieron el comentario y la mujer se envalentonó, elevando el tono de voz—. Desde el principio supe que no llegarías a nada. Desde pequeña mostraste nulas aptitudes para llegar a ser algo más que una simple campesina y una criadora de cerdos. Jamás llegarás a convertirte en una mujer de verdad y nunca encontrarás un hombre que pague por casarse contigo.

Eso era lo último que Duna podía soportar. Lentamente, levantó los ojos de su pupitre y desafió con la mirada a la maestra, quien sonreía victoriosa jugueteando con la vara.

—Quizás no quiera venderme a ningún hombre. Tal vez espere que regresen los tiempos en los que la mujer era algo más que una criada que se pueda exhibir. Y es muy probable —añadió sonriendo maliciosamente—, que viva rodeada de cerdos porque en ocasiones son más fáciles de tratar que algunas personas.

Las alumnas rompieron a reír mientras la maestra fulminaba a Duna con la mirada.

—Eres... tan insolente —dijo avanzando hacia su pupitre—. Extiende la mano, niña. Cuando acabe contigo no podrás ni rozarla con una pluma.

La chica, cansada de recibir cada día un varillazo tras otro en sus doloridas manos, se puso en pie y se encaró a la Maestra.

—¡No!

—¿Qué... ? ¿Qué crees que estás haciendo? —preguntó la profesora, sorprendida y furiosa al mismo tiempo.

—No dejaré que vuelva a pegarme —respondió Duna.

La maestra dio otro paso hacia ella sin bajar la vara. El resto de la clase guardó silencio.

—Extiende las manos.

A pesar de que sabía que desobedecer sólo empeoraría las cosas, Duna se negó a hacerlo. Se sentía tan furiosa que no podía contenerse.

—¡Extiende los brazos, maldita niña! —gritó desesperada la profesora.

—No lo haré mientras no bajéis la vara —contestó en el mismo tono de voz.

La profesora profirió un grito de furia y descargó la vara contra Duna, quien tuvo los reflejos suficientes como para apartarse de su trayectoria en el último instante. La vara golpeó el pupitre y se partió en montones de astillas que salieron volando por los aires y se esparcieron por toda la habitación mientras las alumnas gritaban asustadas.

—¡Fuera de mi clase! —siguió vociferando la maestra, perdiendo la poca compostura que le quedaba—. ¡Fuera! ¡No quiero volver a verte nunca más aquí! ¿Me oyes? ¡No vuelvas a pisar esta escuela jamás! ¡Nunca!

Duna esquivó los pupitres de sus compañeras y corrió hasta la puerta. Tras salir, la cerró de un portazo y bajó corriendo las escaleras mientras la maestra se asomaba a la barandilla y rompía en sollozos desesperados y maldiciones contra ella. El resto de alumnas y profesoras de otras clases salieron de sus aulas para ver qué sucedía, pero para entonces Duna ya se alejaba del lugar.

Corrió por las callejuelas hasta llegar casi a la otra punta de la ciudad, desde donde se divisaba la escuela de los hombres.

—Al menos la mitad de nosotros recibe una educación digna —murmuró para sí desganada al tiempo que pateaba una piedra.

No podía volver a casa hasta que terminasen las clases o Aya le preguntaría la razón. Terminaría enterándose, era inevitable, pero intentaría prolongar el momento todo lo posible. Así pues, enfiló una de las sinuosas calles que llevaban a la plaza central y allí se quedó, sentada en el borde de la fuente, contemplando el ir y venir de los aldeanos.

Lo bueno de vivir tan alejadas de la ciudad, pensó Duna, era que nadie la reconocería ni le preguntaría por qué no estaba en la escuela. Al fin y al cabo, sólo le quedaba un año para no volver a pisar aquel lugar infernal... o quizá ya ni eso...

Enterró la cabeza entre las manos, controlando el repentino sentimiento de culpa que le sobrevino. ¿Qué iba a hacer ahora? ¿Tendría razón la maestra? ¿Pasaría el resto de su vida criando cerdos en casa de Aya? Cinthia encontraría un hombre, se casaría con él y posiblemente no tendría que volver a pisar un sólo granero en toda su vida. Y, sin embargo, ella... ¿Quién se fijaría en una porqueriza sin modales, educación ni dinero? ¡Ella quería viajar! No, ¡lo necesitaba! Bereth se le quedaba más pequeño cada día. Había tanto por descubrir, tanto por ver que se le revolvía el estómago con sólo pensar en pasar el resto de su vida allí.

No pudo reprimir el débil lamento que escapó de su garganta. Había metido la pata hasta el fondo. La cosa nunca había llegado a tanto.

De pronto, el alarido de una mujer desgarró la tranquilidad de la plaza y Duna levantó la mirada para descubrir su origen. La causante de aquel alboroto era una mujer de avanzada edad, menuda y con el pelo alborotado, que acababa de entrar corriendo en la plaza. Duna la reconoció al instante; se trataba de Marion, la loca del pueblo.

Algunos berethianos corrieron a socorrerla y a preguntarle qué le ocurría. A falta de nada mejor que hacer, Duna les siguió para enterarse ella también.

—¡Ha vuelto! ¡Ha vuelto de nuevo y ha atacado! —vociferaba la mujer haciendo aspavientos con las manos.

—¡Cálmate Marion! —dijo un hombre robusto mientras la abrazaba con fuerza— ¿Qué te ocurre?

—¡Suéltame! —la mujer se deshizo del abrazo—. Sé que creéis que estoy loca, ¡lo sé! Pero no es así... —De pronto, se puso a susurrar—: Lo creéis, si, pero yo sé que no es cierto... Lo sé...

—¿Y ahora qué le pasa? —quiso saber una mujer que acababa de llegar con un saco de legumbres.

—¡Ha vuelto a atacar! ¡Cada vez está más cerca!

Duna iba a darse la vuelta, cansada de tantas incongruencias, cuando la mujer volvió a gritar:

—¡El dragón! ¡Ha regresado!

Los allí congregados se apartaron repentinamente como si la mujer hubiese soltado mil demonios por la boca. La muchacha se giró, curiosa, y volvió a acercarse.

—¿Quién lo ha visto? —preguntó una mujer.

—¿Dónde lo han visto? —quiso saber un hombre.

—¿Ha matado a alguien?

—¡En la linde del bosque! —explicó Marion sin dejar de alisarse el grasiento cabello de manera compulsiva— ¡Más cerca de las murallas de lo que nunca antes se le había visto!

—¿Cómo sabemos que no mientes, vieja chiflada? ¡Los dragones están muertos! ¡El rey acabó con el último! —le recriminó uno de los hombres más viejos allí reunidos apoyado en un bastón.

—¡Yo nunca miento! —y en susurros siguió diciendo—: Yo nunca, nunca, jamás, nunca miento... No, no, Marion no miente. Ella sólo dice la verdad.

Duna tuvo que acercarse aún más para comprender sus palabras, que ahora surgían de su boca en un torrente ininteligible:

—Miovejahamuertoyyonoséyaquéharé.Eldragónlahamatado. Yolohevisto,hoyporlanoche,montañasobrepatasderocayelbosqueensusojos.Meescrutaron,meescrutaronyyosentíquemeestudiaba.Corrítodalanochesindetenerme,dejandoatrásamioveja hastallegaraquí,hastallegaraquí,hastallegar...

La voz de la mujer se desvaneció entre los murmullos de

los que la escuchaban, quienes se mostraban tan asombrados como Duna.

—¡Ya está bien! —prorrumpió de pronto la voz de un Guardia Real que acababa de llegar a la plaza— ¿Qué sucede aquí?

—¡El dragón ha regresado! —gritó la mujer de las legumbres.

—¡Es cierto! ¡Ella lo ha visto! —le aseguró el hombre.

—Esta mujer está loca —replicó el Guardia—. No dice más que tonterías.

—¿Por qué el príncipe no hace algo? —inquirió otra mujer— ¿Por qué no lo ha cazado todavía?

—¡Eso! ¡Eso! —le apoyaron los demás.

El Guardia tragó saliva, incómodo, y después agarró a la vieja Marion por el brazo. Esta se aferró a él con la mirada perdida mientras balbuceaba palabras sin sentido.

—¿A dónde la lleváis? —preguntó el hombretón interponiéndose en el camino del soldado.

—Apartaos —el soldado le quitó de en medio de un empujón—. La llevo adonde puedan tratar su demencia. No os quedéis parados. Ya no hay nada que ver aquí. ¡Vamos, dispersaos!

Duna vio cómo se alejaban y después cruzó la plaza en dirección opuesta, hacia el portón de la muralla.

El misterio del dragón de Bereth se remontaba a varios años atrás. Duna todavía no había nacido cuando un aldeano juró ver con sus propios ojos cómo, durante una fría noche de invierno, una montaña devoraba un ciervo en lo más profundo del bosque. Al principio, como siempre ocurría en estos casos, nadie le creyó. Pensaron que había bebido demasiado y que no estaba en sus cabales. Él juró y perjuró que lo que había visto era tan cierto como que el sol salía por el este.

El altercado se olvidó al poco tiempo y nadie más volvió a mencionarlo hasta que, unos meses después, una mujer llegó gritando de terror a la ciudad, hablando de una criatura que le había estado persiguiendo hasta la linde del bosque. Sólo era capaz de recordar dos enormes ojos llameantes en la oscuridad, como dos fuegos fatuos siguiendo sus pasos muy de cerca.

De nuevo, los berethianos se burlaron de ella y le dijeron que podría haber sido cualquier otra bestia del bosque. Fue necesario que un grupo de hombres armados con utensilios de labranza se internasen en el bosque aquella misma mañana en pos de la misteriosa criatura, para descubrir varios cadáveres de venados, pájaros y otros animales desgarrados y apilados en un claro en el corazón del bosque. Aquello no podía haberlo hecho un animal normal, admitieron. La criatura culpable de aquella carnicería debía de medir varios metros de longitud y ser tan alto como un árbol para haber terminado con todos aquellos animales con semejante brutalidad y fiereza.

Desde entonces, los chismorreos acerca del monstruo se extendieron y crecieron por toda la región hasta dar forma al temible dragón. Aunque nadie lo había llegado a ver, siempre hablaban de aquellos ojos llameando en lo más profundo del bosque y del inmenso cuerpo que se adivinaba en las sombras.

Los más valientes organizaban batidas por las mañanas y por las noches para intentar capturarlo. Pero sus intentos fueron estériles. El dragón seguía sin ser cazado y los aldeanos de Bereth, a pesar de que el monstruo nunca había hecho ningún daño a un humano, estaban cada día más aterrados. Algunos incluso habían llegado a mudarse al interior de las murallas en cuanto tuvieron oportunidad.

No en vano, resultaba irónico que el valeroso Amadís de Rosterborth hubiese cambiado el anterior blasón, dos rosas cruzadas, por el del dragón tras dar muerte al último de ellos. Algunos berethianos creían que era eso lo que había llevado al dragón hasta Bereth, y pedían que volviesen a sustituirlo por las dos flores. Pero, por supuesto, la Casa Real obvió aquellos comentarios.

Duna intentaba con todas sus fuerzas no creer aquello: un dragón, allí, ¡en Bereth! ¡Imposible! ¿Cuánto tiempo hacía que se habían extinguido? ¿Cincuenta años? ¿Tal vez más? ¿Cómo iba a haber uno tan cerca de la casa de Aya? Con sólo internarse en el bosque podría toparse con él y después…

—¡No! —se dijo Duna ya fuera de la muralla.

No iría a ninguna parte. No se internaría sola en los bosques, ni mucho menos intentaría encontrar al dragón. Principalmente porque, como se repetía una y otra vez, el dragón no existía.

Pero sería tan maravilloso que existiese, que ella fuese capaz de descubrirlo. Fantaseaba tantas veces con entablar contacto con la criatura, con que le permitiese surcar los cielos en su lomo, con que la ayudase a escapar de allí y pudiese ver los otros reinos…

Furiosa por sus desvaríos, intentó dar una patada a una piedra que había junto a la orilla del río pero trastabilló, perdió pie y cayó rodando a las aguas.

—Lo que me faltaba… —suspiró enfadada mientras peleaba con el fangoso lecho del río para salir de él—. ¿Es que hoy nada me va a salir bien? ¿Qué más me puede pasar?

Después de embarrarse completamente el vestido y alcanzar la orilla contraria, consiguió salir y reanudar el camino a casa. En su cabeza sólo cabía el mal humor y el temor de encontrarse con Aya. Ya no quedaba ni rastro de bosques, misterios por resolver o dragones que montar.

Unos minutos más tarde, con el vestido y el cuerpo cubiertos por una fina capa de barro seco y el pelo sucio y despeinado, llegó a la verja de la casa. Sin embargo, se detuvo de repente al contemplar un lustroso caballo de pelaje marrón paciendo junto a las flores del jardín de Aya. Sorprendida, Duna se acercó al animal y le acarició el lomo suavemente. El caballo se limitó a observarla un instante, indiferente, y a seguir comiendo el resto de las flores.

—¿Y tú de dónde has salido? —le preguntó Duna, dándole unos suaves golpecitos sobre el enorme cuello.

El animal dio unos pasos hacia la ventana y le dio la espalda a la chica, quien sonrió divertida y después miró hacia la puerta de la casa.

—Así que tenemos visita…

Intentó alisarse el cabello tanto como pudo y después abrió la puerta con sumo cuidado para no hacer ruido. La cerró al entrar y se escabulló escaleras arriba para que nadie la viese con aquel aspecto. Cuando estuvo en su cuarto, se desvistió completamente y se acercó a la palangana que había en el cuarto de baño junto a su habitación para quitarse toda la mugre que la cubría.

Una vez aseada, se puso un vestido nuevo y bajó las escaleras intentando hacer menos ruido que antes, abrió la puerta, salió, dejó pasar unos segundos y después volvió a abrirla diciendo:

—¡Aya! ¡Ya estoy en casa!

La mujer debía de estar reunida en el jardín trasero. Antes de llegar a este, Duna se detuvo para observar al hombre sentado frente a Aya, de espaldas a la puerta. La muchacha no quiso hacerse ilusiones, pero conjeturando la edad del caballero, tal vez Aya hubiese encontrado un sustituto para el difunto señor Azuladea.

Parecía un caballero acaudalado, tal vez un noble. Las botas daban la impresión de ser de piel y el chaleco sobre el jubón parecía tejido con una buena tela. Aunque no alcanzaba a verle de frente, a Duna no se le escapó que le faltaba algo de pelo en la coronilla y que era bastante más bajo que Aya... ¿Pero qué importaba todo eso si a la mujer se la veía tan alegre?

Exhibiendo su mejor sonrisa e intentado olvidar lo ocurrido en la escuela, Duna abrió la portezuela que daba al jardincito y salió. La mujer se giró asombrada al tiempo que dejaba apresuradamente la taza sobre la mesa y corría junto a Duna, saludándola exageradamente y ruborizándose.

—¡Ah, Duna, no te esperaba! —Su sonrisa desapareció en cuanto se situó frente a la muchacha, de espaldas al invitado—. ¿Qué haces aquí tan temprano?

—Hoy la escuela... ha terminado antes —contestó intentando que sonara lo más verosímil posible.

Aya se acercó un poco más al oído de Duna y, mientras le daba un beso, le susurró:

—¿Qué demonios has hecho con tu vestido? ¿Por qué llevas puesto uno diferente? Ya hablaremos después tú y yo. Ahora compórtate como una dama.

—Eso es lo que soy —le respondió, acercándose para saludar al caballero.

Al ponerse en pie, comprobó definitivamente que era bastante más bajo que ellas dos. Mientras se mantuvo sentado, su altura, o mejor dicho, su falta de ella no había resultado tan obvia, pero ahora que se encontraba de pie podía apreciar lo cortas que eran sus piernas comparadas con el resto del cuerpo. Por otro lado, era endiabladamente guapo. Tenía los ojos oscuros y la nariz recta. Las entradas del cabello no se apreciaban ya que se peinaba hacia atrás y la media sonrisa que dibujaban sus labios era de las más perfectas que Duna había visto nunca.

No obstante, había algo en él que le hacía desconfiar. Tal vez fuese la forma con que se echaba el pelo hacia atrás o la intensidad con la que la observaba…

—Duna, te presento a Lord Guntern de Loresford —dijo Aya, interrumpiendo el hilo de sus pensamientos.

—Mucho gusto —saludó Duna, inclinándose educadamente y apartando la mirada del hombre.

Lord Guntern dio un paso hacia ella y le tomó la mano con suavidad.

—El placer es mío, querida.

Duna esbozó una sonrisa y volvió a desviar la mirada. ¿Por qué le hacía sentirse tan incómoda?

—¿Querrás acompañarnos? —preguntó el caballero indicando una silla libre junto a la suya.

—¡No! —intervino de pronto Aya, sonriendo forzadamente—. Tiene que hacer algunas cosas y no creo que…

—Será un placer, Lord Guntern. —Duna avanzó hasta la silla libre y se sentó, algo más tranquila. Aya estaba muy equivocada si creía que iba a marcharse sin que le presentase oficialmente a su amorío.

—¿Estás segura, Duna? —insistió Aya recriminándola con la mirada y cada vez más sonrojada—. Me ha parecido entender que tenías *tareas* de la escuela…

—Oh, no, Aya. Debiste entender mal —le contestó ella sirviéndose un poco de té en la tacita de porcelana.

Lord Guntern estaba totalmente absorto. Se limitaba a surtir la taza de Duna de azúcar y a ponerle algunas pastas sobre el platito.

Muy servicial, pensó Duna. *El tipo de hombre que Aya necesita.*

A disgusto y malhumorada, la mujer volvió a sentarse y a clavarle una mirada airada sin ningún tipo de reparo. Duna simplemente le sonrió.

—Y decidme, Lord Guntern, ¿a qué se debe esta inesperada visita a nuestro humilde hogar? —preguntó Duna intentando mostrarse lo más inocente posible.

El caballero, confundido, miró de repente a Aya mientras esta bajaba los ojos, muy interesada repentinamente en las filigranas del mantel.

Verás cuando se lo cuente a Cinthia, bromeó Duna para sí.

—¿No lo sabes, querida? Pensé que Aya te lo habría contado —dijo Lord Guntern sin cambiar el semblante sorprendido.

—¿A mí? —exclamó Duna, dando un sorbito al té—. ¡En absoluto! Aya ha tenido bien guardado este pequeño... *secretito*.

Lord Guntern soltó una carcajada y Aya tragó saliva, muerta de vergüenza.

—¡Vamos, Aya! —le animó Duna—. ¡Era una broma! ¡Me parece estupendo que no hayas querido contarnos nada! Imagina cómo se habría puesto Cinthia si hubiera descubierto que tienes pareja.

—¿Cómo? —preguntó Lord Guntern.

Aya levantó la cabeza como impulsada por un resorte y la miró con los ojos como platos.

—¿He... he dicho algo malo? —preguntó Duna, ruborizándose.

—Cariño... —dijo Aya.

—¡Cuánto lo siento! —se disculpó la muchacha mirando a Lord Guntern—. Por un momento pensé que vos y Aya... que Aya y vos...

El hombre sonrió comprensivo.

—No soy hombre de dos mujeres, querida.

Duna deseó que se abriese un agujero bajo su silla y el mundo se la tragase.

—Al no ver un anillo en vuestro dedo, supuse que no estabais casado y que...

—¡Y no lo estoy! Al menos por el momento... —Lord Guntern miró a Aya, quien se había quedado con la boca abierta, y después añadió—: Un momento, ¿entonces Aya no te ha dicho *nada*?

—¿Nada sobre qué? —preguntó Duna desesperada. Primero miró al hombre, después a Aya, y cuando vio que la mujer no decía nada, volvió la vista otra vez hacia el lord.

—Querida Duna —dijo él con una voz tranquilizadora—. Estamos ultimando los detalles de nuestra… unión —añadió el caballero alzando la voz unas cuantas octavas en la última parte de la frase. Sus ojos no dejaban de observar a la muchacha.

Duna parpadeó varias veces, incrédula, y después exclamó:

—¡¿Perdón?! —tomó aire— ¡¿Nuestra… unión?! —volvió a respirar— ¿Qué unión es esa, si puede saberse?

—La del sagrado matrimonio, ¿cuál si no? —contestó divertido Lord Guntern creyéndose parte de algún tipo de broma.

Duna le fulminó con la mirada y este dejó de sonreír de manera tan necia. Después fijó sus ojos en Aya, que por fin había cerrado la boca. La rabia que había sentido durante el día no podía compararse con lo que la recorría en aquel momento. ¿Cómo no se había dado cuenta antes? ¡Aquel enano presumido no se convertiría en el marido de Aya sino en el suyo!

Las bombillas de más, el ajetreo de la mujer durante los últimos días, todos los pedidos de la cestería que había aceptado… ¿Cómo no lo había visto venir? Aya había estado preparando una buena dote para poder casarla con un caballero tan distinguido como el Lord, quien en esos momentos la miraba con una expresión que Duna tuvo que reprimirse para no golpear de puro enfado.

—¿Ocurre algo, querida? —preguntó extrañado el caballero— Te noto algo tensa.

Duna contuvo las ganas de llorar y desvió la mirada hacia Aya. Le había traicionado. Cuando se quedasen a solas le echaría todo en cara; jamás le perdonaría que hubiese actuado a sus espaldas. Ahora debía comportarse con elegancia y distinción. Aunque sólo fuese por demostrarse a sí misma que la maestra de la escuela estaba equivocada y que ella podía ser toda una dama.

Respiró lentamente unas cuantas veces y después volvió a sonreír a Lord Guntern.

—En absoluto, mí querido *lord.* —Aya la miró de hito en hito—. Ha sido un pequeño mareo, pero ya me he recompuesto. Si no os importa, he recordado que tengo cosas que hacer. Si me permitís…

—¡Desde luego! —dijo el caballero poniéndose en pie de un saltito sobre sus cortas piernas y corriendo a separar la silla de Duna de la mesa. Un gesto sumamente caballeroso que quedó nublado por la incapacidad casi total del hombre para llevarlo a cabo.

—Gracias —contestó amablemente la muchacha, dispuesta a entrar de nuevo en la casa.

—Aguarda, yo también me marcho.

Estupendo, pensó cada vez más enfadada, *todavía tendré que aguantarle un rato más...*

Aya siguió sentada con los ojos como platos contemplando la escena. Tan sólo se limitó a asentir cortésmente cuando el caballero le agradeció su hospitalidad antes de salir del jardín tras Duna.

Cuando llegaron al recibidor, la muchacha abrió la puerta y esperó pacientemente a que el Lord se decidiese a salir por ella.

—Ha sido una tarde muy agradable, querida.

El Lord tomó su mano como había hecho antes y, aunque Duna intentó desasirse, Guntern no se rindió hasta que logró besarla.

—Cuanto menos una sorpresa —respondió Duna, llevándose la mano tras la espalda, donde la restregó contra el vestido.

—Oh, puedes llamarme Henry, dadas las circunstancias.

Duna cambiaba el peso de un pie a otro a cada segundo, cada vez un poco más irritada.

—Entonces, querida, ¿vendrás a mi finca alguna tarde? ¿O te da miedo estar a solas con un hombre? —se burló el caballero mientras se subía los pantalones por encima de la cintura.

—No —contestó fría como un témpano la muchacha.

Lord Guntern la miró sin comprender.

—No a qué, ¿querida?

—No a las dos cosas. Buenas tardes.

Y diciendo esto, le cerró la puerta en las narices, subió las escaleras corriendo y se encerró en su habitación.

Aquella iba a ser una noche muy larga.

El príncipe Adhárel llamó suavemente a la puerta y esperó. La habitación de la reina Ariadne se encontraba en una de las torres del ala oeste del palacio.

Unos segundos después oyó unos pasitos apresurados en el interior. La puerta se abrió y la cabeza de una mujer algo más joven que la reina se asomó por ella. En cuanto vio al príncipe, abrió la puerta de par en par e hizo una reverencia.

—Adelante —dijo la doncella, apartándose.

Adhárel le sonrió y entró en los aposentos de la reina. Esta se encontraba junto al enorme ventanal que precedía al balcón, con un libro sobre el regazo pero con la mirada perdida más allá del cristal.

—¿Madre...? —dijo, preocupado por molestarla.

La reina pareció salir de su ensimismamiento, le miró y sonrió dulcemente.

—Hola, Adhárel.

El príncipe le dio un beso en la mejilla y después se sentó en el borde de la cama.

—Puedes retirarte, Dora —le dijo la reina a su doncella con una mirada significativa. Esta hizo una reverencia y salió—. ¿Qué sucede, hijo?

—Verás...

—Tienes una pinta horrible, Adhárel —le interrumpió su madre, peinándole un poco el cabello—. ¡Pareces tú el enfermo, no yo! Este endiablado pelo que nunca se está quieto ¡Y esa barba! Deberías ir a que te la arreglasen un poco hoy mismo.

—Madre, por favor...

—Lo digo por tu bien, hijo. Mírate en el espejo. ¿De verdad crees que te conviene ir así?

Adhárel bufó, aburrido.

—Mientras tome las decisiones correctas, no creo que al pueblo le importe mi aspecto.

—¡Pero a mí sí! —exclamó su madre—. Deberías hablar con Dimitri para que te preste alguno de sus trajes.

Adhárel se echó a reír.

—No, madre, me parece que no...

—Eres guapo, Adhárel, ¿por qué te empeñas en pasar desapercibido?

El príncipe notó que se ruborizaba, pero al momento se puso serio.

—No he venido a hablar de esto contigo, madre. Al parecer

se ha vuelto a ver al dragón cerca de la ciudad y me preguntaba si…

—¡Otra vez esa historia! —exclamó la reina, poniendo los ojos en blanco.

—¡Pero Madre, es cierto! Se han encontrado huellas que no corresponden a las de ningún animal conocido. ¡Son enormes! ¿Y qué me dices de los cadáveres que encontraron?

—Digo que no son pruebas suficientes... ¡Pudo… pudo haber sido cualquier animal salvaje, Adhárel! Entiendo que los aldeanos se crean esas historias, pero no consentiré que lo haga mi hijo.

Adhárel bufó imperceptiblemente y dirigió la mirada al suelo.

—Cuentos o no, pienso ir a investigarlo.

—Será si yo te lo permito, Adhárel.

—¡Ya soy mayor, madre! Cumpliré veinte años en pocos días.

—En quince, exactamente. No tienes que recordármelo —le reprochó autoritaria la reina—. Y, que yo sepa, sigues siendo mi hijo. Y yo la reina.

—Es mi deber averiguar qué sucede.

La reina le apuntó con el dedo índice.

—No. Tu deber no es ir a cazar fantasías del pueblo. Tu deber es quedarte en el palacio, protegiendo a Bereth de cualquier amenaza y sirviéndole en todo lo necesario.

—¡El dragón es una amenaza! —exclamó Adhárel.

—No, no lo es. El dragón no es ninguna amenaza. El dragón no existe.

—¿Cómo puedes estar tan segura, madre?

La reina apartó la mirada y la posó en el libro.

—Porque mi padre mató al último de ellos —respondió con un hilo de voz.

Las palabras cayeron sobre Adhárel como un cubo de agua fría. Su abuelo, el padre de la reina, el valeroso Amadís Rosterborth, había fallecido dando caza al más fiero y sanguinario de los dragones. La leyenda decía que, cuando Amadís clavó su espada en el corazón del monstruo, el grito desgarrador que surgió de sus entrañas destruyó al resto de sus congéneres que aún permanecían con vida. Adhárel también sabía que aquel fue un duro golpe para su madre del que nunca llegó a recuperarse.

—Madre… lo… lo siento… —se disculpó Adhárel, avergonzado—. Yo… no quería…

—No tienes que pedir perdón, hijo —le aseguró comprensiva—. Entiendo que quieras ir a investigar, que quieras dar caza a ese *dragón*, pero es mucho más importante que permanezcas en el palacio.

—La cacería estaba preparada para esta noche… —comentó el príncipe sin mucha convicción.

—¿Una cacería real? —preguntó la reina asombrada—. ¿Para el dragón?

Adhárel asintió sin mirarla.

—¡Oh, Adhárel! ¡Cuándo crecerás!… ¡No puedes utilizar a la Guardia Real para lo que te venga en gana! ¿Qué pasaría si al amanecer Belmont intentase invadir Bereth? Yo te lo diré: que parte del ejército estaría tan cansado debido a las correrías nocturnas que no podrían ni con las espadas.

—Eso es totalmente improbable, Barlof dice…

—¡Barlof dice! —le interrumpió ella, enarcando las cejas— ¡Cómo no! ¡Ese hombretón parece tener de sesera lo que tiene de enano!

—¡Es un magnífico Capitán del ejército!

—No lo dudo, pero a veces tengo la desagradable impresión de que se aprovecha de su situación para meterte ideas descabelladas en la cabeza. —Adhárel desvió la mirada mordiéndose la lengua. Ariadne añadió—: Entonces, ¿la cacería está ya lista?

—Con perros y todo, madre —contestó él, controlando su enfado.

La reina se llevó los dedos a los labios en un gesto característico y meditó durante unos segundos.

—Sé que sería prácticamente imposible cancelarla ahora, cuando falta tan poco…

A Adhárel se le iluminaron los ojos por un instante.

—Por lo que… adelante. Habrá cacería esta noche. Sólo para que os deis cuenta de lo equivocados que estáis.

—¿De verdad? ¡Gracias, madre!

—Espera, Adhárel. He dicho que habrá cacería, no que tú puedas ir.

El príncipe tardó unos segundos en procesar sus palabras, pues ya andaba haciendo planes para la noche. Cuando lo comprendió, regresó su malhumor.

—¡Es injusto, madre!

—¡Es un peligro, que es diferente!

—¿No decías que no había ningún dragón?

—Hay muchos más peligros en un bosque oscuro que un dragón imaginario. No. No permitiré que te ocurra algo.

—¿Es esta tu última palabra? —preguntó Adhárel, sin ninguna esperanza.

—Sí.

—Bien.

Adhárel se puso en pie y se alisó los pantalones con un par de manotazos.

—Le diré a Barlof que esta noche ocupará el mando.

La reina asintió y después se dio la vuelta hacia la ventana, dando por zanjada la conversación.

Adhárel hizo ademán de salir pero la puerta se abrió de golpe y su hermano Dimitri entró en la habitación, con una sonrisa como hacía tiempo que Adhárel no veía en su rostro. No se detuvo ante Adhárel ni un instante, sino que fue directamente hacia su madre, quien se había girado sorprendida por la irrupción.

—¡Madre, hoy hay una cacería! ¡Por la noche! Me dejarás ir, ¿verdad?

Adhárel no pudo evitar soltar una carcajada que Dimitri contestó con una mirada cargada de desprecio.

—Lo que más me sorprende de todo —dijo la reina sin contestar a su hijo menor—, es que siempre soy la última en enterarme de las cosas que ocurren en este palacio.

—¿Puedo ir? —insistió Dimitri.

—No —contestó Adhárel.

—¡Tú no eres nadie para decirme qué puedo y qué no puedo hacer!

—Pero yo sí —intervino su madre—. Ninguno de los dos saldréis de cacería esta noche.

—¿Por qué? —preguntó Dimitri con un tono de enfado en la voz.

—¿Tengo que explicarlo otra vez? —dijo la reina, cansada—. Es muy peligroso. Punto. Ninguno de mis hijos, futuros soberanos del reino, sufrirá un accidente haciendo alguna estupidez esta noche.

—Yo no seré el soberano de nada —masculló Dimitri.

—¡Basta! —cortó la reina mientras se frotaba la sien—. He dicho que no. Si no queréis nada más, dejadme descansar.

Ariadne empezó entonces a toser y Adhárel la miró preocupado mientras Dimitri se encaminaba hacia la puerta. Al pasar junto a su hermano, le susurró algo que Adhárel no alcanzó a comprender.

El príncipe salió detrás de él y, antes de cerrar la puerta, le dijo a su madre:

—Sobre lo de mi cumpleaños...

La reina volvió a mirarlo.

—¿Qué quieres ahora, Adhárel?

—He pensado que podríamos festejarlo con un baile.

La reina volvió a mirar a través del cristal.

—Sólo quedan unas semanas, no sé si dará tiempo a organizarlo todo.

—Yo me encargaré. Me parece que será una buena oportunidad para conocer la opinión del pueblo sobre la situación de Belmont.

Su madre se dio la vuelta.

—¿De verdad necesitas un baile para conocerla?

—No es sólo eso. Los belmontinos son cada día más atrevidos, tal vez...

—¿Para que alguno se acerque lo suficiente como para apresarle? —le cortó Ariadne, adivinando su pensamiento—. ¡Vamos, Adhárel! No son niños, sería toda una temeridad por su parte acercarse a Bereth en las actuales circunstancias.

—Aun así, quiero tentarles.

—Entiendo... —contestó Ariadne con la mirada clavada en el suelo—. Nos vendrá bien una fiesta. Después de todo, no se cumplen veinte años todos los días.

Adhárel sonrió más tranquilo.

—Gracias, madre. Nos veremos en la cena. —Y, tras esto, cerró la puerta, dejando a la reina inmersa en sus pensamientos.

5
EL JUICIO

Aya estuvo llamando a la puerta de Duna casi toda la noche, primero suavemente, después con mayor insistencia, pero la muchacha no dejó de sollozar en el interior sin hacer caso a sus llamadas. Se había encerrado con la intención de ordenar sus ideas pero no había tardado en caer sobre la cama en un mar de lágrimas, desconsolada por la traición de Aya.

¿Cómo había podido *venderla* de aquel modo? Era incapaz de encontrar otras palabras que describiesen mejor la manera en que Aya había actuado. Un puñado de berones, unas cuantas bombillas y Duna había dejado de pertenecerle para pasar a manos de aquel hombre. Sabía que era un pensamiento cruel, pero no podía verlo de otro modo.

La expulsión de la escuela era otro hecho que también le preocupaba, pero no tanto como la perspectiva de contraer matrimonio con aquel presumido de Lord Guntern. Aya tendría que explicarle muchas cosas, pero no ahora. Si intentaba entablar conversación con ella terminaría diciendo cosas de las que después se arrepentiría.

—¡Oh, Aya! —gimió Duna sin dejar de llorar— ¿Por qué? ¿Por qué lo has hecho?

A medianoche, Duna se sumió en un sueño inquieto que no le ayudó a reconfortarla o a recobrar las fuerzas. Las pesadillas la asediaron en cuanto cerró los párpados. Sus temores se hicieron reales en aquellos sueños en los que Lord Guntern la perseguía a través de un espeso bosque en el que las ramas impedían su avance. Duna intentaba correr, pero caía al suelo una y otra vez. Y cuando volvía a levantarse, el hombre se encontraba todavía más cerca. A cada paso, Lord Guntern iba creciendo y, poco a poco, su sombra se iba cerniendo sobre el bosque entero.

—No huyas de tu destino, querida... —susurraba el viento entre los árboles llevando consigo la voz del Lord.

Duna siguió corriendo hasta que tropezó y cayó al suelo. Se giró y pudo comprobar cómo el hombre, que ya medía varios metros de altura, se agachaba hacia ella con los ojos ardiendo en deseos. Pronto estaría entre sus manazas, incapaz de volver a escapar.

La muchacha estuvo a punto de gritar cuando, de repente, un rugido ensordecedor surgió de lo más profundo del bosque. El gigantesco Lord Guntern miró aterrado hacia todos lados, se incorporó y salió corriendo, dejando a Duna en aquel lugar, incapaz de mover un sólo músculo. En ese momento descubrió dos luceros entre los árboles que parecían vigilarla; se arrastró para alejarse de ellos, pero también empezaron a avanzar. Aquello no eran luceros, descubrió Duna, sino dos ojos que la escrutaban desde la oscuridad. Parecían estar esperando su siguiente movimiento para poder devorarla. Era el dragón. Lo sabía sin verlo, y no era como había imaginado... No había ni rastro de la docilidad con la que había fantaseado en tantas ocasiones.

Desesperada, lejos de recordar al gigantesco Lord que le había perseguido hasta allí, profirió un grito cuando las fauces de la criatura salieron de la espesura.

La muchacha se despertó con su propio chillido, con las manos alrededor del cuello, intentado protegerse del dragón que lentamente iba difuminándose en su mente al tiempo que tomaba conciencia de dónde se encontraba.

Un repentino ronquido la sacó de su ensimismamiento. Con delicadeza abrió la puerta de su habitación y descubrió a la pobre Aya durmiendo sobre una silla junto a la puerta, haciendo guardia, esperando a que saliese para poder hablar con ella. Duna se sintió culpable y con suavidad la zarandeó para despertarla. Lentamente, Aya fue abriendo los ojos hasta que enfocó a la muchacha y entonces se abalanzó sobre ella y la estrechó entre sus brazos mientras lloraba casi con tantas fuerzas como Duna la noche anterior.

—Lo... lo siento muchísimo, hija mía —sollozaba la mujer—. No pensé que... que fuese a ser así. Perdóname. Por el Todopoderoso, perdóname... Lo siento muchísimo. Mi niña, mi pobre niña... ¿qué he hecho... ?

Duna se deshizo con delicadeza de su abrazo y le secó los ojos con las mangas del camisón.

—No llores Aya. Sé que lo has hecho pensando en mí. No puedo negar que me haya dolido, pero no sirve de nada lamentarse.

De nuevo Aya rompió a llorar con más ganas que antes.

¡Era injusto! Tendría que estar consolándola a ella, ¡no al contrario!

Sin estar muy segura de lo que debía hacer, ayudó a Aya a bajar las escaleras hasta la cocina, donde la sentó en un taburete y le sirvió un poco de café con un chorrito de leche.

—Ya encontraremos algún modo de solucionar todo este malentendido. Bastará con hablar con...

—¡Lord Guntern no nos escuchará! ¡El trato ya se ha cerrado!

—Pero... pero... si yo no quiero no tengo porqué casarme, ¿verdad? No pueden obligarme.

—Cuando los responsables de la niña hacen un trato de matrimonio con un hombre y este acepta, lo único que queda es elegir el día del enlace.

—¡Eso es injusto! —vociferó Duna, perdiendo la compostura—. Tiene que haber una solución. Yo no soy una mercancía que se pueda comprar o vender... ya no.

Sin poder evitarlo, y aunque lo había intentado hasta ese momento, Duna se dejó llevar por la tristeza y acompañó a Aya en su llanto. Y esta vez fue la mujer quien consoló a la muchacha.

—Sólo existen dos formas para no tener que casarte con él.

—¿Huir? —preguntó Duna esperanzada.

Aya sonrió ante su ocurrencia.

—No, cariño. El hombre, en caso de ser abandonado, tiene derecho a recurrir a la Guardia Real para que persigan a la mujer y le hagan pagar por abandonarle. No. Había pensado en otras opciones. Una difícil, la otra imposible...

La muchacha se separó de la mujer y la miró, intrigada.

—¿Cuáles?

—La primera consiste en que otro hombre pague una cantidad mayor por ti a Lord Guntern; si este se negase, tendrían que batirse en duelo. —Aquello no le pareció nada mal a la muchacha. Con un poco de suerte, el Lord Baboso acabaría con una espada ensartada en el... —La segunda sería que la ley cambiase. Pero eso es imposible. Cambiar una ley no se hace de la noche a la mañana. Harían falta meses o incluso años. Ese mandato lleva vigente en Bereth y en otros Reinos desde hace siglos. Olvídalo.

—¡No! —exclamó molesta—. *Esa* es la solución. La reina es mujer. Entenderá nuestra situación. ¡Sé que lo hará! Bastará con hablar con ella.

—No debería haberte dicho nada —se lamentó Aya—. Deberías comprender que es imposible. La reina es mujer, pero dudo que le preocupen estos problemas, dudo que tenga tiempo para arreglarlo y aún tengo más dudas de que consigas audiencia con ella. Duna, lo siento de verdad, pero no hay marcha atrás...

—¡Sí que la hay! —volvió a gritar desesperada—. ¡No pienso casarme! ¡Huiré lejos de Bereth! ¡Lejos de Lord Guntern, de la Guardia y de ti! ¡Todo esto es por vuestra culpa! ¡Todo!

Incapaz de reprimir su enfado, Duna tiró al suelo cuanto había sobre la mesa. En ese instante Cinthia apareció en la puerta. Había bajado corriendo las escaleras al oír los gritos.

—¿Qué está pasando? —preguntó asustada.

Duna no le respondió y salió de la habitación golpeándole en el hombro al pasar.

—¡Eh! —se quejó la chica— ¿Y a esta que le pasa?

—No importa —le contestó Aya ocultando las lágrimas—. Déjame recoger esto. Desayuna y vete a la escuela a toda prisa o llegarás tarde. Di que Duna no irá hoy.

Cinthia se quedó paralizada. ¿Aya no sabía que Duna había sido expulsada? Entonces, ¿a que venía esa discusión?

Duna volvió a encerrarse en su cuarto como hiciera la noche anterior, pero esta vez no lloró. Las lágrimas se le habían terminado antes del alba. Ahora arremetía contra todo lo que encontraba a su paso: baúles, libros, ropa... Nada se libró de la ira desmesurada de la muchacha.

Iría a hablar con la reina, se decía mientras deambulaba de un lado a otro de la habitación dando fuertes pisotones. ¡Desde luego que iría! Y si no conseguía audiencia, se escabulliría para entrar hasta los mismísimos aposentos reales para que la escuchase. No iba a permitir que una anticuada ley la obligase a contraer matrimonio con alguien a quién, en una sola tarde, había llegado a aborrecer.

Y si eso no funcionaba, huiría. Sí. Esa era una buena idea: escaparía de Bereth y de sus absurdas leyes en busca de un lugar mejor. Correría mil aventuras. No necesitaría nada más que...

Duna se sentó en la cama. Estaba agotada. No podía irse, ¿en qué estaba pensando? No podía dejar a Aya sola. Además, no disponía de dinero suficiente ni para llegar al reino más cercano que no estuviese en guerra con Bereth.

Siguió dándole vueltas al asunto hasta que oyó cómo llamaban a la puerta principal, en el piso inferior. Intrigada por la inesperada visita, salió de su cuarto y se asomó a la barandilla para espiar. La muchacha se quedó de piedra cuando Aya abrió la puerta a un uniformado cartero real que se cuadró ante la mujer y después dijo a voz en grito:

—Tengo órdenes de entregar la siguiente correspondencia a Ayanabia Azuladea Socres.

Duna dio un respingo, pues temía las palabras que pudiera contener aquella carta. Aya se presentó ante el cartero y este le entregó el sobre lacrado. Después, el hombre hizo una inclinación y se despidió.

Duna bajó las escaleras como un torbellino en cuanto la puerta se cerró y le arrebató el sobre a la mujer antes de que esta pudiese siquiera abrirlo.

—¡Pero qué te pasa! —gritó enfadada la mujer—. ¡Duna, devuélveme esa carta ahora mismo!

—No... no puedo —se limitó a contestar ella sin saber qué hacer con la prueba del delito.

—Duna Azuladea, te digo que me la des ahora mismo. ¡Obedece!

Se encontraba en un callejón sin salida. La pared a su espalda y Aya en frente, cada vez más cerca... ¡No tenía escapatoria!

—Se me olvidó contarte algo que... —intentó disculparse Duna sin saber muy bien cómo.

—¿De qué hablas? ¡Dame la carta, Duna! Me estoy empezando a enfadar.

En un intento desesperado por escapar, la muchacha se arrojó al suelo para pasar por debajo de las piernas de Aya pero esta la interceptó y le quitó el sobre de las manos.

—¡Déjame que te lo explique antes!

Aya no le hizo ningún caso. Sacó la carta y se puso a leer mientras la muchacha empezaba a reptar por un lado para escapar de allí. Los ojos de Aya recorrieron cada línea de la circular unas cuantas veces antes de asimilar todo su contenido.

Duna empezaba a incorporarse cuando Aya pegó el grito.

—¡¿Qué... demonios... es... esto?!

Duna se levantó sabiendo que estaba todo perdido.

—No fue culpa mía... —balbuceó—. La maestra empezó a gritarme y a amenazarme con la vara si no le obedecía. Yo simplemente salí corriendo.

—¡Saliste corriendo después de desobedecerle, insultarle y replicarle! —enumeró Aya leyendo la carta—. Duna, estás citada para una audiencia.

La muchacha la miró aturdida. Aya volvió a leer la carta:

—Han preparado el juicio para dentro de unas horas. Debes presentarte en el Palacio Real antes del mediodía.

—Pero... ¿un juicio? —murmuró Duna—. ¿Tanto lío por una pataleta de colegio?

Aya se sentó en una silla próxima y respiró hondo.

—Ya sabía yo que algún día no se limitarían a amonestarte. No es sólo una pataleta, Duna. Llevas buscándote problemas con esa mujer desde principio de curso.

—¡Pero es culpa suya!

—Deja ya de echarle la culpa a los demás y asume de una vez la responsabilidad de tus actos. Vístete. Nos vamos enseguida.

Duna subió las escaleras como si llevase granito en los pies y un nudo en el estómago. Por fin conocería el interior del palacio, como tantas veces había soñado.

Ahora no le parecía más que una cruel pesadilla.

Cuando llegaron a las escaleras de piedra que ascendían hasta el portón del palacio, Aya le colocó adecuadamente el vestido a Duna para después hacer lo mismo con el suyo.

—Déjame hablar a mí —le avisó la mujer mientras subía los primeros escalones.

Duna avanzó unos pasos por detrás de Aya hasta que llegaron frente a la puerta, donde se apostaba con mirada severa el mismo soldado de la vez anterior.

—¿Quién va? —preguntó con voz autoritaria.

—Tenemos una citación Real —le explicó Aya al tiempo que le entregaba la carta.

El guardia la leyó por encima y, sin decir una sola palabra, les permitió el paso abriéndoles él mismo la puerta. Duna captó un destello de burla en sus ojos cuando pasó a su lado.

La puerta se cerró tras ellas y un criado apareció por el otro extremo del recibidor ataviado con un jubón rojizo y unos calzones marrones que le llegaban hasta las rodillas. Aya le entregó la carta y, después de leerla, les pidió que le acompañasen.

Sin separarse del hombre, Aya y Duna recorrieron el vestíbulo principal hasta las enormes escaleras que subían al siguiente piso. Allí giraron a la izquierda hasta llegar a una puerta, donde el criado se detuvo.

—Aguardad aquí hasta que os llamen para pasar —les dijo antes de llamar con suavidad a la puerta y entrar en la sala.

Duna, a pesar de las circunstancias, no dejaba de mirar embelesada cuanto le rodeaba. *De modo que así era el gran Palacio por dentro*, se decía admirando los cuadros que cubrían las paredes, las majestuosas vidrieras de las ventanas y las sempiternas alfombras que revestían los pasillos.

De pronto, una voz grave surgió de la sala:

—Duna Azuladea, adelante.

La muchacha empujó la puerta y entró, nerviosa y angustiada por lo que sucedería. Aya hizo ademán de seguirla pero la misma voz, que provenía de un hombre barbudo y con cara de pocos amigos sentado sobre una enorme butaca, se lo impidió:

—Sólo la muchacha. Vos podéis volver a casa. Más tarde podréis preguntarle a la joven lo que haya acontecido.

Aya asintió dócilmente y, dedicándole una mirada de compasión a Duna, regresó por el pasillo junto al criado que las había acompañado hasta allí.

La muchacha tragó saliva intentando parecer tranquila. De un vistazo recorrió la sala y pudo comprobar que junto al hombre que había hablado, situado en el centro de una larga mesa, se encontraban la maestra de Duna, que sonría maliciosamente, un hombre al que no había visto en su vida y un escribano que tomaba nota con una pluma.

Era una sala de altísimos techos, sin más ornamentación que algún que otro escudo de Bereth labrado en la piedra. Del techo colgaba una magnífica lámpara de araña con montones de cristales que refulgían con los rayos de luz que atravesaban los ventanales laterales. Sus bombillas, al menos diez en total, se encontraban en ese momento apagadas. Tras la mesa donde se sentaban los allí presentes había un espléndido tapiz que cubría toda la pared y en el que estaban representados con colores únicos los acontecimientos más significativos de la historia del reino: las victorias del ejército, las bodas reales, la batalla contra los últimos dragones...

En mitad de la sala, frente a la enorme mesa del jurado, había una silla en la que Duna supuso que debería sentarse.

—Duna Azuladea. Padre, desconocido. Madre, esclava —leyó de un pergamino el mismo hombre de antes, quien parecía ser el juez—. Hija adoptiva de Ayanabia Azuladea Socres. Diecisiete años. Estudiante de último curso en la Escuela del Este. —En este punto su maestra pareció sufrir una terrible jaqueca. Ojalá no fuese fingida, pensó Duna—. Está acusada de haber insultado, gritado y desprestigiado a su maestra, la aquí presente Lady Soriana Tutelly.

Cuando terminó de leer, enrolló el pergamino y miró fijamente a Duna.

—Tomad asiento, Duna Azuladea —le ordenó señalando la silla de madera.

Duna hizo lo que le indicaba y se quedó esperando a que diesen comienzo las acusaciones. Esperaba que no fuesen a durar demasiado. Los jueces comentaron algo en susurros y después volvieron a mirar a la muchacha.

—Hemos leído los cargos que se te imputan —dijo el hombre—. ¿Tienes algo que añadir?

Lo primero que pensó Duna, antes de decir nada, fue que estaban siendo bastante groseros pues ni siquiera se habían presentado. Por supuesto, no dijo nada y, viendo que la batalla estaba perdida de antemano, se limitó a negar con la cabeza.

El otro hombre sentado a la mesa se ladeó hacia el juez y le susurró algo al oído. Después volvió a mirar al frente.

—Creo que tienes toda la razón, Duna Azuladea. —La muchacha le miró sin comprender—. No nos hemos presentado y eso es una falta grave de descortesía. Mi nombre es Sir Carroll, a Lady Soriana ya la conoces y el caballero que se sienta a mi derecha es Ninfunae Sermé, maestre Sentomentalista.

Duna, que se había quedado asombrada cuando Sir Carroll había empezado a hablar, lo comprendió todo: Ninfunae había escuchado sus pensamientos y le había hecho partícipe de ellos al juez. *Una capacidad muy útil en los juicios la de aquel sentomentalista*, pensó la muchacha. Pero, al momento, miró al maestre reprimiendo su pensamiento, este la miró un segundo y después le guiñó un ojo. Duna se relajó. Parecía buena persona.

—Entonces, Duna Azuladea —continuó Sir Carroll—, ¿estás completamente de acuerdo con los cargos?

Más tranquila, la muchacha dijo:

—En parte sí y en parte no…

—Explícate —le espetó malhumorada la maestra.

Duna tragó saliva y dijo:

—No fue mi intención insultar a Lady Soriana. Cada día, cada vez que hacemos algo mal, la maestra nos atiza con su vara de madera. Y aunque nosotras no lloremos, nos hace mucho daño. —La maestra se revolvió en su asiento—. No soy quién para juzgar si es una buena o una mala manera de enseñar, simplemente me cansé de recibir golpes y me rebelé. Pido disculpas por ello.

Duna meditó cada palabra antes de pronunciarla. Y, aunque en el fondo estaba tan enfadada con aquella mujer que se habría desahogado gritándole todos los insultos que se agolpaban en su mente, no lo hizo a sabiendas de que aquello empeoraría mucho su situación. Como un acto reflejo, miró de refilón al sentomentalista, quien parecía asentir casi imperceptiblemente. Duna se ruborizó.

—Esta vez tus disculpas no te servirán de nada —le amenazó la maestra, impertérrita.

Sir Carroll volvió a tomar la palabra:

—Según tenemos entendido, esta no ha sido la única vez que has demostrado tu mal comportamiento, Duna Azuladea. Al parecer has llegado tarde la mayoría de los días, no has cumplido tus tareas con diligencia y te has enfrentado a todas las maestras que has ido teniendo a lo largo de tus años en la escuela.

—¡Pero es que no enseñan más que tonterías!

Los tres adultos se quedaron boquiabiertos; incluso el escribano dejó la pluma en el tintero y la miró tan sorprendido como el resto. Duna se llevó las manos a la boca pero ya era demasiado tarde.

—¡Lo ha vuelto a hacer! ¿Qué os dije? ¡Es incorregible! —comentó la maestra, la primera en recuperarse de la sorpresa.

—¡Duna Azuladea! —exclamó Sir Carroll— ¿Cómo osas hablarnos de ese modo?

Lady Soriana asintió con la cabeza, sonriendo y agradecida de que le diesen la razón.

—Lo siento, ha sido sin querer…

—Nos has demostrado que no puedes contener tu lengua. Pensábamos retirarte el castigo. Queríamos que este fuese tan sólo un aviso, pero ahora… —Duna le miró suplicante y asustada—, no tendremos más remedio que tomar medidas.

—Quedas expulsada de la Escuela del Este, *Duna Azuladea* —dijo la maestra, pronunciando el nombre con burla y sin ocultar su satisfacción.

Duna miró desesperada a los otros dos jueces, pero el sentomentalista se limitó a negar con la cabeza y a bajar los ojos mientras Sir Carroll asentía firmemente.

—Tu maestra tiene razón. Estás expulsada de la Escuela.

—¡Pero entonces no podré terminar mis estudios! —exclamó la muchacha poniéndose en pie— ¿Qué voy a hacer ahora?

—Haberlo pensado antes, niña. Quizá te vaya mejor con los gorrinos... —respondió la mujer. Duna empezó a sollozar.

—Dadme otra oportunidad. ¡Os lo suplico! No lo hagáis por mí, hacedlo por la pobre Aya. Imaginad el disgusto que tendrá...

La maestra no pareció enternecerse ni un ápice, pero los otros dos hombres se miraron algo preocupados.

—Quizá exista otra solución —comentó entonces Ninfunae, el maestre sentomentalista. Su voz había sonado tan suave y melódica como la música. Sin levantar la voz había conseguido que todos le mirasen y dejasen de hablar.

—Para que pueda seguir con su último año de formación...

—¡Hemos decidido expulsarla! —saltó la maestra, rompiendo el hechizo que había creado Ninfunae. El sentomentalista la miró una sola vez y esta bajó la cabeza, abochornada.

—Como iba diciendo, para que Duna pueda seguir con su formación quizá no sea necesario que lo haga en la Escuela.

—Si no es en la escuela, ¿dónde propones que lo haga, Ninfunae?

—Aquí.

—¿Aquí? —preguntaron Duna, Sir Carroll y la maestra al unísono.

—Sí, aquí. En el Palacio. ¡Qué mejor sitio para aprender a comportarse como una dama que en el mismo palacio Real, rodeada de la elegancia y de los modales más cuidados del reino!

Sir Carroll meditó la idea unos segundos antes de decir nada. La mente de Duna ya elucubraba por su cuenta cómo sería pasar el resto del año en aquel Palacio con el que tantas veces había soñado despierta.

—De acuerdo —contestó el juez. Lady Soriana le miró con cara de sorpresa. Fue a decir algo pero por algún motivo inexplicable, y por segunda vez en la vida, guardó silencio—. Duna Azuladea, te condeno a terminar tus estudios como dama de Bereth en el Palacio Real.

El corazón le dio un vuelco en el pecho.

—Gra... gracias —tartamudeó—. Muchísimas gracias.

Tras decir esto, los tres adultos del jurado, junto con el escribano, se pusieron en pie.

—Puedes irte, Duna Azuladea. Mañana preséntate a las puertas del palacio al alba. No llegues tarde.

—No llegaré tarde, señor —contestó la muchacha, radiante. También le dio las gracias en silencio al Maestre. Sabía que la estaba escuchando.

Después desaparecieron tras el enorme tapiz y Duna salió al pasillo.

Mientras se dirigía a la puerta principal, pensaba en cómo sería su vida a partir de aquel día. ¡Iba a trabajar en el palacio! Montones de chicas darían el pellejo por estar en su lugar. Y lo mejor de todo era que no tendría que volver a ver a la bruja de Lady Soriana nunca más. Duna jamás olvidaría su gesto de crispación al escuchar la sentencia. Se echó a reír mientras bajaba las escaleras principales hacia el vestíbulo.

Iba tan distraída que no pudo esquivar a la persona que en ese momento subía los primeros escalones y con el que tropezó. A punto estuvieron los dos de caer rodando, pero en el último instante él consiguió mantener el equilibrio y agarrar a Duna para evitar el golpe. Mientras se recuperaba del susto, Duna se disculpó:

—¡Cuánto lo siento! No estaba mirando y... —un escalofrío le recorrió la espalda cuando reconoció al caballero.

—No ha sido nada —respondió el príncipe Adhárel soltando la cintura de Duna con suavidad—. ¿Estás bien?

Duna se quedó mirando sus ojos verdes, su sonrisa medio torcida y su revuelto cabello cobrizo.

—Per... perfectamente... gracias... disculpadme —balbuceó ella haciendo varias reverencias seguidas.

—Me alegro —contestó el príncipe sonriendo de nuevo y apartándose de Duna para seguir subiendo la escalera.

Duna se quedó unos segundos más observando el lugar por el que había desaparecido el príncipe.

—Yo también me alegro... —murmuró para sí antes de alcanzar el portón.

6
TRABAJANDO EN EL PALACIO

Cuando Duna llegó a casa se encontró con Aya esperándola en el salón, balanceándose en la mecedora de mimbre. En cuanto la vio entrar se puso en pie y esperó a que la muchacha le contase todo lo sucedido.

—En resumen —recapituló Duna un rato después—, no puedo volver a pisar la Escuela del Este, pero seguiré mis estudios en el Palacio Real.

—Es inaudito… —murmuró Aya, sentándose de nuevo en la mecedora—. Es la sentencia más absurda que he escuchado en mi vida.

Duna se encogió de hombros, sonriendo.

—Iré a preparar las cosas para mañana. No pienso llegar ni un minuto tarde.

—¡Pero si ni siquiera hemos comido! —dijo Aya mirándola asombrada.

—Ya te he dicho que mañana no pienso llegar ni un minuto tarde.

Y diciendo esto, se dio media vuelta y subió a su habitación. Se pasó el resto de la mañana amontonando vestidos sobre la cama sin decidirse por ninguno para el día siguiente.

Cuando, más tarde, Cinthia llegó a casa se encerró con Duna y esta le puso al corriente de todo lo sucedido en los últimos días: la expulsión, Lord Guntern, el juicio... Cuando terminó de relatar la historia, Cinthia tuvo que sentarse sobre el montón de vestidos para no caerse del asombro.

—¡Vas a trabajar en el palacio! —repitió Cinthia sin dejar de sonreír—. ¡Mañana mismo tiro los libros a la cabeza de mi maestra para poder acompañarte!

Las dos muchachas se echaron a reír imaginando la escena.

—No creo que consiguieses el mismo resultado...

—No... seguro —contestó Cinthia levantándose y cogiendo uno de los vestidos sobre los que se había sentado—. ¿Seguro que no quieres ponerte este?

Se puso frente al espejo de la habitación y comprobó cómo le quedaba por encima. Era verde, con algo de escote y una cinta pardusca alrededor de la cintura. Duna se acercó a Cinthia y observó interesada el vestido.

—A falta de uno mejor...

—Te recuerdo que vas a trabajar.

—También es cierto. Está bien, este.

Guardaron el resto de los vestidos en el armario y después arreglaron un poco la habitación. El enfado de Duna de aquella mañana se había cobrado un jarrón de cerámica y una lámpara sin bombilla que había sobre la mesa. Cuando terminaron de barrer los pedazos que había por el suelo, bajaron al salón para ayudar a Aya con la cestería.

Rara vez Aya les pedía ayuda con los trabajos para la tienda. Gracias a ella sacaban algunos ingresos con los que comprar algún que otro capricho de vez en cuando. Si bien no era, ni mucho menos, la tienda más visitada del reino, la Cestería de Aya era muy conocida y quienes querían trabajos bien hechos siempre acudían a ella. Algunos berethianos se quejaban de los precios que la mujer ponía a sus productos, pero había que tener en cuenta la falta de materia prima en algunas épocas del año, las horas que llevaba hacerlo bien y otros factores que influían directamente en el precio. A pesar de ello, Aya seguía vendiendo todas las semanas varias decenas de cestas.

La tienda propiamente dicha no existía. La casa contaba

con un pequeño almacén en el sótano donde se acumulaban los trabajos terminados. Tan sólo una señal de madera en forma de flecha que apuntaba a la casa desde el camino y en la que podía leerse «Cestería Aya», anunciaba al viajero la existencia de la tienda. Como era natural, había sido el método publicitario más antiguo y fiable de los que existían el que había hecho que la tienda se diese a conocer entre los berethianos: el boca a boca. El trabajo de Duna y Cinthia, cuando no estaban estudiando, consistía en preparar las tiras de mimbre con las que después Aya confeccionaba los cestos. Tenía tanta práctica que no tardaba más de un par de horas en hacer una cesta de la nada. Duna disfrutaba observando cómo manejaba el mimbre y se relajaba al ver cómo enredaba las tiras de manera sistemática dando forma al recipiente.

A la mañana siguiente, Duna se despertó antes de que el sol despuntase sobre la lejana muralla de Bereth. Se desperezó con los ojos aún cerrados y después se acercó tambaleante hasta el aseo, donde se dio un baño rápido para despejarse. Cuando estuvo lista, volvió a su cuarto y se puso el vestido que habían elegido la tarde anterior. Bajó a la cocina y sin detenerse a calentar nada, cogió dos magdalenas que había en una cesta sobre la mesa y salió de casa en dirección a la ciudad.

Cuando llegó a la escalinata del palacio las campanas empezaron a tañer insistentemente. Aún quedaban algunos minutos para el alba. Respiró hondo para controlar los nervios y subió hasta el portón. El guardia de siempre la miró sorprendido.

—¿Otra vez aquí? —le preguntó esbozando una sonrisa burlona.

Sin tan siquiera mirarle, Duna contestó:

—Me citaron para empezar a trabajar en el palacio. Dejadme pasar y no me hagáis perder el tiempo.

El guardia rompió a reír ante la respuesta.

—Venga, niña, vete y déjame tranquilo. No son horas para molestar a la realeza.

Duna estaba a punto de contestarle alguna grosería cuando la puerta se abrió desde el interior inesperadamente y de ella salió una mujer más baja que Duna y con unos enormes anteojos que hacían que sus ojos pareciesen los de un gigantesco sapo. El pelo recogido en un moño y las arrugas del rostro le conferían aún más ese aspecto.

—¿Duna Azuladea? —preguntó con una voz estridente observándola desde abajo.

—Sí, señora.

—¿Por qué que no pasas?

—Este hombre no me...

—Nada de excusas. Sígueme.

Duna hizo lo que le habían ordenado y cruzó la puerta detrás de la mujer. Pudo escuchar la risa del guardia en cuanto la puerta se cerró. La mujer vestía unos faldones largos y un delantal que le quedaba cómicamente enorme, obligándola a recogérselo con las manos para no tropezar al andar.

—Hay varias normas que debes conocer para trabajar en este Palacio —le dijo la mujer sin girarse para mirar a Duna. Correteaba sobre sus cortas piernas a través del vestíbulo hacia una puerta situada en la otra punta—. En primer lugar, no se habla con la realeza ni con los caballeros a menos que ellos te pregunten. Segundo, una orden suya se lleva a cabo al instante, sea cual sea.

—¿Sea cual sea? —preguntó Duna.

—No me interrumpas, niña —le regañó la mujer—. Y tercera, me harás caso en todo lo que yo te mande.

—Sí, señora.

En ese momento llegaron al final del vestíbulo y la mujer empujó con fuerza la puerta.

—Por aquí se va a las cocinas —le explicó—. Desde las cocinas podrás ir a todos los lugares que necesitas conocer mientras estés aquí.

Los jardines, los salones..., pensó Duna.

—La lavandería, las cuadras... —enumeró la mujer.

—Ah... tengo una pregunta...

La mujer se detuvo en seco y se dio la vuelta para mirarla, dejando que la puerta se cerrase tras ella. Su gesto seguía siendo igual de severo que al principio.

—¿Y bien?

—Mmm... me preguntaba cómo os llamabais, por si necesito encontraros o...

—Mi nombre es Grimalda Menquis. Pregunta siempre por Grimalda a secas, aquí nadie conoce mi apellido.

—Sí, señora.

Tras esto se dio media vuelta y volvió a empujar con fuerza la puerta. A continuación la atravesaron.

Las cocinas eran enormes. Al menos esa fue la primera impresión que tuvo la chica. Toda la habitación era de piedra y estaba repleta de mesas de madera colocadas en paralelo desde la puerta hasta el fondo de la sala. Sobre ellas había fuentes y cacerolas con diferentes platos ya preparados y frutas, especias y verduras. Las paredes estaban repletas de armarios. Al fondo de la sala ardían unos espléndidos fuegos en varias chimeneas sobre las que se estaban cocinando perdices y jabalís. Los cocineros y las criadas iban de un lado a otro esquivándose entre sí, portando comida, utensilios de cocina o libros sin dejar de reír y hablando a voces.

Grimalda avanzó unos cuantos pasos mientras Duna lo observaba todo entre asombrada, asustada y divertida. De repente, el silencio se extendió por toda la cocina. Según iban advirtiendo la presencia de Grimalda, los cocineros y sirvientas dejaron la charla y las risas y regresaron a sus quehaceres en el más absoluto silencio. La mujercita se aclaró la garganta suavemente e inmediatamente empezó a chillar con una voz que a Duna le puso los pelos de punta.

—¡¿Qué demonios os creéis que es esto?! ¡¿Una taberna?! ¡Todos a trabajar ya mismo! ¡Y sin hacer ni un sólo ruido! —Volvió a mirar a Duna y añadió—: Sígueme.

Duna echó un último vistazo a la cocina y después corrió para alcanzar a Grimalda, quien ya desaparecía por una puerta lateral. La puerta daba directamente a un corto pasillo que terminaba en una empinada escalera de caracol. Grimalda debía de estar más que acostumbrada a aquellos escalones, pero Duna sintió vértigo. El camino estaba débilmente iluminado por algunas antorchas que colgaban de las paredes y alguna que otra bombilla esporádica que iluminaba poco más que el siguiente peldaño.

Cada vez veo más inútil su uso, meditó Duna, intentando distraer a su mente de la escalera.

Unos segundos más tarde llegaron al final de la misma. Grimalda la esperaba con los brazos en jarra. Su cara era todo menos cordial.

—No me gusta perder el tiempo —le dijo—. La próxima vez intenta bajar más rápido.

Duna se mordió la lengua y asintió.

—Este pasillo —dijo la mujer señalando la oscuridad que había ante ellas—, lleva a la lavandería. No es el camino principal, es un atajo. A tu derecha tienes un pasadizo que va a dar al extremo de los jardines. —Duna se esforzó pero no vio mas que oscuridad—. Es un camino que sólo utilizan los jardineros. Pero a ti eso no te incumbe, te bastará con saber que este pasillo te conduce directamente a la lavandería. Punto. —Duna la miró aburrida y la mujer malinterpretó su gesto—. Allí es donde limpiamos todas las sábanas, ropas y demás telas del palacio.

No me digas...

—Y desde hoy, será tu lugar de trabajo.

La muchacha se quedó de piedra.

—¿Mi... mi lugar de trabajo?

—Otra cosa que se me olvidaba: no me gusta repetir las cosas. ¿Qué esperabas?

Todo menos eso... Duna se encogió de hombros, alicaída.

—Pobre ingenua.

La mujer soltó una risotada. Duna apartó la mirada, ofendida. Grimalda volvió a darle la espalda y empezó a recorrer el angosto pasadizo de piedra hacia la oscuridad. Sin duda no era el camino normal para llegar a la lavandería, ni siquiera había antorchas en las paredes que iluminasen el camino. Duna estuvo a punto de quedarse donde estaba, asustada por la impenetrable oscuridad, cuando una bombilla lució unos metros por delante de ella. Era Grimalda quien la sujetaba.

—¿Vienes o te vas a quedar ahí? —le preguntó molesta.

Sin contestar, Duna echó a correr hacia la luz. Aquella bombilla parecía diferente a las del resto del palacio, al menos las que la chica había podido ver. Iluminaba mucho más que las otras y no tenía la forma esférica habitual. En realidad, cuando Duna la contempló más de cerca, pudo comprobar que aquella bombilla era plana. Tenía la forma de un espejo ovalado de muy poco grosor. Una de sus caras parecía de piedra pulida, pero la otra refulgía como si la luz se reflejase en ella, sólo que la luz emergía realmente de allí. Duna no pudo reprimir su curiosidad.

—Dónde habéis... ¿cómo habéis conseguido eso, si puedo preguntaros?

—¿Esto? —Grimalda levantó un poco el extraño artilugio. Se había hinchado de orgullo—. Me lo regaló la reina hace años. Es un invento único, te aseguro que no encontrarás otro igual en todo el Continente.

—¿Y qué es? —volvió a preguntar Duna, cada vez más intrigada.

La mujer miró a todos lados antes de responder. Cuando lo hizo, fue en un susurro:

—Es el descubrimiento de un sentomentalista. —La mujer esperó a que las palabras calasen en Duna para continuar—: Vivió hace muchos años.

—¿Podía crear electricidad?

—No seas tonta, niña —le espetó la mujer en su tono habitual—. Ningún sentomentalista puede crearla. Esto no es cosa de electricidad, sino de química, un truco barato... pero muy útil. Esta piedra tiene la propiedad de relucir como si fuese una bombilla cuando la mojas.

—¿Y donde encontró ese sentomentalista la piedra?

A la mujer se le terminó la paciencia.

—¿Y a mí qué me cuentas? ¡No sé ni por qué pierdo el tiempo contándote esto!

Se dio media vuelta y echó a andar. Duna la siguió sin dejar de pensar en la extraña piedra que iluminaba su camino. ¡Si encontraban más piedras como aquella, podrían tener luz en las casas durante todo el día sin gastar bombillas! Una lástima que no hubiese otras en todo el Continente... una auténtica lástima.

Varios metros más adelante, el pasillo torcía a la derecha y daba a una pequeña puerta por la que Duna tuvo que agacharse para pasar. Al cruzarla se encontró en una sala un poco más pequeña que la cocina pero con el mismo alboroto. La diferencia radicaba en que allí sólo había voces y risas femeninas; no había ni un sólo hombre.

Grimalda le explicó que la ropa se recogía en unos enormes cestos que llegaban de las salas del palacio con todas las telas que había que lavar, que la tarea se realizaba en cuatro lavadores enormes en cada esquina de la sala, donde se arremolinaban las lavanderas para frotar, enjabonar y enjuagar. También le indicó dónde se ponía la ropa a secar y en qué lugar se depositaba ya seca y doblada para subirla arriba.

Mucho después, cuando Grimalda terminó de explicarle lo necesario para sobrevivir allí abajo y se marchó de vuelta a sus quehaceres, una mujerona que parecía estar a cargo de las lavanderas le entregó un pañuelo para que se cubriese el pelo; el resto de las mujeres también llevaban los suyos.

El resto de la mañana (¿o del día?, estar allí abajo la agobiaba y le impedía saber qué hora era), pasó con bastante tranquilidad y normalidad. Al principio tuvo problemas para eliminar la sangre de algunos ropajes, pero tras algunas indicaciones básicas, se deshizo de ellas con facilidad. Desde pequeña había ayudado a Aya con las tareas de la casa y aquello no se diferenciaba en mucho.

Nadie habló con ella en ningún momento y tampoco Duna hizo nada por alterar aquella situación. Se limitaba a divagar entre la espuma de la palangana, el agua tibia y las burbujas de jabón que flotaban por la lavandería. De vez en cuando prestaba atención a las conversaciones de sus compañeras pero pronto dejaban de interesarle; todas hablaban de hombres que ella no conocía y de la peligrosa guerra que, según algunas, se avecinaba. Al cabo de lo que a Duna le parecieron varias horas empezó a sentir un cosquilleo en las manos y se las secó para desentumecerlas. Cuando se deshizo de la espuma que las cubría y se las secó con un trapo, pudo comprobar los estragos de su nuevo trabajo: tenía las manos reblandecidas y pálidas por el agua, los dedos parecían los de una anciana de tan arrugados que los tenía, le escocían las palmas y tenía algunas heridas y llagas, sobre las que no había reparado hasta entonces, que empezaron a picarle insistentemente.

Una mujer maltrecha y delgaducha que había junto a ella la miró mientras se examinaba las manos y no tardó en empezar a reírse y a hacer partícipe al resto de las lavanderas de la situación de Duna.

—¡Mirad a la nueva! —anunció jocosa—. ¿Te hace pupa el agua, niña?

Duna no quiso hacer caso a sus comentarios y volvió a meter las manos en el agua para seguir con el trabajo, a pesar de lo mucho que le dolían.

—Pobrecita —continuó burlándose la mujer—, la criaturita no sabía hasta hoy lo que era ser una criada. ¡No te lastimes demasiado! ¡Para antes de que acabe la jornada vas a tener muñones por manos!

El grupo de mujeres que había escuchado el comentario rompió en carcajadas hasta que la mujerona sin pañuelo en la cabeza apareció detrás de Duna y las mandó callar.

La muchacha cada vez entendía menos su situación. ¿Por qué todo el mundo se burlaba de ella? Si no era la maestra, era el soldado de la puerta, y cuando no era él, lo hacía su compañera de labor. ¿Acaso estaban poniéndola a prueba?

Poco después Duna fue incapaz de seguir lavando la ropa sin mancharla aún más con su propia sangre. Se encontraba tan cansada y con las manos tan doloridas que habría hecho lo que fuera por volver a la Escuela. ¡Cuánto habría disfrutado su maestra escuchando estos pensamientos! Lo único que consolaba a Duna era pensar que la mujer imaginaba que ahora estaría siendo tratada como una doncella de la reina. Si ella supiese…

—¡Tú! —tronó una voz a su espalda— ¿Por qué te detienes?

Duna se giró y se encontró con la mujerona, quien, de rodillas, le sacaba más de un metro. Cuando habló, su voz le pareció espesa y remota después de no haber abierto la boca en tanto tiempo:

—No… no puedo seguir… me duelen las manos…

La mujerona se agachó y atrajo hacia sí las palmas de Duna para estudiarlas.

—Sí que están mal. Mejor será que dejes de frotar por hoy. Necesito que subas una cesta de ropa, ¿crees que podrás hacerlo?

—Seguro que se le cae y tenemos que volver a lavarla, Wilma —intervino la mujer que antes se había burlado de Duna.

—Nadie te a pedido tu opinión, Sarte. Cierra el pico y sigue frotando.

Duna se levantó pero las piernas le fallaron y tuvo que agarrarse a la mujerona para no caer. Después de tantas horas en la misma posición, las piernas le dolían casi tanto como las manos. Fue dando pasos cortos hasta recuperar la movilidad.

La mujer la acompañó hasta una enorme cesta repleta de sábanas de seda minuciosamente dobladas. Con un movimiento ágil, la levantó del suelo y se la colocó a Duna entre los brazos, quien la agarró con torpeza e inseguridad.

—Súbelas al segundo piso. Allí pregunta por Adeline y Leasda. Ellas sabrán qué hacer con las sábanas.

—Sí, señora —contestó Duna luchando por evitar que se le cayesen todas las telas.

La mujer la guió hasta el portalón por donde entraban y salían las lavanderas. Daba a una escalera de peldaños de poca altura que Duna agradeció sinceramente.

La cesta y su contenido no le permitían ver por dónde iba ni dónde pisaba, por lo que tenía que estirar el cuello por uno de los laterales de la enorme cesta para no caer rodando. Cuando llegó al final de la escalera, la puerta se abrió desde el otro lado y pudo seguir adelante sin detenerse. Echó un breve vistazo y comprendió que se encontraba en el enorme recibidor del palacio. Al principio, el resplandor del sol la cegó ya que estaba acostumbrada a la penumbra de la lavandería y a la poca luz que despedían las antorchas.

Volvió a acomodarse la cesta entre los brazos y se dirigió hacia las escaleras principales con paso firme. Pero justo antes de alcanzarlas, el delantal que llevaba atado a la cintura se le desató inesperadamente y cayó al suelo sin que se diera cuenta. Al ir a dar el siguiente paso, el pie se le enredó en la tela y soltó un grito mientras caía hacia adelante sin poder evitarlo y sin manos para amortiguar el golpe… aunque el golpe no llegó a producirse.

Alguien la sujetó por la cintura mientras evitaba que la cesta cayese al suelo con la otra mano.

—¿Te encuentras bien? —preguntó la voz al otro lado de la montaña de tela.

Duna se ruborizó incluso antes de mirar a su salvador. No podía creer su desdicha.

—Sí… muchas gracias… —contestó al mismo tiempo que la mano soltaba su cintura y depositaba la cesta en el suelo, sana y salva.

Adhárel tardó unos instantes más que Duna en reconocerla, pero cuando lo hizo no pudo evitar sonreír divertido.

—¿Otra vez tú?

El rubor de Duna se agudizó en los carrillos y la nariz. Bajó la cabeza y sonrió discretamente.

—No voy a poder estar siempre aquí para evitar que te caigas —comentó Adhárel mientras subía las escaleras—. Ten más cuidado la próxima vez.

Duna asintió con la vista en el suelo mientras el príncipe se alejaba. Para cuando reaccionó, Adhárel ya no estaba allí.

—Sí, sí… —murmuró la chica.

Los días se sucedieron con pocas variaciones. Cada mañana, Duna se despertaba antes de que saliera el sol, desayunaba y corría al palacio. El guardia de la puerta continuaba burlándose de ella aunque con menos insistencia viendo que Duna no respondía a sus comentarios, bajaba a la lavandería y allí pasaba el resto de la mañana hasta bien entrado el mediodía. Cuando volvía a casa, tomaba lo que Aya hubiese preparado para comer, recogía la casa y se iba a la cama hasta la hora de la cena. Después, volvía a acostarse hasta la mañana siguiente. Y así una y otra vez…

Las manos se le fueron curando con el paso de los días y, poco después, ya no le molestaban tras una mañana entera enjabonando, frotando y aclarando. Desde el encontronazo con el príncipe, Duna no volvió a subir las telas a las plantas superiores del palacio; por suerte, nadie se había enterado del incidente, pero no quería que le volviese a suceder algo parecido.

También su relación con el resto de lavanderas fue mejorando y ya no se mantenía apartada de las conversaciones y discusiones de las mujeres. Se había convertido en una más. Duna tenía la sensación de que allí una era aceptada cuando las manos se llenaban de callos insensibles al trabajo; una especie de rito de iniciación.

Al principio le costó mucho hacerse a la idea de que sólo conocería aquella parte del palacio: los pisos subterráneos, los túneles de piedra, sus cimientos... pero después de un tiempo tampoco le preocupó demasiado. Quedaban ya lejos sus deseos de conocer el palacio por dentro, cómo se vivía o qué se hacía allí; al fin y al cabo, ahora que lo sabía, no le parecía tan asombroso como en un principio. Alguna vez se descubría soñando despierta con pasearse libremente por los enormes corredores alfombrados de las plantas superiores, con poder mirar a través de las magníficas cristaleras de las paredes o con poder volver a ver a… sueños al fin y al cabo. Lo único que se podía permitir una aldeana lavandera del palacio de Bereth. ¡Cuántas más soñarían con cosas similares!

Una mañana, sin embargo, sucedió algo diferente. La muchacha se encontraba en los sótanos, peleándose con una profunda mancha de grasa que se resistía a salir del jubón que estaba lavando, cuando la atronadora voz de Wilma sonó en la otra punta de la sala.

—¡Duna Azuladea!

Al instante, Duna dejó el jubón flotando sobre el agua con espuma del lavadero, se secó las manos y se puso en pie.

—Estoy aquí.

La mujerona se acercó dando unas cuantas zancadas hasta ella.

—La señora Grimalda te llama. Necesita ayuda en las cocinas.

—¿Yo?

—Vamos, no le hagas perder el tiempo.

Duna se deshizo del pañuelo que le cubría la cabeza y subió corriendo al enorme recibidor. Tuvo que guiñar los ojos y hacer visera con las manos para evitar que el sol la deslumbrara. Cuando se hubo recuperado, se agarró el faldón para no tropezar y cruzó la estancia hasta la puerta de las cocinas. Al abrirla, una bocanada de humo y el olor a comida recién hecha la echaron para atrás. Cerró la puerta tras de sí y buscó a la mujer enana entre el resto de sirvientas y cocineros que iban de un lado a otro con el mismo caos de siempre.

—¡Por fin has llegado! —oyó decir a alguien tras ella. Era Grimalda, lo supo antes de girarse—. Necesito que me hagas un favor.

Duna asintió y esperó las indicaciones.

—Esta tarde llegará al palacio un viejo amigo de la reina, un antiguo amigo de su majestad que ha venido a visitarla. Un gorrón, a fin de cuentas. Como puedes ver, nosotros estamos hasta arriba de trabajo y nadie va a poder salir de la cocina hasta tener preparado todo el menú de esta noche.

Un hombre con una gigantesca perola pasó entre Duna y Grimalda al grito de «¡Cuidado, que quemo!». Duna pudo comprobar que la mujer tenía razón: había más actividad de la habitual.

—¿Qué quieres que haga? ¿Que ayude a los cocineros?

—No digas tonterías, niña. Necesito que subas algunas cosas al Maestre Zennion.

—¿A quién?

Grimalda puso los ojos en blanco. Una camarera pasó entre ellas como una exhalación con una bandeja de frutas en las manos.

—Da igual, limítate a seguir mis indicaciones: la clase del Maestre está en el cuarto piso del palacio; tuerce por el pasillo que encontrarás allí y pasa las dos primeras puertas. Es la tercera —Duna lo memorizó todo, rezando por no olvidarlo—. Quiero que le lleves estos cacharros.

Grimalda señaló una montaña de cacerolas. Las había de todos los tamaños posibles, unas dentro de otras y en dudoso equilibrio. Duna tragó saliva.

—¿Todas?

—¿Algún problema? —La mujer enarcó una ceja.

Duna volvió a tragar saliva. Sabía que no podía negarse, pero...

—No, creo que podré.

—Estupendo. Ve ahora mismo. Zennion las está esperando.

Grimalda se alejó con paso rápido y Duna se quedó mirando preocupada la montaña de cacerolas. Sin demorarse ni un minuto, se acercó a los cacharros, rodeó con los brazos la cacerola inferior, la más grande y la que contenía al resto, agarró sus asas y la levantó. Por suerte para ella no era tan pesada como había imaginado, aunque seguía siendo difícil de mover y las demás amenazaban con volcarse si no tenía cuidado.

Cada vez tenía más claro que la idea de trabajar en el palacio no resultaba ser tan buena como había imaginado.

Tomó aire y dio el primer paso en dirección a la puerta de salida. Quienes se cruzaban con ella se apartaban al instante de su camino mientras la compadecían con la mirada.

Salió sin problemas al vestíbulo y desde allí emprendió la marcha escaleras arriba. Un paso tras otro. Las cacerolas tintineaban sobre sus manos. Empezó a sentir una gota de sudor corriéndole por la frente. Se arrepentía de haberse desprendido del pañuelo sin dejar de prestar atención a los peldaños. Unos segundos más tarde llegó al primer piso. Sólo le quedaban tres más.

Cuarto piso, pasillo, tercera puerta... pensaba duna, *¿O era la segunda? ¡Oh, Todopoderoso, ayúdame a no meter la pata!,* imploraba desesperada.

Unos minutos después, con calambres en los brazos por el esfuerzo, alcanzó el cuarto piso. Las piernas empezaban a flaquearle y el persistente calor del palacio comenzó a hacer mella en sus fuerzas.

Un poco más, sólo un poco más, se decía así misma mientras torcía por el pasillo. *Paso una puerta. Paso otra. Paso otra. Esta es.* Estuvo a punto de golpear la puerta con la punta del pie, pero se detuvo. *Espera un momento, ¿era la tercera o la cuarta puerta? Oh, Todopoderoso....* Volvió tras sus pasos hasta la tercera puerta y la estudió para ver si encontraba alguna pista que la sacase de su confusión. Nada. Aquella puerta era idéntica a las otras tres. Fue a dar marcha atrás, decidida a llamar a la cuarta puerta cuando tropezó con algo o alguien y cayó para atrás. Las cacerolas volaron por los aires y cayeron rodando sobre el alfombrado suelo, lo que amortiguó en parte el estrépito.

Avergonzada por su mal hacer, Duna fue a ayudar a quien luchaba por quitarse de la cabeza una cacerola que le había caído encima. Duna empezaba a imaginar quién podría estar debajo de ella y le fue imposible contener una risita que silenció en cuanto el joven se deshizo del cacharro y dejó a la vista su cabeza. No se parecía en nada a Adhárel: tenía el pelo rojizo y, aunque su belleza casi infantil era innegable, la mueca de desprecio y odio que se dibujaba en su rostro le hacían parecer terrible.

—¡Maldita criada! —rugió Dimitri mientras se ponía en pie tambaleándose— ¡Te has metido en un buen lío!

Duna se quedó pálida del susto e intentó disculparse, pero las palabras no parecían querer salir de sus labios, por lo que se limitó a bajar la cabeza y sobrellevar la riña.

—¡Mírame a los ojos cuando te hablo, sirvienta! —volvió a rugir el príncipe.

La muchacha temblaba descontroladamente. Esperaba que la regañase, pero no de esa manera. La voz de Dimitri destilaba rabia. Con paso lento, se acercó a Duna y la agarró con fuerza por la barbilla, le levantó la cara y le miró directamente a los ojos. Era medio palmo más baja que él.

—Pagarás muy caro tu error… —le susurró sin apenas abrir la boca. Levantó la mano derecha para abofetearla y Duna cerró los ojos y esperó.

—¡Dimitri! —gritó alguien en ese momento. Dimitri soltó la barbilla de Duna y esta se atrevió a abrir los ojos. Por el pasillo se acercaba Adhárel, enfurecido—. ¿Qué diablos haces?

—Dar una lección a esta escoria —el joven volvió a mirar con desprecio a la muchacha y luego se alejó de ella, dando un puntapié a una de las cacerolas caídas.

—Déjala, Dimitri —dijo Adhárel cuando descubrió a Duna, quien le miraba sumamente agradecida. El príncipe se volvió hacia su hermano y le tendió la mano—. No es más que una criada algo torpe. Volvamos a arriba. Madre quería hablar con los dos.

Dimitri volvió a fulminarla con la mirada y después se alejó de allí. Adhárel se demoró unos instantes, miró a Duna de una forma que la chica no fue capaz de interpretar y siguió a su hermano. Cuando los pasos de los dos príncipes se perdieron por el pasillo, Duna empezó a llorar de rabia. ¿Cómo había podido imaginar que…? ¿En qué estaría pensando?

Déjala Dimitri… no es más que una criada algo torpe.

Las palabras del príncipe resonaban en su cabeza ampliadas por un eco inventado. Se puso a recoger las ollas mientras las lágrimas le recorrían las mejillas hasta que sintió una mano sobre su hombro. Cuando se dio la vuelta, se encontró frente a un hombre viejo y con la barba azulada.

—Déjalas aquí —se limitó a decir el maestre Zennion mientras abría la tercera puerta del pasillo.

Duna se puso en pie con todas las cacerolas y las metió en el aula que el Maestre le había indicado. Las dejó sobre una mesa, hizo una inclinación al despedirse y bajó de vuelta a las cocinas con los ojos aún llorosos.

Grimalda le regañó por haber tardado tanto. Duna mintió diciendo que se había entretenido ayudando a una compañera. La mujer no pareció muy convencida pero tampoco hizo más preguntas. Poco después terminó la jornada y Duna pudo volver a casa.

Sólo un pensamiento rondaba por su cabeza: no sabía ni cómo ni cuándo ni por qué, pero quería hacer todo lo posible para que el príncipe Adhárel dejase de verla como una *criada algo torpe*.

La solución a sus preguntas la encontró al llegar a casa.

7
EL INVITADO

—Deberías controlar ese carácter —le dijo Adhárel a su hermano mientras subían las escaleras.

—Esa criada debería haber tenido más cuidado y mirar por donde iba —replicó Dimitri, aún enfadado.

—¿Pero no has visto todo lo que llevaba?

—Me da lo mismo. Si no es capaz de hacer el trabajo que se le ordena, que la echen.

—No era necesario levantarle la mano, Dimitri.

—Es una forma de que el error no vuelva a repetirse. —Adhárel no hizo ningún comentario al respecto, así que Dimitri añadió—: Sirvientas como esa son las que hacen que el servicio en el palacio vaya como vaya.

Giraron por un pasillo y continuaron subiendo hacia los aposentos de la reina.

—¿Tan mal te tratan?

—Peor de lo que me gustaría.

Adhárel soltó una carcajada. Dimitri también sonrió.

—Eres incorregible —dijo el mayor.

—Ya sabes que adoro la perfección.

A veces Adhárel casi creía comprender a su hermano. Pero sólo a veces. De pequeños, el abismo entre ambos no había sido tan pronunciado, pero, con el paso de los años, y más aún con la adolescencia de Dimitri, la brecha se había ensanchado de tal modo que a ninguno de los dos le apetecía saltar al otro lado para estar con el otro.

Siempre que podían se mantenían separados. ¿Para qué dar pie a una discusión segura si podía evitarse? Por su parte, Adhárel intentaba suavizar la relación; sabía que tener un hermano menor en el que apoyarse sería sumamente necesario cuando tuviese que reinar sobre Bereth. Y, aunque a veces Dimitri le sacaba de sus casillas, Adhárel siempre estaba dispuesto a intentar entenderle y a corregir su manera de ser... aunque casi nunca daba resultado.

Dimitri, por otro lado, parecía indiferente a todo eso. Se movía por el castillo a sus anchas, sin obedecer a nadie más que a la reina (y en contadas ocasiones). Cualquiera que intentara pedirle algo, se encontraba con una fría indiferencia o una respuesta arrogante. Sin duda, Adhárel no quería que su hermano se comportase de aquel modo, ¿pero qué podía hacer cuando tampoco a él le hacía ningún caso?

Un día, varios años atrás, llegó al castillo un emisario de un reino lejano pidiendo asilo. Adhárel se encontraba en los aposentos de la reina, reunido con los médicos que estaban tratando su enfermedad. Nadie les avisó a ninguno de los dos de que el emisario había llegado, ni tampoco que estaba casi moribundo. Dimitri dijo que se haría cargo personalmente del asunto y que si alguien se atrevía a molestar a la reina o a su hermano con la visita recibiría un duro castigo. Así pues, Dimitri bajó al recibidor donde se encontraba el maltrecho emisario y allí fue donde el hombre le explicó que había sido atacado a varias leguas de Bereth por una banda de ladrones y que necesitaba ayuda urgentemente. Apenas podía respirar y mucho menos mantenerse en pie, por lo que, a punto de terminar el relato, sus piernas flaquearon y se derrumbó en el suelo, manchándolo de sangre.

Dimitri, asqueado, se apartó del emisario y le ordenó repetidas veces que se levantara, que esas no eran formas de presentarse ante un príncipe. Viendo que el hombre no daba muestras de obedecerle, le gritó todavía más fuerte y después procedió a darle patadas sin dejar de ordenarle que hincara la rodilla ante él. Para cuando un par de sirvientes tuvieron el valor de salir de las cocinas para averiguar qué sucedía, el emisario llevaba un rato muerto.

Adhárel y la reina se enteraron horas más tarde de lo sucedido. Y, a pesar de que los dos sirvientes coincidían en la versión de los hechos, Dimitri juró sin dejar de llorar que él era inocente y que no había hecho nada de lo que le acusaban. Por lo que, a falta de pruebas y debido al mal estado en el que se encontraba la reina, se corrió un tupido velo sobre el incidente. Por suerte para la Casa Real, los dos sirvientes prometieron que jamás revelarían a nadie lo que habían visto, aunque se negaron a seguir trabajando para ellos dadas las circunstancias. El incidente podría haber dado lugar a una guerra entre los dos reinos. Por entonces, Dimitri tan sólo tenía siete años.

—¿Por qué quiere vernos madre? —preguntó Dimitri frente a la puerta de la habitación.

—Tengo tan poca idea como tú —respondió Adhárel mientras llamaba con los nudillos.

—Podéis pasar.

La reina se encontraba frente al armario con un par de vestidos en los brazos.

—¿Cuál os gusta más?

—Ese —dijeron al unísono los dos hermanos, señalando cada uno un vestido diferente.

—Sí… creo que me pondré este —comentó la reina, devolviendo al armario el que había elegido Adhárel.

—¿A qué viene tanta pompa? —preguntó Dimitri.

—Hoy ha llegado un antiguo amigo de la familia —comentó la reina al tiempo que levantaba un fondo falso del armario y sacaba de él un pequeño joyero—. Me gustaría que cenarais con nosotros.

—¿De quién se trata, madre? —quiso saber Adhárel.

—Es… un amigo. Hace tiempo me ayudó con un asunto de máxima importancia y acaba de regresar de Belmont. Vuestro padre también le tenía mucho aprecio…

—¡¿De Belmont?! —exclamó Adhárel—. ¿Crees que es buena idea, madre? Confío en tu criterio pero… ¿seguro que podemos confiar en él teniendo en cuenta la situación actual?

—¡Por supuesto que sí! —respondió ella, devolviendo el joyero a su lugar tras haber sacado un par de pendientes y un collar de oro—. Podemos fiarnos totalmente de él. Es más, nos vendrá bien tener otro punto de vista.

—Como tú digas, madre.

Dimitri se sentó sobre la cama.

—¿Y por qué es la primera vez que oímos hablar de él si es tan buen amigo?

Siempre que alguien mencionaba al difunto Citiano Cobaldi, Dimitri se tensaba como la cuerda de un arco y, a la mínima oportunidad, saltaba con cualquier impertinencia.

La reina aguardó unos instantes antes de responder.

—Es... una larga historia. Me ayudó mucho cuando vuestro padre murió, pero, por desgracia, tuvo que seguir... adelante con su camino. Imagino que viajó por todo el Continente, no lo sé. Lo único que me ha contado es que lleva bastante tiempo viviendo en Belmont y que, al salir de allí, decidió pasarse a ver cómo iban las cosas por Bereth.

—Hubiese bastado con enviar una carta —murmuró Dimitri.

—Dimitri, no te consentiré que hables así de un amigo tan querido para la familia —le advirtió su madre.

—¿De la familia o tuyo? —replicó él envalentonado.

La reina le fulminó con la mirada.

—Por ahora mío y de vuestro difunto padre. Por eso quiero que le conozcáis.

—Así será, madre —intercedió Adhárel antes de que su hermano empeorara las cosas.

—Quiero veros a la hora de la cena perfectamente arreglados. Y a ti, Adhárel, afeitado. No quiero que se lleve una mala impresión de vosotros. Ahora podéis iros.

Los dos hermanos hicieron una pequeña reverencia y salieron de los aposentos.

—¿Quién será? —preguntó Adhárel tras salir al pasillo.

—No lo sé —comentó Dimitri con un tono de voz apagado—. Pero madre ni siquiera nos ha dicho su nombre.

—En fin —se resignó Adhárel—, pronto lo descubriremos.

—Yo tengo intención de descubrir algo más que su nombre

—murmuró Dimitri, separándose de Adhárel en dirección al ala opuesta del palacio.

El sol casi había desaparecido en el horizonte cuando Adhárel entró en el comedor. La mesa ya estaba dispuesta y había varias fuentes de frutas y algunos platos cubiertos sobre la larga mesa. En uno de los extremos se encontraba su madre y el invitado.

Se trataba de un hombre mayor, aunque su rostro no lo aparentaba. Debía de ser de la misma edad que la reina y, sin embargo, no tenía tantas arrugas, ni el pelo tan blanco como ella. Vestía una larga túnica monacal de color parduzco y el pelo oscuro lo llevaba recogido hacia atrás en una larga coleta.

Cuando le vieron entrar, los dos se pusieron en pie y Adhárel avanzó hasta ellos. Hizo una reverencia frente al hombre y esperó a las presentaciones.

—Querido Maese Kastar, este es mi hijo Adhárel.

—Un placer conoceros, príncipe —dijo el hombre inclinándose ante él.

—Para mí también es un placer recibiros en palacio, Maese Kastar.

—¿Sabes dónde está tu hermano? —le preguntó la reina visiblemente incómoda.

—No, madre. Pero seguramente esté apunto de…

La puerta se abrió en ese preciso momento y por ella apareció Dimitri. Adhárel advirtió que su sonrisa era forzada, igual que su presencia allí.

—Maese Kastar, os presento a…

—Soy Dimitri, un placer —le interrumpió el joven príncipe, sentándose sin demasiadas ceremonias en una silla libre frente al invitado. Adhárel apretó el brazo de su madre para infundirle paciencia y se sentó junto a su hermano. En la cabecera se colocó la reina, quien forzaba la sonrisa aún más que su propio hijo.

Ariadne hizo un gesto con la mano y las dos sirvientas que esperaban junto a la puerta se acercaron para servir la comida.

—Y decidnos, Maese Kastar, ¿a qué debemos vuestra visita? —preguntó la reina para disipar el incómodo silencio.

—Imagino que a lo mismo que tantos otros: reafirmar antiguas amistades y disfrutar de una maravillosa estancia en el palacio.

Ariadne y Adhárel rieron cortésmente mientras Dimitri se limitaba a mirar fijamente al hombre.

—¿Os quedaréis mucho tiempo? —preguntó Adhárel.

—Muy a mi pesar, no. Aún me quedan algunos asuntos que tratar lejos de aquí y no puedo demorarme.

—¿Qué clase de asuntos? —intervino Dimitri.

—Serán asuntos privados, hijo —dijo la reina, pidiéndole con la mirada que suavizase el tono.

—Claro, disculpad mi curiosidad.

El hombre sonrió al chico y le dijo:

—No es malo ser curioso, pero a veces mirar a través de una cerradura puede traernos problemas.

—Ese es un sabio consejo —convino la reina.

Después de servir la comida, las dos criadas hicieron una pequeña reverencia y les dejaron solos.

—Todo tiene una pinta deliciosa, querida Ariadne.

La reina le agradeció el cumplido al tiempo que Dimitri se removía en su asiento. Adhárel, más interesado por la situación en Belmont que por los cumplidos que el hombre le regalaba a la reina, apuntó:

—Madre nos ha dicho que habéis estado viviendo en Belmont. ¿Cómo es aquello?

—Hacéis bien en preguntar —contestó Maese Kastar antes de dar un sorbo a la copa de vino—. No dejo de escuchar noticias sobre una posible guerra entre Bereth y Belmont, pero por desgracia es muy poco lo que puedo deciros al respecto.

—¿A qué os dedicabais mientras estuvisteis allí? —preguntó Dimitri.

—Al comercio.

—¿De qué?

—Comestibles.

—¿Qué tipo de comestibles?

—De todo tipo.

El invitado ya no sonreía tan cordialmente como al principio, y Dimitri tampoco. Adhárel vio por el rabillo del ojo cómo la reina se abanicaba delicadamente.

—Confiamos que le fuese bien —comentó Adhárel, antes de que su hermano siguiese hablando.

—No creáis, príncipe. Por desgracia, Belmont pasa una grave crisis.

—¿A qué os referís?

—Las calles están vacías y la mayoría de las casas deshabitadas. Apenas hay niños, al menos eso me pareció, y la guardia del rey es cada vez más violenta y cruel. Sin ir más lejos, la mañana antes de partir contemplé con mis propios ojos cómo una cuadrilla de soldados irrumpía en la casa de una vecina anciana y la despojaban de todos los ahorros que había acumulado durante su vida.

—¿Sin ningún motivo? —preguntó la reina, escandalizada.

—Sin motivos —respondió Maese Kastar—. Y he aquí mi humilde opinión al respecto: o bien el rey se aburre y sus hombres buscan diversión donde no deben… o bien están aprovisionándose para atacar.

—¿A Bereth? —intervino Adhárel.

—A Bereth o cualquier otro reino. Ese Teodragos está más loco que su propio padre, y ya es difícil.

—¿Y vos cómo sabéis tanto? —inquirió Dimitri sin dejar de sonreír.

El invitado le miró y sonrió.

—Ya os he dicho, príncipe, que es tan sólo mi humilde opinión. Todos tenemos ojos y raciocinio. El Todopoderoso quiera que, en el peor de los casos, acierte con mi primera opción. Lo que menos necesita ninguno de los dos reinos ahora mismo es una guerra.

Adhárel dejó los cubiertos sobre el plato.

—Sé que es difícil, pero… respecto a la Poesía de Belmont… ¿sabéis algo?

Kastar soltó una risotada y Adhárel le miró confundido.

—Disculpadme, alteza, pero ¿cómo queréis que un simple comerciante conozca el secreto de una Poesía?

—No sé... Conversaciones por las calles, alguien que se va de la lengua...

—Siento no poder ayudaros en eso, alteza. ¡Sería tan absurdo como si conociese el significado verdadero de la Poesía Real de Bereth!

El hombre se echó a reír con ganas y Adhárel le imitó. Sin embargo, no se le escapó la mirada que su madre dirigió a Maese Kastar un instante antes. Por desgracia, no había tenido tiempo de interpretarla, pues las sirvientas volvieron a entrar en el salón y retiraron los platos.

—No puedo dejar escapar la oportunidad de repetir lo delicioso que estaba todo, querida —le dijo a la reina, dándole unos golpecitos sobre el brazo. Ariadne le sonrió, aunque su mente parecía encontrarse en otro lugar.

—Os agradezco que hayáis podido compartir con nosotros tan valiosa información sobre Belmont.

—Valiosa pero no suficiente —murmuró Dimitri.

—Ha sido un placer, príncipe Adhárel —respondió Maese Kastar, obviando la puya de Dimitri.

El invitado cogió una manzana de uno de los cuencos y le dio un mordisco después de frotarla en su camisa.

—No mienten al decir que Bereth tiene las mejores frutas de todo el Continente. ¿Creéis, majestad, que podría llevarme algunas para el camino que me aguarda?

La reina hizo ademán de responder, pero después pareció cambiar de opinión y asintió.

—Será un placer, Maese Kastar.

—¡Bueno! —exclamo el invitado, relajándose sobre la silla—. ¿Y qué novedades hay por Bereth?

—A parte del dragón —respondió Adhárel— y de las continuas amenazas de Belmont, todo lo demás sigue como siempre. Electricidad, sentomenta...

—¿Dragón? —preguntó Kastar al tiempo que se incorporaba.

—Creí que habíais oído hablar de él...

—Es el tema más popular en las calles —añadió Dimitri.

La reina también se enderezó, interesada.

—No tenía noticia de que un dragón estuviese paseándose por Bereth —Maese Kastar miró significativamente a la reina.

—Son tan sólo habladurías —dijo la reina, quitándole importancia al asunto.

—¡El dragón es real! —exclamó Adhárel. Después miró al invitado—: Madre no quiere hacer caso de las pruebas.

—¿Qué pruebas son esas?

Dimitri sonrió sardónicamente.

—Pisadas, animales muertos, aldeanos que juran haber sido perseguidos...

—Pero eso podría haberlo hecho cualquier criatura del bosque, ¿no creéis, alteza? —dijo Maese Kastar. La reina Ariadne se encogió de hombros y alisó distraída el borde del mantel con los dedos.

—Eso les digo yo cada día —comentó—. Pero están empeñados en creerse las tonterías del pueblo.

—¡No son tonterías, madre! —exclamó Adhárel.

—¡El dragón está ahí fuera! —aseguró Dimitri.

—¿Y si fuese una trampa de Belmont?

—¡Eso! Adhárel tiene razón —dijo el más joven—. ¿Y si lo hubiesen traído los belmontinos para asustarnos?

—¡Silencio los dos! —cortó la reina—. Menuda impresión le estáis dando a Maese Kastar. Disculpadles. De vez en cuando todavía se comportan como niños...

—No os preocupéis, alteza —tras lo cual, se giró hacia los dos hermanos—. ¿Creéis de verdad que hay un dragón suelto? Esas criaturas son...

—Eran... —le corrigió la reina.

Kastar le sonrió.

—Eran enormes. ¡No podían ocultarse tras unos cuantos árboles! Si decís que nadie lo ha visto...

—Debe de tener alguna guarida —sugirió Dimitri.

A Adhárel se le ocurrió entonces una idea.

—¡Eso es! Lo que tenemos que hacer es buscar en los alrededores del bosque un lugar lo suficientemente grande como para dar cabida a un dragón.

—Ya estamos otra vez... —masculló la reina.

Dimitri sonrió orgulloso por su idea.

—Príncipes, príncipes —les reconvino el invitado—, no seáis tan impacientes. ¿Qué daño ha hecho ese dragón al pueblo? Si es que se trata de un dragón.

—Por ahora ninguno, pero...

—No soy nadie para daros consejos —prosiguió Maese Kastar—, pero, ¿habéis pensado qué sucederá si no encontráis lo que esperabais?

Kastar miró a la reina y esta, azorada, tragó saliva. Adhárel imaginó que debía de estar recordando la terrible muerte que sufrió su padre a manos del último dragón.

—Tenéis razón —dijo Dimitri con un tono gélido de voz y una media sonrisa. Después se levantó y añadió—: No sois nadie para darnos consejos.

Se dio media vuelta y se encaminó hacia la puerta del comedor.

—¡Dimitri! —le regañó su madre— ¡Dimitri! ¡Vuelve aquí ahora mismo!

Pero Dimitri pareció no escuchar a su madre y salió de la habitación dando un portazo.

—¿Pero qué le pasa ahora? —se lamentó la reina, llevándose las manos a la cabeza—. Lo siento muchísimo, Maese Kastar, yo no...

El hombre le sonrió tranquilizadoramente.

—No os preocupéis, el chico tiene razón, no debería haber dado consejos a dos jóvenes tan sabios como vuestros hijos.

—Yo no creo que haya sido un consejo inútil, Maese —dijo Adhárel—. Si me disculpáis, iré a ver qué le sucede. Ha sido un verdadero placer conoceros.

Maese Kastar también se levantó e hizo una reverencia.

—El placer ha sido mío, príncipe Adhárel.

—Buenas noches, madre —se despidió.

—Que descanses, hijo —respondió ella, con la mirada un tanto ausente.

El príncipe salió del comedor pero, mientras subía la escalinata principal, recordó que había olvidado preguntarle algo a su madre. Dio media vuelta, pero cuando iba a abrir la puerta, la conversación del interior le obligó a detenerse.

—Entonces, ¿no lo saben?... ¿ninguno de los dos? —preguntó Kastar.

—Hago lo que puedo... —respondió la reina tras unos segundos de silencio—. Os lo ruego, os lo ruego por lo más sagrado... haced...

—No puedo, Ariadne —le interrumpió—. Os lo dije y os lo repito. No había vuelta atrás y a pesar de ello vos accedisteis... con todas las consecuencias.

—Pero...

—Creo que ya va siendo hora de que me marche.

—¿Tan... tan pronto? Mañana es su vigésimo cumpleaños. ¿No podríais quedaros...?

—Lo siento, Ariadne, pero me necesitan lejos de aquí.

—No pareció importaros tanto cuando yo os necesité.

—El trabajo estaba hecho, querida. Haberme quedado aquí no hubiera servido de nada. Elegiste un camino incorrecto a pesar de mi advertencia... era tu destino.

—¡Dejad de tratarme como a una niña pequeña! ¡Ya sé que me equivoqué! —la reina sollozó— ¡Pero ahora os pido disculpas!

¿Disculpas, por qué? ¿Quién era realmente aquel hombre?, se preguntó Adhárel. ¿Debía entrar? ¿Esperar? Tal vez fuese mejor marcharse; no debería estar escuchando aquella conversación, sin embargo...

—Las disculpas no conseguirán cambiar el pasado, mi señora.

—¡Pero vos sí que podéis! —gritó la reina, desesperada.

—Os advertí que no habría...

—... marcha atrás —le interrumpió ella—. Dejad de repetírmelo, por favor.

—Se me hace tarde...

Se oyeron las patas de las sillas arrastrándose y unos pasos en dirección a la puerta.

—Os lo suplico, por favor... haced...

Los pasos se detuvieron.

—No hay nada que hacer, alteza. Lo siento...

—¡No es cierto! ¡No lo sentís!

—No, no lo es.

¡Plas! El tortazo sonó tan cerca del oído de Adhárel que tuvo que alejarse unos pasos de la puerta. El golpe le había dejado petrificado. No conseguía reaccionar y sus ojos estaban fijos en la madera. Saldrían en cualquier momento. Había escuchado más de lo debido. Es más, no debería haber escuchado

nada en realidad. Tenía que marcharse. Desaparecer. No podría mirar a su madre si le descubría espiando… Eso no era digno de él.

Así pues, con dificultad, echó a correr hacia la escalinata intentando no hacer ruido. Cuando subía el tercer peldaño, la puerta del comedor se abrió y de él salió como un torbellino Maese Kastar.

—¡No podéis dejarme así!... —gritaba la reina desde el comedor— ¡No podéis…! ¡No podéis…! ¡Os lo suplico…! Tened… piedad…

Adhárel se giró para ver al invitado. Maese Kastar no hizo ademán de detenerse, ni de despedirse, a pesar de que era evidente que Adhárel lo había escuchado todo. Anduvo hasta el gran portón, lo abrió sin apenas dificultad y desapareció en la noche.

El príncipe tuvo la tentación de regresar al comedor y consolar el llanto de su madre, de preguntarle a qué había venido todo aquello, de qué estaban hablando, por qué le pedía piedad y, por encima de todo, quién era en realidad aquel hombre…

Pero todo quedó en la intención. Adhárel tragó saliva, intentó olvidar lo sucedido y se alejó de allí.

Sin embargo, hubo alguien que tomó el camino contrario y se internó en la noche tras Maese Kastar.

8
EL BAILE

A la familia Azuladea Socres:
Su Majestad invita a todas las damas y caballeros que pertenezcan a esta digna familia a asistir al baile de gala que se celebrará durante la Festividad de la cosecha en los jardines del Palacio Real, en honor del vigésimo cumpleaños de su Alteza, el príncipe Adhárel.

—¿Un baile? —preguntó Cinthia, arrebatándole a Duna la carta de las manos.

—¿Estamos invitadas a un baile real?

Aya se hizo con la invitación y la leyó con detenimiento. El cartero real había llegado aquella misma mañana con el sobre. Su primera reacción fue maldecir y preguntarse qué habría hecho esta vez su querida Duna, aunque después pudo respirar tranquila.

—Al parecer todo Bereth está invitado. ¡Qué generosa se ha vuelto la realeza de repente!

La mujer soltó una risotada y se marchó a la cocina, dejando a las dos muchachas solas en el salón.

—Iremos, ¿verdad? —volvió a preguntar Cinthia, ansiosa de que le dijera que sí.

Aya habló desde la cocina:

—La festividad de la Cosecha es dentro de dos días, no sé si conseguiremos vestidos decentes para entonces…

—Pero Aya —intervino Duna—, tampoco los vamos a necesitar. No creo que todos los demás berethianos tengan trajes de gala.

—En eso Duna tiene razón.

Aya se asomó por la puerta de la cocina.

—Ya veremos, ya veremos… son muchas cosas las que habría que preparar y no tenemos casi tiempo…

—¡Aya! —suplicaron al unísono las dos muchachas, cruzándose de brazos.

—Está bien —accedió finalmente—, mañana por la mañana iremos a mirar vestidos al mercado.

Al oír esto, Duna y Cinthia echaron a correr hacia Aya para abrazarla y colmarla de halagos, besos y cumplidos. La mujer se deshizo de ellas entre risas y comentarios para volver a sus quehaceres.

—Necesito que me ayudéis con el mimbre —les dijo—. Bajad y preparadme unas cincuenta varas.

—Ahora mismo —respondió Cinthia mientras releía por tercera vez la invitación.

Duna la agarró del brazo y la arrastró al taller. Cogieron unas cuantas varas cada una y empezaron a trabajar con ellas para que después Aya pudiese confeccionar las cestas.

—¿No es maravilloso? ¡Nos codearemos con la realeza y la nobleza!

Duna soltó un bufido.

—Yo ya me codeo con ella más de lo que me gustaría. Te aseguro que la gente exagera mucho, no son para tanto.

Cogió una nueva vara y la dobló para después cortarla más fina. Cuando terminó, la dejó en el montón con el resto.

—Oye, Duna…

La muchacha miró a Cinthia.

—¿Qué?

—Emm… nada importante… —Cinthia carraspeó nerviosa— ¿Le has visto?

—¿Si he visto a quién?

—¡A quién va a ser!

—No lo sé, dímelo tú.

—¡Al príncipe, Duna! A Adhárel.

Duna tragó saliva, incómoda. Aún resonaban en su cabeza las últimas palabras que le había dedicado el príncipe.

—Ah… pues sí, creo que alguna vez me he cruzado con él.

Cinthia dejó lo que estaba haciendo y se abalanzó sobre la mesa en dirección a Duna.

—Cuéntamelo todo.

—¡No hay nada que contar!

—¿Qué llevaba puesto? ¿Dónde lo viste? ¿Con quién estaba? ¿Hablaste con él? Eso sería maravilloso, ¿te imaginas?

—¿En qué momento esta conversación se ha vuelto un interrogatorio? —bromeó Duna dejando otra vara en el montón.

—¡Duna!

—Está bien, está bien… —la muchacha se aclaró la garganta antes de empezar a mentir—. Le vi una mañana paseando por los jardines. Iba vestido únicamente con su ropa de dormir. Debía de haber salido a pasear. Su pelo lustroso ondeaba al viento. Me escondí tras unos arbustos para que no me descubriese. Pero creo que me vio, sonrió y después regresó al palacio.

—¿Me estás tomando el pelo? —preguntó su amiga con los ojos brillándole de emoción.

—¡Claro que te estoy tomando el pelo! —contestó Duna echándose a reír.

—¡Duna, te lo pregunto en serio!

—Ya te lo he dicho. Alguna vez le he visto de lejos… nada más —mintió. Y al hacerlo, sintió un nudo en el estómago.

—Qué lástima. —Cinthia ni siquiera había reparado en el repentino cambio de humor de su amiga—. Ojalá podamos conocerle en el baile.

Duna sonrió entristecida y continuó con la labor.

A la mañana siguiente las tres madrugaron para ir a la ciudad en busca de los vestidos. Ninguna tenía claro lo que buscaba en realidad. Algo barato y sencillo, les había dicho Aya. Los berones no abundaban y el capricho podía salirles muy caro si no se andaban con cuidado.

Cuando llegaron, pudieron comprobar que no eran las únicas invitadas al baile: las demás berethianas y algunos berethianos habían tenido la misma ocurrencia de ir aquella misma mañana a buscar algún atuendo para el festejo. Las mujeres se amontonaban a las puertas de las sastrerías sin orden ni concierto, vociferando y alzando bolsas de berones por encima de las cabezas de otras para ser las primeras en ser atendidas.

Duna tuvo que andarse con cuidado para no chocar con una mujer que peleaba por entrar la primera en la sastrería más conocida de todo Bereth. Las otras clientas vociferaban mientras eran zarandeadas por la multitud de un lado a otro.

—Esto es demencial… —comentó Aya agarrando con fuerza la bolsa del dinero. La gente andaba distraída en esos momentos y los rateros y ladrones andaban al acecho.

—¡Se van a terminar las telas! —protestó Cinthia mientras esquivaba a un grupo de mujeres.

—Volvamos a casa entonces —sugirió Aya.

—¡No! —gritaron las dos muchachas al unísono.

—Tiene que haber alguna tienda que no esté tan abarrotada —dijo Duna.

Aya echó un breve vistazo a su alrededor.

—*La Panacea de los vestidos*, llena. *El sastrecillo valiente*, llena. *Lady Aguja*, llena también. Me parece que hoy no vamos a poder comprar nada, niñas.

—¡Espera! —exclamó de pronto Cinthia señalando una casita alejada de la plaza—. Aquella tienda de la esquina es nueva y parece que no está muy llena.

Se aproximaron lentamente, esquivando a la muchedumbre que se agolpaba en los estrechos callejones. Las sempiternas colas de gente salían de las tiendas y se alejaban mezclándose con el bullicio.

Después de algunos minutos, consiguieron salir del amontonamiento de la plaza y llegar a la callejuela donde estaba la tienda. Cuando entraron, unas campanitas resonaron sobre sus cabezas y dos clientas que estudiaban las telas con ojo crítico se giraron para ver quién había entrado. Una era mayor y regordeta, la otra debía de tener un par de años más que Duna pero con una figura muy similar a la suya. Aya les saludó con la cabeza y estas hicieron lo propio.

—Menuda suerte hemos tenido —susurró Aya, más calmada ahora que no había tanta gente a su alrededor.

La tiendecilla debía de haber abierto sus puertas hacía poco. Había cajas y baúles por todas partes y las telas aún no estaban colocadas en los estantes sino que se distribuían sobre sillas colocadas junto a las paredes. Un hombre gordinflón, de mediana estatura y con un prominente bigote blanco salió de la trastienda.

—¡Bienvenidas a mi humilde tienda, señoritas! —saludó, inclinándose servilmente—. ¿Buscan algo para el gran baile?

Las dos muchachas asintieron con una sonrisa y empezaron a pasearse por la tienda mirando las telas.

—Buscábamos unos vestidos —dijo Aya—. No nos daría tiempo a comprar las telas y esperar a que nos hiciesen los trajes. ¿Tenéis alguno ya terminado?

—¿Son para vosotras tres? —preguntó el vendedor con una espléndida sonrisa.

—Sí.

El hombre se puso la mano en la barbilla y miró pensativo a la mujer y después a Duna y a Cinthia. Parecía estar tomando nota mental de sus tallas. Cuando terminó, asintió con la cabeza y desapareció de nuevo en la trastienda. Una de las mujeres, la mayor, salió entonces de la tienda sin tan siquiera despedirse. Los cuchicheos de las dos muchachas quedaban amortiguados por el insistente ajetreo de la calle.

Un rato después, el hombre regresó con varios trajes sobre los brazos que extendió en el mostrador. Las tres se acercaron para ver la mercancía. La otra mujer también dio unos pasos hacia el mostrador disimuladamente.

Aya cogió uno de ellos y lo levantó para ver cómo era. Se trataba de un vestido color burdeos con mucho escote y un lazo rosa alrededor de la cintura. Las mangas terminaban en las muñecas con dos lazos decorativos que caían casi hasta el suelo. A Cinthia le brillaban los ojos.

—¡Oh, Todopoderoso! —exclamó— ¡Es precioso!

El hombre pareció ruborizarse y asintió agradecido.

—¿Cuánto cuesta? —preguntó Aya.

—Este le saldrá por setenta berones.

Aya puso los ojos en blanco. Duna imaginó la frase antes de escucharla.

—Es demasiado caro, Cinthia.

—Pero Aya...

—No, nada de *peros*. Espera a ver los otros. Después eliges.

Cinthia se cruzó de brazos y dio un paso atrás. Duna se acercó y cogió otro de los vestidos que había sobre el mostrador. Era violeta, con un cuello de cisne y hombreras. El bajo arrastraba algunos centímetros por el suelo.

—¿Qué te parece este? —le preguntó Duna a su amiga. Cinthia se encogió de hombros e hizo una mueca de desagrado.

—Sí, a mi tampoco me gusta mucho...

El tercer traje era dorado, hecho con una tela que resplandecía bajo la luz que entraba por la ventana. Las mangas llegaban hasta las muñecas con alguna floritura cosida a lo largo de los brazos. La cintura iba decorada con una cinta ocre que brillaba tanto como el resto del vestido.

Duna se quedó anonadada mirando el vestido, al igual que el resto de las mujeres.

—Este... ¿cuánto cuesta? —se aventuró a preguntar.

El vendedor carraspeó nervioso. La otra clienta se acercó para escuchar mejor.

—Bueno. Este es más caro que el anterior.

—¿Cuánto? —preguntó Aya.

—Se vende junto con unos zapatos a juego que...

—¿Cuánto cuesta? —insistió Cinthia, quien también se había aproximado hasta Duna.

—Ciento cincuenta berones.

Cinthia se llevó las manos a la boca.

—No. No, no y no, Duna. Lo siento —dijo Aya haciendo aspavientos con las manos.

La muchacha, entristecida, asintió y se apartó. Sin embargo, la otra clienta cogió el vestido distraídamente y le echó una ojeada indiferente. Sólo quedaba un vestido sobre el mostrador y le parecía horrendo. En realidad, después de ver el dorado, todos le parecían mediocres y feos.

—¿Vais a llevaros alguno entonces, señoritas? —les apremió el hombre, impaciente, frotándose las manos.

Aya meditó unos segundos la respuesta y después miró a Duna.

—Cariño, yo tengo un antiguo vestido de cuando era joven... no sé cómo estará, pero apañándolo podría quedar muy bonito.

—Gracias, Aya.

—¿Entonces yo me quedo con el burdeos? —preguntó Cinthia exultante de alegría.

—Sí. Nos llevaremos ese —accedió Aya.

Después de pagar al vendedor salieron de vuelta al alboroto de la calle.

—Si quieres miramos en alguna tienda más —comentó Aya, poco convencida.

—No importa, me pondré el tuyo.

La mujer le miró agradecida y atravesaron las colas que aún había por la ciudad en dirección al portón.

Cuando llegaron a casa, Cinthia escapó corriendo con su vestido para bajar a los pocos minutos con él puesto, coqueteando y levantando elegantemente los bajos del traje.

—Te queda precioso —le aseguró Duna mientras Cinthia giraba sobre sí misma.

—También a mí me lo parece —bromeó al tiempo que se echaba a reír.

—¡Duna! —llamó Aya desde el otro lado de la casa.

Las dos muchachas dejaron de reír y fueron a ver qué quería la mujer. Aya estaba leyendo un pergamino en el patio exterior. Las dos chicas se acercaron para leer su contenido.

—¿Qué es, Aya? —preguntó Duna.

—¿La invitación para otro baile?

—Ya te gustaría… —contestó Aya—. No, esta carta es para Duna, aunque venía a mi nombre.

—¿Dónde estaba? —quiso saber Duna mientras se hacía con el pergamino.

—A la entrada. Debió de llegar esta mañana y, al no haber nadie, la metieron por debajo de la puerta.

—¿Quién ha venido? ¿De quién es la carta? —insistió Cinthia.

—De Lord Guntern… —respondió Duna con un hilo de voz.

La carta era muy diferente a la última que había recibido y decía lo siguiente:

A mi querida Duna Azuladea:

Amada mía, habiéndome enterado esta misma mañana del inesperado acontecimiento que tendrá lugar en los próximos días en el palacio real, no he dudado ni un instante en presentarme ante vuestro humilde hogar para rogaros que me acompañéis al baile de celebración del cumpleaños de su alteza, el Príncipe Adhárel.

Me sentiría sumamente entristecido si recibiese una negativa como respuesta y me hundiría en pozos de desolación tan profundos como el firmamento encapotado antes de la tormenta.

Os ruego aceptéis mi invitación y me esperéis a la puerta de vuestra casa el día del festejo, dispuesta para partir en mi carruaje a Palacio.

Eternamente tuyo,

Vuestro amado:

Lord Gutern de Loresford

—Me niego —dijo Duna tajante agitando la cabeza—. ¡No pienso ir con él al baile! —sentenció enfurecida—. Ya puede esperar en su magnífico carruaje a que aparezca. Si es necesario escaparé por la puerta trasera.

—¡Duna! —le reprochó Aya— Hasta que no consigamos solucionar el malentendido, Lord Guntern es tu prometido y, en consecuencia, quien debe acompañarte al baile. Lo siento muchísimo, de verdad… pero así es.

—La que lo siente soy yo, Aya. Prefiero quedarme en casa

antes que ir al baile con ese... con ese... ¡Lord! —terminó sin encontrar un insulto apropiado.

—No digas tonterías —intervino Cinthia, que hasta el momento se había mantenido apartada—. ¿Realmente merece la pena que te pierdas el acontecimiento del año por tener que ir con ese zoquete?

La muchacha dejó que continuase hablando sin decir nada.

—Soy más pequeña que tú, y me cuesta imaginar cómo te sientes con todo el tema del compromiso, pero Duna, no desperdicies la oportunidad de ir a un baile real sólo porque no soportes al lord ese. ¡Ya nos desharemos de él! —añadió guiñándole un ojo.

Duna no pudo evitar sonreír y sintió cómo se le quitaba un peso de encima. Quizá su amiga tuviese razón y no fuese para tanto. Quizá, en público, Lord Guntern fuera educado, amable, simpático y servicial.

El resto de aquel día y la mañana del siguiente, Aya estuvo desaparecida dentro de su habitación, sin salir más que para tomar un poco de agua y estirar las piernas de vez en cuando. Mientras tanto, Cinthia y Duna elucubraban acerca de cómo sería el esperado baile: quién asistiría, qué trajes llevaría la nobleza y la alta burguesía, hasta cuándo duraría, si conocerían a alguien...

—¡Imagínate, Duna! —decía Cinthia, tumbada sobre su cama con los pies en la almohada y la cabeza colgando por el otro extremo—. Llegamos al palacio, atravesamos su interior hasta llegar a los jardines... porque será en los jardines, ¿verdad?

—Eso decía la carta —contestó la otra muchacha, tumbada a la inversa que su amiga.

—He oído hablar de esos jardines. Cuentan maravillas acerca de ellos: que las hadas lo bendijeron para que tuviese las flores más bonitas, que en su interior llueve con sólo desearlo, que utilizan sentomentalistas para cuidarlos...

—Eso último es lo más sensato que has dicho hasta ahora —dijo su amiga.

—¡Es lo que he oído! No digo que me lo crea... —añadió poco convencida.

—Pues yo opino que el baile no es más que una demostración de la portentosa riqueza que posee la familia real. También pienso que disfrutaremos con la música y con el baile, pero no con la comida ni con la bebida: ¡no pretenderás que den de comer a todos los invitados!

—No, claro —le dio la razón Cinthia, algo decepcionada.

—Y sobre lo de la nobleza, ten por seguro, queridísima Cinthia, que estaremos muy lejos de ellos. Ya se encargarán de poner tierra de por medio.

—¡Oh, Duna! ¡A veces eres realmente cruel!

—¡No soy cruel! Soy realista. Y, además, tendré que estar aguantando al molesto *Lerdi Gunterino*.

—Al menos tú tendrás a alguien que te acompañe —respondió Cinthia con un deje afligido en su voz.

Duna se incorporó. También lo hizo Cinthia, quien se puso a juguetear con los hilos de la colcha.

—¿Hay algo que yo no sepa?

Cinthia se hizo la remolona unos instantes hasta que Duna carraspeó, impaciente.

—¡Todo lo contrario! —terminó diciendo la muchacha—. ¡No puedes *no saber nada* cuando *no ha pasado nada*!

—Explícate.

—¿Crees que le gusto a un sólo chico de todo el reino? ¡Pues estás muy equivocada! Tú al menos tienes a tu Lord, que, aunque bajito, al menos es guapo...

—No sigas —le interrumpió Duna—. ¡Deja de decir bobadas y escúchame!

Cinthia dejó la colcha y miró a Duna, que a su vez la miraba entre sorprendida y autoritaria.

—Me parece asombroso que después de todo lo que está pasando en esta casa sigas preocupándote porque un hombre se fije en ti, porque Aya pague una buena dote y porque puedas casarte con él. Comprendo que a nuestra edad desees encontrar a alguien especial, alguien que te cuide y que te... quiera —Duna sonrió—. Pero esa clase de hombres no se compran, Cinthia. Esa clase de personas aparecen de repente en nuestras vidas sin ceremonias previas ni berones ni bombillas de por medio. ¿No te das cuenta? Ahora mismo eres libre... y te mentiría si te dijese que no deseo estar en tu situación antes que en la mía: a punto de contraer matrimonio con un hombre al que apenas conozco y por el que no siento más que... nada...

Cinthia bajó los ojos, avergonzada por su comportamiento. Duna le acarició las mejillas y sonrió dulcemente.

—No lo busques, Cinthia. El amor es tan furtivo como un pájaro. Espera a que sea él el que se acerque a ti, después limítate a decidir si quieres alargar el brazo para acariciarlo, o si por el contrario quieres dejarlo escapar.

Su amiga volvió a mirarla algo más alegre.

—Tienes razón, estoy preocupándome por tonterías. Ya llegará mi momento.

—Claro que sí.

—Oye, ¿sabes qué?

—No —contestó Duna, mucho más relajada—, dime.

—¡Eres una magnífica poetisa! —bromeó Cinthia echándose a reír.

Duna le acompañó en la risa y después de darle las buenas noches, se marchó a dormir.

La mañana del tan esperado día amaneció encapotada y sin un atisbo de sol. Cuando Duna se despertó y bajó a desayunar a la cocina, Cinthia y Aya maldecían la suerte de tan inesperado cambio de tiempo.

—¡Ha hecho bueno durante todos estos días! ¿Por qué tiene que llover justo hoy? —se lamentaba Cinthia.

—No seas agorera, niña —le espetó la mujer—. Aún no ha llovido y, si el Todopoderoso lo quiere, no lloverá hasta después del baile.

—Yo no confiaría tanto en las plegarias, Aya —intervino Duna, bostezando y preparándose una taza de leche.

Aya puso los ojos en blanco como respuesta al comentario de la muchacha y volvió a desaparecer escaleras arriba.

—¿Qué hace? —preguntó Duna mientras se sentaba junto a Cinthia.

—Está con tu vestido. Tiene que terminarlo para esta noche y dice que todavía le queda mucho trabajo.

—Pobrecilla, quizá debería decirle que no es necesario —sugirió Duna.

—¡No, no! Eso sería peor. Ya la conoces: ahora que lo ha empezado, mejor que lo termine.

—Si, tienes razón.

La mañana transcurrió sin imprevistos. Cerraron la cestería y dejaron todo arreglado y recogido para poder ir al baile sin preocuparse por nada. La invitación estaba sobre la mesilla en la entrada, y los vestidos preparados en los armarios, al menos el de Aya y el de Cinthia. Todo estaba dispuesto: habían conseguido que un viejo amigo de Aya las acercase a ella y a Cinthia. Al fin y al cabo, Duna contaba con otros medios para ir al baile. Se debatía entre sentirse agradecida o enfurecida por la situación, aunque al final terminó decantándose por la resignación.

Cuando el sol comenzaba a desaparecer por el horizonte y la luna espiaba ya desde el cielo, Aya salió de su cuarto con una sonrisa de oreja a oreja. Duna se encontraba en la habitación de Cinthia terminando de peinarla. Ella ya estaba lista desde hacía rato; sólo le faltaba ponerse el vestido.

Con los gritos y maldiciones que soltaba la muchacha, quejándose por los tirones de pelo, no se fijaron en que Aya las observaba desde la puerta.

—Estáis hechas unas mujercitas —comentó con una sonrisa. Parecía cansada.

—¡Aya! —le saludó alegremente Duna—, ¿has terminado ya el vestido?

La mujer asintió con la cabeza y giró en redondo. Las dos muchachas se miraron un instante y después, con el cepillo todavía enredado en los cabellos de Cinthia, salieron corriendo tras ella. Para cuando llegaron, Aya les esperaba con el vestido en las manos.

—Bueno, ¿qué os parece?

Duna se quedó con la boca abierta, al igual que Cinthia. El vestido era de tela azul oscura, casi negra, con el escote en forma de uve del que partían dos tirantes de una tela más gruesa, anchos y fruncidos que dejaban al descubierto los hombros. Una tira de seda plateada ceñía la cintura del vestido. La parte inferior caía en pliegues hasta el suelo.

—Aya… es… precioso… —consiguió articular Duna, acercándose y tomando el vestido entre sus manos.

—He añadido algunos detalles. Espero que te vaya bien. Creo que lo he calculado bien, pero quien sabe…

Cinthia se acercó a su lado y sonrió a Aya.

—¡Te ha quedado como nuevo!

La mujer agradeció los comentarios y después las apremió para que saliesen de su cuarto.

—Daos prisa o llegaremos tarde. ¡Id a cambiaros! ¡Ya, ya!

Las dos muchachas corrieron a sus respectivos cuartos para enfundarse los vestidos.

Duna tardó poco en verse frente al espejo con el vestido puesto. Le quedaba como anillo al dedo. Aunque necesitaba la ayuda de alguien para atar el lazo de la espalda, podía ver que le sentaba estupendamente. Sin necesidad de corpiño, la cintura del vestido se ajustaba a su cuerpo a la perfección. Giró un par de veces, agarrándolo por delante para que no se le cayese, y comprobó que los pliegues aumentaban el vuelo. Ahora tenía que buscar unos zapatos a juego. No tardó en encontrarlos; tenía pocos y desde el momento en el que vio el traje pensó en ellos: eran también de color azul marino, con algo de tacón, de punta estrecha y sin ningún tipo de adorno. Sencillos pero elegantes, se dijo.

En el cuello se puso un antiguo colgante de plata que Aya había encontrado entre los harapos que Duna vestía el día en que la liberó. La muchacha le tenía un aprecio especial y sólo se lo ponía en contadas ocasiones. Aya nunca llegó a saber si la pequeña Duna lo había encontrado o, si por el contrario, había sido un regalo de su madre para que no la olvidase.

Salió de su cuarto y llamó a Cinthia para que le echase una mano con el lazo. Cuando la muchacha vio a su amiga se quedó impresionada.

—¡Por el Todopoderoso, Duna! ¡Estás preciosa! —vociferó.

Duna se puso colorada y le apremió para que le cerrase el vestido. Se dio la vuelta y su amiga hizo lo que le pedía.

De pronto se oyó un silbido proveniente de la calle y las dos corrieron a asomarse por la ventana.

Un enorme y engalanado carruaje tirado por caballos esperaba a la puerta de la vivienda con un cochero uniformado situado junto a él. Lord Guntern esperaba frente al jardín. Iba vestido con un chaleco verde sobre una camisa clara de manga larga y un pañuelo alrededor del cuello que se escondía bajo el chaleco. En las piernas llevaba calzones ajustados hasta media pierna y unos botines en los pies. Estaba imponente.

—¡Oh, vaya! Ya ha llegado… —se lamentó Duna, esperanzada hasta entonces de que se hubiese olvidado.

—No le hagas esperar más y baja —le apremió su amiga, empujándola hacia las escaleras—. Nos veremos en el baile.

—¡Aya, me voy! —gritó Duna mientras bajaba las escaleras.

La mujer contestó algo que Duna no alcanzó a oír pero que interpretó como una despedida. Se encogió de hombros y abrió la puerta.

Tras la valla esperaba Lord Guntern con los brazos en jarras y tamborileando con el pie. Cuando vio a Duna su cara no pareció dulcificarse ni un ápice. La muchacha no se amedrentó y salió del jardín con la cabeza bien alta.

—Llegas tarde —le reprochó el lord, malhumorado.

—Disculpadme, he tenido problemas con el vestido.

Lord Guntern no pareció reparar en cómo iba vestida, simplemente carraspeó y el cochero se adelantó para abrir la portezuela del carruaje.

—Las damas primero —dijo este, haciendo una gran reverencia frente a Duna.

La muchacha le dio las gracias y entró ágilmente en la carroza. Tras ella subió el lord, aún con una expresión avinagrada en el rostro. El cochero cerró la puerta y se montó en la parte superior del carruaje. Al instante, la carroza empezó a balancearse suavemente de camino a la ciudad.

El silencio entre los dos ocupantes pareció crecer a medida que avanzaban. Tan sólo el traqueteo de las ruedas y el «cloc-cloc, cloc-cloc» de los caballos evitaban que fuese aún más insoportable la situación.

Duna no estaba dispuesta a ser ella quien abriese la boca en primer lugar; al fin y al cabo, estaba sumamente alegre de no tener que aguantarle. Se preguntaba qué estarían haciendo Aya y Cinthia en esos momentos.

Mientras tanto, Lord Guntern parecía cada vez más nervioso y se revolvía incómodo en su asiento. Duna le descubrió varias veces intentando entablar conversación con ella sin llegar a atreverse. ¿Qué había sido de aquel envalentonado lord que había conocido semanas atrás? Al cabo de unos minutos, el hombre consiguió sobreponerse y dirigirse a Duna.

—Menuda suerte hemos tenido de que no haya llovido.

Duna se giró hacia él y, sin decir una sola palabra, asintió y le sonrió. Después volvió a mirar por la ventanilla, distraída. No se lo iba a poner nada fácil.

El Lord carraspeó nervioso y se desanudó un poco el pañuelo. Al poco volvió a intentarlo:

—Según he oído decir a un viejo amigo cercano a la reina, el baile se celebrará en los jardines.

—También lo sabía Cinthia, la otra chica que vive en casa de Aya. Parece ser un rumor muy extendido.

El Lord se puso rojo, quizá de ira, quizá de vergüenza, e intentó entablar conversación por tercera vez:

—He visto que recibiste mi invitación sin problemas.

Por desgracia, sí… pensó Duna.

—Si vamos a estar juntos, querida, y así espero que sea, quiero que sepas que no hay nada que me moleste más en este mundo que la im-pun-tua-li-dad —dijo, poniendo énfasis en cada una de las sílabas—, ¿comprendes?

—Soy una aldeana, Lord Guntern, no tonta —le replicó la muchacha sonriendo—. Ya le he dicho que lo lamento. No volverá a ocurrir.

Espero no tener que volver a salir contigo ninguna noche más, pensó también, aunque se guardó de decirlo.

Esa fue la última vez que el hombre intentó hablar con la muchacha. Unos minutos más tarde atravesaron el portón de la muralla y siguieron calle arriba hacia el palacio real.

Antes de alcanzar la escalinata, el carruaje se detuvo.

—¿Qué demonios pasa, Wilfred? —preguntó el lord, golpeando con los nudillos el techo de la carroza.

—Hay que esperar, señor. Al parecer la Guardia Real está revisando los carruajes, señor. Se aseguran de que no se cuele ningún belmontino en la fiesta, según he podido leer en un cartel, señor.

Lord Guntern bufó molesto y se cruzó de brazos, enfurruñado.

—¡Lo que faltaba! Qué desconsideración, ¡revisar los carruajes como si fuésemos criminales! La paranoia está llegando demasiado lejos.

Duna sonrió para sus adentros. Por primera vez estaba de acuerdo en algo con el hombre. El traqueteo se reanudó a los pocos minutos y de nuevo tuvieron que detenerse. Un soldado de la Guardia Real abrió la portezuela del carruaje y se asomó por ella para asegurarse de que allí no se escondía ningún invitado indeseado. Tras comprobarlo, se despidió, les deseó una feliz velada y pudieron continuar hacia el interior del palacio.

Cuando llegaron, un lacayo Real les abrió la puerta y les ayudó a descender del vehículo. El traje de Duna relucía bajo la luz de las antorchas que decoraban la entrada, pero Lord Guntern ni se fijó. Con la cabeza bien alta y sin apenas sonreír, subió los escalones de la gran escalinata. Duna, sin embargo, miraba hacia todos lados asombrada por lo bien que habían decorado el exterior del palacio con guirnaldas doradas, flores y antorchas que bailaban con el viento. Con elegancia, ya que al fin iba como invitada y no como criada, se recogió el vestido y ascendió la escalinata. El pelo lo llevaba suelto y caía ondulado sobre sus hombros. El colgante destellaba sobre su pecho y los zapatitos iban sonando a cada paso. En la parte superior de la escalinata le esperaba Lord Guntern, impaciente y con el brazo dispuesto para que Duna lo agarrase. Cuando lo hizo, descubrió un nuevo inconveniente de la estatura de su… prometido. Se deshizo de aquellos malos pensamientos, dispuesta a pasar una magnífica velada.

Lord Guntern tiraba de ella haciendo pequeñas reverencias y saludos con la mano a todos los que se cruzaban en su camino. Pocos eran los que parecían reconocerle y menos aún los que le devolvían el saludo. Mientras cruzaban el recibidor hacia los jardines, donde definitivamente iba a tener lugar el festejo, Lord Guntern iba explicándole a Duna quiénes eran los invitados y de qué les conocía.

—Aquel de allá es Sir Monsmoin —dijo señalando a un hombre fondón embutido en un traje más que ajustado para su envergadura—. Mi padre le vendió algunas tierras a su familia hace algunos años.

Lord Guntern le saludó con la mano y el tal Sir Monsmoin se giró sin apenas reparar en él. Duna se contuvo de sonreír e hizo como si no se hubiese dado cuenta.

—Esa mujer es Lady Engracia, amiga íntima de la familia. —Lord Gunter dio un tirón a Duna y se acercaron a la mujer, quien parecía estar sumamente aburrida mientras bebía de una copa de cristal.

—Buenas noches, Lady Engracia —saludó el lord, tocándole suavemente sobre el hombro. La mujer se giró y se quedó unos instantes sin saber con seguridad si se referían a ella o a otra persona. Después pareció reconocer a Lord Guntern.

—¡Guntie! —exclamó la mujer, abochornando al lord y haciendo que enrojeciera. Sin dejarle respirar, le agarró los carrillos y le balanceó la cara. La mujer era unos centímetros más alta que el hombre—. ¡Cuánto tiempo, cariño! ¿Cómo están tus padres?

El Lord se deshizo de la mujer sin dejar de mirar a Duna por si esta se echaba a reír y después contestó:

—No me llames Guntie, ya sabes que no me gusta. Mis padres bien, gracias. Nos veremos más tarde.

Hizo una breve inclinación y agarró del brazo a Duna para alejarse de allí cuanto antes. Ni siquiera la habían presentado. No importaba, pensó Duna, haber contemplado aquel momento lo compensaba todo. Lady Engracia se quedó despidiéndose con la muñeca floja y la mirada perdida. Después se perdió entre el gentío buscando más bebida.

—Pobre mujer —murmuraba el lord—, a cierta edad es mejor no dejarlos salir de casa.

Duna se detuvo en seco y le fulminó con la mirada.

—¿Cómo habéis dicho?

—Ya te dije que me hablases de tú, no necesitamos tanto formalismo ahora que…

—¿Acabáis de decir que a cierta edad no se nos puede sacar de casa? —preguntó enfurecida y conteniéndose por no gritar. Se encontraban en la antesala de los jardines.

—No te sulfures, querida, sólo ha sido un comentario sin importancia.

Duna respiró hondo y se calmó para no darle un puntapié

y después avanzó sola hasta los jardines. Lord Guntern la siguió correteando hasta ponerse a su altura y después volvió a asirla del brazo con fuerza.

Hasta entonces, Duna no había visto ni una sola vez los jardines. Al trabajar en el otro extremo del palacio, no los había contemplado ni siquiera a través de las ventanas de los pisos superiores. En cuanto puso un pie sobre la escalera de piedra que descendía hasta ellos, pudo comprobar que todo lo que había oído decir era poco.

La inmensidad de la explanada ajardinada se perdía a lo lejos y se fundía, tras un muro de piedra, con la linde del bosque de Bereth. Había caminos de gravilla que corrían y se entrelazaban a lo largo de los jardines por los que paseaban los invitados vestidos de gala. En el centro del jardín, a lo lejos, había una espléndida fuente de piedra con figuras talladas de la que salían numerosos surtidores decorativos. Cada seto estaba perfectamente recortado y cada rosal magníficamente cuidado. Parecía que todas las flores hubiesen decidido abrirse para la fiesta y conferían al jardín un espléndido surtido de colores y olores variados. Frente a la escalinata, un ancho camino daba a la enorme pista de baile cubierta donde la orquesta interpretaba valses para los invitados. Duna se dejó envolver por la opulencia y la belleza del lugar antes de bajar los escalones de piedra. En la parte inferior le esperaba Lord Guntern con la misma cara de impaciencia de momentos antes.

¿Es que este hombre nunca descansa? ¿Por qué tiene siempre tanta prisa?, se preguntaba Duna, rompiendo parte del hechizo inicial.

—¡Bailemos! —sugirió Duna, hipnotizada por la música. Lord Guntern la miró de hito en hito.

—Debes de estar bromeando, ¿verdad? Yo no bailo, querida.

—Pues yo sí —contestó Duna, molesta. E hizo ademán de dirigirse hacia la pista de baile cuando la mano del Lord se cerró con fuerza en torno a su muñeca.

—Si yo no bailo, tú tampoco —le advirtió.

Duna estuvo a punto de replicarle desdeñosamente, pero en ese momento empezaron a sonar unas trompetas en lo alto de la escalinata de piedra y por ella aparecieron la reina Ariadne, los príncipes Adhárel y Dimitri y el séquito real. Todos los allí presentes, Duna incluida, hicieron una pequeña reverencia que la realeza respondió saludando con la mano.

—¡Sed todos bienvenidos! —anunció la reina. Su vestido plateado, a juego con la tiara de su cabeza, era el más bonito que Duna había visto en toda su vida—. Es un gran honor para mí poder celebrar con todos vosotros el vigésimo cumpleaños de mi primogénito y futuro rey de Bereth, Adhárel.

Los invitados estallaron en una sonora ovación a la que Adhárel respondió con una espléndida sonrisa. A Duna no le pasó desapercibido el afeitado del príncipe. Por primera vez después de todas las veces que le había visto en el palacio, Adhárel parecía lo que era: el futuro rey de Bereth. Lord Guntern se cuadró tras las palabras de la reina mientras murmuraba:

—¡Ese es nuestro príncipe! Que el Todopoderoso le guarde porque será un magnífico rey.

Duna puso los ojos en blanco. Lo que le faltaba: también *Lerdi Gunterino* era un admirador de Adhárel...

—Por favor —prosiguió la reina—, que continúe el baile. Espero que todos paséis una magnífica velada.

De nuevo se escucharon vítores y aplausos que se fueron apagando poco a poco, dando paso a la música de la orquesta.

Lord Guntern aferró con más ahínco aún la muñeca de Duna y tiró de ella hacia la escalinata, por donde ahora descendía la familia real.

—¡No! —vociferó Duna, ofreciendo resistencia.

—Debemos ir a felicitarle en persona. ¡No se nos volverá a presentar una oportunidad como esta en la vida, querida!

—¡Vayamos después! —suplicó Duna con la esperanza de poder perderse antes de que llegase el momento.

Lord Guntern no le hizo ningún caso y tiró de ella con insistencia.

El príncipe Adhárel iba vestido con una casaca de color rojo. Bajo ella, un chaleco dorado cubría una camisa blanca con pliegues en el cuello y las mangas. Llevaba unos calzones ajustados hasta media pierna de color negro y zapatos con hebillas. El pelo lo llevaba suelto. Dimitri, por otro lado, iba vestido con tanto o más cuidado que su hermano. Llevaba una camisa de manga larga blanca, con un chaleco negro y unos pantalones grises. El pelo cobrizo lo llevaba repeinado, dejando a la vista su cara casi infantil. Si Duna no hubiese conocido su verdadero carácter, podría haber pensado que era casi más inocente que Adhárel, pero…

El lord avanzó apresuradamente entre el gentío que se arremolinaba alrededor del príncipe para felicitarle mientras Duna se moría de vergüenza a medida que avanzaban.

Me van a reconocer, me van a reconocer y me pondrán en evidencia… ¡No quiero ir! ¡Suéltame, bastardo!, gritaba en su interior.

Cuando se plantaron ante los príncipes y la reina, el lord hizo una exagerada reverencia que obligó a algunas personas a apartarse de su camino. Duna simplemente bajó la cabeza, abochornada, y esperó a que terminase todo.

—Reina Ariadne, príncipe Adhárel, príncipe Dimitri, es un honor para mí haber sido invitado a esta celebración —dijo el Lord mientras Duna rezaba para que se abriese un agujero en el suelo y se la tragase la tierra—. ¡Ante todo, felicidades, mi príncipe! —dicho esto, le agarró la mano a Adhárel y se la besuqueó de arriba abajo. Los que lo presenciaron se quedaron de piedra. El príncipe no sabía si apartarle de un empujón o seguir sonriendo incómodo.

Duna seguía deseando que se terminase todo y que nadie reparase en su presencia.

Cuando el Lord acabó de besar los nudillos del príncipe, volvió a incorporarse y agarró a Duna por la cintura, obligándola a avanzar unos pasitos.

—Esta es mi querida prometida, que también os rinde pleitesía, majestad. —Duna esbozó una sonrisa e improvisó una corta reverencia. Sin levantar el rostro fue a dar un paso hacia atrás cuando la mano de Adhárel se posó en su barbilla y se la levantó.

—Una cara tan dulce no debería estar siempre mirando al suelo —susurró ante la evidente envidia del resto de mujeres que se habían congregado a su alrededor. Dimitri no parecía estar interesado en lo que decía o hacía su hermano y no se había dado cuenta de quién era aquella muchacha.

Duna sintió cómo la sangre le inundaba el rostro y sonrió al príncipe. *¿Le había reconocido?*, se preguntó la muchacha. A continuación, la familia real y su séquito se alejaron de allí.

Lord Guntern se quedó donde estaba, eufórico por el halago que Adhárel le había regalado a Duna.

—¿Le has oído? ¿Has oído lo que te ha dicho el príncipe? ¿Por qué no le has contestado, querida?

Duna tragó saliva, todavía recuperándose.

—Bueno, no sé... me he quedado sorprendida... no me salían las palabras...

—¡Pues ya le has oído! ¡La cabeza bien alta durante toda la noche! ¿Entendido?

Duna asintió y después le pidió que fuese a por algo de beber. Alegre como estaba, no puso ningún reparo y corrió a buscar a un lacayo.

La chica se quedó a un lado, jugueteando con una rosa del jardín hasta que vio a Cinthia y a Aya a lo lejos. Duna les hizo gestos con los brazos y cuando la descubrieron se acercaron a ella.

—¡Duna, querida! —le saludó Aya, quien llevaba puesto un vestido verde de lo más común—.¡Estás preciosa! ¡No te había visto con el vestido puesto! Por el Todopoderoso, te pareces tanto a mí cuando tenía tu edad...

Cinthia se echó a reír con Duna, que no tardó en contarle lo sucedido.

—¡¿Ahora mismo?! —preguntó su amiga, buscando con la mirada al príncipe.

—Sí, y delante de todo el mundo. Casi me muero de vergüenza.

En ese momento llegó Lord Guntern con dos copas de lo que parecía vino.

—Toma, querida —dijo, ofreciéndole una copa a Duna.

Aya tuvo que carraspear para que el hombre reparase en ella y en Cinthia.

—¡Señoritas, no os había visto!

Aya le extendió la mano y este se la besó como acababa de hacer a Adhárel, pero con menor entusiasmo. Entonces Cinthia dio un codazo a Duna.

—¿Pero qué haces?

—¡Mira! —le avisó su amiga mientras señalaba hacia la pista de baile.

Allí, a medio camino, el príncipe Adhárel se había detenido a hablar con una mujer que a Duna le resultaba extrañamente familiar.

—Menuda suerte tienen algunas… —murmuró Cinthia.

—¿La conocemos de algo?

—Será de la escuela… ¿no?

Duna negó con la cabeza. Aquella no era la primera vez que veía a esa muchacha. Parecía mayor que ella y el vestido que llevaba…

—¡Cinthia! ¡Es la mujer de la tienda de vestidos!

—¿La que no dejaba de mirar lo que nosotras cogíamos?

—¡Esa misma! ¡Fíjate, lleva el traje dorado!

Cinthia abrió los ojos desmesuradamente cuando cayó en la cuenta. Era cierto, aquel era el precioso vestido de la tienda y, al parecer, no habían sido las únicas en descubrirla. Con disimulo, los hombres se giraban para mirarla y las mujeres se morían de envidia al fijarse en su ropa. También ellas dos habían caído bajo el embrujo del vestido y lo miraban con tanta envidia como el resto de invitadas. ¿Se debía a la tela o al hecho de que hubiese llamado la atención del príncipe?

Duna se cansó del vino y, con disimulo, lo dejó caer en el rosal que tenía a su lado. Después le entregó la copa vacía a un mayordomo que pasaba en aquel momento.

—¿Bailamos? —le preguntó a Cinthia.

—¡Claro!

Se habían alejado unos pasos cuando les llegó la voz de Aya.

—¿Adónde vais, niñas?

—A bailar, Aya —le contestó Duna, agarrando del brazo a Cinthia y dándose la vuelta—. Como nos siga *Lerdi Gunterino* se acabó la diversión.

—Tranquila, Aya le tiene entretenido.

Al llegar a la pista, el remolino de gente alrededor de la mujer del vestido dorado era tal que apenas pudieron verla. Lo que sí que pudieron observar fue que Adhárel ya no estaba allí. El príncipe se encontraba un poco más lejos, hablando con un grupo de Guardias Reales que se paseaban por el jardín armados con lanzas.

—¿No crees que es excesivo? —preguntó Duna, señalando a los hombres.

—Bueno, ten en cuenta que si ahora mismo un belmontino atacase, podría acabar con toda la familia Real…

Entraron en la pista en el instante en el que la orquesta terminaba una pieza y comenzaba otra. El suelo era de enormes baldosas de mármol blanco, al igual que las columnas y el techo. Aunque eran pocas las parejas que se atrevían a bailar, las muchachas se pusieron en un extremo donde no estaban muy a la vista.

Duna hizo una reverencia ante Cinthia, haciendo el papel del hombre, y Cinthia se inclinó sujetándose el vestido. Después Duna la agarró por la cintura, Cinthia a ella por el hombro, juntaron las manos y empezaron a bailar. Mientras daban pequeños pasos al son de la música iban criticando y comentando los vestidos de las demás invitadas. Cuando la pieza terminó, aplaudieron con elegancia, al igual que hacían el resto de los presentes y se dispusieron para seguir bailando cuando Lord Guntern apareció en la pista esquivando parejas.

—¡Ahí estáis! —dijo.

—Se terminó la diversión… —murmuró Duna.

El lord llegó hasta ellas y, después de pedirle a Cinthia que les dejase solos, tomó la mano y la cintura de Duna para empezar a bailar. Duna se encontraba sumamente incómoda teniendo que agacharse unos centímetros para llegar a sus hombros, pero Lord Guntern parecía estar pasándolo peor.

—¿No decíais que no bailabais?

Lord Guntern tardó en contestar debido a la atención que le prestaba a sus pies mientras contaba en un susurro «un-dos-tres… un-dos-tres…», intentando llevar el compás. Duna se limitaba a apartar sus pies a tiempo antes de que le pisase.

—¿Eh?... ¿Qué decís?... Ah, sí. Bueno, no. Me gusta bailar, querida… y como podéis apreciar, lo hago bastante bien…

—Sois un magnífico bailarín, mi Lord —ironizó Duna, disfrutando con el mal rato que estaba pasando el hombre.

Cuando la pieza terminó y Duna estaba a punto de pedirle

a Lord Guntern un descanso, harta de aquella posición tan incómoda, alguien apareció tras el lord. Este se dio la vuelta y se encontró frente al príncipe Adhárel. Ellos dos eran los únicos que no se habían dado cuenta de su aparición.

—Disculpadme... —dijo Adhárel.

—Lord... Lord Guntern, alteza —le recordó.

—Eh, sí... Lord Guntern. ¿Me concederíais el honor de bailar con vuestra hermosa dama?

Duna se quedó helada ante la proposición. Sintió que se le aceleraba el corazón y empezó a sentir el latido en los oídos.

—Cla... ¡claro Alteza! ¡Cómo no! El placer es mío —tartamudeó Lord Guntern al tiempo que soltaba a Duna y se alejaba unos pasos.

Adhárel agarró con delicadeza a Duna de la cintura y esta le puso la mano sobre el hombro. A continuación, la orquesta comenzó a tocar. Tres violines primero, suaves, lentos, delicados. Adhárel dio el primer paso hacia un lado y Duna le siguió. Después otro. Entraron el arpa y el piano.

El príncipe giró y Duna con él. Entraron el resto de los violines.

Se aceleró el ritmo y después volvió a ralentizarse, y otra vez, con más energía.

Duna no dejaba de mirar al príncipe a los ojos, y él no apartaba los suyos de los de Duna. Giraban trazando dibujos en la pista mientras los demás invitados se apartaban para dejarles todo el espacio. Ninguno se percató de ello. Simplemente bailaban, escuchaban la música y se perdían en la mirada del otro. No había nada más: sólo ellos y la música. Los acordes y melodías existían sólo para ellos y los dos lo sabían. Acompasados, al tiempo... a dúo.

La música fue deteniéndose hasta que sólo quedó un violín, que terminó por fundirse con el silencio reinante.

Duna tardó en fijarse en todos los invitados que se habían congregado alrededor de la pista de baile. Observándola. Observándolos.

El príncipe le soltó la cintura y ella estuvo a punto de perder el equilibrio. Consiguió sobreponerse y le miró. Adhárel no apartaba los ojos de ella. El resto de invitados seguían en silencio, igual que ellos, como temerosos de romper un misterioso hechizo. Después, Adhárel dio un paso hacia atrás e hizo una reverencia. Duna hizo lo propio.

—Gracias por el baile —dijo él.

—Gracias a vos, alteza.

Adhárel pareció reparar entonces en todos los ojos que estaban pendientes de ellos y acercándose a Duna le dijo:

—Quizá os gustaría dar un paseo por los jardines.

Duna volvió a sentir el corazón en sus oídos y, como pudo, asintió. Adhárel colocó el brazo para que ella se agarrase a él, y después salió por el lado de la pista que daba a la gran fuente, al final del camino. Los invitados se apartaron para dejarles paso. De Lord Guntern no había ni rastro. Duna ni siquiera se acordó de él.

Anduvieron sin hablar durante unos minutos. Las nubes habían desaparecido y la luna brillaba en lo alto del cielo. Los caminos estaban iluminados con postes de los que colgaban lámparas de aceite. Corría una suave brisa que Duna agradeció.

—¿Lo estáis pasando bien? —le preguntó finalmente el príncipe.

—Muy bien, gracias, alteza —respondió sin estar segura de si debía decir siempre lo de *alteza.*

—No es necesario que me llaméis alteza —le contestó él, leyéndole el pensamiento—. Puedes llamarme Adhárel, y yo os llamaré…

—Así lo haré, altez… Adhárel —rectificó—. Mi nombre es Duna Azuladea.

Unos cuantos metros más allá se erguía la majestuosa fuente. Adhárel avanzó hasta ella y después se sentó en su borde. Duna, no obstante, se quedó a unos pasos de ella para contemplarla.

Representaba a varias sirenas en distintas posturas: una peinándose, otra mirándose en el agua, otra tumbada, y la más alta intentando capturar algo del cielo.

—Es el mito de Calíame —explicó Adhárel.

—Lo conozco —respondió Duna—. El de la sirena que estaba cansada de vivir en el mar, ¿verdad?

—Ese mismo. Y que cada noche subía a la más alta de las

piedras para intentar alcanzar la luna. Hasta que un día, de tanto intentar alcanzarla, se hizo de día y su piel se secó.

—Convirtiéndose en parte de la roca —finalizó Duna—. Es una historia preciosa…

—También se lo parece a mi madre, por eso hizo construir la fuente.

La muchacha dejó de estar tan nerviosa y se sentó junto al príncipe.

—Pareces distinta con ese vestido —se aventuró a decir el príncipe, aunque rápidamente añadió—: Quiero decir, comparada con los que llevas habitualmente para trabajar.

La muchacha no sabía si tomárselo como un cumplido, por lo que se limitó a sonreír y a darle las gracias.

—Imagino que tu prometido ya te lo habrá dicho. Por cierto, deberíamos regresar. Seguramente se esté preguntando dónde estás.

Duna enarcó las cejas.

—¿Lord Guntern? Se ha limitado a decirme lo importante que es para él la puntualidad. Y, sinceramente, dudo que me esté buscando.

—Si quieres puedo hacer que le apresen —bromeó Adhárel.

—No sería mala idea.

—¿No es vuestro prometido? —preguntó extrañado el príncipe.

—Para mi desgracia, sí.

—No lo comprendo.

—Yo tampoco. Me enteré hace varios días de que me iba a casar con él. Aya, mi… tutora, pagó la dote para casarme con ese lord. —La muchacha suspiró, entristecida—. Sé que lo hizo pensando en mi bien, pero…

—Pero no es lo que tú quieres.

—Así es.

Se quedaron unos segundos en silencio mirando al firmamento.

—Y dime, ¿cómo es que trabajas en el palacio? ¿No eres demasiado joven?

Duna se echó a reír; definitivamente la había reconocido.

—Cumpliré dieciocho años dentro de poco. Me enviaron a trabajar al palacio como castigo…

—¿De veras? Vaya, cada vez se les ocurren escarmientos más originales.

—En la escuela del Este no me querían tener por más tiempo, así que en el juicio decidieron que terminase mis *estudios* aquí.

—¿Y qué te parece?

Duna le miró de soslayo. *¿Por qué se interesaba el príncipe por una vulgar campesina?*, pensó

—No lo sé. En la lavandería me desenvuelvo bien. Las veces que salgo de ahí… bueno yo… no sé, soy una sirvienta algo torpe —dijo, recordando las palabras de Adhárel.

El príncipe pareció darse cuenta y se ruborizó.

—Respecto a cso, perdóname. No quise faltarte al respeto, pero mi hermano Dimitri…

—No importa, al fin y al cabo no dijiste ninguna mentira…

—Aun así, te pido disculpas.

Los dos se quedaron en silencio. Entonces Duna giró la cabeza y se encontró de nuevo con sus ojos. Tenía que reconocer que era un joven apuesto y que se interesara por su situación... Simplemente, no era como lo había imaginado. Pero, aun así, no conseguía comprender qué hacía ella allí. ¿Por qué había bailado con ella? ¿Por qué le había invitado a pasear? ¡Ella no era nadie!

—¿Te he dicho que estás preciosa esta noche? —dijo Adhárel, sacándola de su ensimismamiento.

—Alguna que otra vez —bromeó ella—. Pero no más que a la mujer del vestido dorado.

Adhárel la miró extrañado hasta que comprendió.

—¿Lady Melindena?

—No conozco su nombre, sólo sé que ese vestido lo vi yo primero.

—¿De veras? ¿Y qué dirías si te dijese que el tuyo me parece mucho más bonito?

—Te diría que eres un embustero. Aunque seguramente después la Guardia Real caería sobre mí.

Los dos rieron la ocurrencia.

—Pues lo digo de verdad. Además con esa mujer no soy capaz de hablar más de lo estrictamente necesario. Apenas te conozco y, sin embargo, contigo… es diferente.

El príncipe se acercó un poco más a Duna. Esta apartó la mirada. ¿Qué estaba pasando allí? ¿Qué... ?

—Además...

Duna le miró.

—¿Si?

Adhárel se acercó un poco más.

—Tú eres...

Sus hombros ya se rozaban...

—¿Sí?

Duna cerró los ojos, olvidando cuanto había a su alrededor...

—Eres...

—¡ADHÁREEEEEEEEL!

El grito desgarró la noche y les devolvió a la realidad. Cada uno miró hacia un lado distinto. Duna se concentró en los pliegues de su falda y Adhárel se puso en pie para ver quién le llamaba. La oscuridad impedía distinguir quién se acercaba por el camino.

—¡Por fin te encuentro! —dijo la reina Ariadne, sofocada por el paseo. Cuando vio a Duna arqueó una ceja extrañada, pero no le hizo ningún caso.

—Hemos dado por finalizada la fiesta, Adhárel.

—¿Qué sucede? —preguntó él.

—Belmontinos.

—¿Aquí? ¿En el palacio?

La reina asintió enérgicamente.

—Tenías razón. Por desgracia han huido y no han podido ser capturados. Debes regresar al Palacio. Se ha vuelto peligroso andar a solas por aquí.

La reina le ofreció una mirada altiva a Duna y después dio media vuelta para emprender el camino de vuelta al palacio.

Adhárel le hizo un gesto a Duna. Esta se levantó y caminó a su lado, en silencio, hasta la pista de baile. Ya casi no quedaban invitados.

Entonces Adhárel se dio la vuelta hacia Duna y, en voz queda, le dijo:

—Ha sido una velada maravillosa. Muchísimas gracias, Duna Azuladea.

A lo lejos se escuchó la tos de la reina.

—Para mí también ha sido inolvidable —le dijo Duna.

A continuación, el príncipe se acercó un poco más a ella. Sus labios casi se rozaron, pero el príncipe cambió de opinión y le dio un beso en la mejilla. Después corrió hasta las escaleras donde su madre se agarraba a un sirviente para subir los escalones.

Duna se llevó la mano a la mejilla y emprendió el camino hacia la salida con la mirada perdida en los recuerdos de aquella noche y el corazón palpitándole en los oídos.

Unos segundos más tarde, el reloj del palacio dio las doce de la noche.

9
SOMBRAS EN LA NOCHE

Lord Guntern había abandonado la fiesta antes de lo previsto al sentirse indispuesto, según le explicó Aya a Duna en el carruaje que las llevó de vuelta a casa.

Justo cuando cruzaban el portón de la muralla comenzó a caer una fina lluvia que no tardó en convertirse en una buena tormenta. Las nubes habían reaparecido de improviso.

—¡Te lo dije! —le recordó Aya a Duna—. ¡El Todopoderoso no permitiría que lloviese durante la fiesta!

—La verdad es que hemos tenido mucha suerte —comentó Duna, aún en las nubes.

Cinthia se removió a su lado, dormida, apoyándose en su hombro.

—Qué poco aguante tienen las niñas de hoy en día —dijo Aya, demasiado despierta por la bebida del baile.

Para cuando llegaron a casa y el cochero se despidió de ellas, la lluvia que caía era tan insistente que las capas que cubrían sus trajes quedaron hechas unos guiñapos empapados antes de alcanzar el pequeño porche y la puerta principal... que estaba abierta. Duna la empujó sin llegar a entrar.

—Aya... —dijo—, ¿os habéis olvidado de cerrar la puerta al salir?

—Que yo recuerde, no. De hecho, volví a entrar a por las invitaciones y recuerdo que cerré la puerta con llave.

—Qué extraño...

Cinthia bostezó adormilada.

—¿Podemos entrar de una vez? ¡Voy a ponerme enferma!

Duna la abrió un poco más y entró con todos los sentidos alerta. Algo raro estaba pasando allí. Cogió la lámpara de aceite del recibidor y la encendió para ver dónde pisaban. La tormenta rugía a sus espaldas. Por un instante sintió un escalofrío al imaginar dos ojos vigilándolas desde los alrededores... dos ojos brillantes.

—¿A qué huele? —preguntó Duna, tapándose la nariz con los dedos. Un olor parecido al azufre y al estiércol llenaba toda la casa—. Creo que alguien ha estado aquí...

—¿Y qué te hace pensar...?

Aya se quedó callada cuando entraron en el salón y descubrieron los muebles tirados por los suelos, los libros caídos y los cajones abiertos y colgando de las bisagras.

—¡Santo Todopoderoso! ¡Nos han robado! —gritó la mujer.

—¡Shhh! —le ordenó Duna— ¡Puede que el ladrón todavía este aquí!

—¡Hay que avisar a la guardia! —volvió a gritar, histérica, la mujer.

—Aquí nadie va a avisar a nadie.

Duna se giró de inmediato para descubrir entre las sombras a un hombre cubierto con harapos que las miraba desde detrás de la alacena. Las apuntaba con una espada cuyo filo relucía bajo la luz del candil.

—No os mováis y no os pasará nada —les advirtió el hombre, dando un paso hacia ellas.

Duna temblaba de miedo mientras se debatía entre hacer lo que le decía o arrojarle la lámpara a la cara.

—Déjala en el suelo —le dijo el ladrón, adivinando sus intenciones.

Duna obedeció y se agarró al brazo de Aya, quien parecía estar aún más asustada que ella.

El ladrón dio un paso hacia ellas.

—Quiero vuestras joyas. Tiradlas al suelo.

—¡Pero si no tenemos! —le dijo Duna— ¡Por favor… !

—No me hagas perder el tiempo, niña. Quítate ese colgante y lánzamelo.

—Esto no, por favor… —le rogó la muchacha, agarrando con fuerza la piedra.

El ladrón blandió la espada y se la acercó al cuello de Duna.

—No me gustaría tener que rajar ese precioso cuello.

—¡Duna, dáselo! —le imploró Aya.

—¡No! ¡No pienso darle el colgante!

—¡Haz caso a tu madre y dámelo!

—Si lo quieres, ven a por él —le amenazó ella con la rabia brillando en sus ojos.

—¡Maldita niña!

De repente, una sombra cruzó el recibidor. El ladrón no se dio cuenta y avanzó hacia Duna con la intención de arrebatarle el colgante. Cuanto más se acercaba, más insoportable resultaba su hedor. Duna dio un paso hacia atrás, sintiendo el frío filo en el gaznate.

—Si no vas a dármelo por las buenas, tendré que cogerlo por las malas…

Aya sollozaba en una esquina pidiendo auxilio con la voz entrecortada, sin saber qué hacer.

—¡Dejad a la niña!

—¡Callaos o le ensarto la espada en el pecho! —le amenazó el hombre, volviendo la espada hacia la mujer.

Duna empezaba a sentir el frío metal rozándole el cuello. No tardó en correrle por el cuello el primer y finísimo hilo de sangre. Desesperada, empezó a sollozar mientras el ladrón le quitaba la cadena del cuello. Pero, de pronto, se escuchó un golpe seco tras el hombre y la fuerza con que sujetaba la espada fue disminuyendo hasta que esta cayó al suelo. Al instante, el ladrón se desplomó junto al arma.

Cinthia se encontraba tras él, blandiendo una sartén con las dos manos mientras miraba asustada al hombre, dispuesta a atizarle de nuevo si se le ocurría despertar.

La reina Ariadne se apoyaba en los brazos de su hijo mayor mientras cruzaban el recibidor de camino a sus aposentos.

El palacio había quedado vacío, al menos las primeras plantas, y los pasos de la reina y de Adhárel eran lo único que se escuchaba, magnificados por el eco entre las paredes de piedra.

—Sabía que lo harían —comentó el príncipe—. Sabía que intentarían algo.

—No nos preocupemos más por eso —contestó ella, sufriendo otro ataque de tos—. Ha sido sólo una amenaza, como siempre. La Guardia está registrando los alrededores por si siguen cerca.

—Bueno, espero que no vuelvan a...

No pudo terminar la frase. De repente, Adhárel se dobló por la mitad agarrándose con fuerza la tripa y soltando a su madre. La reina Ariadne se tambaleó, sin llegar a caerse, al tiempo que agarraba a su hijo para socorrerle.

—¡Hijo! ¡Adhárel! —gritó alarmada.

El príncipe cayó al suelo de rodillas presionándose la tripa.

—¡Ah...! Me... me duele...

—Vamos, levántate —le imploró su madre, haciendo ahora ella de soporte—. ¡Haz un esfuerzo!

El príncipe se puso en pie y con paso vacilante avanzó junto a su madre hacia una de las puertas laterales del recibidor.

—¿Qué... me pasa? —preguntó Adhárel, haciendo un esfuerzo por no perder la conciencia.

—No te preocupes, hijo mío... —se apresuraba la reina, arrastrándole como podía hacia la puerta—. Estoy aquí... estoy contigo...

Justo antes de entrar, el príncipe perdió totalmente la conciencia y se desplomó en el suelo. La reina, agotada pero firme, le agarró como pudo y cruzó la puerta con él.

—Adhárel... Adhárel... mi pobre niño... —murmuraba preocupada la reina.

Cuando se cerró la puerta tras ellos, una sombra esquiva y casi invisible que se encontraba por allí de casualidad, la volvió abrir y espió desde el dintel para averiguar qué estaba sucediendo. Al principio no pudo creer su suerte. Primero sintió miedo, después comprendió qué era lo que estaba observando y en un abrir y cerrar de ojos, allí, agazapado entre las sombras de la noche, comenzó a tomar forma el plan que había estado esperando desde hacía tiempo. Había elucubrado noche tras noche sobre las distintas posibilidades, sobre los misterios que venían sucediéndose desde hacía tiempo en aquel palacio, sobre la extraña visita que la reina había recibido la noche anterior y, ahora, por fin, su trabajo había dado los frutos esperados. Sabía qué debía hacer y por dónde tenía que comenzar.

Antes de que la reina se percatase de que alguien espiaba sus movimientos en la oscuridad, la sombra desapareció en dirección a la torre más alta del palacio.

10
EL LADRÓN

Cuando el ladrón consiguió abrir los ojos, volvió a cerrarlos debido al punzante dolor de cabeza que le sobrevino. Pero en aquel infinitesimal segundo que los mantuvo abiertos vio que estaba rodeado por tres mujeres armadas con artilugios de cocina y con su propia espada apuntándole al pecho.

Antes de intentar abrir los ojos de nuevo sintió que una cuerda atada firmemente a una silla le mantenía maniatado y que un pañuelo en su boca le impedía respirar con normalidad. Le habían cazado.

Volvió a abrir lentamente los ojos y tardó unos segundos en enfocar a las tres mujeres, dos muchachas y una señora, que le miraban entre enfadadas y asustadas. El dolor de cabeza seguía persistiendo y tenía la convicción de que tardaría en desvanecerse. ¿Cómo demonios había llegado allí? Lo último que recordaba era que estaba intentando quitarle el colgante de plata a una de las chicas y después… ¡Eh!, pensó mirando de hito en hito a sus captoras, ¡aquella chica rubia no había entrado con las otras dos en el salón! Seguramente había sido ella quien le había atizado por la espalda. ¡Sería idiota! Regla número uno: asegurarse siempre del número de personas que hay en la casa antes de dejarse ver. ¡Es lo primero que tendría que haber aprendido!

Enfadado consigo mismo, volvió a cerrar los ojos... hasta que un sonoro bofetón le devolvió a la realidad.

—¡Despierta! —le ordenó la mujerona que le acababa de golpear.

El ladrón abrió de nuevo los ojos y la miró enfurecido.

—¡A mí no me mires con esos ojos! —le reprochó la mujer, soltándole otro bofetón. Las dos muchachas parecían asustadas.

—¡Soltadme y no os haré nada! —quiso decir el ladrón, aunque con el pañuelo en la boca sonó algo así como: «fonfanfe fy fo fos fafé afa»

—¿Qué ha dicho? —preguntó la chica rubia.

Con cuidado, temerosa de que pudiese darle una dentellada a su mano, la muchacha morena le quitó el pañuelo de la boca, advirtiéndole:

—Si gritas, vendrá la Guardia Real.

—¡Soltadme he dicho! —repitió el ladrón, dejando a un lado los formalismos y más envalentonado ahora que podía hablar.

—No sé si te has percatado —intervino la mujer—, pero no estás en disposición de darnos órdenes.

—¿Quién eres? —le preguntó la muchacha rubia.

—Os arrepentiréis —les amenazó, intentando infundir a su mirada todo el desprecio de que fue capaz.

La mujer le dio otro bofetón, ¡y ya iban tres! La cara empezaba a enrojecérsele desmesuradamente.

—Te repito —le dijo la mujer pausadamente—, que no nos hables de ese modo. Responde a la pregunta. ¿Quién eres?

—Nadie que conozcáis.

—Eso ya lo vemos. ¿Qué hacías en nuestra casa? —le preguntó Duna.

—¿Acaso no está suficientemente claro? Buscaba algunas cosas con las que poder quedarme.

—Pues has ido a parar al peor sitio —dijo la mujer—. Como puedes comprobar, las riquezas en esta casa brillan por su ausencia.

—No buscaba joyas, aunque al ver la de ella me encapriché.

La muchacha morena se llevó la mano al cuello, protegiendo su colgante.

—¿Entonces qué buscabas?

—¡Comida, agua, leche, ropa! —enumeró el ladrón—. Tal vez no os hayáis dado cuenta por mi aspecto, pero soy pobre.

—¿De veras? —le preguntó la morena, siguiéndole el juego y arqueando una ceja. No le gustaba un pelo.

—Sí. Como lo oís, por eso vago de un lado a otro tomando prestadas algunas… algunas…

—¿Necesidades básicas? —le ayudó la muchacha rubia.

—¡Eso es! Necesidades básicas. Así que si me disculpáis, me haríais un enorme favor si…

—Alto ahí, hombrecito —le detuvo la mujer—. No vas a ir a ninguna parte hasta que nosotras lo digamos. ¿Cuántos años tienes? No pareces muy mayor…

Y era cierto. A la luz de las velas su apariencia de hombre adulto se había esfumado dando paso a la de un joven de pelo marrón sucio y enmarañado y unos juveniles ojos de color azul eléctrico. Lo que engañaba a la gente que le miraba por primera vez era la rala barba que se había dejado crecer para ocultar su verdadera edad. Pero bastaba con mirarle a los ojos para descubrir que no era tan mayor como en un principio podía parecer.

—Tengo veinticinco años, señora —contestó él, mirando hacia otro lado.

—¿Quieres que te arree otro sopapo, chico? Di la verdad.

—No entiendo porqué no hemos llamado aún a la Guardia Real, Aya… —comentó la muchacha morena, cansada de sostener la espada en alto.

—Por varias razones —le contestó ella—. Porque es de noche, porque llueve a mares y porque la testaruda de Cinthia nos ha convencido para que no lo hiciésemos… al menos hasta el amanecer. Además, acabo de tener una idea.

Así que la muchacha rubia se había arrepentido de su ataque por la espalda, vaya, vaya… Cinthia y Aya, pensó el ladrón, solo le faltaba conocer el nombre de la morena…

—Seguimos esperando la respuesta, joven. ¿Cuántos años tienes?

—Diecinueve —contestó con un hilo de voz, avergonzado.

—¡Os lo dije! —les recordó la morena.

—Oídme, por favor —les rogó el ladrón haciendo uso de una nueva táctica—. Ya os he dicho todo lo que queríais saber sobre mí. Por el Todopoderoso, os ruego que me dejéis ir. No me entreguéis a las autoridades, os lo suplico, gentiles damas. Sé que no debí entrar en la casa, y mucho menos apuntaros con la espada, pero el hambre y el cansancio nos juegan a veces malas pasadas. Disculpad a este muchacho hambriento y dejadle escapar. Os juro no volver a Bereth nunca.

—Una cosa más, y con esto no quiero decir que vayamos a liberarte —le dijo la morena sin que el discurso hubiese hecho mella en ninguna de las mujeres—. ¿De donde vienes?

—De Belmont —respondió él.

—¿No serás uno de los espías que estaba en el palacio?

El ladrón se echó a reír.

—¿En... el palacio? No, tengo lugares mejores para esconderme...

—¿Y cuál es tu nombre? —le preguntó Cinthia.

El ladrón se quedó extrañado ante la pregunta. Pocos eran los que se habían interesado a lo largo de su vida por su verdadero nombre y él apenas lo utilizaba.

—Di. ¿Cuál es tu nombre? —insistió la tal Cinthia—. ¿Acaso lo has olvidado?

—No andas mal encaminada, Cinthia —contestó él, disfrutando al sentir que la muchacha se tensaba al escuchar que la llamaba por su nombre—. Hace tiempo que no lo utilizo y tengo mala memoria. Sin embargo —prosiguió, mirando a la mujer y previendo un nuevo bofetón para el recuerdo—, haciendo memoria, y descartando mis motes más utilizados como Saltimbanqui, Sombra o Sinsentido, mi nombre es... Sírgeric.

—Demasiadas eses. Me recuerdas a una serpiente —sugirió la morena—. ¿Cómo sabemos que no mientes?

—¿Y cómo saber lo contrario? Sólo os queda fiaros de mi palabra —el ladrón se removió en la silla sin conseguir deshacer los nudos y después preguntó—: ¿Para qué queréis saber tanto de mí? ¿Por qué este interrogatorio? ¿Pensáis ir en mi busca en caso de que consiga escapar de aquí?

—Nada de eso, jovencito —le corrigió Aya—. Tú has tenido un buen rato para husmear en nuestros armarios, cajones y habitaciones. Ahora nos toca a nosotras conocer tu privacidad. ¿No te parece justo?

—Absolutamente justo, señora.

En ese momento Cinthia bostezó involuntariamente y Duna hizo lo mismo sin poder evitarlo.

—Empieza a ser tarde —comentó Sírgeric—, si me hiciesen el favor de…

—Nada de eso. Ni lo pienses. Nosotras nos iremos a dormir arriba. Tú te quedarás aquí abajo bien maniatado. Ya seguiremos la charla mañana por la mañana.

—¿Pero qué demonios queréis de mí? —gritó nervioso el chico—. ¡No sabéis con quién estáis tratando!

La situación hacía rato que se le había ido de las manos y no entendía dónde querían ir a parar aquellas mujeres.

—Está bien. Te diré qué es lo que quiero de ti —Aya dio un paso hacia él con un cucharón en la mano—. Quiero que trabajes para mí hasta que pagues todas las cestas y el mimbre que has destrozado en mi taller.

—¿Su taller? ¿Qué taller?

—El que hay abajo, idiota —contestó la morena, poniendo los ojos en blanco, exasperada y cansada.

—¡Pero si yo no les he hecho nada!

—Has estropeado todo el mimbre de esta temporada, has roto a patadas las cestas que ya había terminado y, por si fuera poco, has intentado robarme los pocos ingresos que tenía ahorrados. ¿Te parece poco?

—¡Estáis loca! ¡Estáis todas locas!

Aya dio media vuelta y, de un soplido, apagó la luz de las velas del salón. Sólo quedó encendida la que llevaba en la mano.

—Vamos, niñas. A la cama todo el mundo.

—¡Suélteme! ¡Quíteme estas cuerdas le digo! —vociferó el ladrón, desesperado.

—¡Buenas noches, Sírgeric!— canturreó la morena mientras subían las escaleras.

—¡No! ¡Por favor! —siguió lloriqueando el chico— ¡Prometo pagaros! ¡Mirad! En mi morral hay dinero… si alguien me lo acercase pagaría gustoso.

—¿Quieres que te volvamos a poner el calcetín en la boca? —preguntó la morena.

—Juro ser bueno desde hoy, ¡lo juro!... ¡Al menos, soltadme las manos! Por favor, ¡por favor!

—¡Cierra el pico ya! —gritó Aya desde el piso superior—. Conseguirás despertar a los vecinos. Duna, Cinthia. Arriba, ya.

Así que Duna era el tercer nombre que le faltaba… ¿Pero de qué le servía conocerlo?

El joven intentó unas cuantas veces más deshacerse de la cuerda, pero viendo que estaba atado a conciencia terminó derrumbándose en el asiento, agotado e intranquilo. Había entrado en aquella casa con la intención de robar algo para comer y ahora se encontraba maniatado y sin ninguna expectativa de poder escapar.

Antes de que se apagasen las luces del piso superior, Sírgeric pudo vislumbrar la cabecita dorada de Cinthia asomándose por la barandilla. Después cayó dormido en un sueño de lo más incómodo e inseguro.

De nuevo estaba prisionero.

A la mañana siguiente, Cinthia fue la primera en bajar a desayunar. Ni siquiera Aya se había despertado aún. El vino de la noche anterior y el cansancio habían hecho mella en la mujer hasta el punto de romper su costumbre diaria de despertarse con el sol.

La muchacha se vistió y bajó las escaleras bostezando y despeinada. De pronto dio un respingo al escuchar un suave ronquido. Era aquel misterioso ladrón que habían apresado la noche anterior en su intento fallido de robarles las pertenencias.

Cinthia se acercó con cautela hasta la silla donde dormitaba el hombre, (¿o el chico?, sólo tenía un par de años más que ella…), y le observó detenidamente. No era feo, pero necesitaba una limpieza inmediata, pensó Cinthia. El ladrón murmuró algo sin despertarse y volteó la cabeza hacia el otro lado. Cinthia se asustó y se alejó de allí.

Todavía se preguntaba por qué les había pedido a Duna y a Aya que no avisasen a la guardia en cuanto le tuvieron maniatado. ¿Había sido un simple acto de caridad? ¿Le había dado pena aquel pobre que no tenía ni qué comer?

Comida. Era lo último en lo que podía pensar en ese momento. La casa entera olía a estiércol. Parecía como si una manada de reses se hubiese alojado entre aquellas cuatro paredes. Cinthia sabía que el causante de aquel hedor era Sírgeric. Era todo un misterio aquel joven, decidió Cinthia.

Viendo que se hacía tarde, recogió la cesta de los libros y salió apresuradamente a la calle. Los caminos estaban embarrados y había charcos por todas partes.

Duna fue la segunda en despertarse. Cuando sintió un fugaz rayo de sol en la cara, se desperezó con pasmosa tranquilidad y estuvo tentada de seguir durmiendo, pero de pronto recordó que ya no estaba de vacaciones. Maldiciendo, bostezando y estirándose, saltó de la cama, aún somnolienta, y fue corriendo a vestirse.

Cuando estuvo medianamente presentable bajó a zancadas las escaleras, cogió un pedazo de bizcocho que había preparado Aya unos días atrás y salió corriendo de la casa, sin reparar, hasta haber recorrido un buen tramo del camino a la ciudad, en los dos ojos que la habían seguido por la casa. El ladrón de la noche anterior había despertado y Aya se encontraba sola con él. Sintió una punzada de culpa, dio unos pasos de vuelta a la casa, pero la voz de Grimalda rugiendo en su cabeza por la tardanza le hizo desistir y siguió corriendo hasta el palacio. Aya sabía cuidarse sola y el ladrón estaba bien maniatado. Había terminado su buena racha: hoy llegaría tarde.

Por último, y con toda la calma del mundo, Aya bajó a desayunar. De vez en cuando, se decía, una señora tenía que poder tomarse un descanso y vivir un día totalmente relaj...

Los pensamientos se cortaron cuando sus ojos se cruzaron con los del ladrón. Seguía en el mismo lugar en el que le habían atado. No había conseguido deshacer el nudo y su rostro mostraba una expresión burlona e impaciente al mismo tiempo. Su «relajado descanso» iba a tener que esperar.

—¡Buenos días! —canturreó el ladrón.

—Buenos días —contestó Aya entrando en la cocina.

—¿Qué hay para desayunar?

—Para ti, por el momento, nada.

Aya se preparó una infusión y la puso a calentar en el fuego.

—¿Dolor de tripa? —preguntó divertido el joven.

La mujer no le contestó. Colocó un plato sobre la mesa y se sirvió una rebanada de bizcocho.

—Madrugan mucho sus hijas, ¿no? —tanteó el ladrón, desinteresado.

—No son mis hijas —le corrigió la mujer, sirviéndose la infusión en una taza.

—Ah, yo pensé...

—Pues te equivocas. Ahora, si no te importa, quiero desayunar. Cuando quiera hablar contigo ya te lo diré.

—Quizá para entonces sea yo el que no quiera hablar —replicó el ladrón.

—Quizá vaya siendo hora de ir llamando a la Guardia Real —le amenazó la mujer.

El ladrón tragó saliva.

—No, no se moleste. Esperaré aquí. No me moveré.

Aya sonrió para sus adentros y se tomó todo el tiempo que quiso. Cuando estuvo lista, limpió los cacharros y después movió el sillón para ponerse frente al ladrón. Cruzó sus regordetas manos sobre el regazo y le dijo:

—Te voy a soltar.

El ladrón quedó estupefacto unos instantes.

—¿De veras?

—Yo nunca bromeo, jovencito. Sí, voy a desatar las cuerdas y quedarás libre. Pero tendrás que pagarme todo lo que has destrozado en la tienda. ¿Dónde está ese dinero del que hablabas anoche? —le preguntó, buscando con la mirada su morral.

—Bueno yo... en realidad... —el ladrón volvió a tragar saliva viendo cómo se esfumaba su libertad—... no era cierto que tuviese dinero. En realidad no tengo ni morral.

—Eso me parecía. Pues entonces, como ya te dije, tendré que cobrártelo en horas de trabajo.

—¿Quiere que trabaje aquí? ¿Con usted?

—Eso he dicho. ¿Ves algún inconveniente?

El ladrón meditó unos segundos sin responder y a continuación negó con la cabeza.

—Mira, chico. Lo que te ofrezco es algo más que saldar tu deuda. Mi estúpido, viejo y bondadoso corazón siente predilección por los desamparados. Ya ves, es así desde hace años, desde que conocí a Duna. —En este punto, la mujer se detuvo. El pasado de la muchacha no le pertenecía y no tenía ningún derecho a revelarlo—. Podría decirse que te ofrezco un oficio y un sitio donde dormir.

—Pero señora, yo no...

—Tú sí —le cortó la mujer—. Sé por qué huyes y no te hace ningún bien vagabundear por estas tierras. No en tu situación.

El ladrón sintió un escalofrío y abrió los ojos como platos.

—¿Lo sabe? ¿Cómo...?

—Lo llevas escrito en el hombro. Lo descubrí cuando te ataba.

—¿Lo sabe alguien más?

Aya negó con la cabeza.

—Ni siquiera las niñas. No les dije nada y ellas tampoco parecieron darse cuenta.

—¿Por qué hace esto? ¿Busca mano de obra barata? ¿Quiere explotarme? No será una de esas locas que encierran a jóvenes para obligarles a trabajar de sol a sol, ¿verdad?

Aya se echó a reír ante tal ocurrencia.

—¿Tengo pinta?

—No, señora, bueno, no lo sé... ¿la tiene? —preguntó dubitativo el joven.

Aya volvió a soltar una carcajada.

—No, no la tengo. Ya te lo he dicho. Mira, Sírgeric, ¿era Sírgeric, verdad?

—Si, señora. Sírgeric está bien.

—Tienes dos opciones, Sírgeric. Cuando te suelte puedes golpearme, dejarme inconsciente, robar todo lo que te plazca y salir huyendo de vuelta a una vida de crímenes; o, por el contrario, puedes subir, darte un buen baño, afeitarte, quitarte la mugre de encima y bajar a desayunar. Después te diré qué puedes ir haciendo para empezar. —La mujer se detuvo para que

Sírgeric lo meditase. Después añadió—: Elijas la opción que elijas, olvidaré tu pasado. Olvidaré que intentaste robarnos y degollar a Duna. —Aya levantó la mano para evitar que le interrumpiese—. Nunca preguntaré por lo que has pasado y no te pediré que nos cuentes nada a no ser que tú quieras. Piénsalo y cuando lo tengas decidido, dímelo.

—¿Cómo sé que no intenta retenerme para luego entregarme a la guardia? —preguntó el muchacho, desconfiado.

—Si hubiese querido venderte a la guardia, y no imaginas cuantas ganas tuve, ya lo habría hecho. Que te quede clara una cosa: te ofrezco un hogar y al mismo tiempo un escondite. Te ofrezco comida y ropa limpia. Todo a cambio de nada.

—¿Por qué ha cambiado tan deprisa de actitud? Anoche me llevé unos cuantos bofetones por su parte.

—¡Anoche intentaste matar a Duna! ¡Santo cielo, Sírgeric, pareces idiota! —exclamó la mujer—. ¡No tienes más que diecinueve años, si es que no nos has mentido, y ya andas robando en casas ajenas y vagabundeando por estas tierras! ¡No has cumplido ni la veintena y ya eres un proscrito! Si la vida que llevas te gusta, muy bien, adelante: sigue así. Pero si por un instante alguna vez deseaste dejarlo todo y vivir una vida normal, esta es tu oportunidad. Ahora tú decides si lo tomas o lo dejas.

Cuando Duna llegó al palacio, el guardia de la puerta empezó a reírse entre dientes.

—¿Y a ti que te pasa hoy? —le preguntó Duna, molesta—. ¿De qué te ríes?

—Llegas tarde.

—¡Ya lo sé!

La muchacha llamó con insistencia a la puerta hasta que alguien la abrió por dentro.

—¡Llegas tarde! —le reprochó Grimalda sin haber abierto del todo la puerta.

—Lo sé, lo sé —se disculpó la muchacha—, perdóname. Ha sido culpa del vino de ayer…

Duna cerró la puerta tras ella y siguió a la mujer a las cocinas.

—¡No le eches la culpa al vino, niña! Una y no más, ¿me oyes? Odio la impuntualidad.

—No eres la única —murmuró Duna, recordando a Lord Guntern—. No volverá a ocurrir, te lo prometo.

—Eso espero. Baja a la lavandería. Ya conoces de sobra lo que tienes que hacer.

La mujer enana se perdió tras la puerta de la cocina y Duna siguió hasta la que bajaba a la lavandería. Cuando entró, la recibió un coro de risitas y algunas miradas escrutadoras de varias de sus compañeras.

—Llegas tarde —le dijo la señora Wilma, tendiéndole el paño para su cabeza.

—Lo sé. Lo siento —repitió Duna mientras se apresuraba a ocupar su lugar de trabajo.

En cuanto cogió una prenda que flotaba en el agua y empezó a frotar con insistencia, sus compañeras se arremolinaron en torno a ella.

—¿Y bien?

—¿Y bien qué? —replicó Duna sin dejar de frotar.

—¿Qué tal en el baile? —preguntó una esmirriada compañera mientras sacudía una camisa.

—Muy bien —contestó secamente Duna—. Pero si no recuerdo mal, me pareció veros allí.

—Si, bueno, allí estábamos —contestó otra junto al lavadero.

—Pero yo me marché antes —añadió la primera.

—¿No nos cuentas nada?

—Ya lo visteis todo. No hay mucho que contar: música, vino, baile…

—¡Baile! —le interrumpió la mujer esmirriada—. ¿Y con quién bailaste tú?

Duna empezaba a cansarse. *¡Cotillas! ¡Cotillas insoportables! ¡Eso es lo que sois!*, pensó. Pero por el contrario, contestó:

—Con unos y con otros. También con mi amiga.

—Si no recuerdo mal… —dijo la que estaba frente a ella.

—… bailaste con alguien… —continuó otra.

—…un tanto especial —finalizó una a su lado.

La muchacha se sonrojó.

—¡Con el príncipe, Duna! —exclamó irritada la que estaba de pie— ¡Bailaste con el príncipe, por el Todopoderoso!

—Ah... eso... —murmuró Duna sin saber qué decir.

—He oído que no le sentó nada bien —le interrumpió la que estaba frente a ella.

—¿A qué te refieres? —preguntó Duna.

—Al parecer no se encuentra bien —respondió—. Lleva así desde anoche y, según una de las doncellas, no es el único: el príncipe Dimitri parece encontrarse también indispuesto.

Duna escuchaba con atención, sin dejar de lavar la ropa. Sabía que no le quitaban los ojos de encima.

—Pobres... Al menos imagino que sus hombres tendrán más días de descanso.

—¡Ya lo creo! Ese gigantón de Barlof ha decidido escapar unos días de palacio.

—No entiendo cómo puedes enterarte de todo, Sole. ¡Parece que tienes oídos en todas las habitaciones del palacio!

Las mujeres se echaron a reír.

—No en todos los lugares, querida —le corrigió Sole—. ¿Verdad, Duna?

La muchacha volvió a sonrojarse y no levantó la cabeza.

—¿Por qué no dejáis a la chica en paz de una vez? —intervino de repente Dora, la peor de sus compañeras. La que peor le caía, la prepotente, la inaguantable, la envidiosa, su... ¿salvadora?

Duna le miró agradecida y eso dio pie a que la mujer le mostrase la más horrible de sus sonrisas y le guiñase un ojo.

—Duna —prosiguió ahora que el resto de compañeras se habían callado—, ya no es la criada que conocíamos. Ya no se relaciona con nosotras de igual modo. Por eso no nos cuenta nada sobre el baile. Por eso hoy ha llegado tarde.

Duna la miró ofendida y malhumorada.

—Yo no... ¡Eso no es cierto! —*¡Maldita sea, Dora!*, pensó

—¡Claro que es cierto! —canturreó la mujer al tiempo que colgaba su prenda recién lavada—. Si no lo fuese, ahora nos estarías contando con pelos y señales todos los detalles de anoche.

—Jamás iría contando por ahí lo que hago o dejo de hacer. Y menos a ti.

El resto de lavanderas escuchaban, atónitas, cómo se desarrollaba la pelea.

—¿Lo veis, chicas? —continuó— ¡Después de cómo la hemos adoptado en nuestra pequeña familia, mirad cómo nos trata! Yo digo —Dora se echó hacia delante, dejando el rostro a pocos centímetros del de Duna— que lo que pasa es que aquí la niñita se ha enamorado de nuestro príncipe.

—¡¿Qué?! —exclamó Duna sin dar crédito a sus oídos.

Las lavanderas se echaron a reír.

—Ya me has oído, niñita —repitió Dora—. Estás loquita por el príncipe —se puso de cuclillas junto a Duna y le susurró al oído—: A saber qué te hizo cuando os marchasteis solos a dar un… *paseo.*

La muchacha se giró hacia Dora, que ya se había levantado. El coro de risas sonaba a su alrededor como hienas buscando carnaza. Duna se puso en pie lentamente, se alisó la falda, golpeó con el dedo a Dora en el hombro para atraer su atención y cuando esta se dio la vuelta, la muchacha le soltó un bofetón que resonó por toda la lavandería.

Dora se tambaleó unos pasos sin recordar que el lavadero estaba a sus pies. Sin poder hacer nada, perdió pie y fue a caer en el interior, tirando todo el agua y empapando al resto de las mujeres, quienes se apartaron entre gritos y maldiciones.

Duna se mantuvo imperturbable, mirándola enfurecida sin decir una palabra. Cuando la mujer se recuperó del susto y consiguió ponerse de pie dentro de la palangana, gritó enfurecida y se lanzó a por Duna, desquiciada. Pero en su camino se encontró con la gran Wilma, que llegaba en ese momento de las cocinas. La mujerona agarró con firmeza a la otra lavandera.

—¿Qué diablos pasa aquí? ¿Es que os habéis vuelto locas? —preguntó Wilma mirando a Duna y después a Dora.

—¡Ha sido ella! ¡La muy… ! ¡Me ha tirado a la palangana de un bofetón!

Unas cuantas lavanderas se echaron a reír al escuchar aquello, pero Wilma las hizo callar.

—¿Es eso cierto? —le preguntó a Duna.

—Se lo merecía.

—¿La has tirado al agua, Duna?

—Sí, señora, pero...

—Ven conmigo.

Wilma soltó a Dora y agarró a Duna de la muñeca con firmeza para alejarla de allí.

Un grupo de lavanderas se acercaron a Dora para preguntarle por el incidente, pero ella no pareció advertirlo. La mujer no apartaba los ojos de los de Duna. Me las pagarás, parecían gritar (o al menos eso imaginaba Duna en su cabeza).

—¿Por qué has hecho eso? —le preguntó Wilma a la muchacha, ya fuera de la lavandería.

—No dejaban de molestarme —contestó con un hilo de voz la muchacha. Temía ser otra vez expulsada.

—Se han burlado de ti otras veces y nunca has reaccionado así.

—Ya, pero esta vez ha sido diferente. Dijo que... —se detuvo. No podía decirlo.

—¿Qué dijo, Duna?

—No importa.

La mujerona le puso una mano en el hombro.

—Mira, sé tan bien como el resto que anoche bailaste con su Alteza el príncipe Adhárel.

Duna se ruborizó de nuevo. ¿Por qué le pasaba esto?

—Ojalá no hubiese sido así —murmuró, entristecida.

—No digas eso, Duna. Seguro que fue maravilloso, pero escucha esto: las mujeres de ahí dentro están muertas de envidia, ¿me entiendes? No les des motivos para que te molesten. Ignóralas, sobre todo a esa cascarrabias de Dora.

La muchacha sonrió más tranquila viendo que no habría represalias.

—Así lo haré —contestó.

—Bien. Pues por hoy creo que ya has trabajado suficiente.

—¡Pero si he llegado tarde!

—*Por hoy* —repitió la mujer imprimiendo más fuerza a sus palabras—, *creo que ya has trabajado suficiente.* Puedes irte.

Duna se quitó el pañuelo, se lo entregó a Wilma y subió corriendo las escaleras.

—¡Y como vuelvas a hacer algo parecido, no volverás a pisar este palacio nunca más!

Duna se dio media vuelta asustada, pero Wilma le guiñó un ojo para que comprendiese que sólo estaba teatralizando la regañina.

—¡A ver qué te vas a pensar, niña insolente! —terminó, despidiendo a la muchacha con la mano.

Cuando Cinthia llegó a casa corrió a comprobar si el ladrón seguía atado a la silla, pero el salón estaba vacío y la silla en su sitio. En toda la casa no se oía ni el más mínimo ruido. Cinthia sintió un escalofrío.

—¿Aya? —preguntó, imaginando lo peor.

No obtuvo contestación.

—¿Aya, dónde estás?

Cinthia avanzó con paso lento hasta el patio trasero. Allí tampoco había nadie. ¿Y si le había pasado algo? No se lo podría perdonar nunca. Ya no veía con tan buenos ojos no haber avisado a la guardia. Quizá el ladrón… no quería ni pensarlo.

—¿Aya, estás aquí? —volvió a preguntar.

De pronto escuchó un estrépito y se volvió con la mano en el corazón. El ruido procedía del almacén, en el piso de abajo. Cinthia se armó con una cacerola, como ya empezaba a ser costumbre en ella, y con paso lento abrió la puerta de la despensa y bajó las escaleras.

—¡No! ¡Por el Todopoderoso! —gritó de pronto una mujer. Era Aya.

Cinthia bajó los últimos escalones como una exhalación.

—¡No! ¡Aya! ¡Suéltala, asesino!

Pero se quedó paralizada en el sitio. Aya estaba con un joven de pelo anaranjado. Ella sentada en un taburete, él con un montón de varas en los brazos. Bajó la cacerola y les miró avergonzada.

—Disculpa Aya —se giró hacia el invitado e hizo una reverencia—. Perdonadme.

La mujer la miró divertida. ¿Qué le hacía tanta gracia?

Entonces se fijó en el joven y la cacerola se le cayó al suelo del asombro. Era el ladrón. Sí, era él, pero no le había reconocido. ¡Cómo reconocerle! Llevaba ropa limpia, el pelo de su color y la cara totalmente afeitada. No quedaba ni rastro de la espesa y sucia barba que había visto Cinthia. Sus ojos azules la miraban con una misteriosa seguridad.

—Señorita —saludó Sírgeric haciendo una inclinación.

Cinthia miró a Aya con los ojos desorbitados y esta le guiñó un ojo. ¿Qué estaba pasando allí?

Sírgeric dejó las varillas en una cesta y recogió otro montón del suelo. Al parecer había sido eso lo que se había caído.

—Cinthia —le dijo Aya—, Sírgeric se quedará con nosotros una temporada. Hemos estado hablando y hemos acordado olvidar lo que pasó anoche. Trabajará en la cestería echándome una mano, ya que los animales no le soportan.

Cinthia asintió, aún asombrada.

—Pues... bienvenido entonces —dijo cohibida.

—Gracias —contestó él. Ahora sí que aparentaba los diecinueve años que había confesado tener.

—Bueno yo... eh... os dejo trabajar —dijo la muchacha—. Tengo cosas que hacer arriba.

Se dio media vuelta y volvió a subir las escaleras.

—¿Sigue enfadada conmigo? —le preguntó Sírgeric a Aya cuando se cerró la puerta.

—No lo creo, es muy vergonzosa. Hasta que se acostumbre estará así.

—Eso me consuela poco —ironizó el chico.

—Es de Duna de quien deberías temer algo. Ella estará menos alegre de tenerte por aquí.

—Gracias por el consuelo, Aya...

La mujer soltó una risotada y cogió otro par de varas de mimbre.

—Venga, ¿empezamos de nuevo?

—Sí.

Sírgeric cogió otra tira y se pusieron manos a la obra.

11
UNO MÁS EN LA FAMÍLIA

No podía creerlo. No sólo les había intentado robar sino que encima había estado a punto de matarles y a Aya sólo se le había ocurrido la brillante idea de meterle en casa y cuidar de él. ¿Pero no se daba cuenta de que estaba dejando a la serpiente entrar en el nido? Para colmo, ahora tendrían que vivir con él hasta que Aya se cansase de cocinar para uno más o hasta que él saliese un día huyendo y no volviese jamás, cosa más que probable, visto lo visto.

Duna estaba quitando las malas hierbas del patio trasero. Desde la intromisión del ladrón en sus vidas, habían tenido que acondicionar el poco suelo fértil que tenían junto al granero y cultivar las suficientes hortalizas y legumbres para que pudieran comer todos. El trabajo en principio lo iba a hacer el ladrón —así era como Duna se refería a Sírgeric siempre que tenía que decirle algo—, sin embargo, la poca maña del chico para tratar con cualquier ser vivo había obligado a Duna a hacerse cargo de la pequeña huerta improvisada. Cómo no iba a odiarle si desde que había cruzado el umbral de aquella casa no había hecho más que causar problemas e imponerles más trabajo al resto; y, además, tenía que soportarle.

Enfadada, la muchacha arrancó con más fuerza de la debida una raíz y, junto con ella, salió un montón de barro y polvo que la pusieron perdida.

—Arg… —se quejó mientras se sacudía el delantal. Después, se puso a quitar el resto de malas hierbas con rabia y sin importarle que se estuviese manchando—. Estoy harta de ese ladronzuelo, harta, harta y más que harta de las ideas de Aya…

Habían pasado varios días desde el baile, pero aun así, cada vez que Duna entraba por la puerta de la lavandería seguían produciéndose cuchicheos y risitas burlonas y envidiosas. Y para colmo, al llegar a casa, tenía que ponerse a escarbar como un perro en el patio trasero.

El ladrón, por el contrario, disfrutaba viéndola enfadada cada vez que él estaba delante, cosa que sólo sucedía, o al menos así lo intentaba la muchacha, en las comidas y en las cenas, donde el mero hecho de pasarse la sal ya suponía todo un reto.

Los dos recordaban con especial *cariño* el día en que Duna, después de la desastrosa pelea con sus compañeras por el tema del baile real, había llegado a casa y se había dado de bruces con el mismo ladrón que las había amenazado la noche anterior, totalmente libre y con un montón de varillas de mimbre en las manos.

—¿Qué…? ¿Qué…? —tartamudeó entonces Duna.

—¿Qué… hago con estas varillas? —le ayudó Sírgeric sin ocultar una media sonrisa.

—¡No! ¿Qué haces aún en nuestra casa y *libre*?

—Ah eso… Pues el caso es que…

—¡Aya! —gritó Duna, apartando de un empujón a Sírgeric y dirigiéndose a la cocina—. Aya, ¿dónde estás?

Sírgeric recogió las varillas del suelo y siguió a la muchacha.

—¡Aya! —volvió a gritar Duna—. ¿Qué está pasando aquí?

—Estoy aquí, Duna —contestó Aya desde el patio trasero.

La muchacha giró en redondo y volvió a golpear en el hombro a Sírgeric al pasar a su lado.

—¡Oye! —le espetó el chico agachándose de nuevo a por el mimbre.

Duna salió al patio y comenzó a tamborilear con el pie derecho mientras se cruzaba de brazos.

—¿Y bien? —le preguntó Aya mirándola por encima de las gafas.

—¿Cómo que «y bien»? ¿Qué hace *este* aquí?

Aya se quitó las gafas.

—Si por «este» te refieres a Sírgeric, se va a quedar a vivir en nuestra casa una temporada.

—¿Por una temporada debo entender mucho tiempo?

—Duna, entiende lo que te dé la gana, se quedará tanto como sea conveniente.

—¿Conveniente para quién, Aya? ¡Anoche intentó robarnos!... ¡Intentó matarme! ¿Ya lo has olvidado? Pensaba que hoy ya estaría en manos de la Guardia Real, o, en el peor de los casos, muy lejos de aquí.

Sírgeric llegó en ese momento a la puerta del patio y comentó:

—Pues te equivocaste, dulzura.

—Sírgeric, cállate —le espetó Aya.

—Sí, señora.

Duna le dirigió una gélida mirada de hostilidad y después se volvió hacia Aya.

—Tú sabrás lo que haces, pero que no te extrañe si de pronto empiezan a desaparecer joyas, berones o incluso bombillas en esta casa.

—¡Duna, por favor! No seas así. Todos merecemos una segunda oportunidad y yo no voy a negársela a este joven.

—Tranquila, verás lo poco que tarda en defraudarte.

—Tú nunca lo has hecho… —le espetó Aya, aunque al instante se arrepintió de su comentario.

Duna se quedó paralizada. La miró asombrada y dolida, sintió un escalofrío y después se dio media vuelta sin decir ni una palabra.

—¡Duna, espera! —le suplicó Aya, poniéndose en pie—. Yo no quería decir… ¡ha sido una tontería!

La muchacha no se inmutó ante sus palabras y corrió escaleras arriba a encerrarse en su cuarto.

—¿Qué ha pasado? —preguntó Sírgeric.

—Cállate, Sírgeric —le interrumpió—. Baja de una vez esas varillas y prepáralas.

Desde entonces, la relación entre los dos jóvenes había empeorado a pasos agigantados. Si bien Aya había tenido la intención de calmar las cosas el primer día, el irreflexivo comentario dirigido a Duna lo había estropeado todo. Ahora, cada vez que los dos se cruzaban, saltaban chispas entre ellos y algo muy similar sucedía cuando Duna se cruzaba con Aya. Esta intentaba siempre pedirle disculpas pero la muchacha nunca se lo permitía; se limitaba a hacer las tareas que le tocaban por obligación, a cenar y a comer con ellos, pero siempre de mal humor. La única que se había librado en un principio del enfado de Duna había sido Cinthia, pero todo cambió a los pocos días, durante una comida…

Duna se encontraba terminando de preparar las lentejas en la cocina cuando Cinthia le pidió el salero a Aya. Esta se lo tendió y Cinthia lo cogió tranquilamente. Pero entonces, Sírgeric pegó un grito y les dijo que pasar el salero de una persona a otra sin que tocase la mesa traía mala suerte, por lo que Cinthia tuvo que echarse la sal por encima del hombro para espantar el mal augurio. Desgraciadamente, Duna pasaba por detrás suyo en aquel momento con la cacerola de la comida, y todo el condimento fue a parar a sus ojos.

En lugar de enfadarse con Sírgeric por haber tenido aquella idea tan estúpida, a Cinthia le pareció la mar de gracioso. Y aquello a Duna le sentó como un jarro de agua fría. Desde el día en el que las lentejas cayeron al suelo y los ojos se le habían hinchado por culpa de la sal, Cinthia también pagó las consecuencias de que el ladrón siguiese viviendo allí.

Cuando terminó con todas las malas hierbas del huerto, Duna se puso en pie y se sacudió toda la ropa cubierta de tierra. Odiaba pensar en el ladrón, en el comentario de Aya y en el comportamiento de Cinthia. Parecía como si no las conociera en absoluto. Sabía que muchas veces no tenía razón, ¡pero esta vez sí! Tener a Sírgeric en la casa era un estorbo y un peligro, no sabían cómo respondería el chico en el momento más inesperado.

—Basta —se dijo a sí misma, obligándose a dejar de pensar

en aquello. Si el ladrón iba a vivir con ellas y ninguna quería darse cuenta de lo inevitable, ella no iba a insistir más. Ya se darían cuenta solas.

Colgó el delantal junto a la puerta y entró en la casa. Tardó un poco en acostumbrarse a la oscuridad del interior, pero, en cuanto lo hizo, deseó no haber entrado. Cinthia se estaba riendo ante una ocurrencia de Sírgeric.

—Hola Duna —le saludó Cinthia sin dejar de sonreír.

La muchacha no contestó.

—¿Por qué no te sientas con nosotros? Sírgeric me estaba contando...

—No tengo tiempo —replicó ella—, gracias. Algunas tenemos cosas que hacer.

El muchacho dejó el vaso sobre la mesa y le hizo un gesto a Duna para que se sentase.

—No seas así, Duna. ¿Cuándo vamos a hacer las paces?

—Algún día —se obligó a decir, intentando comportarse como había prometido—. No quiero molestaros, me parece que os lo estabais pasando estupendamente vosotros solos.

Les sonrió forzadamente y subió a su habitación.

A la mañana siguiente llegó al palacio antes de la hora habitual y tuvo que esperar junto a la puerta de la lavandería un buen rato a que llegaran Grimalda o Wilma. Un poco cansada de la caminata hasta el castillo, Duna se apoyó en la pared hasta quedar sentada en el suelo. Divagaba algo adormilada cuando un grito la hizo volver en sí:

—¡Eh, tú! ¿Qué crees que es esto? ¿La plaza del pueblo?

Duna miró hacia arriba y se encontró con el príncipe Dimitri apoyado en la barandilla.

—Disculpad, alteza —dijo Duna poniéndose en pie rápidamente—. Estaba cansada y pensé que...

—No creo haberte preguntado. Espera de pie a que te abran la puerta. Recuerda que estás en el palacio real.

Sin esperar respuesta, se dio media vuelta y Duna le perdió de vista. Parecía encontrarse en muy buen estado después de lo enfermo que había estado. Nadie le había visto durante días, al igual que a su hermano. Duna sospechaba que debía de haberles sentado mal algo que tomaron en el baile.

Y en ese instante, como si le hubiera leído el pensamiento, se abrió la puerta principal y entró el príncipe Adhárel con la indumentaria de montar y una capa sobre el hombro derecho cubriendo su brazo. Duna se estiró rápidamente y se alisó el vestido. Quería preguntarle cómo se encontraba. Si seguía indispuesto.

—Adhárel... —empezó, pero se quedó callada cuando se dio la vuelta y tras él entró Barlof, su mano derecha.

Duna se puso colorada y esperó a que los dos hombres se perdiesen escaleras arriba para taparse la cara de la vergüenza.

¡Cómo se me ocurre llamar Adhárel al príncipe!... Alteza, príncipe Adhárel... cualquier cosa hubiera estado mejor. Menos mal que no me ha oído ni me ha reconocido... Lo de aquella noche fue una tontería, un capricho por su parte. No ha vuelto a dar más señales de querer volver a encontrarse conmigo y yo desde luego no voy a seguirle el juego. Se acabó.

En el instante en que tomó aquella resolución llegó Wilma al palacio. Cargaba unos cuantos fardos repletos de lo que parecían ser sábanas.

—Buenos días, Wilma —le saludó Duna—. ¿Te ayudo?

—Eres muy amable, cielo —y le cedió las bolsas que sujetaba con la mano derecha—. ¿Cómo es que te ha dado por madrugar tanto?

Duna se encogió de hombros.

—No podía dormir y en casa últimamente somos demasiados.

La mujerona abrió la puerta y bajó las escaleras sin contestar a Duna. La muchacha la siguió.

—Bueno, ya que estás aquí échame una mano llenando los lavaderos. Coge agua del pilón con esos cubos. Mientras, voy a subir a por toda la ropa.

—De acuerdo.

Duna se puso a ello en cuanto se quedó sola. Cuando hubo rellenado la mitad de los enormes lavaderos comenzaron a llegar sus compañeras en grupitos que cuchicheaban y reían como siempre. Ninguna se detuvo a mirarla ni tampoco le dirigieron la palabra. Dora había conseguido poner a todas en su contra y parecía que había vuelto al primer día de trabajo, cuando estaba sola y sin nadie con quien hablar. Entonces entró la pequeña Grimalda corriendo sofocada.

—¡Tú! —dijo señalando con el dedo a Duna.

—¿Yo?

—Sí, tú. Ven ahora mismo.

El resto de lavanderas la miraron desconfiadas mientras se situaban en sus lugares de trabajo y cogían las primeras prendas que habían llegado de arriba. Duna se acercó rápidamente a la mujer y la siguió cuando esta se dio la vuelta y empezó a subir las escaleras. Por el camino se cruzaron con Wilma, quien bajaba unos cuantos fardos de ropa.

—¿Dónde la llevas, Grimalda? —preguntó, deteniéndose.

—Ahora te la devuelvo. Es urgente.

Duna miró a Wilma sin comprender y siguió subiendo las escaleras.

—¿A qué viene tanta prisa, Grimalda?

—El príncipe Adhárel quiere verte.

Duna se detuvo en seco al escuchar la respuesta.

—¿A mí? ¿Seguro que a mí?

Grimalda se detuvo unos pasos más adelante.

—Yo tampoco lo entiendo, pero así es. Necesita algo. Está en los jardines, ¡vamos!

Grimalda se perdió por las escaleras principales y Duna salió a la enorme terraza que daba a los jardines. Se quitó el pañuelo de la cabeza y lo retorció nerviosa entre las manos mientras bajaba las escaleras y buscaba al príncipe con la mirada. No tardó en encontrarle en el camino de gravilla, junto a Barlof. Ahora podría preguntarle por su estado de salud. No encontraría una oportunidad mejor.

Duna se acercó hasta ellos y aguardó a que terminasen la conversación. Cuando vio que no reparaban en ella, dijo:

—Disculpad, alteza, ¿me habéis hecho llamar?

Adhárel se dio la vuelta y después asintió. Barlof se apartó unos pasos y se puso a mirar hacia otro lado.

—Así es. Vos sois…

—Duna Azuladea, alteza —le ayudó ella, entristecida por el hecho de que no recordase su nombre.

—Eso es. Bien, Duna Azuladea, según he escuchado, vivís en una de las mejores cesterías del reino.

La muchacha asintió, insegura. Adhárel no sonreía. *¿Qué demonios le pasaba? ¿Realmente no la reconocía? ¿No sabía quién era? ¿A qué venía tanto formalismo? ¿Había sido sólo un capricho para él?*

—Quería pediros algo.

A Duna se le aceleró la respiración.

—¿De qué se trata?

—Necesito un gran pedido de cestas para el palacio.

Duna parpadeó incrédula un par de veces... ¿cestas?

¿Le había pedido... cestas? ¿Una noche la invitaba a bailar y a pasear por los jardines y varios días después le pedía cestas?

—¿Pe... perdón? —tartamudeó Duna, incrédula. Incrédula y enfadada.

—Todo el reino habla de las maravillosas cestas de Ayanabia —dijo el príncipe, sin modificar su tono de voz—. Teniéndoos a vos trabajando en el palacio, es la manera más fiable de llevar la noticia.

¿Estaba tomándole el pelo? ¿Era eso? ¿Una broma? ¿Desde cuando la familia real tenía que hacerse cargo de algo tan nimio como unas cestas? Estúpido príncipe vanidoso.

Controló la agitada respiración y asintió. Después esperó a que el príncipe diese por concluida la conversación.

—Podéis iros —dijo casi al instante Adhárel, sin apenas mirarla.

Duna hizo una reverencia y subió rápidamente los escalones de vuelta a palacio. Si lo que acababa de ocurrir era una tomadura de pelo, desde luego lo había conseguido. Y si su intención era la de enfadarla, también podía darse por satisfecho.

—Maldita realeza... —musitó Duna entrando en la lavandería. Ya podía seguir enfermo, que a ella le daba lo mismo.

De nuevo sintió las mismas miradas de antes sobre ella. Se ató el pañuelo a la cabeza y se aproximó a su lavadero, donde frotó con tanta fuerza como la rabia le permitía.

—¿Dónde has estado, Duna? ¿Con tu príncipe azul? —le preguntó Dora, provocándola de nuevo.

—Si no quieres terminar otra vez empapada, déjame en paz —le advirtió Duna.

—Como deseéis, *alteza* —se burló la mujer, consiguiendo unas cuantas risas del resto de mujeres.

Ella era una criada, una lavandera, y él el futuro soberano de Bereth. ¿Cuántas veces iba a tener que repetírselo? No debía haber asistido a aquel horrible baile; nada había salido bien desde entonces.

—Pues eso parece… —dijo una compañera a su lado.

Duna, haciendo todo lo posible por dejar de darle vueltas al asunto, se obligó a prestar atención a la conversación.

—¿Y el cadáver? —preguntó otra.

—Nada. No había cadáver. Sólo debieron rozarle.

—¿Y consiguió escapar? —preguntó otra en el extremo opuesto.

—¡Desde luego! Las criaturas del infierno tienen poderes incomprensibles que les ayudan a salir siempre airosas.

—Santo Todopoderoso.

—¿De quién habláis? —pregunto Duna interesada.

Sus compañeras la miraron con desgana.

—De quién, no; de qué —la corrigieron.

—Del dragón —respondió la primera mujer.

Duna dio un respingo.

—¿Y está bien?

El resto de sus compañeras la volvieron a fulminar con la mirada de manera mucho más hostil.

—¿Cómo que si *está bien*? —preguntó la mujer de enfrente enarcando una ceja— ¡El dragón debería estar muerto! Tendrías que preguntar si lo consiguieron matar, no si se salvó.

—¡El dragón nunca ha hecho daño a ningún berethiano!

—Pero ha masacrado a montones de ovejas y vacas —replicó una de las mujeres.

—Es normal, ¡de algo tendrá que alimentarse!

—¿Y tiene que venir a vivir a los bosques de Bereth? Un día tendremos una desgracia.

—Espero que le den caza pronto —comentó otra mujer que pasaba cerca con un barreño de agua.

—La última vez que lo intentaron sólo consiguieron hacerle un rasguño… ¡Que el Todopoderoso nos asista!

—¿Cuándo le hicieron ese rasguño? ¿Quién se lo hizo? —preguntó Duna.

—Fue poco después del baile real. Le acertó un hombretón del pueblo —contestó una de las mujeres.

—¿Y si es una trampa de Belmont?

—¡Que el Todopoderoso nos asista!

Duna puso los ojos en blanco.

—Pues si después de todo no se ha revuelto contra Bereth será porque no es tan peligroso como pensáis. ¡A lo mejor hasta nos beneficia tenerle cerca!

—¿Y qué va a saber la hija de una esclava? —intervino de pronto Dora, que hasta entonces se había mantenido en silencio—. Sigue lavando y no te metas en las conversaciones de los mayores.

Duna reprimió las ganas de abalanzarse sobre ella y contestó:

—Eso haré. No tengo ganas de hablar con una panda de cotillas que hace tiempo que perdieron la cabeza.

—¿Cómo te atreves? —preguntó una compañera.

—Ignoradla, será lo mejor... —sugirió Dora mientras la miraba por encima del hombro.

—Sí, ignoradme, será lo mejor. Así yo tampoco tendré que escuchar vuestros comentarios.

Algunas mujeres emitieron un gritito de indignación y otras la miraron con mala cara, pero ninguna le volvió a dirigir la palabra en lo que quedaba de mañana. De todas formas, Duna seguía preocupada por el dragón. ¿Es que no podían dejarle tranquilo? Duna no sabía si era bueno o malo, pero tampoco se lo planteaba: era como cualquier otro animal. Pocos lo habían visto y todos lo trataban como a un cruel monstruo.

En el fondo, y aunque pareciese inexplicable, Duna sentía que comprendía mejor que nadie al dragón. Estaba claro que aquel no era su hogar, y que, por algún motivo, se veía casi obligado a vivir en aquel bosque para subsistir. Tal vez sólo estuviera buscando la oportunidad de marcharse de allí, como Duna. Tal vez estuviese buscando un lugar donde poder encajar.

—¡Hora de irse! —avisó Wilma en ese momento.

Duna se puso en pie, sufriendo los ya habituales dolores en las piernas, y siguió al resto de sus compañeras al exterior del palacio. En el exterior hacía un calor sofocante e, inmediatamente, echó de menos la humedad de la lavandería. Cuando llegó a casa, Aya estaba terminando de preparar la comida. Habían pasado tantas cosas que a Duna se leolvidó que estaba molesta con la mujer y habló con ella sobre la conversación con el príncipe.

—¿Te burlas de mí? —le preguntó Aya con la boca abierta cuando Duna terminó de contarle lo sucedido.

—A mí también me ha sorprendido. Quizá me estuviese tomando el pelo…

—No imagino al príncipe Adhárel burlándose de alguien como nosotras. —Aya retiró la cacerola del fuego y la puso sobre la mesa—. ¡Qué noticia tan maravillosa, Duna! Seguramente nos hagan un gran pedido y paguen un buen puñado de berones, ¡o incluso bombillas!

—Aya… —la mujer siguió hablando sin escucharla—. ¡Aya! Espera a que el pedido se haga oficial antes de hacer ningún plan.

—Tienes razón, tienes razón… pero es que es una idea tan tentadora. Las cestas de Ayanabia en el palacio Real. ¡Sólo con pensarlo me entran escalofríos!

Las dos se echaron a reír cuando Cinthia y Sírgeric entraron en la cocina con la ropa sucia de barro.

—¿Qué es eso tan divertido? —preguntó Cinthia.

—¡La familia real se ha interesado en nuestro trabajo!

—¡¿Cómo?! —gritaron los dos jóvenes al unísono.

—Aún no es seguro —comentó Duna sin pasar por alto sus miradas.

—De todas formas hay que empezar a prepararlas, ayer vendí las últimas.

Cinthia se sentó a la mesa junto a Sírgeric.

—Menos mal que ahora tienes a alguien que te echa una mano.

—Desde luego —comentó Aya sirviendo la comida—. Con Sírgeric en la tienda iré mucho más rápido.

Duna carraspeó molesta.

—Querrás decir con Sírgeric en la tienda y con las demás en el palacio, en el huerto y en la cocina, ¿no?

—¡Duna! —le regañó Aya.

—Ah, por cierto —intervino Sírgeric sin hacer caso del comentario—. Se me había olvidado. Hoy ha venido un hombre que preguntaba por ti, Duna.

—¿Por mí?

—¿Era bajito? —preguntó Cinthia— ¿Parecía todo el rato enfadado?

—Sí.

—Oh, no... —dijo Duna —¿Qué quería?

Sírgeric se encogió de hombros.

—No me lo dijo. Se dedicó a hacerme preguntas, una detrás de otra: ¿Desde cuánto vivía aquí? ¿Qué relación tenía con vosotras?

—Menudo cotilla es ese Lord Guntern —dijo Cinthia disgustada—. ¿Y qué le contestaste?

—Que era un primo lejano de la familia y que había venido a vivir un tiempo con vosotras. Después, cansado de esperar, me dijo que volvería más tarde y se marchó.

—No quiero verle —dijo Duna cruzándose de brazos.

—¡Pero Duna! Hace días que no sabes nada de él.

—Y mejor habría sido si no le hubiese conocido. ¡Aya, tienes que solucionar este lío cuanto antes! ¡Al final voy a terminar casándome con ese... con ese...!

—¿Enano engreído? —dijo Sírgeric.

Duna sonrió, sorprendida, pero al momento recuperó su actitud habitual con el joven.

—¿Y qué querría decir con eso de que volvería más tarde? —preguntó Cinthia.

—Seguramente se pase por casa esta misma... —De repente, alguien llamó a la puerta— ... tarde.

Aya se puso en pie.

—Iré a abrir. Quedaros aquí.

Los tres jóvenes se miraron preocupados y aguzaron el oído cuando Aya salió de la cocina. Poco después oyeron cómo se abría la puerta.

—Buenas tardes, Lord Guntern —saludó la mujer.

Duna se llevó las manos a la boca y los otros dos se arrimaron más a la puerta para escuchar.

—Venía a buscar a Duna, señora Ayanabia.

—Oh… Duna… Pues, veréis, Lord Guntern. Duna todavía no ha llegado de palacio y…

—Acabo de estar allí y me han dicho que el servicio hace tiempo que ha salido. ¿Seguro que no está en casa?

—Lord Guntern, le estoy diciendo que no ha llegado.

—Sólo quiero…

Se escucharon un par de pasos.

—¡Lord Gunterrn, vuelva más tarde, se lo ruego!

—¡No se le ocurra hablarme así, artesana de pacotilla!

—Sírgeric, ¿qué haces? —susurró Duna poniéndose en pie.

—¿Y tú que quieres, jovenzuelo? —preguntó el Lord en cuanto le vio entrar en el salón.

—¡No se os ocurra volver a insultar a esta mujer! —le advirtió Sírgeric.

A continuación dio un empujón al Lord y le sacó de la casa.

—¡No, Sírgeric! ¡Basta! —gritó Aya.

Lord Guntern tropezó y cayó de espaldas al suelo. La mujer apartó a Sírgeric de la puerta y corrió a ayudar al lord, mirando con reproche al joven.

—¡Santo Todopoderoso! ¿Os encontráis bien?

—¡Soltadme! —le espetó el hombre poniéndose en pie torpemente—. Os habéis metido en un buen lío, ¡todos! Recibiréis noticias mías muy pronto. Señora Ayanabia, quiero deciros dos cosas antes de irme. Dejad de intentar alejarme de Duna. Pagasteis la dote, se acordó el matrimonio y vuestros estúpidos esfuerzos por separarnos no hacen más que empeorarlo todo. Si seguís con esta actitud pondré el caso en manos de la Guardia Real.

—Pero… —quiso explicarse la mujer.

—Y segundo: no sé si realmente este joven es familiar vuestro. Me da igual. Este comportamiento suyo ha sido… repulsivo. Tomaré medidas. Buenas tardes. Salude a mi prometida cuando llegue… si es que no está ya en casa.

Y dicho esto se dio media vuelta y subió en su opulento carruaje, que no tardó en ponerse en movimiento y desaparecer por el camino. En cuanto se hubo marchado, Aya cerró la puerta y las dos chicas salieron de la cocina.

—¿Cómo se te ocurre empujar de esa manera a lord Guntern? —le recriminó la mujer a Sírgeric.

—¡No tenía ningún derecho a hablarte así! ¿Quién se cree que es? ¿El príncipe? Menudo..., menudo...

—¿Enano engreído? —dijo Duna esta vez, sonriendo agradecida.

—Me da igual, Sírgeric. ¡A saber lo que se le ocurre hacer ahora! —Aya juntó las manos— ¡Santo Todopoderoso, cuida de nosotros!

Cinthia dio un paso hacia ella.

—No hará nada, Aya, ya lo verás. No tiene poder ni para mandar sobre sus criados.

—De todas formas —intervino Duna—, tampoco creo que le sirviese de nada. Es su palabra contra la nuestra, ¿no?

Aya se marchó a la cocina.

—Sí, pero su palabra está cargada de berones y bombillas, te lo recuerdo. Terminemos de comer, veréis lo que tarda en presentarse en casa una cuadrilla de la Guardia Real.

Los tres la siguieron pero, antes de entrar, Duna cogió a Sírgeric del brazo y, sonriendo, le susurró:

—Gracias.

—No ha sido nada —respondió él.

Y tal y como Aya había vaticinado, no tardaron en llamar a la puerta. Sírgeric y Aya se encontraban en el salón terminando de retocar algunas cestas mientras Duna y Cinthia adecentaban el huerto con algunas hortalizas más cuando sonaron los golpes y se escuchó el conocido aviso:

—¡Abrid en nombre de la Guardia Real!

Cinthia y Duna entraron corriendo en la casa mientras Sírgeric tiraba de un manotazo la cesta que estaba preparando.

—Tranquilo, Sírgeric —le dijo Aya viendo lo pálido que se había puesto el joven—. Sal de aquí y vete abajo.

—Creo que...

—¡Ya, Sírgeric! —le señaló el camino y después abrió la puerta. Ante ella aparecieron dos guardias que se cuadraron.

—Buenas tardes, ¿qué deseáis?

—Hemos recibido órdenes de daros un pequeño toque de atención con respecto a un joven que vive en esta casa. ¿Podemos verle?

—Ahora mismo no va a ser posible, señor. Acaba de salir a hacer algunos recados y no sabemos cuándo volverá. De todas formas yo puedo…

Los dos guardias se miraron y uno de ellos dijo con poco convencimiento:

—Muy bien, encargaos vos de dárselo. Si vuelve a producirse algún problema tendremos que llevárnoslo.

—Descuiden, lo haré.

—Buenas tardes.

Los dos soldados saludaron cuadrándose de nuevo y después dieron media vuelta hacia sus monturas. Aya cerró la puerta y Duna se la quedó mirando extrañada.

—¿Cómo que se ha ido a hacer unos recados?

—No preguntes, Duna —respondió la mujer metiéndose en la cocina.

—¿Pero qué pasa aquí? —volvió a preguntar la muchacha dándose la vuelta hacia Cinthia— ¡No hubiese pasado nada porque hablasen con Sírgeric!

—¿Por qué no puedes dejar las cosas como están? Seguro que persiguen a Sírgeric por algún robo que hizo en el pasado.

Duna negó con la cabeza.

—Hay algo más, Cinthia… No se habría ocultado por algo tan nimio. Cuando entró en nuestra casa acababa de llegar a Bereth, no puede…

—¡Déjalo estar por una vez, Duna! Siempre piensas mal del pobre Sírgeric.

—Esta vez yo no…

—¡*Tú* sí, Duna! ¡Siempre que hay algo quetenga que ver con Sírgeric estarás dispuesta a sospechar! ¿Cuándo olvidarás lo de aquella noche? ¡Estaba asustado, por el Todopoderoso! Cualquiera habría actuado de la misma forma en su lugar.

—Yo no.

—Claro que no, Duna. Tú eres demasiado perfecta para cometer errores.

Duna puso los ojos en blanco. ¿Ahora ni siquiera su amiga la escuchaba? ¿Se merecía realmente ese desprecio por su parte? Intentó convencerla de que sus intenciones eran buenas:

—¡Esta vez no lo he preguntado con mala intención!

—¡Mira, déjalo! Ya he escuchado suficiente.

Cinthia no esperó a que Duna le contestase y bajó corriendo a buscar al joven. La otra muchacha se quedó con la palabra en la boca y tuvo que tragarse sus preguntas. Le había quedado claro: no más dudas, no más rencores. Intuía que el nerviosismo del joven se debía a algo más que a su pasado como ratero, aunque no quisiesen reconocerlo. Debía de haber algo más que se le escapaba, pero estaba cansada y ya era hora de dejar al joven en paz, como le había dicho Cinthia. Había demostrado con creces que Duna se equivocaba, quizá por una vez Cinthia y Aya tuvieran razón.

Respiró hondo y volvió al huerto para terminar de plantar las últimas semillas.

12
SECRETOS DE PRÍNCIPES Y LADRONES

—El ejército de Belmont está avanzando, mi señor. ¡Hemos de detenerles!

La opinión era unánime en la sala. Tan sólo el príncipe Adhárel se negaba a declarar la guerra abiertamente. Sus hombres no veían otra solución, pero tampoco eran capaces de meditar acerca de las consecuencias que sus actos acarrearían. El príncipe se masajeó las sienes, cansado, y volvió a explicarles su punto de vista.

—Sabemos que Belmont está avanzando, pero por ahora no han sido más que patrullas de reconocimiento. Ni siquiera se ha visto caballería al otro lado del bosque.

—¡Pero eso puede cambiar! —le interrumpió uno de sus hombres, tuerto del ojo izquierdo.

—Si cambia, estaremos preparados. Nos están retando, intentan asustarnos con los trucos de sus sentomentalistas, acercando pequeñas patrullas a las lindes del bosque sin pasar de allí. Durante el baile hubo un par de belmontinos rondando por el palacio, pero nada más. Quieren que seamos nosotros quienes les declaremos la guerra a ellos y eso, tenedlo todos por seguro, no va a suceder.

—Pero alteza...

—La Guardia Real cada vez es más numerosa, Ruk —le aseguró el príncipe al tuerto—. Los sentomentalistas cada vez están más preparados y, según tengo entendido, sus aptitudes están cada día más desarrolladas. En caso de que Belmont se atreva a atacarnos, estaremos listos para derrotarles.

Dimitri se removió en su asiento.

—Escucha a tus hombres, hermano —comentó— y hacedles caso por una vez. Es posible que si cortamos la raíz ahora, no tengamos que luchar más adelante con un bosque entero.

Algunos hombres asintieron al escuchar el comentario y murmuraron entre sí agradecidos. Adhárel fulminó con la mirada a su hermano antes de decir:

—Entiendo que a tu edad no puedas ver más allá, Dimitri, por eso soy yo quien da las órdenes aquí. Eso que propones es inconcebible, ¿quieres que el pueblo se nos eche encima? ¡Hay muchas familias que no dudarían en ahorcarme si enviase a sus hijos recién reclutados a una guerra!

—¿Tenéis miedo de un puñado de campesinos, príncipe? —preguntó maliciosamente Dimitri.

—No, tengo piedad por ellos.

Los dos hermanos se miraron durante unos segundos en los que el silencio fue absoluto. Con aquellas palabras Adhárel había conseguido menguar las ganas de lucha de sus hombres.

—Creo que hay muchos más asuntos a tratar —dijo el príncipe desviando la mirada y consiguiendo una media sonrisa por parte de su hermano.

—Sí, alteza —comentó Barlof con la mirada en el pergamino que había depositado sobre la mesa—. El dragón.

Los murmullos se extendieron con la misma intensidad que había despertado la posible declaración de guerra.

—¡Hay que acabar con él de una vez por todas! —opinó un hombre calvo al otro lado de la mesa.

Barlof asintió pensativo.

—Aún no ha hecho daño a nadie, pero no tardará en matar y entonces será demasiado tarde.

—¿No han intentado ya darle caza? —preguntó otro hombre.

—Más de una decena de veces, contando las intervenciones de la Guardia Real y las comandadas por el pueblo —contestó Adhárel frotándose el brazo bajo la capa de piel—. Y no han servido de nada.

—¡Esa criatura es diabólica! ¿Cómo puede un ser tan grande camuflarse hasta desaparecer?

—Quizá sea obra de los sentomentalistas belmontinos.

—¡No seáis absurdos! —atajó el príncipe Adhárel antes de que sus hombres encauzasen la conversación hacia la guerra—. Si fuera así, no le habrían acertado durante la última caza.

Los hombres asintieron apesadumbrados.

—Pero no se consiguió nada más. El dragón fue acertado, de eso no le cabe la menor duda a ninguno de los aldeanos que estuvo presente, pero no se encontró su cuerpo.

—Las únicas pruebas que tenemos son la palabra de un puñado de berethianos que juraron haber escuchado el más terrorífico de los alaridos en el bosque, y un charco de sangre en mitad de un montón de árboles arrancados de cuajo.

Adhárel miró a Barlof en busca de su apoyo.

—¿Qué más opciones nos quedan, Barlof?

El hombre se acomodó en el respaldo de su silla y meditó.

—El monstruo no ha vuelto a aparecer por las inmediaciones desde entonces. Tal vez la advertencia haya sido suficiente para alejarlo del bosque por una temporada.

—¿Y si vuelve?

Barlof se encogió de hombros.

—En ese caso habrá que aumentar las batidas y terminar con él antes de que el pueblo se vuelva contra nosotros —determinó Adhárel.

—¡Eso! ¡Eso mismo! —corearon los hombres.

—De acuerdo —cedió Adhárel. A continuación le pidió a Barlof que siguiese adelante.

—Por último queda revisar los niveles de electricidad, alteza —comentó este, tachando del pergamino los últimos puntos de la lista.

—¿Lord Arot? —dijo el príncipe mirando al hombre más enjuto de los allí reunidos, quien se había mantenido en silencio durante toda la reunión esperando ese momento. Él era el especialista en electricidad.

El hombre extrajo un pergamino que desdobló y leyó.

—Los depósitos de defensa continúan con las reservas al máximo, alteza. En caso de necesidad estarán listos para ser usados. Tanto el de la torre este como el de la oeste se encuentran en perfecto estado y su maquinaria se revisa diariamente.

—Excelente —comentó Adhárel—. ¿Y las reservas del pueblo?

Lord Arot negó lentamente con la cabeza, abatido.

—Es difícil de determinar, alteza. Como el número de habitantes no deja de aumentar, la electricidad se consume cada vez más deprisa, lo que quiere decir que en menos tiempo del estimado los habitantes tendrán que volver a subsistir exclusivamente con antorchas y velas.

Adhárel sabía que aquellas eran malas noticias. El pueblo se había acostumbrado a tener su reserva anual de electricidad, reserva que terminaría por desaparecer inevitablemente si no se descubría la manera de canalizar la electricidad natural y de embotellarla para el uso humano.

—Habrá que disminuir aún más las cantidades para el año que viene.

—Sí, alteza.

Adhárel miró a Barlof y este le indicó que no había más puntos pendientes.

—Bien, caballeros. Hemos terminado.

Adhárel se apoyó en la mesa para ponerse en pie, pero el brazo dolorido le falló, haciéndole perder el equilibrio. Barlof se incorporó rápidamente para ayudarle a ponerse en pie. El príncipe le hizo un gesto indicándole que se encontraba bien y despidió uno a uno a todos sus hombres, quienes se inclinaron con una reverencia al pasar frente de él. Todos menos Dimitri, que ni siquiera le miró a los ojos.

Cuando Adhárel y Barlof se quedaron solos, el príncipe volvió a sentarse en su silla.

—¿Cómo tenéis el brazo? —preguntó el hombretón mientras recogía los pergaminos.

—Mejora —respondió Adhárel mientras lo masajeaba—. Lentamente, pero mejora. Aún me duele al apoyarlo.

—Tuvisteis muy mala fortuna con el accidente.

Adhárel se echó a reír.

—Yo no lo consideraría ni accidente, Barlof. La próxima vez que me dé una fiebre nocturna le pediré a mi madre que me ate con fuerza a la cama, así evitaré caerme de ella.

Barlof se unió a la carcajada pero después se quedó callado antes de preguntar:

—¿Y vuestra madre, alteza? ¿Cómo se encuentra?

Adhárel suspiró.

—La reina Ariadne intenta parecer fuerte. Sé que quiere y que puede parecerlo, pero está enferma. Muchas mañanas la encuentro junto a mi cama guardando mi sueño y, aunque no sale del palacio en ningún momento, la tos y la fiebre no desaparecen. Los médicos la visitan cada día con nuevas recetas que no parecen más que agravar su infección...

Barlof sintió verdadera lástima por el joven príncipe y posó su manaza en el hombro de Adhárel para trasmitirle su apoyo.

—Veréis como todo sale bien al final, alteza.

Adhárel sonrió agradecido.

—Eso espero... —No quería ahondar más en aquello, de modo que cambió de tema—: Y decidme, Barlof, ¿se pude saber dónde os metisteis mientras yo estaba en mi lecho de muerte? —bromeó.

Barlof retiró la mano del hombro del príncipe y se puso rígido como si una descarga eléctrica le hubiera recorrido todo el cuerpo. Se quedó unos segundos en silencio sin saber qué decir.

—Pues veréis, estuve... —tragó saliva, incómodo—... visitando a unos familiares, alteza.

—¿A unos familiares? Creía que estabais solo en Bereth.

—Por eso... por eso tuve que irme, alteza. El viaje duró más que mi estancia allí.

El príncipe le miró extrañado pero no le dio más vueltas al asunto. En ese momento llamaron a la puerta.

—Adelante.

Una joven criada entró haciendo una reverencia.

—Disculpadme, alteza. Pensé que no habría nadie y que podría...

—Nosotros nos íbamos ya.

Adhárel miró a Barlof y le hizo un gesto para que le acompañara al exterior de la sala. La muchacha volvió a hacer una reverencia y se puso a limpiar la habitación con la escoba. Cuando estuvieron fuera, Barlof preguntó:

—Alteza, no querría ser indiscreto, pero al ver a la criada me he acordado de…

—Duna —le cortó el príncipe. Si bien el hombretón había sido casi como un padre para el príncipe, enseñándole el noble arte de la guerra desde pequeño, nunca se había inmiscuido en los asuntos privados. Y el rubor en sus mejillas lo confirmaba.

—¿Va todo bien? —se arriesgó a preguntar Barlof. En otras circunstancias el príncipe habría cortado el tema al instante, pero en esos momentos necesitaba hablar con alguien que no fuese a juzgarle sin conocimiento de causa.

—Es difícil de explicar, Barlof… No sé qué me está sucediendo. Cuando me crucé por primera vez con la criada… con Duna —se corrigió— en las escaleras, creí haberme encontrado con una dama de alta alcurnia… si no hubiera sido porque llevaba un enorme cesto de ropa.

Barlof soltó una carcajada mientras recorrían el pasillo.

—La segunda vez me aseguré de no sonreírle ni hacerle ningún gesto que pudiese comprometernos a ninguno de los dos. Pero… —el príncipe se detuvo con la mirada perdida—, cuando la vi en el baile no pude dejar de pensar en ella en toda la noche.

—Y no pudisteis evitar invitarla a bailar…

—Barlof, os cuento esto como amigo y no como consejero. Aquella noche estuve a punto de besarla.

El hombretón le miró sorprendido.

—¿A la criada?

Adhárel asintió con la mirada en el suelo.

—¡Santo Todopoderoso! —exclamó Barlof echándose a reír—. Sí que os ha dado fuerte.

El príncipe suspiró con fuerza y Barlof le miró, comprensivo.

—Sabéis que eso sería imposible… ¿verdad, alteza?

—Lo sé, Barlof. Y lo recuerdo cada vez que me cruzo con ella. Pero… ¡no sé qué me ocurre! ¿Desde cuándo necesitamos en palacio cestas de mimbre? No sé qué haré con el supuesto cargamento ordenado por la reina.

En ese momento apareció una criada con un montón de sábanas y los dos hombres guardaron silencio hasta que la perdieron de vista. Adhárel bajó la voz hasta que fue sólo un murmullo.

—Ella es una criada de palacio, una campesina hija de esclavos… —había revisado todo lo que había podido de la vida de Duna en cuanto tuvo ocasión—. Y yo soy el futuro soberano de Bereth, no hay día que alguien no me lo recuerde. Pero a veces lo olvido y consigo verla… consigo verla como es ella. ¿Creéis que hago mal?

Barlof se encogió de hombros.

—Tal vez lo único que os suceda, alteza, es que sois capaz de ver más allá de lo que se os muestra.

—Aun así, no está bien. He de olvidarme de ella. ¡Comienzan a llegar a palacio retratos de princesas de otros Reinos para que las tome por esposas! Los asesores no tardarán en obligarme a elegir a una para el matrimonio.

—¿Y tan feas son? —bromeó barlof.

—¡En absoluto! —confesó el príncipe llevándose una mano a la frente—. Pero a todas las comparo con Duna… y ninguna es ella. Es su forma de hablar… o la sinceridad en su mirada… no lo sé. No estoy seguro.

Barlof le palmeó la espalda como haría un padre con su hijo pequeño.

Adhárel miró hacia la grandiosa fuente de Calíame y con determinación dijo:

—No espero casarme con ella. No espero que mi madre la acepte y tampoco espero que los asesores me permitan siquiera verla. Pero me muero por conocerla, por hablar con ella. Durante la noche del baile pude ser yo, Adhárel, por primera vez en mucho tiempo y no «su alteza real el príncipe» —se giró hacia el hombretón y añadió—: Necesito volver a sentirme así.

—¿Y cómo lo conseguiréis?

Adhárel golpeó con el pie una piedra y dijo pensativo:

—Tal vez ser el príncipe heredero tenga sus ventajas de vez en cuando.

—Y no te entretengas —le advirtió Aya entregándole la lista de la compra.

—Noooo… —contestó Cinthia, exasperada—. ¡Con la cantidad de gente que hay los días de mercado es imposible entretenerse intencionadamente!

Le dio un beso en la mejilla y se encaminó a la puerta principal. Estaba cerrándola cuando Sírgeric bajó corriendo las escaleras en dirección a ella.

—¡Espera, Cinthia! — la muchacha dejó la puerta entornada y se asomó.

—¿Qué pasa?

—Voy a acompañarte —dijo el chico.

—¿Pero no se supone que no debes salir de casa? —preguntó Cinthia abriendo del todo la puerta y volviendo a entrar.

—Sí, eso se supone. Pero ya no aguanto más. Tienes que ir al mercado, ¿no? —Cinthia asintió—. Pues entonces es mi oportunidad para dar un paseo. Con tanta gente por las calles nadie se va a fijar en mí. Y menos aún si voy oculto con una capucha. —Cinthia hizo ademán de replicar pero Sírgeric ya estaba subiendo las escaleras—. ¡Espérame aquí!

La muchacha suspiró preocupada y dejó la cesta en el suelo. Aya se enfadaría si se enterase, pues sería peligroso tanto para él como para ella. Pero estando ocupada con el huerto y al ser el día libre del muchacho, no le echaría en falta. Además, sólo iba a ser un rato: ir y volver. No creía que pudiese suceder nada por concederle algo de libertad al joven. Y en caso de que alguien le reconociese siempre podría correr y escapar como el que más.

—¡Listo! —anunció saltando los últimos escalones.

—Chsss, no hagas ruido o Aya se dará cuenta.

Sírgeric le guiñó un ojo a la muchacha y dijo a gritos desde allí:

—¡Aya! ¡Subo a mi cuarto a preparar algunas cosas! ¡Si necesitas algo estaré arriba!

Esperaron a que les llegase la respuesta de la mujer diciendo que no se preocupase, que no le necesitaba para nada, y después se escabulleron a la calle riendo como niños en plena travesura.

Sírgeric se sintió pletórico en cuanto se encontró en mitad del prado que llevaba a la ciudad. Empezó a correr con energía desentumeciendo los músculos y a gritar tras comprobar que no había nadie en las inmediaciones. Cinthia le seguía de cerca, imitando sus movimientos, mucho más preocupada por el hecho de que alguien pudiese descubrirles.

No tuvieron ningún problema para cruzar el enorme portón de la muralla: camuflándose entre el trajín de mercaderes y carros que entraban y salían de ella pudieron llegar al otro lado sin ser vistos por los soldados.

Cinthia cogió de la mano a Sírgeric y tiró de él para no separarse a lo largo de la calle principal atestada de puestos ambulantes y mercaderes que competían entre sí por atraer al mayor número de clientela posible.

—¡Esto es increíble! —exclamó Sírgeric mientras se detenía a ojear un puesto de libros y pergaminos.

—Desde luego has elegido el mejor día para salir a dar un paseo —le contestó Cinthia, arrastrándole hacia el puesto contiguo—. Tenemos que comprar un buen montón de mimbre para las cestas de palacio. Me alegro de que me hayas acompañado, yo sola no podría cargar con todas.

—Dime qué hay que comprar, dame un puñado de berones y nos dividiremos el trabajo…

Cinthia sonrió agradecida pero después le cambió la cara. No estaba segura de si debía…

—No voy a escaparme con el dinero, Cinthia, si es eso lo que piensas.

—No, yo no… sólo… —la muchacha se puso roja—. Lo siento.

—No importa. —El joven sonrió—. Entonces, ¿quieres que te ayude?

—Claro.

La muchacha dividió la lista de recados y después le entregó la cantidad de berones que creía que iba a necesitar.

—Nos encontraremos en la plaza a mediodía —dijo Cinthia—. Quien termine antes, que espere allí.

—Muy bien. Ten cuidado.

—Creo que no eres el más indicado para decir eso —bromeó ella antes de dar media vuelta y perderse entre el gentío.

Sírgeric la vio desaparecer y después le echó un vistazo a la lista: huevos, carne, pescado y cincuenta varillas de mimbre. Decidió empezar por la comida ya que era lo que tenía más a mano.

Cuando tuvo todo, se escabulló sin ser visto por dos guardias que andaban de patrulla hasta el interior de una tienda para comprar el mimbre. Tuvo que preguntar unas cuantas veces antes de dar con la correcta y quedarse sin berones. Al salir de la pequeña casa vio que aún era pronto y que quedaba un rato hasta mediodía, pero no teniendo nada mejor que hacer se dirigió a la plaza de la fuente para esperar a la muchacha.

Al llegar, se encontró con un divertido espectáculo de marionetas que tenía ensimismados a un montón de chiquillos, quienes no apartaban los ojos de los muñecos de trapo que se besaban coquetamente y se atizaban con grandes cachiporras de tela. Sírgeric se descubrió al poco tan enfrascado en la historia como el resto de críos, riendo las bromas y estremeciéndose con la crueldad del malvado hechicero que tenía encarcelada a la princesa. Cuando por fin la marioneta del príncipe consiguió rescatar a la dama y acabar a base de porrazos con el mago, los niños prorrumpieron en aplausos y de detrás del pequeño escenario salió un viejo harapiento que hizo una reverencia de agradecimiento. Después extrajo la mano que se encontraba oculta dentro de la chaqueta y con ella salió el príncipe protagonista del cuento, que también saludó a los niños. Luego pasó entre ellos sonriendo con la boca desdentada y poniendo las manos del príncipe de manera que pudiesen dejar algunas monedas sobre ellas. Los niños más pobres salieron despavoridos de allí sin nada que darle al titiritero mientras que los que venían con sus padres le dejaban algunos berones en agradecimiento por el buen rato que les había hecho pasar.

Sírgeric buscó a Cinthia con la mirada. Hacía rato que había pasado el mediodía. Se encogió de hombros y miró en el interior de sus bolsillos hasta descubrir un berón perdido en un pliegue del pantalón. Se giró para dárselo al hombre cuando le descubrió tendiendo la mano de la marioneta a una cría que se resistía, asustada, a darle unos berones, mientras que la otra empezaba a introducirla en la cesta de la madre, quien, distraída, no se estaba dando cuenta del hurto. Sírgeric, molesto y ofendido por la desfachatez del viejo que no se contentaba con el buen puñado de berones que se había ganado, se lanzó contra él y con un fuerte tirón del pelo le hizo erguirse y después lo lanzó contra el escenario de madera.

Los aldeanos se apartaron repentinamente asustados y le miraron sin comprender. Unos cuantos hombres ayudaron al viejo a ponerse en pie, la madre cogió a su hijita asustada y salió corriendo de la plaza alertando a los guardias.

—¡No! —intentó explicar Sírgeric, descubriendo que sólo él había visto lo ocurrido—. ¡Intentaba robarle! ¡Estaba metiendo la mano en su cesta!

—¡Alborotador! —gritó otra mujer a su espalda.

—¡Mentiroso! ¡Canalla!

—No, esperen… ¡Intentaba que no les robase! Estaba…

—Demuéstralo —le ordenó uno de los dos hombres que sujetaba al viejo, quien de pronto parecía sumamente entristecido y cansado.

Sírgeric le miró y habría jurado que vio cómo le guiñaba un ojo.

—¡Es posible que tenga algo de la señora en sus bolsillos!

El otro hombre que sujetaba al viejo le registró todos los pliegues de la ropa y al cabo de unos minutos anunció:

—Tenía razón, había algo más que berones en sus bolsillos… —Sírgeric sintió una oleada de esperanza que se esfumó tan rápido como había llegado en cuanto el hombre mostró a los presentes la marioneta del mago—. ¡Esto!

—Por favor… —intervino de pronto el viejo—, dejadme ir. Estoy cansado y todavía no he comido…

Los allí congregados sintieron verdadera lástima por aquel truhán disfrazado de titiritero y le ayudaron a levantar el escenario medio ruinoso. En ese instante se oyeron unos pasos acelerados y el tintineo de armaduras.

—Oh, no… —murmuró Sírgeric, buscando por donde huir—, la Guardia Real.

—¡Ha sido ese! —les indicó una mujer señalando a Sírgeric.

El joven agarró con fuerza la compra y salió corriendo, rezando por que Cinthia le viese… o por que al menos apareciera.

Saltó por encima de unos niños que jugaban en un charco del suelo y se lanzó calle arriba seguido de cerca por los dos guardias que le ordenaban a gritos que se detuviese. Torció en la siguiente esquina que encontró y descubrió que daba a las trastiendas de las casas colindantes. Sin dejar de correr, fue tirando a su paso todas las cajas con sus contenidos, lo que ralentizó a los guardias. Tenía que escapar de allí, encontrar a Cinthia y volver a casa.

¿Dónde demonios se habría metido?, se preguntaba sin dejar de corretear sin rumbo fijo por las calles de Bereth. De pronto, oyó a alguien pedir ayuda. Ya no le seguían, les había despistado.

Sírgeric se detuvo sofocado a recuperar el aliento cuando volvió a oírlo. Pensó que ya había hecho suficientes actos heroicos en un día como para volverse a inmiscuir en otro asunto que no le concernía. El siguiente grito fue mucho más agudo y vino acompañado de un lamento. Seguramente se arrepentiría de ello, pensó el joven, pero no podía quedarse quieto. Con precaución, siguió los gritos hasta llegar al lugar de donde procedían. Se puso de cuclillas y avanzó sin hacer ruido hasta asomar la cabeza. Sintió que se le paraba el corazón al reconocer a Cinthia entre dos hombres que la tenían rodeada forcejeando por la cesta de la muchacha.

—¡Socorro! —gritó ella, desesperada.

—No te va a oír nadie, preciosa —le advirtió uno de los ladrones—. Así que deja de gritar o te corto el cuello aquí mismo.

Sírgeric apretó con fuerza los puños y descubrió que sostenía algo más que la compra entre los dedos: algunos pelos arrancados del titiritero. Los apretó con rabia y después salió al descubierto.

—¡Eh, vosotros! —les dijo a los ladrones, quienes se volvieron rápidamente hacia él— Dejadla en paz.

Al verle se echaron a reír y a burlarse de lo poco amenazadora que era su presencia.

—¿Qué vas a hacernos? ¿Escupirnos?

Sírgeric dio unos pasos hacia ellos y les enseñó los puños.

—He dicho que la dejéis.

—Y yo te he dicho que te largues.

Cinthia le miraba suplicante, con el brazo atrapado por uno de los dos hombres.

Sírgeric sacó una de las varillas de mimbre de la cesta y les amenazó con ella. El que no tenía sujeta a la muchacha fue hacia él con la intención de romperle el palo y darle una buena tunda. Sírgeric no se movió. Esperó con el mimbre en alto.

—¡Sírgeric, ten cuidado! —gritó Cinthia antes de que le tapasen la boca.

El hombre cogió carrerilla y con un grito que parecía más un rugido, se lanzó a por el joven, pero este se apartó previendo el ataque y se pegó a la pared, haciendo que el ladrón no pudiese parar y cayese sobre un montón de estiércol que había en el suelo.

—¡Maldito seas! —gritó su compañero.

El hombre soltó a Cinthia y arremetió contra Sírgeric. Este le atizó con la varilla en el brazo, pero el hombre la agarró con determinación hasta partírsela.

—Ahora juguemos sin palos, niño.

Sírgeric se estremeció al verse indefenso. No debía gastar más varillas. Sólo se le ocurría una manera de escapar de allí, aunque no era muy buena idea, y menos con Cinthia, pero no había otra solución. Cuando el segundo ladrón fue a pegarle un puñetazo en la cara, Sírgeric se agachó y reptó tan rápido como pudo hasta donde se encontraba Cinthia, se pegó a ella, la agarró con fuerza y le susurró al oído:

—Cierra los ojos y no tengas miedo.

Cinthia fue a preguntarle cuál era su plan cuando sintió una sacudida y cerró los ojos. Cuando los abrió ya no estaban en el callejón.

La muchacha se sentía mareada y cerró los ojos para recuperarse. Cuando los abrió de nuevo, vio que se encontraban en lo que parecía ser el interior de un establo en muy malas condiciones. Un viejo les miraba asustado y parecía a punto de echarse a gritar, pero de pronto pareció reconocerles y se puso en pie. Portaba un cuchillo en una mano y una manzana en la otra.

—Tú… —dijo señalando a Sírgeric con el cuchillo.

—Vámonos Cinthia, corre —le apremió el joven sin hacer caso del viejo.

La muchacha, sin comprender nada de lo que estaba sucediendo y sintiéndose parte de una extraña pesadilla, hizo lo que le habían dicho y corrió hacia la puerta abierta del establo. El titiritero intentó detenerla pero se encontró con Sírgeric esperándole.

—Me habéis engañado una vez, pero no va a volver a suceder —le dijo el joven esquivando el filo del cuchillo y asestándole un buen golpe con la cesta de la compra. El viejo calló al suelo al momento.

—Si os vuelvo a ver por la ciudad daré parte a la Guardia Real, y esta vez me aseguraré de que me crean.

Tras decir esto salió del establo dejando al viejo tirado en el suelo, lamentándose. Buscó a Cinthia y la encontró no muy lejos de allí apoyada en una pared con la mirada perdida y pálida.

—Cinthia, regresemos a casa.

La muchacha no respondió y Sírgeric la agarró del brazo para tirar de ella, pero entonces ella se revolvió y se soltó con un golpe seco.

—¡No me toques! —gritó de pronto— ¿Qué eres? ¿*Quién* eres?

—Cálmate, por favor…

—¡No pienso calmarme! ¡Dime quién eres si no quieres que avise a la guardia real al completo!

Sírgeric puso los ojos en blanco y respiró profundamente.

Entonces, viendo que Cinthia tomaba aire para gritar, se remangó el brazo izquierdo y se lo mostró.

—¿Qué es eso? —preguntó ella, mirando el extraño símbolo que parecía haber sido grabado a fuego en la carne de Sírgeric.

—El cuervo con las alas desplegadas, el símbolo de Belmont.

Cinthia le miró de hito en hito.

—¿Eres un espía? Todopoderoso, debía haberlo imaginado. ¡Duna me lo advirtió, pero no le hice caso… !

—¡Cállate Cinthia! No, no soy un espía…

La muchacha volvió a mirarle sin comprender.

—¿Entonces?

—Soy un sentomentalista fugitivo. —Cinthia se llevó las manos a la boca y abrió los ojos, asustada—. Huí después de que me atrapasen en Belmont cuando mendigaba por las calles. Me obligaron a revelar mi poder y después me marcaron como si fuese ganado. Me fugué en cuanto tuve oportunidad y vine aquí. El día que entré en vuestra casa acababa de llegar al reino.

—Y Aya… ¿lo sabe?

Sírgeric asintió lentamente.

—Lo descubrió cuando me atasteis la primera noche. No quiso deciros nada para no asustaros. Siento haberos mentido, Cinthia. Sobre todo a ti.

La muchacha respiró profundamente y cerró los ojos.

—No pasa nada… no has hecho nada malo. Incluso me has salvado con tu poder —Sírgeric sonrió más tranquilo—. ¿Y en qué consiste? ¿Teletransportación o algo así?

—Algo así. Puedo viajar hasta donde se encuentra cualquier persona pero necesito tener una parte suya conmigo.

—¿Una parte suya? ¿Un dedo o algo así?

Sírgeric soltó una carcajada.

—Con un mechón de pelo es suficiente. Después me concentro y viajo hasta él.

Cinthia meditó unos segundos y luego sonrió agradecida.

—Si no hubiese sido por ti, tal vez ahora no estaría viva.

—Volvamos a casa —dijo él, tendiéndole la mano libre—. Aya debe de estar muy preocupada por ti, y seguramente muy enfadada conmigo si ha atado cabos.

La muchacha le miró, agarró su mano y se alejaron de aquel lugar. Al menos se encontraban fuera de las murallas. Tendrían que bordear el enorme muro hasta averiguar dónde estaban.

—Oye Sírgeric —le preguntó Cinthia cuando ya estaban llegando a casa—, hay algo que no me ha quedado claro… ¿cómo es que tenías el pelo de ese viejo?

El joven la miró con picardía y contestó:

—Quizá algún día te lo cuente —le guiñó un ojo y después echó a correr por el prado.

13
LA POESÍA REAL

Duna no creyó la historia de las cestas para el palacio hasta que una tarde, sin previo aviso, se presentaron en la humilde tiendecilla dos hombres vestidos con el uniforme real exigiendo hablar con Aya. Se marcharon cuando el sol ya se había puesto, tras decidir los tipos y la cantidad de cestas que la reina deseaba para el interior del palacio y para los jardines. En cuanto los dos hombres abandonaron la casa, la mujer llamó a gritos a los tres jóvenes y les dio la noticia. El enfado de Aya con Cinthia y Sírgeric por su reciente escapada pareció esfumarse de tan alegre que se sentía.

Pero no todo fueron celebraciones. A la mañana siguiente comenzó un ritmo de trabajo frenético en la cestería que debían compaginar como podían con la escuela de Cinthia, el trabajo de Duna y el huerto. Algunos días incluso se iban a dormir antes de que anocheciese de tan cansados que terminaban.

El día a día en el palacio había cambiado radicalmente para Duna. Ya apenas ponía un pie en la lavandería, para asombro y envidia del resto de sus compañeras. Desde aquel extraño encuentro con el príncipe en los jardines, Duna había seguido recibiendo recados de parte de este prácticamente todos los días. No había mañana en la que Grimalda no bajase casi a trompicones las escaleras para avisar a Duna que se la requería arriba. Algunas ocasiones debía llevar el desayuno a la torre más alta, donde el príncipe se reunía con Barlof; en otras, la necesitaban para regar algunas zonas de los jardines, momentos que coincidían con los paseos de descanso del príncipe y Barlof; otras veces debía fregar los suelos de los pisos superiores del palacio; ayudar en las cocinas, subir la ropa limpia, bajar la ropa sucia, encender las lumbres, preparar el agua de los baños, limpiar las ventanas, barrer suelos... Pero siempre, y era algo que Duna había advertido desde el primer día, trabajaba bajo la atenta mirada de Adhárel... o tal vez no tan atenta. Eso era lo que le hubiese gustado a Duna. Pero en ocasiones, y esto nadie podía negárselo, la muchacha sorprendía al príncipe mirándola de reojo mientras ella se dedicaba a sus ocupaciones. Y en alguna ocasión incluso le dirigía la palabra, aunque sólo fuese para pedirle, muy educadamente, que se apartase. Siempre con una sonrisa en los labios.

—¡Duna! ¡Duna Azuladea! ¡Como tenga que volver a llamarte, friegas entera la colada de hoy!

La muchacha salió de su ensimismamiento y sin saber a quién contestaba gritó:

—¡Ya voy!

Se encontraba sacudiendo una pequeña alfombra en la ventana, intentando quitarle todo el polvo posible. Bajó del taburete, colocó la alfombra en su sitio y después estornudó.

—¡Por fin te encuentro! —dijo Grimalda llevándose las manos a la cabeza—. ¡Santo Todopoderoso, niña, estás hecha un asco! Sacúdete bien ese delantal.

Duna bufó molesta, se sacudió el delantal y se cruzó de brazos esperando las nuevas indicaciones de la mujercilla.

—¿Y bien? ¿Qué ordena esta vez el príncipe?

—No seas insolente, niña. Necesita algunos planos. Súbelos a la sala Estratega.

—¿Hasta allí arriba?

—¡Venga! ¿A qué esperas?

—Si dependiese de mí —contestó Duna—, esperaría alguna respuesta por su parte.

Y dejando a la mujer con cara de no comprender nada, dio media vuelta, aunque, tras unos pasos, se detuvo.

—Eh… ¿dónde están los planos que tengo que subirle?

Grimalda se acercó y le entregó un montón de pergaminos enrollados. Después Duna siguió su camino hacia las escaleras.

¡Ya estaba otra vez! Algún día se cansaría y mandaría el palacio y su deber a freír espárragos. Menuda mañana llevaba: primero la lavandería, después los cristales, las alfombras y ahora esto, subir hasta la torre más alta. No entendía cómo sus compañeras podían estar celosas de su situación; si supiesen…

¿Le divertía al príncipe verla trabajar sin parar? ¿Qué había hecho ella para merecerlo? ¿Acaso era un juego de moda entre la nobleza? Duna volvió a suspirar, molesta y, sin advertir un último escalón, tropezó al final de la escalera. Los planos se le cayeron de los brazos y rodaron por el suelo. Ella quedó espatarrada en el descansillo, justo frente a la puerta de la Sala Estratega…

…Que no tardó en abrirse y en aparecer de su interior el príncipe Adhárel y su siempre fiel compañero, Barlof. El príncipe se agachó y le tendió la mano.

—¿Estáis bien?

Duna no quería mirarle a los ojos y no lo hizo. Se limitó a asentir y con toda la dignidad posible recogió los planos que habían rodado escaleras abajo, para después entregárselos al príncipe.

—Aquí tenéis —dijo, aún con la mirada clavada en el suelo.

—Ehmmm… Gracias —contestó él. A Duna le dio la sensación de que quería añadir algo, seguramente otra tarea absurda, por lo que hizo una breve reverencia y se dio media vuelta ¿Estaría cometiendo algún tipo de traición a la corona? Le daba igual.

—¡Esperad! —dijo entonces el príncipe. Duna se detuvo y se dio la vuelta lentamente.

—¿Queréis algo más *de mí*, alteza? —preguntó Duna.

—Eh… No… digo sí —respondió Adhárel. Parecía nervioso. La muchacha enarcó una ceja y esperó—. Barlof debe bajar a por unas… cosas y… —Duna descubrió al hombretón observando al príncipe sin entender qué estaba sucediendo— y ya que no vamos a trabajar durante un rato, podéis limpiar la estancia. Hace tiempo que no se limpia… Sí, eso es.

—Alteza, ayer me pasé casi toda la mañana barriéndola. Vos también estabais.

—¿Qué... ? Ah... bien, en ese caso... son los cristales lo que están sucios.

Duna agachó la cabeza en señal de obediencia y subió hasta el descansillo. La dejaron pasar y después vio cómo, con señas más bien poco disimuladas, el príncipe obligaba a Barlof a abandonar la sala. ¿Qué estaba pasando allí? Duna dejó de cuestionarse todo y sacó un pañuelo del bolsillo del delantal para empezar a quitar el polvo de las ventanas. Después se cerró la puerta. Duna no se giró para ver si estaba sola o si alguien más se había quedado dentro. Tampoco tuvo que esperar mucho para averiguarlo

—Os dejáis una mancha —dijo de repente el príncipe—. A vuestra derecha.

Genial, pensó Duna, *ahora me va a decir cómo debo hacer mi trabajo*. Dio un paso hacia su derecha y volvió a pasar el trapo. Cuando terminó con esa ventana pasó a la siguiente. Mientras tanto, Adhárel no dejaba de recorrer la sala. *¿Estaría observándola o pensando en sus cosas?*, se preguntó Duna.

—Creo... que deberíais limpiar también el alféizar —volvió a intervenir el príncipe.

Duna puso los ojos en blanco y abrió la ventana para *limpiar el alféizar*.

—¿Así está mejor? —preguntó al acabar sin darse la vuelta.

—Bueno, si obviamos el manchurrón que hay en el cristal contiguo...

Duna pasó a la siguiente ventana y, antes de poner el trapo sobre ella, el príncipe volvió a hablar.

—¿No creéis que deberíais... ?

Duna se giró sorprendida al sentir su aliento sobre la nuca. Adhárel había avanzado hasta ella mientras hablaba y ahora se encontraba a escasos centímetros de su rostro.

La muchacha se quedó unos instantes sin saber qué decir, aunque después se obligó a apartarse unos pasos, alejándose de él.

—Creo que esto es suficiente, alteza —dijo. Se le había terminado la paciencia. Si la expulsaban, que así fuera, pero no iba a consentir más aquella situación.

—¿A qué viene esta… ?

—Desde hace varios días no hago más que recibir recados totalmente ajenos a mi trabajo de lavandera —le interrumpió—. Si una mañana me toca limpiar cristales, al día siguiente tengo que subir el desayuno. Si no, regar y podar las plantas del jardín… y en cada nueva labor, os encuentro allí. ¿Casualidad? Lo dudo mucho.

—No sé de qué habláis —contestó el príncipe a la defensiva.

—Hablo de que estáis jugando conmigo. Soy el nuevo juguete real, ¿no es eso? Esta vez toca reírse de la criada de turno. ¿Soy la primera? ¿La segunda? ¿Somos escogidas al azar para vuestro esparcimiento y el de vuestros hombres o nos elegís por nuestras cualidades? Mejor no contestéis. —Duna sentía el corazón galopándole en el pecho. ¿De dónde había sacado la osadía para hablarle así al príncipe Adhárel, futuro soberano del reino?— Ahora mismo recogeré mis cosas y me iré. Espero que no tardéis en encontrar a otra sirvienta con la que divertiros.

Adhárel se había quedado durante toda la perorata mirándola sin decir palabra. No parecía enfadado, pero tampoco sorprendido. Más bien sus ojos parecían decir: por fin. *¿Por fin qué?*, se preguntaba Duna. Otra pregunta. Cada pregunta daba como resultado más preguntas y así hasta que quedase sepultada bajo ellas. Respiró hondo y recogió el pañuelo que se le había caído al suelo.

—Espera, Duna —dijo el príncipe, sujetándole del brazo cuando la muchacha pasó por su lado.

¿La había llamado por su nombre? Duna se quedó inmóvil sin saber qué hacer o qué decir por primera vez en la vida.

—Te pido disculpas —añadió Adhárel—, no era mi intención…

—¿Hacerme la vida imposible? —le interrumpió ella recuperando la compostura— ¿Hacerme trabajar tanto?

—Intentaba que estuvieses conmigo más a menudo.

Duna tragó saliva. Que alguien la despertase inmediatamente o se pondría a gritar. ¿Qué estaba viviendo? ¿Un sueño? ¿Una pesadilla? ¿El príncipe no se había dado por vencido y la broma continuaba?

—Creo que ha sido más que suficiente, alteza —le respondió ella mientras se soltaba.

—Estoy hablando en serio. Escúchame, por favor.

A Duna le temblaban las piernas. No podría seguir de pie mucho más tiempo. Recapituló la situación en el tiempo que se daba la vuelta para mirarle. La criada empieza a trabajar en el palacio. La criada va al baile. La criada baila con el príncipe. La criada no vuelve a saber nada del príncipe. La criada sigue trabajando. La criada es explotada por el príncipe. El príncipe quiere hablar con la criada a solas y para ello la pone a limpiar cristales. La criada le para los pies. El príncipe se sincera. La criada pierde toda compostura y no puede apartar la mirada de esos ojos...

—¡No! ¡Basta! —gritó Duna, confundida— ¿Qué queréis de mí? ¡Tenéis montones de doncellas a vuestro alcance! ¿Qué extraña fijación os hace comportaros así conmigo?

—No es ninguna fijación —dijo el príncipe. Se apartó de ella y se alejó hasta la otra punta de la sala, donde se puso a mirar por la ventana—. Es que me gusta estar contigo. Contigo puedo ser... yo mismo.

—No me conocéis.

—Tienes razón. No te conozco. Y todo esto es una locura. La locura más grande en la que me he metido jamás. —Adhárel se llevó una mano a la frente—. Soy el príncipe de Bereth y tú sólo una aldeana. Me lo repito una y mil veces al día, pero ¿para qué, si sigo pensando igual? En ocasiones me arrepiento de haber asistido al baile de mi cumpleaños; si no te hubiera conocido, no estaría así. Pero luego recuerdo nuestra conversación junto a la fuente...

Duna sentía un nudo en el estómago.

—No sigáis, por favor.

—Lo necesito... Porque de alguna forma, cuando estoy a tu lado, me reconozco.

—No...

—Y cuando pienso en ti me olvido de todo lo demás. Pero después me arrepiento porque sé que no está bien, sin embargo, sigues ahí. Siempre tú, siempre tú...

—¡Basta! —exclamó Duna con lágrimas en los ojos—. ¡Dejad de reíros de mí, alteza!

El príncipe la miró confundido, y al comprender que ella no quería que siguiese sincerándose, se enfureció consigo mismo y con la situación que había provocado.

—Tienes razón —dijo molesto de pronto—. Márchate. No pienso retenerte por más tiempo en contra de tu voluntad. Ha sido una locura. ¡Fuera!

Duna se alejó sin decir nada, preocupada porque, tal vez, sólo tal vez, el príncipe le hubiese hablado con sinceridad. Cerró la puerta tras ella y bajó las escaleras corriendo. Cuando llegó al enorme recibidor del palacio, tuvo la tentación de volver a la torre para pedirle perdón. Pero ahora necesitaba estar sola y pensar. Pensar mucho. Hacerse una pregunta tras otra y sepultarse bajo ellas, así al menos no tendría que averiguar las respuestas.

A la mañana siguiente, cuando llegó a la lavandería, Grimalda la esperaba. Ya habían llegado algunas de sus compañeras. Algo poco habitual; aquella noche Duna no había pegado ojo y se había despertado más tarde de lo habitual. Cuando Grimalda la vio, se acercó a ella con la piedra de luz en la mano, lo que significaba que había entrado por el túnel.

—El príncipe quiere verte.

—¿Otra vez?

Grimalda gruñó.

—¡Deja de cuestionarte todo o acabarás metida en un buen lío!

—¡Pero si no me cuestiono nada! Simplemente me extraña que el príncipe quiera volver a verme.

—¿Y por qué te extraña? ¿Sucedió algo ayer? —le preguntó Grimalda con recelo.

Duna no supo qué contestar. ¿No había hablado el príncipe con ella? ¡Pero si se había marchado del palacio mucho antes de que fuese la hora!

—No, no es eso... ayer terminé de limpiar los cristales de la sala y...

—Y el príncipe te permitió volver a casa antes de tiempo, ya lo sé, ya lo sé, me lo dijo él mismo.

La muchacha intentó disimular su desconcierto y asintió.

—Bien, pues quiere volver a verte. Te espera en los jardines.

—¿Quiere que le lleve algo?

Grimalda negó con la cabeza mientras se alejaba de vuelta al extraño túnel.

Cuando llegó a los jardines, Adhárel estaba hablando con varios de sus hombres, quienes reían a carcajadas. Su hermano también estaba entre ellos, algo más apartado y mirando hacia otro lado. Duna se acercó con precaución y se quedó a unos pasos, esperando a que el príncipe la viese. Conocía las normas básicas de educación.

Dimitri se giró en ese instante y se la quedó mirando sin que ella lo advirtiese. El príncipe miró a su hermano, mientras conversaba distraídamente, después a la muchacha y de nuevo a su hermano. Una media sonrisa se dibujó en su rostro antes de espetar:

—¡Eh, tú, criada! ¿Qué haces aquí? ¿No te dije hace tiempo que no quería volver a verte fuera de la lavandería?

Duna le miró asustada. Los otros hombres no habían reparado en ella y Adhárel se encontraba de espaldas, por lo que no sabía lo que estaba sucediendo.

—Disculpadme… El príncipe Adhárel…

—«Su alteza» para ti, criada —le interrumpió Dimitri.

Con el alboroto de las risotadas, la voz de Dimitri era casi un susurro serpentino.

—*Su alteza* el príncipe Adhárel quería verme —se corrigió la muchacha, y, dándole la espalda a Dimitri, hizo ademán de acercarse hasta donde se encontraba Adhárel.

—No seas tonta —le recriminó Dimitri sujetándola por el hombro y emitiendo una risotada—. ¿Para qué querría verte mi hermano?

—Me hacéis daño —dijo Duna con los labios tensos mientras intentaba zafarse.

—Más daño te haré si no te marchas ahora mismo —le amenazó Dimitri sin dejar de sonreír.

—¡Soltadme! —gritó Duna incapaz de contenerse. Al momento, todos los hombres dejaron de reír y se giraron para ver qué estaba sucediendo.

Dimitri soltó el brazo de Duna con desprecio y dio un paso atrás. La muchacha, mientras tanto, hacia todo lo posible por no echar a correr. Cada vez estaba más convencida de que aquello lo había preparado Adhárel para burlarse de ella por el comportamiento del día anterior.

—¡Dimitri! —gritó Adhárel empujando a su hermano unos pasos hacia atrás. Sus hombres se alejaron sin decir nada—. ¿Qué estás haciendo? Te dije que no volvieses a tratar así a las doncellas de palacio.

Dimitri se colocó bien la casaca y después le contestó, indiferente:

—Si no recuerdo mal, esta *doncella* no deja de ser una criada algo torpe. —Su sonrisa se ensanchó— ¿Has cambiado de parecer en los últimos días?

Adhárel no pudo contener por más tiempo su enfado y le soltó un puñetazo en la cara. Dimitri, incapaz de prever el golpe, se tambaleó hasta caer al suelo. Aparentemente no le había hecho nada, pero no tardó en empezar a brotar sangre del labio.

Adhárel respiraba con fuerza al tiempo que miraba a su hermano con desprecio. Dimitri le devolvió una mirada cargada de odio. Se levantó, se volvió a alisar la casaca, dio media vuelta y se dirigió hacia el palacio, no sin antes dirigirle otra mirada de desprecio a Duna.

—Podéis marcharos —dijo Adhárel rompiendo el silencio y con el enfado todavía en su voz.

Los hombres se despidieron y fueron regresando al palacio. Duna les iba a imitar cuando Adhárel volvió a hablar.

—Tú no, Duna.

La muchacha se detuvo en seco y vio cómo el resto de hombres se alejaban de allí cuchicheando sobre lo sucedido. Para que luego dijeran que los hombres no eran cotillas, pensó Duna en un segundo de distracción.

—¿Quieres dar un paseo? —le preguntó Adhárel. Ella se dio media vuelta y le siguió—. Siento lo sucedido. Dimitri...

—No importa, no me ha hecho nada.

—Pero podría habértelo hecho. Tiene bastante mal humor.

—Ya me he dado cuenta... —Duna tragó saliva, algo más tranquila—. ¿Qué queríais de mi, alteza?

—Lo primero de todo, que dejes de llamarme alteza, príncipe o de vos. Llámame Adhárel.

—Ya lo hice una vez y no sirvió de nada. No podéis pedirme eso... Vos sois el heredero al trono, no puedo llamaros Adhárel.

—En ese caso, os lo ordeno —dijo Adhárel con una media sonrisa pintada en el rostro.

—Si te vas a poner así... —contestó ella.

Siguieron caminando por el sendero de tierra que llevaba a la fuente de Calíame. Ninguno de los dos dijo nada más hasta pasado un rato.

—Quería pedirte perdón —comentó Adhárel.

—¿Por lo de Dimitri?

—No. Por todo. Ayer me di cuenta de que tenías razón. No debería haber intentado conocerte a base de imponerte un trabajo tras otro bajo mi vigilancia... Me he comportado como un...

—¿Príncipe? —le ayudó Duna, divertida.

—Tú lo has dicho. Como un príncipe.

Duna no sabía qué contestar. Tal vez se tratase de una nueva broma del príncipe, pero quería creer que estaba siendo sincero con ella. Lo necesitaba.

—Te perdono —dijo finalmente.

Adhárel la miró sumamente complacido.

—Tras arreglar esto, quería proponerte otra cosa.

Duna le miro inquisitivamente.

—¿El qué?

—Querría pasar más tiempo contigo.

—En ese caso tendrás que seguir viéndome mientras friego, limpio y recojo...

—No tiene porqué ser así. He aquí a donde quería llegar: me gustaría nombrarte mi doncella personal.

Duna se quedó helada.

—Pero... pero eso sólo lo tienen las princesas. Los príncipes debéis rodearos de hombres leales a la corona y todas esas cosas.

Adhárel se echó a reír.

—Te equivocas. Muchos príncipes y reyes han tenido durante toda su vida doncellas. ¿O ves tú a Barlof trayéndome el desayuno a la mesa?

—No, pero eso lo hacen las sirvientas del palacio. Algunas recogen las habitaciones, otras sirven la comida, otras limpiamos la ropa…

—Sí, lo sé. Pero a veces una sola doncella puede encargarse de un familiar real si así se le pide.

—¿Se le pide… o se le ordena?

Adhárel se ruborizó casi imperceptiblemente ante la pregunta.

—En tu caso, se le pide. ¿Querrías serlo?

—¿No tendría que trabajar más en la lavandería?

—Nunca más.

—¿Ni fregar cristales, barrer suelos o ver a Grimalda?

Adhárel se echó a reír ante la ocurrencia.

—Lo de no ver a Grimalda será complicado. Aparece y desaparece en cualquier lugar del palacio. Se lo conoce incluso mejor que yo. Respecto a lo otro, te lo prometo.

—En ese caso…

Adhárel pareció sorprendido.

—¿De verdad es eso lo que más te preocupa?

—¿El qué?

—Dejar de hacer esas tareas en lugar de estar con el príncipe como su doncella real.

—Ah, eso… bueno, sí, un poco.

—Estupendo —contestó él poniendo los ojos en blanco.

—¡Oye, que de todas formas voy a decir que sí!

El príncipe se encogió de hombros y siguió andando. Duna le alcanzó al momento.

—¿Y cuando empezaría?

—Hoy mismo.

—¿Ya? ¿Tan pronto?

—¿Tienes mucho trabajo en la lavandería? Puedo esperar a que termines…

—No, no, no. Es que no le he dicho nada a Grimalda y a lo mejor me echa en falta.

—No te preocupes por Grimalda, se enterará enseguida.

Los dos siguieron paseando hasta que se encontraron de

vuelta en las escaleras que ascendían al palacio. Se detuvieron ante ellas.

—¿Y ahora qué? —preguntó Duna, menos incómoda que al comienzo de la conversación pero igual de nerviosa—. Nunca he sido la sirvienta de nadie.

—No serás la sirvienta de nadie. Serás... mi doncella, suena mejor.

Aunque signifique lo mismo, pensó Duna para sí.

—Ahora tendrás que ser mi sombra mientras yo te lo ordene. Cuando te pida que me dejes solo, tendrás que obedecer. Y delante de otras personas deberás tratarme de vos.

—No creo que me cueste, alteza. —Ambos sonrieron más relajados—. ¿Y ahora dónde deberías estar?

El príncipe pareció meditar unos segundos la respuesta.

—Creo que hasta la hora de la comida estamos libres. ¿Qué te gustaría hacer?

—Vaya, es la primera vez desde que trabajo aquí que se me permite elegir. —Duna reflexionó mientras Adhárel esperaba—. Creo que ya conozco todo el palacio por dentro. Aunque parezca indecoroso, he estado en todas las habitaciones.

El príncipe la miró con aires de superioridad.

—No en todas.

—¿Ah, no? ¿Cuál de ellas no se me ha permitido limpiar?

Adhárel tardó en contestar y cuando lo hizo lo dijo en un susurro, dándole misterio.

—La de la Poesía Real.

Duna se olvidó de respirar durante un instante.

—¿La de... la Poesía Real? ¿Existe esa habitación? ¿La Poesía original está aquí?

Adhárel empezó a reír de nuevo.

—Claro que está aquí. ¿Dónde si no?

—Y... ¿es igual a la que nos enseñan en la Escuela?

—Palabra por palabra.

—¿Y por qué la escondéis si todo el reino la conoce?

Adhárel se encogió de hombros.

—Tradición, supongo. Al fin y al cabo, como tú bien has dicho, si alguien quisiese conocerlas sólo tendría que pedirle a cualquier aldeano que se las recitase... Con el paso del tiempo los gobernantes comprendieron que esa extraña maldición impuesta por las Musas era poco útil y que se conseguía más arrasando al enemigo sin fin que detenerse a encontrar los puntos débiles en las Poesías.

—Viva la decisión masculina —comentó por lo bajo Duna.

—¿A qué viene eso?

—A que ninguna mujer dejaría pasar la oportunidad de utilizar los secretos de su enemigo para contraatacar después.

—Viva la indiscreción femenina —comentó Adhárel imitando el tono de ella. Duna hizo un mohín de enfado.

—¿Podría entrar?

—Sí, si vienes conmigo.

Duna asintió con la cabeza.

—En ese caso, vamos.

—Por un segundo creí que volverías a hacerme otra pregunta comprometida —comentó el príncipe subiendo las escaleras hacia el palacio.

—Mis preguntas no son comprometidas, príncipe. Son las respuestas las que os resultan incómodas —le contestó Duna subiendo tras él.

Cruzaron el recibidor del palacio y ascendieron por las escaleras hasta el siguiente piso, a continuación torcieron por un pasillo lateral y pasaron varias puertas antes de que Adhárel abriese una. Esta daba a un pasillo algo más corto que terminaba en unas escaleras descendentes. A continuación se encontraron con una puerta más y otro pasillo que se bifurcaba. Tomaron el izquierdo y siguieron por él hasta una puerta con un letrero donde se podía leer «Almacén de la Guardia Real».

—¿En un almacén? —preguntó Duna, extrañada.

—Es para guardar las apariencias. Parece simple, pero muchos dan la vuelta cuando consiguen llegar hasta aquí.

—Al menos es enrevesado llegar a este lugar —comentó la muchacha pensando en que ahora mismo no sabría situarse. ¿Estarían debajo de las cocinas? ¿Encima de la lavandería? ¿Cerca de las bodegas? No tenía ni idea.

—Bueno, ¿quieres entrar?

Duna asintió mientras se frotaba las manos. Estaba nerviosa. El príncipe sacó una llave que colgaba de una cadena a su cuello y abrió la cerradura, la cual chirrió como ninguna otra en el palacio.

—Deberíais pensar en engrasar esta puerta…

—Es… una medida de seguridad —bromeó Adhárel empujando con fuerza la puerta. Duna se fijó en que aquella puerta era más gruesa que las del resto del palacio y en que la parte interior de la misma estaba cubierta por una enorme lámina de hierro.

El interior de la pequeña sala estaba en penumbra exceptuando el centro, donde una lámpara de aceite colgaba del techo a dos metros por encima de una especie de atril de piedra donde reposaba un pergamino. Toda la habitación era de piedra y olía a humedad.

—Acércate —le instó Adhárel, unos pasos por delante de ella.

Duna se adelantó y juntos llegaron al atril donde reposaba la poesía.

—Nadie puede llevársela —explicó Adhárel—. Un sentomentalista se encargó de protegerla de la humedad creando una capa invisible con el agua que la rodea. Así ha conseguido que se mantenga intacta.

—¿Puedo cogerla?

Adhárel se encogió de hombros.

—Puedes intentarlo, pero no servirá de nada. También hechizó el agua para que mantuviese el pergamino pegado al atril.

—Entiendo. Así que quien consiga entrar, sólo podrá recordarla y no llevársela consigo.

—Esa es la idea.

—Demasiada protección para algo que nadie va a querer robar, ¿no? —comentó Duna.

—Otra tradición más. ¿Quieres leerla?

Duna dio un paso más hacia el atril y se agachó para leer el contenido del pergamino. La letra era elegante, aunque se podía distinguir que era la caligrafía de una niña.

—Tu madre… la escribió hace mucho tiempo, ¿verdad?

—Tenía diez años cuando su padre falleció —respondió el príncipe.

La muchacha se puso a leer lentamente la poesía que tantas veces había estudiado en sus libros y cuando llegó al final se quedó unos minutos en silencio escuchando el goteo constante del agua y meditando, por primera vez, sobre el posible significado de las palabras.

—¿Qué crees que puede significar? —le preguntó a Adhárel.

—No lo sé. Mi madre, si es que lo ha llegado a descubrir, nunca me lo ha dicho. Algunas veces bajaba aquí para reflexionar sobre ella y ayudar de ese modo a mi madre con el reinado, pero sólo he conseguido descifrar algunos fragmentos. Y, aun así, no estoy seguro de haber acertado.

—¿Cuáles?

Adhárel se aproximó y señaló los primeros versos.

—Creo que aquí la Poesía sitúa al lector. Si no me equivoco, con «Bajo el frío de la entera» se refiere a la tercera luna llena del año… y con «se reúnen en el claro, el mensajero y la madre. Al abrigo de las sombras, rodeados por los vivos, sobre la cima del mundo, enterrados en vida, rodeados de ella» está diciendo que se encuentran en mitad del bosque. El brillo de sangre no se me ocurre qué podría ser…

—El sol —contestó Duna en un momento de inspiración—. El atardecer.

—Sí, podría ser. Después todo se complica. No sé quién puede ser la Amante ni el Mensajero… Lo único de lo que estoy seguro es de que esa mujer tenía un objeto del que nunca se separaba. Le pidió al Mensajero que lo convirtiese en una poderosa arma. Al principio él se negó, pero después aceptó… y algo salió mal. —La voz del príncipe retumbaba en la sala—. La Amante debió de pedirle que volviese a dejarlo como estaba, pero él no quiso escucharla y se fue…

—¿La Amante podría ser tu madre?

—Es posible. Alguna vez se me ha pasado por la cabeza, pero ¿por qué Amante y no reina? —Duna negó con la cabeza sin saber qué responder—. En cualquier caso, cuando era más joven, revolví toda la habitación de mi madre intentando encontrar ese objeto mágico y poderoso, pero nunca encontré nada.

—Tal vez no se trate de un objeto… —murmuró Duna.

—Pueden ser tantas cosas... Por eso al final me di por vencido. Mi hermano nunca se preocupó por ella y mi madre nunca quiso revelar el secreto, o al menos decirnos si conocía el significado. —Adhárel parecía abatido—. Si fuese capaz de averiguarlo podría usarlo a nuestro favor y evitar una posible guerra con Belmont, o cosas peores.

Duna le puso una mano sobre el hombro.

—No te desanimes, seguro que el día menos pensado lo descubres.

Adhárel le sonrió agradecido

—Gracias por haberme enseñado este lugar —dijo Duna—. Sé lo que significa para vosotros. Aunque antes lo viera como una lección aburrida de la escuela, ahora entiendo que es algo más.

Se quedaron mirándose el uno al otro sin nada más que decirse. Sólo sonrían. Y de pronto, la puerta se abrió de par en par y por ella apareció Dimitri, despeinado y con un hilo de sudor corriéndole por la frente. Cuando les vio se quedó un segundo paralizado y Duna reparó en que su mano se apoyaba en el hombro de Adhárel. No tardó en apartarla.

—No sabía dónde estabas. Menos mal que se me ocurrió buscarte aquí.

—¿Qué sucede, Dimitri? —preguntó Adhárel viendo a su hermano tan compungido. Parecían haber olvidado la pelea.

Dimitri siguió mirando a Duna un instante sin comprender, antes de contestar.

—Es Barlof.

—¿Qué pasa con Barlof? —preguntó Adhárel dando un paso hacia él.

—Ha sido detenido… y encarcelado.

—¿Cómo? —volvió a preguntar Adhárel casi con un rugido.

—Al parecer ha sido descubierto traicionando a la corona.

—Pero eso es absurdo. ¡Tengo que verle!

—No puedes. Está siendo sometido a un consejo de Sentomentalistas.

—Me da igual a qué esté siendo sometido. Quiero verle. Esto es una locura. Barlof jamás…

—¡Hermano, te ha engañado! —Dimitri agarró a Adhárel del brazo—. ¿Recuerdas los días en que estuviste en cama enfermo? ¿Te dijo dónde había estado?

—En casa de su familia, lejos de aquí —contestó Adhárel con un hilo de voz. Estaba asustado.

—Te mintió. Fue a Belmont. Tuvo una reunión secreta con su rey.

—¿Qué? ¡Eso es imposible! Sólo estuvo un par de días fuera. No podría haber ido y regresado en tan poco tiempo.

Dimitri suspiró, cansado. También parecía preocupado.

—Debió de haber sentomentalistas de por medio. Interceptamos una carta procedente de Belmont esta mañana. La tengo aquí.

El príncipe sacó un pergamino del bolsillo y se lo entregó a su hermano.

> *Compañero B.,*
>
> *El plan sigue en marcha. Tendrás que aguardar hasta nuestra próxima señal para atacar desde dentro. Ya sabes lo que tienes que hacer.*
>
> *Teodragos VI*

—Nada de esto tiene sentido, Dimitri. ¡Esta carta podría ser falsa! Podría no ser para Barlof, podría...

Dimitri negó con la cabeza.

—Se ha comprobado. Al parecer el mismísimo Teodragos se carteaba con él. Hemos descubierto más pergaminos en sus aposentos y todos relacionados con ese misterioso plan, seguramente de conquista.

—¿Y él, qué ha dicho?

—Lo niega todo. Pero le hemos obligado a beber una pócima de relajación y ha empezado a decir la verdad mientras lloraba como un niño.

—¿Los sentomentalistas están con él?

—Sí. Deben de estar terminando. De verdad espero que todo haya sido un cúmulo de fatales casualidades, pero las pruebas...

—Subamos —le interrumpió Adhárel dirigiéndose hacia la puerta. Duna les siguió. Cuando estuvieron los tres fuera, Dimitri sacó una llave idéntica a la de su hermano y cerró el portón mientras los otros dos subían las escaleras.

—Adhárel —susurró Duna para que Dimitri no la oyera—. No creo que Barlof…

—Silencio, Duna. Los sentomentalistas nos dirán la verdad.

Cuando llegaron al recibidor del palacio ya había muchas personas congregadas allí. Al parecer, la noticia se había extendido por todo el palacio. Todos se arremolinaban entorno a la puerta del comedor.

—Alteza —dijo uno de sus hombres cortándole el paso—. El juicio ha terminado. Lo han llevado al comedor.

El príncipe apartó de en medio al hombre y al resto de personas que se interponían en su camino y se abrió paso hasta el comedor. Abrieron la puerta y entraron, Duna, Dimitri y Adhárel. Alrededor de la enorme mesa se encontraba la reina Ariadne, el viejo Zennion y Ninfunae, el sentomentalista que había estado presente en el juicio de Duna. Barlof estaba sentado con la cabeza enterrada en las manos, sollozando.

—¡Adhárel! —exclamó la reina mientras corría hacia su hijo—. Cuánto lo siento. Intenté advertirte pero nunca me haces caso, ese hombre…

El príncipe no se detuvo a escucharla, sino que se dirigió directamente a Zennion.

—¿Qué ha ocurrido?

El viejo miró a Ninfunae, este asintió y después se giró hacia Adhárel.

—Es culpable.

—Cielos —exclamó Duna llevándose la mano a la boca. La reina ni siquiera había reparado en su presencia hasta entonces. Se limitó a mirarla y volvió la cabeza hacia su hijo.

Adhárel se encontraba junto a Barlof sin saber qué decir. El hombretón levantó la cabeza y Duna vio algo que jamás habría imaginado: lágrimas en sus ojos.

—Adhárel, alteza… yo no… no… —sollozaba, respirando entrecortadamente— ... debéis creerme…

Adhárel le miró entristecido. Había sido su más fiel compañero desde que era joven. Siempre había confiado en él. Había sido su mano derecha. El hombre que mejor había llegado a conocerle… y ahora le había traicionado. Los sentomentalistas no podían mentir. El rostro se le heló en una mueca de desprecio. Se giró hacia los sentomentalistas y preguntó:

—¿La condena?

Zennion se miró las manos, nervioso, antes de responder:

—La pena por alta traición es… la muerte.

El príncipe respiró profundamente y guardó la compostura. Después asintió lentamente. Volvió a mirar a Barlof, evitó los ojos de Duna y después volvió la cabeza hacia su hermano.

—Que así sea.

14
«CUIDAD DE ÉL»

La pena de muerte en el reino de Bereth se ejecutaba con la horca. El acto tenía lugar en la plaza del pueblo, donde se colocaba una plataforma elevada de madera sobre la que se situaba al convicto. Todo el pueblo estaba invitado oficialmente por los pregoneros que hacían llegar la noticia a cada rincón del reino explicando quién era el delincuente, de qué se le acusaba y cuándo tendría lugar la ejecución. El acto, poco habitual, resultaba todo un acontecimiento al cual los aldeanos asistían con sus mejores galas como si de un baile se tratase. La gente de más renombre disponía de asientos reservados junto a la tarima de ejecución, desde donde se tenían las mejores vistas. El resto del pueblo tenía que llegar cuanto antes al lugar para conseguir un buen sitio. Habitualmente eran muchos los que se congregaban, pero cuando corrió la noticia de que el acusado era la mismísima mano derecha del príncipe Adhárel, no hubo aldeano que no hubiese hecho preparativos varios días antes del día en cuestión.

Duna había recibido la invitación por parte de Lord Guntern para asistir con él, algo que no había hecho sino empeorar su malestar general causado por la inesperada traición de Barlof. Aquel hombre no podría haber traicionado ni a un simple aldeano de Bereth, ¿cómo explicar entonces todas las pruebas que le acusaban de lo contrario? Después de que Adhárel dictase la sentencia, los presentes pudieron leer con sus propios ojos las cartas recibidas de Belmont, escondidas bajo un suelo falso de su dormitorio. El hombretón había sido sedado con una extraña poción del viejo Zennion debido al nerviosismo que había experimentado al escuchar la sentencia. Lo único que repetía era: «Yo no...». «Se quedará sólo» «¡Tenéis que creerme!». «Esos días estuve con mi familia». Pero, para entonces, Adhárel ya había dictaminado sentencia y nada se podía hacer.

Con Adhárel presidiendo el ahorcamiento, Duna no podría hablar con él hasta el día siguiente en el palacio, por lo que tendría que acompañar a Lord Guntern de todas maneras.

De alguna forma, ya no le parecía tan terrible pasar de vez en cuando algo de tiempo con el presumido enano. El hecho de que Adhárel también se hubiese interesado por ella de una forma... especial lo hacía todo más llevadero.

Cinthia, Aya y Sírgeric sólo habían dejado de trabajar en la cestería durante el tiempo necesario para escuchar los lamentos de Duna acerca de Barlof, y después se habían puesto a trabajar con más brío para tener libre el día de la ejecución. No se lo perderían por nada del mundo. Sin embargo, Duna continuaba sintiendo que algo no marchaba bien y que Barlof en el fondo era inocente. ¿Pero cómo podría ella demostrarlo si todas las pruebas apuntaban a la culpabilidad del hombretón? Tal vez se había dejado engañar, como el resto, por la apariencia tranquila y campechana de Barlof.

Cuando llegó el día de la ejecución, Duna se levantó con un nudo en el estómago. Sin abrir los ojos, pudo oír a Aya trajinando en la cocina y metiendo prisa a Cinthia y Sírgeric para que desayunasen rápido. La muchacha se desperezó y, tras lavarse la cara para despejarse, bajó a la cocina. Cinthia y Sírgeric ya estaban vestidos con sus mejores galas y Aya estaba terminando de remendar una manga de su vestido. Cuando vio a Duna todavía en camisón, pegó un grito.

—¿Pero qué haces todavía de esa guisa, niña? ¡Lord Guntern debe de estar a punto de llegar!

—No me encuentro bien... —murmuró Duna sin apenas vocalizar.

Aya se levantó y le puso una mano en la frente.

—No parece que tengas fiebre. ¿Has cogido frío durante la noche?

La muchacha se encogió de hombros y se sentó en un taburete. Cinthia le sirvió un poco de leche en un tazón y Duna se la bebió de un trago.

—Sí que tienes mala cara, sí —comentó Sírgeric—. Tal vez deberías quedarte en casa.

—No, no… tengo que ir. Al menos para darle un último adiós a Barlof.

—¡Pero Duna! ¿Cómo puedes estar tan ciega? Ese hombre es un monstruo. Ha estado enviando información a Belmont. ¡Es un traidor!

—Conozco los cargos, Aya —le recriminó Duna—. Estaba allí cuando se dictaminó la sentencia. Sólo digo que no creo que haya sido él, nada más.

—Pues díselo a Adhárel —intervino Cinthia—, ahora que sois tan amiguitos quizá te escuche…

Desde que le había comentado su nueva situación en el palacio, Cinthia se había mantenido tan fría y distante con ella como Duna lo había estado por culpa de Sírgeric.

—Ya lo he intentado. Pero no me hace caso. Además, no podría demostrar nada…

—Bueno, pues ya está —les interrumpió Aya dando una palmada y regresando a por su vestido remendado—. Duna, súbete a cambiar y a peinar. Vosotros dos, terminad de recoger la cocina y esperadme en la puerta.

Duna se levantó y se dirigió a las escaleras. Por el camino, Aya la detuvo.

—Sé que no te encuentras mal. Lo que pasa es que estás triste y preocupada. —Duna apartó la cara—. Pero créeme, ese hombre se lo merece. En un juicio de sentomentalistas no se puede mentir, y lo sabes por experiencia. Da gracias de que haya sido apresado a tiempo, las consecuencias podrían haber sido fatales.

—Eso es lo que me digo cada día, Aya. Pero algo me dice que me estoy engañando a mí misma.

Y diciendo esto se soltó del brazo de Aya y subió a su cuarto a vestirse.

Poco después, Lord Guntern se apeó de su carruaje y llamó a la puerta de la vivienda. Cinthia abrió la puerta y le saludó sin sonreírle, llamó a Duna por el hueco de la escalera para que bajase y después pasó por su lado dándole un pequeño empujón. La siguieron Sírgeric, que le dirigió una mirada de desprecio, y Aya, que le saludó amablemente y le dio los buenos días.

—Duna, cariño —gritó desde la puerta—. No hagas esperar a Lord Guntern y baja ya.

Duna apareció en ese momento por la escalera. Llevaba el mismo vestido que la noche del baile, algo que a Lord Guntern no le pasó desapercibido.

—Parece que habrá que renovar tu vestuario, querida —le dijo a modo de saludo.

—Lo haré cuando tenga alguien que pueda apreciarlo —le replicó ella pasando por delante de él y subiendo al carruaje. Si Lord Guntern comprendió el insulto no lo demostró. Cerró la puerta de la casa y subió al carruaje junto a Duna.

Durante el camino no se dirigieron la palabra. Lord Guntern hizo varias veces el amago de poner su mano sobre la pierna de Duna, pero cuando consiguió hacerlo, Duna se la apartó con poco disimulo, sonriéndole después cordialmente. Cuando este intentó agarrarle la mano, Duna se la llevó a la cara para estornudar. Después de eso, Lord Guntern se mantuvo quieto en su sitio, limitándose a mirar por la ventanilla visiblemente malhumorado.

A las puertas de la muralla, el carruaje se detuvo en seco y la voz del cochero les llegó desde el exterior.

—Señor, no permiten entrar con carruajes —informó—. Nos obligan a aparcar aquí fuera.

—Maldita sea… —murmuró el hombre—. Está bien, Wilfred, aparca donde puedas, seguiremos a pie hasta la plaza.

Cuando el carruaje se detuvo en un hueco junto a la muralla, se apearon y siguieron a pie, como el resto de berethianos.

—¿Has presenciado alguna vez un ahorcamiento, querida? —le preguntó él mientras esquivaba a la gente.

—No, *querido*. Siempre he preferido quedarme en casa.

—Es una lástima, yo los encuentro de lo más entretenidos. La manera en que suena el cuello al partirse ante el silencio de los asistentes, los jadeos casi inaudibles del ahorcado, los últimos aspavientos en el aire, y los aplausos y vítores finales.

—Sois mezquino —murmuró Duna mirando hacia otro lado. Cada vez sentía más desprecio por aquel hombre.

Siguieron caminando, esquivando cada vez a más gente que se arremolinaba por todas partes, hasta que llegaron a la plaza. La estructura de madera estaba colocada en el centro, sobre la fuente, la cual había desaparecido bajo las maderas. A cada lado se elevaban dos gradas dispuestas para los nobles del reino y la gente adinerada.

—Como habrás imaginado, nosotros tenemos reservados sitios privilegiados, querida. Así que tendrás una vista magnífica. ¿No es una suerte que asistas a tu primer ahorcamiento en estas circunstancias?

—No lo sabéis bien —dijo Duna sarcástica.

Al llegar a las gradas, Lord Guntern saludó a los soldados que pasaban lista y después de mirarse un par de veces sin saber si dejarle subir o echarle de allí, terminaron cediéndole el paso ante la insistencia del hombre por recordarles quién era él.

—Cada vez cogen a soldados más ineptos —se quejó mientras subían los escalones hacia sus asientos—. Aquí es.

Duna se sentó sin mirar a su alrededor y cerró los ojos. El nudo en el estómago parecía haber crecido desde aquella mañana. ¿Por qué no menguaba? ¿Por qué no desaparecía? ¡Maldita sea! ¡Barlof era culpable! ¡Se lo merecía! Tal vez sólo estuviese asustada por tener que contemplar la muerte tan de cerca.

—¿Qué me dices, querida?

Duna abrió los ojos y miró al hombre sin comprender. ¿Había estado hablando todo ese rato?

—¿Podéis repetírmelo?

Lord Guntern sonrió con complicidad y después asintió.

—Te decía que si te parecía buena fecha a principios de invierno.

—¿Buena fecha para qué? —volvió a preguntar Duna sin entender.

—¡Para la boda, Duna! Hay que ir preparando muchas cosas y lo mejor es fijar una fecha cuanto antes. Al final de la cosecha sería buena idea, podríamos…

Pero Duna ya había dejado de escucharle. La palabra «boda» reverberaba en su cabeza como si hubiesen tocado una campana con ella dentro. Con todo lo ocurrido en las últimas semanas, la boda con el Lord se le había olvidado por completo. Simplemente le veía como alguien con el que tenía que pasar algunos días de vez en cuando. No había vuelto a preocuparse por lo que vendría después. El nudo del estómago se hinchó hasta casi asfixiarla. Tenía que impedir aquella boda como fuese, no podía casarse con ese hombre. De ningún modo. Hablaría con Adhárel para que hiciese todo lo posible por disolver aquel malentendido. Si Adhárel no podía ayudarle, nadie lo haría.

De pronto, sonó una trompeta y Duna salió de su ensimismamiento. La Guardia Real se abría paso entre la gente congregada. Tras ellos, avanzaban dos carretas: la primera, muy elegante, y la segunda con barrotes en las ventanas que daban a la plataforma. Por el camino, Duna encontró a su familia entre la multitud. Adhárel, Dimitri y la reina descendieron de la primera carreta y subieron los escalones de la plataforma entre vítores y aplausos.

Cuando estuvieron sentados frente a la horca, llegaron por el mismo camino una procesión de niños de todas las edades vestidos con túnicas que les acreditaban como sentomentalistas reales. Eran los pupilos más jóvenes del palacio.

—Ellos son los únicos que no saben quién es el acusado —le susurró el Lord a Duna, haciéndose el interesante.

—¿Ah, no? ¿Y por qué?

—Porque son jóvenes. Sus maestres se cuidan mucho de que no sufran si no es necesario, así que no les dicen quién va a ser ahorcado hasta que llega el momento de hacerlo. Me parece un tanto absurdo si después les obligan a presenciarlo.

—En eso tengo que daros la razón.

Los niños fueron pasando en fila de uno a las gradas y colocándose en la primera hilera de asientos reservada para ellos. Debía de haber unos veinte chiquillos, lo que significaba que habría montones de sentomentalistas más mayores en el palacio. Duna se sintió contrariada: ¿eso era bueno o malo? Podrían defenderles en caso de guerra, pero… ¿cuántos estarían allí por voluntad propia?

Entonces volvió a sonar una trompeta y la puerta de la carreta de barrotes se abrió. De su interior salió un Barlof desmejorado, sucio, pálido y asustado, con grilletes en los tobillos y en las muñecas. Vestía con harapos que apenas conseguían taparle el cuerpo entero. Dos guardias reales le agarraron cada uno de un brazo y le llevaron casi a empujones hasta la plataforma entre silbidos de enfado y abucheos por parte de los asistentes. Los ojos de Duna percibieron un movimiento extraño unas filas más abajo y dejó de mirar al hombre para ver qué sucedía.

Uno de los niños sentomentalistas, de unos doce años, se revolvía en su asiento mientras sus compañeros intentaban controlarle y su maestre le ponía la mano en la boca para impedir que gritara. Todo de manera muy disimulada para que nadie se diese cuenta.

Barlof llegó a rastras hasta la parte superior de la plataforma y cayó de rodillas frente a la familia real. En ese momento, Adhárel se levantó, avanzó hasta el centro de la tarima y se dirigió al pueblo.

—Queridos ciudadanos del reino de Bereth. Nos hemos reunido en este aciago día para despedirnos de Sir Barlof Bretiuc, mi mano derecha durante tantos años. Muchos os preguntaréis cómo puede estar condenado a la horca un hombre como él. —Adhárel miró un instante a Barlof y después apartó la cara. Duna habría jurado que sus ojos brillaban. ¿Acaso de rabia? ¿De dolor? ¿De pena?—. Mientras me servía fielmente durante el día —prosiguió—, conspiraba contra el reino por las noches. Se le acusa de haber mantenido correspondencia con el mismísimo Teodragos VI, rey de Belmont, mientras yo me encontraba postrado en cama, enfermo. —Un murmullo de sorpresa y desaprobación recorrió la muchedumbre—. Por eso, mi fiel y buen amigo Barlof, en quien más confiaba, el traidor a la corona, será ejecutado esta mañana ante el reino que quería vender al enemigo.

Adhárel volvió a sentarse en su asiento y disimuladamente se llevó la manga a los ojos. Al pasar al lado del hombretón pudo verle con lágrimas en los ojos.

—Al menos ten la decencia de no llorar —le dijo Dimitri

desde su asiento, suficientemente alto como para que parte de la audiencia pudiera escucharle.

Pero había otros sollozos que se oían por encima del de Barlof. Eran los del pequeño sentomentalista sentado en las gradas. Más que un lloro parecía un aullido lo que salía del interior de aquel niño. Los que no habían reparado aún en él, volvieron sus cabezas preguntándose qué le sucedería. Mientras intentaba silenciarle, su maestre no dejaba de explicar a los que le preguntaban que el niño era muy sensible y que estaba pasándolo mal... pero el muchacho, en un descuido del hombre, consiguió deshacerse de su mano dándole un mordisco y, todavía con lágrimas en los ojos, empezó a gritar en dirección a la plataforma:

—¡No es culpable! ¡Es mentira! ¡Están mintiendo! ¡El traidor es otro!

Duna se llevó la mano al cuello sintiendo que el nudo de su estómago pugnaba por salir y gritar junto al niño. ¿Cómo era posible que también aquel crío pensase como ella?

El viejo maestre agarró al niño del brazo y le obligó a sentarse, aunque este siguió llorando y gritando como un poseso, proclamando la inocencia del acusado. Barlof, mientras tanto, se había vuelto hacia el chiquillo y negaba con la cabeza articulando palabras inaudibles y suplicándole con los ojos que dejase de gritar y llorar. ¿Qué estaba ocurriendo allí? Duna deseaba seguir escuchando al niño; tal vez tuviese alguna de las respuestas a sus preguntas. Pero en ese instante, Adhárel volvió a ponerse en pie para llamar la atención del pueblo mientras el maestre llamaba a un par de guardias para que se llevasen al niño de allí.

—Al parecer este tipo de cosas no son... recomendables para los niños. Pero es necesario que conozcan el castigo que les espera a los traidores.

El público aplaudió sus palabras mientras Duna apartaba la mirada del príncipe. No parecía la misma persona que ella conocía. El odio, la sed de venganza o la traición cometida por su más fiel aliado le habían cambiado por completo. Después de que Adhárel se sentara de nuevo, dos guardias obligaron a Barlof a levantarse del suelo y le encaramaron a unos tablones un poco más altos. Después le colocaron la soga alrededor del cuello. Duna seguía escuchando los lamentos del niño mientras se alejaba de allí arrastrado por los dos guardias.

—¿Tus últimas palabras? —preguntó Adhárel a Barlof desde su asiento.

El hombretón miró primero al pueblo, que de pronto había quedado sumido en un silencio absoluto, después a las gradas y, mientras pronunciaba las palabras, Duna sintió que iban dirigidas exclusivamente a ella:

—Cuidad de él.

En ese momento, un sentomentalista adulto que se encontraba apartado sobre la plataforma se llevó las manos a la boca y comenzó a silbar, produciendo una melodía triste y evocadora. Entonces la trampilla a los pies de Barlof se abrió y el cuerpo cayó por el agujero quedando colgado por el cuello. Tras varios estertores que Duna no llegó a ver ya que había apartado la mirada, Barlof falleció. Pero antes de que la muchedumbre estallase en aplausos, un grito de agonía llegó a cada rincón de la plaza procedente de aquel niño que no habían conseguido sacar a tiempo. Duna sintió un escalofrío por todo el cuerpo y habría jurado que no fue la única en sentirlo, pues en lugar de estallar en vítores, como era habitual en esos casos, la gente empezó a abandonar la plaza en silencio. Adhárel tenía la mirada perdida y los labios tensos cuando bajó de la plataforma junto a su familia.

De fondo, sólo se escuchaba la melodía del sentomentalista. Todo había terminado.

—Además de traidor, loco… —comentó Lord Guntern poniéndose en pie y cediéndole la mano a Duna.

—¿A qué os referís? —preguntó la muchacha ignorando el gesto del Lord.

—¿Serían esas tus últimas palabras si fueses a morir? «Cuidad de él». Por favor. Más le hubiera valido algo como «Que el Todopoderoso me perdone» o «Que el Todopoderoso tenga piedad de mi alma».

—Quizá no necesitase que nadie le perdonara… —le replicó ella bajando de las gradas.

—¿Ah, no? ¿Crees que era inocente?

—Lo mismo da lo que yo piense. Ya está muerto.

—También tienes razón.

Cuando bajaron de la grada, Aya, Cinthia y Sírgeric les estaban esperando. Aya estaba secándose las lágrimas con un pañuelo mientras Cinthia la consolaba.

—¿Qué te pasa, Aya? —preguntó Duna.

—El niño —contestó Sírgeric, ignorando el desprecio con que le miraba Lord Guntern—. Le ha entristecido mucho su reacción.

—Volvamos a casa —sugirió Cinthia—. Empieza a hacer frío.

Duna se despidió rápidamente de Lord Guntern y se dejó llevar por la corriente junto al resto de su familia sin que él pudiera impedirlo. Creyó escuchar a lo lejos las palabras *boda* y *fecha*, pero no quiso prestarles ninguna atención.

Antes de que llegaran a casa empezó a llover con fuerza sobre el reino de Bereth. Durante la ejecución se habían congregado amenazadoras nubes negras en el cielo que ahora descargaban su furia.

—¡Entrad todos! —dijo Duna abriendo la puerta de la casa y haciendo pasar al resto. Después cerró la puerta—. Santo Todopoderoso, ¡menuda tormenta tan inesperada!

—A lo mejor nos la merecemos… —comentó Aya mientras subía las escaleras hacia su cuarto.

—Pues sí que le ha afectado el ahorcamiento, ¿no? —dijo Cinthia, quitándose los zapatos mojados y poniéndolos junto al fuego.

—No parecía tan descompuesta esta mañana —dijo Sírgeric, echando algunos troncos a la chimenea y avivando el fuego.

Duna dejó sus zapatos junto a los de Cinthia y dijo:

—A mí también me ha impresionado mucho la reacción de ese niño… había críos mucho más pequeños que él que no han abierto la boca ni siquiera cuando el cuerpo ha caído.

—¿Y qué me decís de las últimas palabras de Barlof? —preguntó Sírgeric incorporándose.

—«Cuidad de él» —recordó Cinthia—. Ha dado un poco de miedo, ¿verdad? ¿A quién se referiría?

—No creo que se refiriese a nadie. Tal vez le habían dado

tantos palos para sacarle información durante su estancia en los calabozos que ya había perdido del todo la cabeza.

—Eso mismo opinaba Lord Guntern —dijo Duna—, por eso no creo que sea así. A lo mejor quería que cuidasen de un tesoro escondido, o de algún familiar viejo del que estuviese a cargo…

—O a lo mejor hablaba en clave para algún otro espía que hubiese entre la multitud —opinó el joven.

—Más nos vale que no…

—En fin —intervino Duna—, dejemos las elucubraciones y pongámonos a hacer la comida antes de que Aya baje con hambre. ¿Puedes llevar leña a la cocina, Sírgeric?

El joven fue a coger algún tronco de la cesta pero vio que se habían terminado.

—No queda ni uno.

—Pues los necesitamos… Deberíamos salir a por todas las ramas que encontremos antes de que se mojen más por la lluvia.

—Puedo ir yo —se ofreció Sírgeric.

—¡Pero con la que está cayendo te empararás!

Sírgeric soltó una carcajada.

—Es sólo agua, Cinthia, después me secaré.

Sírgeric salió del salón pero antes de llegar a la puerta, Cinthia apareció detrás de él.

—Ten cuidado, ¿vale?

—No tienes que preocuparte de nada, con esta tormenta no habrá nadie en los alrededores. Además, iré por el bosque, no por el prado.

—De todas formas, llevas…

—Sí, lo llevo. Nunca me separo de él.

Duna miró con curiosidad a sus dos amigos y se mordió la lengua para no decir lo que pensaba.

—Estaré aquí en un santiamén —dijo Sírgeric, y se perdió en la tormenta.

La lluvia remitió considerablemente poco después de abandonar la casa. En el bosque, el repiqueteo de las gotas quedaba amortiguado por la vegetación y al joven le pareció que estaba lloviendo muy lejos de allí. Por suerte para él, el hecho de que los árboles del bosque de Bereth fuesen tan altos resultaba toda una ventaja ya que las ramas inferiores se mantenían secas. Sírgeric cortó unas cuantas y las ató con un cordel para después meterlas bajo la capa. Cuando terminó, siguió andando hasta otro grupo de árboles con las ramas más bajas intactas por la lluvia. Repitió la misma operación con estas y se aproximó al siguiente árbol con la intención de coger las últimas, pero se detuvo en seco. Algo se había movido entre los matorrales a unos pasos de él. El muchacho se agachó lentamente y puso mayor atención. Seguramente fuese el dragón, pensó. Duna se moriría de ganas de estar con él ahora mismo. Todos en la casa conocían la fascinación que sentía Duna por la criatura. Siempre que podía, sacaba el tema y era complicado que lo dejara.

En cuclillas, dio un paso hacia los matorrales y se escondió tras un árbol de tronco grueso, donde se puso de pie sin hacer el menor ruido. Volvió a prestar atención y entonces descubrió que eran voces humanas lo que estaba escuchando. Se sintió decepcionado y estuvo a punto de dar media vuelta para alejarse de allí si no hubiese sido porque estaban hablando sobre el ahorcamiento de Barlof.

—Ha estado a punto de arruinarlo todo —dijo una de las voces. Sírgeric no se atrevía a asomarse para observar sus caras por miedo a ser descubierto, así que aguardó tras el árbol.

—Ese crío se llevará una soberana paliza en cuanto vuelva a palacio.

—Yo también castigaría a su maestre por no saber controlar a unos mocosos.

—Esperaremos. El viejo nos podría ser de utilidad en el futuro…

Sírgeric sintió que un escalofrío le recorría la espalda. ¿Quiénes eran esos hombres? Una voz le resultaba extrañamente familiar, ¿pero dónde la había escuchado antes?

—Con Barlof muerto ya no hay de qué preocuparse. El reino entero cree estar seguro sin el traidor.

—Fue una magnífica idea la de esconder las cartas bajo la losa del suelo, os felicito.

Al joven se le cortó la respiración. Eso demostraba que el

pobre Barlof era inocente, como Duna había creído siempre... Necesitaba verles las caras para denunciar el caso a la Guardia Real. Barlof no reviviría, pero tenía que hacerse justicia. Estaba llevándose a cabo un complot contra Bereth desde el corazón del reino y nadie lo sabía... excepto él.

—¿Cuál será vuestro siguiente paso?

—Adhárel.

—¿Habéis pensado ya en algo? ¿Alguna trampa o... ?

—Hay una muchacha... una campesina huérfana que últimamente revolotea mucho alrededor del príncipe.

Sírgeric sintió que se mareaba. Duna. Hablaban de Duna, sin lugar a dudas.

—¿Pensáis utilizarla como cebo?

—Ella misma os entregará al príncipe en bandeja.

El joven se puso en cuclillas nuevamente y muy despacio fue rodeando el árbol para tener una mejor vista de los dos hombres. Para su decepción, cuando consiguió verles descubrió que los dos iban tapados con enormes capas que les cubrían completamente. Dos encapuchados. Aun así, se quedó en la misma posición, agachado entre los matojos y el árbol, esperando a que un descuido le revelase la identidad de los hombres. La lluvia había remitido y algunos rayos de sol empezaban a filtrarse entre las ramas.

—¿Cómo estáis tan seguro de ello?

—Porque conozco a mi hermano mejor de lo que él imagina.

Sírgeric se quedó mudo de asombro.

Dimitri. Él era el traidor. No necesitaba verles las caras, ya tenía lo que buscaba. Necesitaba escapar de allí como fuera sin que le viesen, y para ello sólo había una solución: utilizar el regalo de Cinthia.

El joven metió la mano por debajo de la camisa hasta que sus dedos toparon con una cadena y tanteó hasta el pequeño colgante que pendía sobre su pecho. Sólo tenía que abrirlo, sacar el mechón de pelo y volaría hasta casa en un abrir y cerrar...

De repente, las ramas que había recogido se le escurrieron de los brazos y cayeron al suelo arrastrando la capa tras ellas. Los dos encapuchados dejaron de hablar y buscaron al causante de aquel ruido. Sírgeric volvió a colocarse la capa de nuevo cuando el más bajo de los dos lanzó un grito de aviso:

—¡Deteneos ahora mismo! No deis un paso más.

Sírgeric se puso en pie sin saber qué hacer, con la mano aún en el interior de la camisa. Los dos hombres se le quedaron mirando unos segundos antes de proceder a quitarse las capas. Uno de ellos, como el joven ya había adivinado, no era otro que Dimitri. El otro le sonaba vagamente pero no conseguía recordar de qué. Sin pelo en la cabeza, fuerte y alto, el muchacho supuso que sería de Belmont... y entonces sintió que el tatuaje en el interior de su brazo le abrasaba con fuerza. Aquel hombre también era un sentomentalista. Sírgeric recordó de pronto las terribles tareas que les encomendaban a los aprendices. Había sido uno de sus maestres.

Entonces el hombre también pareció reconocerle.

—Tú —dijo el hombre señalándole. Más rápido de lo que Sírgeric hubiera imaginado, el hombre se colocó frente a él y, adivinando sus intenciones, le arrancó el guardapelo del cuello—. Esta vez no, Sinsentido.

—¿Qué vais a hacerme? —preguntó el joven intentando ganar tiempo. Sentía que la mano del hombre se cerraba cada vez con más fuerza en torno a su cuello.

Dimitri se acercó a ellos lentamente.

—Depende de cuánto hayas escuchado. —Después se dirigió al otro hombre—. ¿De qué le conocéis?

—Es un sentomentalista fugitivo.

—¿Un sentomentalista que no ha pasado por el palacio a presentar sus respetos? Muy mal hecho —dijo Dimitri negando con la cabeza—. Eso complica la situación. ¿Has visto lo que le ha ocurrido al pobre Barlof por traicionar a su reino?

—¡Pero él era inocente! —gritó Sírgeric esperando que alguien le oyese.

—Ni lo intentes —dijo Dimitri—. No hay nadie en el bosque. ¿Cuánto tiempo llevas espiándonos? ¿Eh? ¿Qué has escuchado?

—Lo suficiente. Como toquéis a Duna os juro que... —se interrumpió al momento dándose cuenta de que había metido la pata.

—Así que conoces a Duna, ¿eh?

—¡Os lo advierto!

—No deberías —dijo Dimitri, y a continuación se volvió hacia el otro sentomentalista—. Matadle.

El hombre asintió y miró a Sírgeric con una expresión de ferocidad en el rostro. El joven no recordaba qué poder poseía pero seguramente podría utilizarlo sin problemas contra él. Entonces el joven sintió que su corazón se aceleraba, que una energía renovada le embargaba por dentro y que necesitaba moverse para librarse de ella. Primero pensó que debía de ser la magia del hombre, pero luego se dio cuenta de que sólo se trataba de la adrenalina que empezaba a recorrer todo su cuerpo al sentirse amenazado. El sentomentalista le soltó el cuello y le agarró por la camisa para encararse a él. Sírgeric apartó los ojos de su mirada y empezó a revolverse con todas sus fuerzas para liberarse, hasta que, de un manotazo, apartó el brazo del hombre de su cuello y cayó al suelo. Dimitri se adelantó para sujetarle, pero Sírgeric dio una vuelta en el suelo y le atizó con una piedra en la espinilla. A continuación, salió corriendo como alma que lleva el diablo.

—¡Que no huya!

Sírgeric tiró las ramas que le quedaban al suelo para acelerar el paso y cruzó como una exhalación el bosque en dirección a la casa de Aya. Se escabulló por debajo de matorrales, saltó troncos caídos, intentó despistar a sus perseguidores dando más vueltas de las necesarias y cuando creyó que ya no le seguían, siguió corriendo hacia la cestería.

Cuando llegó, el sol pegaba tan fuerte como otros días. Aporreó la puerta con insistencia y sin aliento hasta que Duna abrió la puerta.

—¿Qué pasa? ¿A qué vienen tantas prisas?

—Tienes… que… irte… Trampa —decía Sírgeric intentando recuperar el aliento. El pecho le subía y le bajaba desbocado.

—Relájate, ¿quieres? No entiendo una palabra de lo que dices. ¿Dónde está la leña?

—No hay… tiempo…

Entonces llegó Cinthia y ayudó a Sírgeric a entrar en la casa. Cuando vio los rasguños en la cara de Sírgeric y las ropas desgarradas le preguntó:

—¿Qué te ha pasado ahí fuera?

—¿Has visto al dragón? ¿Te ha hecho él esto? —preguntó Duna.

Sírgeric negaba con la cabeza mientras tomaba aire.

—Es una conspiración, Duna... Tenías razón...

En ese momento alguien aporreó la puerta.

—¡Abrid! —gritó alguien desde fuera. Los tres muchachos se abrazaron asustados mientras Aya bajaba las escaleras en camisón.

—¿Qué sucede? ¿A qué viene tanto escándalo?

—La Guardia Real, abrid la puerta o la echaremos abajo.

—¡Ya voy! ¡Ya voy! —dijo Aya—. Que nadie eche nada abajo.

Cuando abrió la puerta, cinco guardias uniformados y armados con espadas irrumpieron en la casa apartando de un empujón a Aya y quitando de en medio a las chicas para coger en volandas a Sírgeric.

—¿Qué hacéis con él? —gritaba Aya sin moverse del sitio—. ¡Soltadle ahora mismo!

—¡No ha hecho nada! —decía Duna, intentando liberarse.

—Es un sentomentalista de Belmont —explicó quien parecía ser el capitán del escuadrón—. Nos lo llevamos al calabozo para interrogarle.

—¿Para interrogarme? —preguntó Sírgeric intentando soltarse—. ¿Como hicisteis con Barlof? ¡No les creas, Duna! ¡Es una conspiración! También...

Pero no pudo terminar la frase ya que uno de los guardias le golpeó con la empuñadura de su espada en la cabeza, haciéndole perder el conocimiento.

—¡Sírgeric! —gritó Cinthia.

—No está muerto, sólo ha perdido el conocimiento... —dijo Duna en un intento por tranquilizar a su amiga.

—Todavía no —intervino el capitán—. Pero si seguís creando problemas, lo estará pronto y vosotras iréis detrás por haberle ocultado.

—¡Todo esto es un malentendido! —aseguró Aya—. Dejad que os lo explique. No tiene malas intenciones, no ha hecho ningún daño...

—Eso lo tendrá que decidir el consejo de sentomentalistas, no nosotros.

Y diciendo esto salió de la casa junto al resto de la Guardia, quienes arrastraban a Sírgeric. Después se cerró la puerta y las tres mujeres quedaron en el interior sollozando y lamentando la pérdida de su amigo sin entender nada de lo sucedido.

—¿Vosotras sabíais que Sírgeric... era un sentomentalista? —preguntó Duna con un hilo de voz cuando consiguió recuperarse.

Aya no contestó, pero su mirada fue suficiente para Duna.

—¿Y tú, Cinthia?

La muchacha asintió con la cabeza antes de volver a sepultarla entre las manos para seguir llorando.

Duna se sintió decepcionada y ajena a aquella familia por segunda vez en su vida. Era la única a la que Sírgeric no había contado su secreto. ¿Qué habría querido decirles antes de que se lo llevaran? Algo de un complot, una trampa... huir... ¿Qué había visto en el bosque?

No cabía otra solución que hablar con Adhárel. Si no quería oír hablar de conspiraciones, tendría que hacer un esfuerzo. Un hombre había muerto esa misma mañana a manos del verdadero traidor, fuera quien fuese, y no permitiría que le sucediese lo mismo a su amigo.

15
PLANES

A la mañana siguiente, Adhárel despertó con un fuerte dolor de cabeza.

—Como tantos otros días, sentía que le iba a estallar sin motivo aparente. Volvió a cerrar los ojos y se masajeó las sienes, hasta que volvió a oír el ruido que le había desvelado. Alguien estaba aporreando con fuerza la puerta de su habitación.

—¿Qué sucede? —preguntó el príncipe sin abrir los ojos.

—Hermano, soy yo.

Adhárel abrió los ojos, confuso. Dimitri nunca venía a su habitación.

—Puedes pasar.

Dimitri abrió la puerta con impaciencia y la volvió a cerrar tras él. Después fue hasta la ventana y corrió la cortina lo suficiente para que entrara algo de luz.

—¿Está bien madre? —preguntó Adhárel, incorporándose.

—No he venido por nuestra madre.

—¿Entonces? ¿Qué te trae aquí tan temprano?

Dimitri se acercó a la cama.

—Un espía sentomentalista de Belmont ha sido atrapado.

—¿Qué? ¿Cerca de Bereth? —preguntó Adhárel asombrado.

Dimitri asintió con gravedad.

—Escondido en una casita alejada dentro del reino.

—¿Le habéis interrogado ya? ¿Dónde está? Quiero verlo.

—Ya ha sido sometido a juicio de sentomentalistas y ha sido declarado culpable, como Barlof.

Adhárel le miró con furia.

—No menciones más a Barlof, te lo pido por favor —Adhárel se puso en pie y fue a por la ropa dispuesta para ese día—. ¿Por qué no he sido informado antes? ¿Por qué no me han despertado cuando se ha descubierto?

—Pero hermano... he estado llamando a la puerta toda la noche y no me has abierto. Pensé que no estabas.

—¿Dónde iba a estar si no? —Últimamente no dejaba de sucederle lo mismo una noche sí y otra también: sufría de un sueño tan profundo que ni el más sonoro estallido podía despertarle.

Dimitri apartó la mirada, incómodo.

—Lo siento. De todas formas aún puedes verle. Hemos pensado que nos sería más útil vivo. Está en las mazmorras.

—Bien. Bajaré enseguida.

Dimitri se frotó las manos, nervioso.

—Hay algo más...

—Siempre hay algo más —comentó Adhárel.

—El sentomentalista se ocultaba en la propiedad de Ayanabia Azuladea Socres... La tutora legal de Duna Azuladea.

Adhárel se giró inmediatamente.

—Eso es imposible.

Dimitri pareció enfurecerse un instante antes de volver a relajar la mueca de enfado.

—No, no lo es. Lo encontramos allí y para asegurarnos de que no era una trampa, los sentomentalistas nos lo confirmaron.

—Mienten —volvió a replicar el príncipe alejándose de su hermano.

—Compruébalo tú mismo. —Adhárel fue a responder pero Dimitri continuó hablando—: De todas formas, te recomiendo, hermano, que si quieres hablar con el espía lo hagas cuanto antes... hay gente en este reino que se toma la justicia por su mano.

Adhárel le pidió que se marchase para poder pensar. Cuando estuvo solo, olvidó la ropa y se sentó en el borde de la cama con la mirada perdida en la pared.

Duna le había traicionado. Aquel fue su primer pensamiento lógico. Había ocultado a un espía de Belmont en el mismísimo corazón de Bereth. Había conseguido infiltrarse ella misma en el palacio y Adhárel, en lugar de haberle impedido el paso adivinando sus motivos, le había abierto todas las puertas sin detenerse a pensar en las posibles consecuencias. Incluso la que ocultaba la Poesía Real. El reino estaba herido de muerte.

¿Cómo había llegado a esta situación? ¿Sería Duna una sentomentalista que le había encantado? Imposible. ¿Entonces?

Entonces él había sido tan ingenuo como para dejarse convencer y engatusar por una persona que no pensaba más que en la destrucción del sistema que tanto sufrimiento le había causado a lo largo de su vida. En estos momentos, el príncipe podía recordar con asombrosa claridad cada una de las quejas sobre el reino que Duna había expresado a lo largo de sus encuentros. Algunas ni siquiera las había pronunciado en voz alta, la mayoría de ellas habían ido impresas en sus palabras más inocentes.

¿Qué iba a querer si no la hija de una esclava vendida en este reino donde aún se permitía el comercio de personas? ¿Cómo no iba a sentir rencor por el reino alguien a quien se le había impuesto un castigo por pensar diferente? Meditándolo más detenidamente, incluso podía adivinar cuál había sido el detonante final de todo: el matrimonio concertado con ese tal Lord Guntern.

Adhárel se dejó caer sobre la cama y se quedó mirando el techo.

Y entonces había aparecido él. Por primera vez había querido conocer de verdad a alguien ajeno a la nobleza por el mero hecho de encontrar en esa persona lo que en muchas otras echaba en falta. ¿Realmente había sido casualidad que esa persona fuese una traidora? De alguna manera, Duna podía haberlo sabido y podría haberse beneficiado de la situación intencionadamente. *Espero que esto te diga algo, Adhárel...*

El príncipe se revolvió molesto y se puso en pie.

¿Pero en qué estaba pensando? Tenía que detenerse. Estaba dejándose llevar por una cadena de pensamientos predeterminados por alguien. Su hermano había sabido desde el primer momento que actuaría de ese modo en cuanto le dijese dónde se había ocultado el espía. Conocía sobradamente el desprecio con el que Dimitri trataba a Duna y al resto de las criadas. Peor aún si una de ellas estaba acercándose peligrosamente a su hermano, al príncipe de Bereth. Aunque no lo compartiese, comprendía las motivaciones de Dimitri para odiarla: desde pequeño le habían enseñado a crear una barrera entre la realeza y el resto del mundo. Y, aunque Adhárel con el paso de los años había ido disolviéndola a base de hablar con ellos, Dimitri había ido construyendo un muro cada vez más sólido a su alrededor. La arrogancia con la que los trataba se reflejaba en cada segundo que permanecía en el palacio. Él era el príncipe de Bereth, y se encargaba muy bien de recordárselo a todo el mundo.

No podía negar la evidencia del escondite del espía, ¿pero cuál era la verdad? Quizá Duna no tuviese ni idea de que el sentomentalista fuera belmontino. Más aun: ¡quizá no supiese siquiera que era sentomentalista! Necesitaba hablar con ella. Al menos para convencerse a sí mismo de que Duna no le había utilizado.

Pero, sin duda, lo que en esos momentos más le aterraba era el hecho de que su hermano le conociese tan bien, adivinando incluso cuál sería su reacción ante esta situación. ¿Sería igual de transparente para el resto de sus hombres?

Cuando Duna despertó, hizo su cama tan rápido como pudo, se vistió y bajó las escaleras saltándose varios escalones. Después dejó una nota en la cocina y salió de la casa sin tan siquiera desayunar. Quería encontrarse con Adhárel antes de que nadie le dijese nada acerca de Sírgeric, aunque seguramente Dimitri ya se habría ocupado de que no llegase a tiempo. Cruzó la pradera y después tomó el camino hacia la muralla a paso ligero. Cuanto antes llegara, antes podría solucionar todo el malentendido de la tarde anterior. ¿Cómo iba a creer nadie la posibilidad de que Sírgeric fuese un espía belmontino? Le mostraría al príncipe las cosas tal y como eran y no como su hermano quería hacérselas ver.

Cuando llegó a la ciudad, las calles estaban vacías. Todavía era pronto, demasiado pronto. Ella también debería estar durmiendo cómodamente en su cama, al fin y al cabo ese era su día libre. Sin embargo, quien en un principio resultó ser un estorbo insoportable, un ladrón sin escrúpulos, un chulo incorregible, un problema continuo, había conseguido llegar a ser un buen amigo y ahora merecía que se lo demostrase. Aunque, sinceramente, era Duna quien quería demostrarse a sí misma que así era.

A la puerta del palacio se encontraban apostados dos guardias. Por la expresión de sus rostros, Duna pudo advertir el duro golpe que les había supuesto la muerte de Barlof. Con paso decidido, avanzó hacia ellos.

—Disculpadme, sé que no debería estar hoy aquí pero he de hablar con el príncipe Adhárel urgentemente.

Los dos guardias se miraron algo sorprendidos. Después, el de la derecha le preguntó:

—¿Sois Duna Azuladea?

La muchacha asintió.

—Sabíamos que ibais a venir.

Duna no entendía a qué se estaba refiriendo. Era imposible que se hubiera enterado de lo de Sírgeric tan rápido.

—Lo siento, hoy no tengo tiempo para juegos.

—Oh, no es ningún juego... —intervino el otro guardia—. Nos dijeron que vendríais, pero no imaginábamos que lo hicierais tan temprano.

—¿Quién? ¿Quién os dijo eso?

—El príncipe Dimitri.

La muchacha no pudo evitar abrir la boca asombrada. Sí que se había dado prisa en organizarlo todo...

—¿Dimitri desea verme?

—Iré a buscarle —dijo uno de los guardias dándose media vuelta y abriendo la puerta—. Parecía preocupado y no le gusta esperar.

Le hizo una mueca a su compañero como si llorase y el otro guardia soltó una carcajada. Este cerró el portón y se situó en el centro del mismo.

Duna seguía sin comprender nada.

—Y no sabríais decirme por qué…

—A nosotros no nos cuentan nada. Nos limitamos a obedecer órdenes.

Duna se alejó unos pasos del portón y se dio media vuelta para contemplar el amanecer. Si Dimitri quería verla sería porque algo malo había sucedido… ¿pero qué? ¿Habrían ejecutado a Sírgeric de la misma manera que a Barlof? ¿Habrían indagado más acerca del pasado del joven hasta descubrir algo imperdonable? Con cada nueva pregunta sin respuesta, el corazón de Duna se iba haciendo cada vez más pequeño. Se obligó a tranquilizarse hasta que los latidos recobraron la normalidad. No servía de nada preocuparse sin haber hablado antes con el príncipe.

En ese momento, el portón volvió a abrirse y Duna se dio la vuelta para encontrarse con un Dimitri muy diferente al que había visto la tarde anterior. Sin olvidar sus modales, Duna hizo una reverencia y esperó a que el príncipe le permitiese volver a incorporarse. Cuando lo hizo, la muchacha quedó frente a las enormes ojeras que rodeaban los ojos del príncipe.

—Alteza, necesito hablar con…

Dimitri la interrumpió.

—Aquí no, Duna. Entremos.

La muchacha tardó en asimilar lo que acababa de escuchar. Mientras le seguía a través del vestíbulo, las palabras seguían retumbando extrañas en su cabeza. ¿*Duna*? ¿Dónde habían quedado los *cordiales* epítetos tan habituales en él como «criada» o «esclava»? Desde luego algo raro estaba pasando allí. Algo preocupante.

Subieron las escaleras y después tomaron un pasillo en dirección a lo que Duna conocía como la zona prohibida del palacio. Al menos para ella, ya que eran los aposentos de Dimitri. Sólo los había visitado una vez para recoger la ropa y no había vuelto más.

El príncipe llegó hasta una preciosa puerta con letras grabadas en ella, como tantas otras en aquel palacio, y le pidió a Duna que entrase antes que él. La muchacha obedeció igual de sorprendida que antes y esperó a que Dimitri cerrase la puerta tras él para empezar a hablar. Sentía miedo, sí, pero era mayor la preocupación que sentía por Sírgeric teniendo en cuenta que cada segundo contaba.

—Alteza, necesito hablar con vuestro hermano. Es urgente... el tema del sentomentalista belmontino es un malentendido. Si me dejaseis, yo podría...

—Eso va a ser imposible —le interrumpió el príncipe.

—No me habéis entendido —insistió Duna acercándose a él—. Puedo demostrar que todo lo que está ocurriendo es una equivocación. —Se quedó callada un instante y meditó sobre si debía utilizar la última baza que le quedaba—. Alguien está llevando a cabo una conspiración en el reino. Sírgeric lo escuchó y...

Dimitri pareció sorprendido. Sorprendido y molesto durante un instante. El suficiente para que su rostro cambiase por completo. Se había pasado de la raya; no tendría que haber mencionado la conspiración. Fue a decir algo más, pero cerró la boca al tiempo que el rostro del príncipe volvía a recuperar la expresión anterior.

—No, Duna. No me has entendido —le dijo, suavizando la voz—. No puedes hablar con Adhárel porque no está en el palacio.

Duna dio otro paso hacia él.

—¿Cómo que no está en el palacio? ¿Dónde está? ¿Ha hablado con Sirge... con el sentomentalista?

Dimitri le dio la espalda y avanzó hasta la enorme butaca tras el escritorio.

—Adhárel ha sido capturado —dijo tras sentarse.

La muchacha sintió un mareo repentino y avanzó hasta la mesa para apoyarse.

—Eso... eso es imposible. Ayer estaba... hoy no... ¿Cómo... cómo ha sucedido?

—Siéntate, por favor —le pidió Dimitri, señalándole la silla frente a la suya. Duna le hizo caso y volvió a clavar la vista en él—. Ha ocurrido esta mañana. Mi hermano se encontraba durmiendo en sus aposentos, como el resto del palacio. No había nadie despierto cuando consiguieron atravesar las defensas y entrar en su habitación.

Duna se llevó las manos a la boca.

—¿Quién ha sido?

—Belmontinos. Un grupo de invasores entre los que probablemente había algún que otro sentomentalista. —Duna cerró los ojos para contener las lágrimas y Dimitri siguió hablando—. Adhárel debió defenderse, no me cabe la menor duda. Pero le superaban en número y no pudo hacer nada. Se lo han llevado.

—¿Y la Guardia Real? ¿Y los soldados de la entrada? ¿Nadie les vio ni entrar ni salir?

Dimitri negó con la cabeza.

—Como digo, los pocos que han estado haciendo guardia esta noche no dieron ningún aviso. Entraron como sombras y se lo llevaron antes del amanecer. Dejaron un pergamino en su puerta para asegurarse de que supiéramos quiénes habían sido.

—Esto es una pesadilla... —murmuró Duna incrédula—. ¿Y cuándo os habéis enterado vos?

—Esta mañana fui a buscarlo y ya no estaba. Todo ha sido muy rápido.

—¿Habéis dado ya el aviso?

Dimitri negó de nuevo sin decir nada.

—¿Cómo que no?

—Lo que menos necesitamos ahora es que la gente descubra que su príncipe ha sido capturado por los belmontinos. Si ni siquiera el propio príncipe está seguro en el palacio, ¿quién lo estará? Habría revueltas por todo el reino y se produciría una situación insostenible. Además, desconfío.

—¿De quién?

Sírgeric asintió, apesadumbrado.

—Soldados, sentomentalistas... cualquiera podría ser parte de esta conspiración, Duna. Incluso ahora, en otra habitación del palacio, podrían estar tramando algo contra nosotros.

Duna reprimió un escalofrío y, sin poder evitarlo, se puso en pie antes de gritar:

—¡Pero... pero tenéis que hacer algo! ¡Tienen a Adhárel!

—¡A mi no me levantes la voz! —rugió de pronto Dimitri. Después volvió a tranquilizarse y a bajar la voz—. Cálmate. Hemos enviado una partida de pocos hombres a buscarle con la orden de no decir nada de lo sucedido a nadie. —Dimitri desvió la mirada y después añadió—: Bajo pena de muerte.

—¿Y quién se quedará al mando ahora? La reina Ariadne podría…

—Mi… —se corrigió—, quiero decir, nuestra madre ha empeorado mucho tras conocer la terrible noticia. La recaída es insuperable, según sus propias palabras.

—¿Entonces…?

El príncipe se puso en pie.

—Yo me haré cargo de Bereth hasta que todo se solucione.

Cuando Dimitri pronunció aquellas palabras, Duna pudo entrever un mensaje mucho más oscuro tras ellas.

—¿Por qué me habéis dado a conocer a mí esta información? —preguntó la parte de ella que aún no se había acobardado— ¿No se supone que es algo confidencial?

Dimitri se acercó a ella rodeando la mesa hasta quedar tras el respaldo de su silla.

—No para ti —le susurró al oído. Duna sintió un escalofrío.

—He de irme —dijo ella, echando hacia atrás la silla, pero Dimitri se lo impidió.

—Aún no he terminado.

Dimitri se puso frente a ella y le agarró las manos. Duna tragó saliva. El príncipe le sonrió y dijo:

—Todo va a salir bien. Conozco tus temores. No debes permitir que te controlen. Ahora no. Tu reino y tu príncipe te necesitan, Duna —dijo sin soltarle las manos.

—¿Qué queréis exactamente de mí?

Dimitri se acercó un poco más y, casi en un susurro, le dijo:

—Yo tengo las manos atadas. Pero tú no. —Se quedó en silencio, le soltó las manos y echó hacia atrás la silla para dejarla salir—. Piensa en ello.

Y, sin entender muy bien por qué, la muchacha se sintió decidida a hacer lo que el príncipe le sugería. No le quedaba otro remedio.

Duna llegó a la cestería casi temblando. Desde que abandonara los aposentos de Dimitri no había dejado de temblar y no parecía poder dejar de hacerlo ahora. Había recorrido las bulliciosas calles del reino sin percatarse de nada. Como una autómata había cruzado la muralla y de la misma forma había llegado a su casa. En su cabeza las palabras de Dimitri daban vueltas en fragmentos sueltos e inconexos en los que hacía rato que había dejado de pensar pero que seguían allí, dando vueltas, yendo y viniendo, uno tras otro, hipnóticos, letárgicos...

En el momento en el que abrió la puerta del jardín, Cinthia abrió la de la casa y se abalanzó sobre ella.

—¿Has conseguido hablar con él? ¿Lo solucionará? ¿Has visto a Sírgeric?

Duna apartó a su amiga a un lado y entró en el salón de la casa sin abrir la boca. Cinthia cerró la puerta y la siguió.

—¿Qué pasa?

Duna se mordió el labio inferior con furia y tras unos segundos de silencio se echó a llorar desconsoladamente. Cinthia se acercó a ella y sin entender el motivo del llanto, la abrazó.

Todo lo que había estado reprimiendo durante las últimas horas estalló en aquel momento sin ningún control. Aya apareció desde la cocina, alarmada por los llantos de Duna.

—¿Qué ha pasado?

—Esto... no... Adhárel... no está... —sollozaba Duna ante la perplejidad de Aya y Cinthia.

—Cálmate Duna, no podemos entender nada de lo que dices.

Cinthia abrazó con más fuerza a su amiga y, unos minutos más tarde, consiguió controlarse.

—¿Qué ha pasado? —le preguntó Cinthia en un murmullo, intentando ser lo más delicada posible. Muchas eran las posibilidades que rondaban su cabeza y ninguna era buena.

Duna tragó saliva, las miró y se secó los ojos antes de proceder a contarles entre respingos todo lo que Dimitri le había dicho.

—¿Y qué piensas hacer? —preguntó Cinthia, conmocionada.

—Creo que debería ir a buscarle —respondió Duna—. A eso se refería Dimitri. Él no puede hacer nada, pero yo sí.

Aya la miró con los ojos desorbitados.

—¡No! —exclamó—. No, no y no. No dejaré que mi hija se vaya a un reino en guerra a buscar a nadie, aunque sea un príncipe. Lo siento, Duna, pero me niego rotundamente.

—¡Aya, no puedes impedírmelo! ¡Tengo que ir!

—Ya lo creo que puedo. Y... y lo haré. ¿Qué vas a hacer tú sola? ¿Es que no ves que no puede salir nada bueno de todo esto?

La mujer estaba empezando a llorar. Sabía que la batalla estaba perdida de antemano.

—Por favor, Aya. Tengo que hacerlo. Adhárel está en peligro y yo soy la única que puede hacer algo por él. Te juro que volveré sana y salva. Aya, tengo que ir...

La mujerona se dio la vuelta para que no la viesen llorar.

—Si eso es lo que piensas... —dijo—. Ya eres... eres toda una mujer. Yo no puedo protegerte si tú no quieres que lo haga. Si crees que es eso lo que debes hacer... adelante.

Duna sonrió agradecida, avanzó hasta ella y le dio un abrazo.

—En ese caso —comentó Cinthia—, creo que ya sé cual es mí cometido en todo este embrollo.

Duna y Aya se miraron y después se giraron hacia la joven. Esta vez ninguna de las dos sonreía.

—¿Estás segura de lo que haces?

—Completamente —contestó Cinthia—. Si tú vas a ir a buscar a Adhárel a otro reino, lo menos que puedo hacer yo es intentar sacar de las mazmorras a Sírgeric.

—Cinthia, no creo que...

—¡Duna! ¡Él me salvó la vida! Estoy en deuda con él. Debo hacerlo, y lo haré.

La firmeza en los ojos de su joven amiga dejó atónita a Duna. Sin duda aquella idea debía de haberse estado fraguando desde el arresto de Sírgeric y poco podrían hacer por disuadirla.

—No te digo que no, sólo quiero que lo pienses detenidamente. ¿Qué harás si te atrapan?

—Pelearé.

—No sabes pelear.

—Pues entonces les tiraré del pelo y saldré corriendo.

Duna suspiró intranquila y Cinthia añadió:

—Confío en él, Duna, y sé que no es tan malo como ellos quieren hacernos creer. Sólo te pido que me digas que no me estoy equivocando.

—No te estás equivocando —respondió Duna—. Simplemente estoy preocupada por lo que te pueda ocurrir, igual que Aya.

—Como ella misma te ha dicho: es el momento en que decidamos nosotras y no otras personas qué camino seguir.

—¿Sabes que cada día pareces mayor que yo? —bromeó Duna esquivando un cojín lanzado por Cinthia y agradeciendo estos instantes divertidos que tanto necesitaba y que tanto iba a echar de menos.

—Deja de burlarte de mí y dame algunos consejos útiles para entrar en el palacio sin que me vean.

Duna asintió de nuevo, con seriedad, y acercó un pergamino, una pluma y un bote de tinta.

—El palacio tiene varias puertas por las que se puede acceder. —Mientras hablaba, iba esbozando un mapa sencillo del palacio—. Todas estarán custodiadas por los guardias... excepto una.

Cinthia la miró sin comprender y Duna le guiñó un ojo antes de seguir con la explicación.

Cuando se hubo asegurado de que Cinthia lo había comprendido todo y que le había respondido a todas sus preguntas, Duna subió corriendo a su habitación y preparó un petate con las pocas pertenencias que le podrían ser útiles en Belmont. Si no quería ser descubierta, tendría que pasar desapercibida. No estaba segura de cómo irían vestidas las mujeres en el reino vecino, pero seguramente no se diferenciarían demasiado de las de Bereth. En cualquier caso, podría disimular. Después de coger un calzado más cómodo y besar el colgante de Aya antes de colgárselo al cuello, bajó a la cocina y rellenó el espacio libre del petate con frutas y hortalizas. No sabía cuánto tardaría ni cuándo volvería, si es que volvía, por lo que se llevó tantas como pudo. En caso de que se le terminasen las provisiones antes de alcanzar Belmont, siempre podría alimentarse de frutos del bosque.

Hizo un nudo al petate y se lo colgó con varias cuerdas a la espalda para que no le estorbase. Después se dirigió al salón, donde Aya le esperaba con lágrimas en los ojos.

—Dijiste que me apoyarías, Aya —le recriminó Duna.

—Y te apoyo, pero no puedes evitar que una madre llore por sus hijas... —después estalló en llantos y la abrazó con fuerza. Duna también lloró, pero se secó las lágrimas con el hombro de la mujerona antes de separarse—. Ten, llévate esto. Las noches a la intemperie pueden ser muy traicioneras.

Aya le entregó una gruesa capa con capucha de color verde oscuro. La muchacha se la ató al cuello y descubrió que en el interior de la misma había un par de bolsillos abultados. Metió la mano y encontró en ellos varias mechas para prender fuego.

—Te será más fácil encender una hoguera... —le explicó Aya, echándose a llorar otra vez.

—Muchas gracias —dijo Duna.

En ese momento, Cinthia bajó por las escaleras.

—¡Lista! —dijo sonriente, terminando de guardar el mapa a su espalda. Duna temió que su amiga no se hubiera planteado realmente los peligros que encontraría durante su empresa, pero no dijo nada.

—Mis niñas... —dijo Aya secándose las lágrimas—. Tened muchísimo cuidado. Si habéis de regresar, hacedlo sin miedo a las represalias. Esta puerta seguirá siempre abierta para vosotras.

Las dos muchachas se abalanzaron sobre la mujerona y las tres se abrazaron con fuerza. ¡Cuánto había cambiado todo en tan poco tiempo! Quién habría creído que tendrían que abandonar tan pronto la seguridad que Aya les brindaba. Duna se separó la primera y abrió la puerta.

—Volveremos antes de que te des cuenta, Aya.

Cinthia asintió separándose de la mujer.

—Ya lo verás.

Aya se mordió el labio para no volver a llorar y después de decirles adiós, cerró la puerta.

—¿Tienes miedo? —le preguntó Cinthia a Duna cuando llegaron al cruce de caminos.

—Mucho —contestó.

—Ten cuidado y prométeme que volveremos a vernos.

—Te lo prometo.

Se volvieron a abrazar y al separarse ninguna lloraba.

—Es hora de partir —dijo Duna—. Buena suerte. Saluda a Sírgeric de mi parte y… pídele disculpas.

—Lo haré. Mucha suerte a ti también.

Y con estas palabras se separaron sin tener la certeza de si podrían llegar a cumplir su promesa.

SEGUNDO LIBRO

EL ÚLTIMO DRAGÓN

Los cuentos son como las arañas, tienen largas patas,
y como las telarañas, que enredan a los hombres
pero resultan preciosas cuando las ves
bajo una hoja de rocío de la mañana,
y, del mismo modo que los hilos de una telaraña,
están todos conectados uno a uno.

NEIL GAIMAN, *Los hijos de Anansi*

Rapunzel era la niña más hermosa bajo el sol.
Cuando cumplió doce años, la hechicera la encerró en una to-
rre
que estaba en el bosque y no tenía ni puertas ni escalera,
solamente arriba una pequeña ventana.
Cuando la bruja quería entrar, gritaba desde abajo:
¡Rapunzel!, ¡Rapunzel!, ¡deja caer tus cabellos!

LOS HERMANOS GRIMM, *Rapunzel*

1
CAMINOS DIFERENTES

Cinthia llegó al final de las callejuelas de la ciudad y se detuvo. Sacó el pergamino doblado y lo contempló durante un rato para orientarse bien, intentando recordar todas las indicaciones de Duna. Cuando lo tuvo bien memorizado, volvió a esconderlo y cruzó la enorme verja de los jardines del palacio.

Su intención era hacerse pasar por una doncella y entrar en el palacio sin levantar sospechas. Si aquel plan no funcionaba, tendría que probar otro. Se armó de valor y subió las escaleras del palacio, preparada para mentir lo mejor que sabía.

—Buenas tardes —saludó a los guardias. Sin esperar una respuesta, avanzó hasta el portón esperando que los guardias la cediesen el paso para después…

—¿Dónde crees que vas, niña? —preguntó uno de los guardias cruzando su lanza frente al portón.

Cinthia le miró ofendida sin dejarse intimidar. Contaba con eso.

—¿Cómo que a dónde voy? ¡Pues a trabajar! Ya llego tarde.

El otro guardia cruzó la lanza por encima de la de su compañero.

—No recuerdo tu nombre…

—No os lo he dicho —replicó airada, imitando algunos

gestos que había aprendido de Lord Guntern—. Y dudo que recordéis siquiera mi cara. Soy nueva.

—Hummm... ¿nueva, eh?

—Eso he dicho —contestó ella, impaciente.

—Pues hemos recibido órdenes, señorita *nueva*, de no permitir el paso a nadie durante el día de hoy sin autorización.

Cinthia tragó saliva.

—¿Sin... sin autorización? ¿Y qué clase de autorización necesitáis?

El otro guardia se acarició los labios con la mano libre.

—Déjame pensar... la carta de trabajo será más que suficiente. Imagino que la recibiríais antes de venir, ¿verdad?

—¡Desde luego! —*¿Carta de autorización? ¿De qué estaban hablando? ¡Duna no le había dicho nada de ninguna carta de autorización! Más le valía salir de allí antes de que la apresasen por hacerles perder el tiempo*—. Pero... pero la he olvidado en casa. Sí, eso es... está en casa. Si me disculpáis iré a por ella y podré mostrárosla. Buenas tardes.

Hizo una pequeña reverencia y se dio media vuelta para bajar las escaleras. Cuando estaba llegando a los últimos escalones oyó las risas contenidas de los dos guardias. Sintió que se le enrojecían las mejillas pero no se dio la vuelta. Siguió avanzando hasta que estuvo fuera de su vista y después se escondió tras unos matorrales altos cerca del camino de entrada al palacio. El plan B acababa de comenzar.

Duna recorrió el camino principal que unía Bereth con Belmont hasta llegar a la bifurcación señalizada con varios tablones en forma de flecha. Uno de los nuevos caminos llevaba a las Carpianas, las montañas situadas al oeste de Bereth; el otro camino la llevaría directamente al este, a Belmont.

Barajó sus posibilidades y terminó decidiéndose por salirse del camino e ir siguiendo el recorrido entre los árboles, bajo la protección que le ofrecía el follaje. No sabía quién podría transitar ese camino en aquellos momentos, ni tampoco estaba segura de si los raptores de Adhárel también habrían seguido aquella ruta. Pero estaba plenamente convencida de que una muchacha sola andando por allí corría más peligro cuanto más a la vista se encontrase. Además, a punto de caer la noche, se sentía más protegida alejada de los bandidos y *némades* que recorrían aquel camino yendo y viniendo de un reino a otro.

Los némades, según había escuchado durante toda su vida, no eran peligrosos. Eran hombres y mujeres corrientes que viajaban de una punta a otra del Continente aparentemente sin hacer daño a nadie. Vivían en grupos numerosos y se alimentaban la mayoría de las veces de todo lo que la naturaleza les ofrecía. Esa era la teoría, pensó Duna para sus adentros mientras se internaba unos metros en el bosque. En la práctica, los némades, además de nómadas, eran sumamente violentos y atacaban sin piedad a quien intentaba robarles o hacerles daño. Entre ellos había sentomentalistas, algunos verdaderamente poderosos, conocidos en todo el continente como Chamanes, aunque no pertenecían a ningún reino. Y por eso eran considerados proscritos y renegados de cualquier tierra con nombre. Se les había prohibido pasar una sola noche en casi todos los reinos. Debido a ello, se veían obligados a viajar en largas caravanas de un bosque a otro, de una llanura a otra, sin poder, o querer, asentarse en ningún lugar determinado. De vez en cuando —durante los días de mercado o de fiesta— los némades entraban en las ciudades e intentaban vender su mercancía o sus artes a quienes estuvieran interesados, pero antes de que anocheciese, debían abandonar los reinos y dormir a la intemperie. Aseguraban saber leer la buenaventura mediante diferentes técnicas, creían poder curar enfermedades utilizando ungüentos desconocidos y algunos hasta aseguraban conocer el secreto de la transmisión de la sentomentalomancia.

Duna apartó unas ramas de su camino sonriendo ante lo absurdo de la idea. *No se podía elegir ser sentomentalista o dejar de serlo, y mucho menos se podía otorgar ese don a placer... ¿o sí?*

Para ella, igual que para muchos, los némades eran unos estafadores de lo más variopinto a los que no se debía hacer ningún caso y con los que era mejor no cruzarse. Eso era todo. Por suerte, en los últimos tiempos habían ido desapareciendo y actualmente no parecía que hubiese...

¡Crack!

Duna se detuvo en seco. Había alguien cerca. Sin moverse, intentó buscar el camino entre las hojas de los árboles pero no alcanzó a verlo. Habían transcurrido las horas sin que se diese cuenta y la luz se había ido esfumando paulatinamente. Miró al cielo para comprobar si ya era de noche y descubrió un cúmulo de nubes negras que no tardarían en cruzarse en su camino. El sol debía de estar muy bajo, pues la luz cada vez era más tenue y rojiza. Volvió a prestar atención, intentando averiguar si era una persona o un animal lo que andaba cerca.

¡Crick!

Duna se dio media vuelta creyendo que el sonido provenía de allí. Esperó unos segundos pero no volvió a escuchar nada. Se obligó a recobrar la compostura y siguió avanzando lentamente, preparada para echar a correr en cuanto fuese necesario. La tormenta tronó a lo lejos y sintió un escalofrío. Se arrebujó bajo la capa y apremió el paso en busca de algún refugio donde guarecerse de la lluvia... y de lo que pudiera estar rondando a su alrededor.

Lo primero que debía hacer era volver a encontrar el camino para no perder la orientación. No había nada más peligroso que perderse en el bosque una noche tormentosa. Justo en el momento en que reapareció en el camino de tierra y rocas, sintió la primera gota estrellarse contra su cabeza. Conociendo las tormentas de Bereth, sabía que no tardaría en acabar calada hasta los huesos si no hacía algo para evitarlo, así que se puso la capucha sobre la cabeza y volvió a internarse en el bosque, donde al menos las hojas y las ramas detendrían parte del aguacero.

Apretó con fuerza el colgante de plata que le había dado Aya y que llevaba para infundirse fuerzas, y después siguió esquivando ramas y troncos caídos intentando recordar el camino. Por suerte para ella, la lluvia no parecía estar cayendo con fuerza. Pero ahora también tenía que esquivar charcos de barro y pensar dos veces dónde pisar para no escurrirse y caer al suelo. En poco tiempo desaparecería la última luz del día y entonces tendría que detenerse a descansar hasta el amanecer. Tan peligroso era salir al camino y dar a conocer su posición como andar por el bosque en medio de la oscuridad.

Cuando vio que no podía dar ni un paso sin saber a ciencia cierta si iba directa al camino o a un precipicio, se detuvo. Se apoyó en el tronco húmedo de un enorme árbol y se dio cuenta de lo cansada que estaba. No había dejado de andar durante horas y llevaba mucho tiempo sin dormir. La lluvia seguía cayendo suave pero constante y no parecía querer remitir en mucho tiempo.

—¿Y ahora cómo voy a encender una hoguera? —se preguntó en voz baja. Necesitaba escuchar algo más a parte de sus propios pasos y el agua.

Apoyó la espalda en el tronco y respiró profundamente, obligándose a descansar. Después sacó del petate una manzana y empezó a comérsela a bocados. Cuando fue a sacar una segunda pieza de fruta, descubrió una luz no lejos de allí. Volvió a colgarse la bolsa a los hombros y avanzó tanteando el terreno intentando no terminar en el suelo. A unos metros de ella, descubrió a tres hombres sentados alrededor de una hoguera, cada uno de ellos cubierto con un escudo ruinoso.

A primera vista, la muchacha no pudo determinar si eran némades, vándalos o caminantes a los que les había pillado por sorpresa la lluvia. De todas formas, tampoco quería averiguarlo. Su aspecto a la luz de la lumbre no era nada amigable y juraría que vestían harapos y ropas desgastadas. Uno de ellos comía a bocados un pedazo de carne, seguramente previamente asada, mientras los otros dos afilaban sendos cuchillos haciendo saltar chispas con la piedra.

Duna notó que le rugían las tripas pese a haber comido la manzana. Dio un paso hacia atrás para marcharse cuando el zapato se le quedó enganchado en unos hierbajos y tuvo que agarrarse a unas ramas para no caerse de boca contra el suelo. El ruido alertó a los tres hombres, quienes escrutaron las sombras. Uno de ellos, el que hacía un instante había estado comiendo la carne, levantó uno de los troncos ardientes y lo utilizó como antorcha.

—¿Hay alguien ahí? —preguntó, balanceando el fuego de un lado a otro—. Sal, no te harrremos nada.

Duna terminó de acuclillarse por completo entre las ramas e intentó quedarse completamente inmóvil.

—¡Serrrá un animal! —comentó su compañero, tras lo cual volvió a sentarse.

—¡Pues no pienso dejarrrlo irrr! —le advirtió el otro, enarbolando con enfado la madera ardiente—. ¡A saberrr parrra cuando podremos volverrr a comerrr carrrne!

Debían de ser bandidos, dedujo Duna. Aunque pobres y mentirosos, los némades eran muy duchos en el habla y no tenían un acento tan marcado. Era una de sus principales armas para engatusar a sus víctimas. Duna se asomó con cuidado para ver si ya se habían relajado y comprobó que el que llevaba el fuego se había puesto a husmear en el lado contrario, el otro había vuelto a coger la piedra para afilar su arma mientras que el tercero... ¿dónde estaba el tercero?

La muchacha tragó saliva y se arrebujó con fuerza bajo la ropa calada por la lluvia. Y aunque no se consideraba una persona religiosa, agarró con fuerza el colgante por encima de la capa y pidió ayuda al Todopoderoso para que la sacase de allí. Entonces sucedieron tres cosas al mismo tiempo.

En primer lugar, un haz de luz apareció en su pecho sin explicación aparente y atravesó la noche hasta chocar con el tronco de un árbol lejano...

Segundo, la muchacha gritó asustada...

Y tercero, una sombra, que había estado esperando el momento oportuno, se abalanzó sobre ella.

Cinthia se arrastró entre los arbustos perfectamente recortados del jardín de la entrada hasta alcanzar la esquina derecha de la enorme extensión. Varios guardias charlaban entre ellos, más pendientes de la conversación que de la vigilancia. También había algunos jardineros que iban y venían con cubos de agua, pero nadie parecía haber advertido la presencia de la joven. Cinthia sonrió para sus adentros y recorrió el último tramo a gatas hasta una fuente con diversos pájaros de piedra. Aquel era el lugar que Duna le había indicado. Volvió a sacar el pergamino y leyó las indicaciones de su amiga:

La trampilla se encuentra cerca de la fuente de los pájaros. Podría estar camuflada; busca una argolla en el suelo. El pasadizo te llevará directamente al interior del palacio.

Guardó de nuevo el mapa y procedió a buscar la entrada del pasadizo. Primero miró a su alrededor y, tras varios intentos infructuosos, decidió palpar el suelo con la esperanza de descubrir la madera bajo el recortado césped.

Un rato después, y comprobando que nadie la observaba, asomó la cabeza por detrás de la estatua y dio una vuelta rápida a la fuente mirando en todas direcciones. Nada. Allí no había ninguna entrada. *Tal vez Duna estuviera equivocada*, pensó Cinthia tras ocultarse de nuevo tras la estatua. Su amiga sólo había oído hablar de ella a esa tal Grimalda el primer día que entró a trabajar en el palacio. ¡Y ni siquiera estaba segura de que el pasadizo terminase bajo aquella fuente! Es cierto que después escuchó algunos rumores de una o dos de sus compañeras en la lavandería, pero nunca lo había comprobado por sí misma. Además, empezaba a oscurecer y un gran nubarrón se acercaba rápidamente por el este.

—Lo que me faltaba —farfulló.

Alicaída y cansada, se sentó de rodillas y mojó una mano en el agua de la fuente pensando en cual debería ser su siguiente paso. Y en ese momento notó que algo rozaba sus dedos. Extrañada, se asomó a la fuente y descubrió una argolla de hierro oxidado a unos centímetros bajo el agua.

—Imposible… —comentó asombrada.

Se incorporó e introdujo toda la mano en el agua. Tomó entre los dedos la argolla y tiró de ella con fuerza, pero no consiguió moverla. Volvió a probar un par de veces más y después se dio por vencida. No parecía haber ninguna trampilla en el suelo de la fuente. Cinthia sacó la mano del agua y se la secó sintiendo un escalofrío por el viento que se había levantado; la tormenta estaba muy cerca y estaba empezando a chispear. Cuando las ondas desaparecieron, volvió a asomarse y se concentró en buscar algo alrededor de la argolla. No tenía ni idea de qué era lo que estaba buscando hasta que lo encontró. Cada una a la misma distancia de la otra y en paralelo. Dos finísimos raíles labrados a ambos lados de la argolla. Al principio no reparó en ellos, pero cuando metió los dedos y los palpó, descubrió que seguían hasta el centro de la fuente.

Sin pensarlo dos veces, Cinthia cogió con las dos manos la argolla y tiró de ella hacia el centro de la estatua. Al principió no sucedió nada, pero, poco después, algo empezó a ceder bajo la fuerza de sus manos y descubrió que la argolla se encontraba sobre una placa de piedra en el mismo suelo de la fuente. Y que esta continuaba por debajo y que, además, revelaba a sus pies, en el exterior de la fuente, una abertura por la que cabía perfectamente.

—¡Lo tengo! —exclamó en voz baja cuando el hueco fue lo suficientemente grande como para que cupiese por él. Cuando se encontró bajo tierra tiró de otra argolla que había en el techo y corrió la trampilla secreta volviendo a dejarlo todo como estaba.

En cuanto desapareció la última franja de luz, sacó una bombilla del dobladillo de su falda y, tras frotarla, esta comenzó a brillar. Era la última que le quedaba a Aya y se la había dado en el último momento. Cinthia se lo agradeció en silencio y, bajo la poderosa luz de la electricidad, avanzó lentamente por el pasadizo de piedra escuchando corretear a los animalillos que huían asustados por la luz. De pronto, se oyó un trueno en la superficie, y a pesar de encontrarse a varios metros por debajo, supo que la tormenta estaba descargando con fuerza sobre el palacio. Se alegró de haber encontrado la entrada a tiempo y de continuar seca.

Poco después llegó a un cruce de caminos y tomó el de la izquierda, el que la llevaría a la lavandería.

Con la bombilla reluciendo en su mano había recobrado las fuerzas y ya no sentía tanto miedo como al principio. Iba pensando en lo que le esperaba cuando llegó a una portezuela que presumiblemente daba a la lavandería. Corrió el pestillo chirriante y la abrió lo justo para comprobar que no había nadie en el interior. Estaba vacía.

Tan sólo un par de candelabros colgados de la pared alumbraban la enorme habitación. Siguiendo las indicaciones de Duna, avanzó entre las enormes palanganas hasta el extremo opuesto de la sala y después atravesó el portón que daba al recibidor del palacio.

Duna intentó esquivar a la criatura que había saltado sobre ella pero le fue imposible. Dos enormes manos la agarraron por la cintura y, aún con el destello de luz en el pecho, la levantó a horcajadas y se abrió paso entre los árboles hasta la hoguera donde aguardaban intrigados los otros dos bandidos.

—¿Qué has encontrrrado Claus? —preguntó el hombre de la antorcha, acercándose al monstruo que sostenía en volandas a Duna.

El otro bandido dejó la piedra de afilar en el suelo y se levantó despacio, intrigado.

—Suéltala —dijo—. No es más que una señorrrita perrrdida en el bosque.

El tal Claus obedeció y dejó caer a Duna sobre el suelo embarrado. La muchacha ni siquiera se atrevió a mirar el rostro de su captor. Se limitó a taparse con fuerza el pecho para evitar que descubriesen la luz.

—Mucho gusto, señorrrita —dijo divertido el bandido de la antorcha haciendo una reverencia y mostrando una sonrisa casi desdentada—. Aquí los otrrros y yo nos prrreguntábamos que hacíais espiándonos. ¿Pensabais robarrrnos al quedarrrnos dorrrmidos?

Duna negó con la cabeza sin decir nada.

—Déjala en paz, Corrrnwell —intervino el hombre del cuchillo—. Porrr favorrr, disculpa a mis herrrmanos, no tienen modales.

Cornwell fue a replicar pero su hermano le indicó que guardara silencio mientras le alargaba su velluda mano a Duna.

—Levantaos. No vamos a hacerrros daño.

Duna se atrevió entonces a levantar la mirada y aceptó, temblando, la manaza del hombre. Con la otra seguía cubriéndose el pecho. Cuando estuvo en pie, pudo distinguir sin dificultades los rasgos de sus captores.

Quien parecía ser el jefe del trío, y que aún no había revelado su nombre, era alto, ancho de espaldas y vestía las mejores ropas, aunque no fuesen más que prendas muy desgastadas. Tenía una barba oscura de varios días y dos cicatrices le cruzaban el rostro del ojo derecho al mentón. Pese a ser el menos desagradable de los tres, seguía siendo repulsivo a la vista y Duna apartó la mirada en cuanto pudo.

Cornwell era todo lo contrario a su hermano, excepto en lo de la fealdad. Era enano, calvo, rechoncho y desdentado. Llevaba auténticos harapos por ropa, los cuales le llegaban hasta los pies, sujetos por varias cuerdas a la altura de la cintura. Se cubría los pies con unas chanclas de madera enmohecidas. Tenía la nariz torcida hacia un lado y uno de los ojos estaba desviado.

Pero el peor de los tres era Claus. Duna no lo habría considerado humano de no haber sido porque los otros dos también se dirigían a él como *hermano*. En cualquier otra circunstancia la muchacha lo habría confundido con un ogro de los que salían en los cuentos para niños. Claus le sacaba dos cabezas y tenía la cara más absurda que Duna había visto en sus casi dieciocho años de vida. Los ojos bailaban de un lado a otro distraídos por las llamas de la hoguera y la mitad de la lengua sobresalía por fuera de la boca, curvada en una media sonrisa permanente. Tenía el pelo largo y encrespado, repleto de hojas secas que se habían quedado enganchadas en él. Por ropa llevaba un camisón de botones descolorido y unos calzones rotos. Era el único de los tres que ya no prestaba atención a Duna. Le resultaba mucho más entretenido el chisporreteo del fuego.

—¿Querrréis comerrr algo? —preguntó el cabecilla, señalando el tocón donde había estado sentado hacía un momento.

—No... gracias... —balbuceó Duna, rogando para sí que la dejasen marchar. Cada vez que se dirigían a ella apretaba cada vez con más fuerza las manos contra el pecho, preguntándose qué podía ser aquella luz.

—¡No seas descorrrtés y siéntate! —le gritó Cornwell zarandeando la improvisada antorcha a unos centímetros de su cara.

—¿Quierrres soltar de una vez por todas ese trrronco antes de que acabemos arrrdiendo? —le regañó el cabecilla, girándose de inmediato hacia Duna—. Disculpad a mi herrrmano, hace mucho, mucho tiempo que no vemos a una mujerrr tan guapa como vos y querrremos serrr hospitalarrrios.

Duna dio un paso hacia atrás al escuchar aquello. Tal vez no se limitasen a robarle el contenido de su fardo. Tal vez quisieran algo más.

—Pe... perdonadme —tartamudeó—, pero debo seguir mi camino o llegaré… llegaré tarde…

—¿Alquien te esperrra? —preguntó el bandido, dando otro paso hacia ella.

—Si… mi familia y mi… marido —mintió, dando un segundo paso hacia atrás.

—Menuda suerrrte que tiene tu marrridito, ¿no? Una mujerrr tan guapa no se encuentrrra todos los días —comentó el hombre, repasando con la mirada todo su cuerpo. Duna quiso decir algo pero cuando el hombre posó la mirada sobre su pecho, se dio cuenta de que intentaba ocultar algo—. ¿Porrr qué te tapas tanto? No vamos a hacerrrte nada…

Duna supo que si no echaba a correr en ese momento ya no tendría escapatoria, así que sin decir una palabra dio media vuelta para salir corriendo pero descubrió que su camino estaba cortado por varias rocas en las que no había reparado.

—¿Adónde vas? —preguntó el hombre con un deje de enfado en su voz, agarrando el brazo de Duna—. Todavía no hemos terrrminado contigo. ¡Claus! ¡Cornwell! Venid aquí enseguida.

Duna quedó de nuevo rodeada por los tres bandidos, quienes sonreían maliciosamente. El jefe, cansado de la insistencia de Duna por taparse el pecho, le agarró con fuerza la mano y se la apartó. Entonces el haz de luz salió disparado y le dio en los ojos, obligándole a retroceder, cegado, y gritando asustado.

—¡¿Qué diablos me has hecho?! —bramó mientras se frotaba los ojos.

—¡Es una brrruja! —gritó Cornwell alejándose de ella junto a Claus.

Duna, que para entonces estaba tan asustada como los bandidos, miró por debajo del vestido para descubrir, asombrada, que la fuente de luz no era otra que el colgante que le regalara su madre tiempo atrás.

—¡Apárrrtate de ahí! ¡Idiota! —rugió el cabecilla empujando a su hermano, quien se estaba acercando a Duna. Con furia avanzó hasta ella y la tiró al suelo de un tortazo. —Ahorrra, brrruja, dámelo.

—¿El qué? —preguntó la muchacha llorando y sin comprender qué clase de magia era aquella.

—¡La luzalita! —volvió a gritar desesperado.

—¡No sé de qué me habláis! —le gritó ella.

El bandido, cada vez más enfadado, apretó con fuerza los puños y se agachó frente a la muchacha para después arrancarle del cuello el colgante. Sus dos hermanos, sobre todo Claus, se acercaron embobados por el descubrimiento.

—Imposible... —murmuró Cornwell con la boca abierta.

—De imposible nada —contestó el otro bandido—. Si esta niña es tan rica como parrra llevarrr un trrrozo de luzalita al cuello segurrro que sabe dónde hay más.

Duna, que al principio no sabía de qué estaban hablando, recordó de pronto su primer día en el palacio y la conversación que había mantenido con Grimalda de camino a la lavandería.

La enana le había dicho que era un invento único... pero, ¿y si no lo fuera? ¿Y si el sentomentalista se lo hubiera regalado a la reina y esta a la enana porque en algún lugar secreto se ocultaba una ingente cantidad de aquel extraño mineral? ¿Y si alguna vez Duna o su madre estuvieron allí?

Grimalda le había explicado cómo funcionaba: con tan sólo humedecerla, la piedra comenzaba a brillar con luz propia.

La frase quedó colgando de un hilo en la mente de Duna. Sin lugar a dudas, el colgante estaba hecho de la misma piedra que el espejo de la mujercita. De luzalita, según había dicho el bandido. Y ahora, con la lluvia, debía de haberse activado. Recordó la tormenta que se desató después del baile real y comprendió que, entonces, la capa que llevaba había evitado que se mojase.

—¿Nos has oído? —preguntó entonces Cornwell agarrando la barbilla de Duna— ¡Danos más luzalita!

—¡Pero no tengo más! ¡Ese colgante fue un regalo!

—Mientes —gruñó Cornwell, soltándole la cara—. ¡Lo que quierrres es venderrrla y quedarrrte tú con todo el dinero!

El cabecilla avanzó hasta ella y se arrodilló a su lado, balanceando el colgante de un lado a otro. Ya no emitía luz alguna. Debía de haberse secado.

—Tal vez esté diciendo la verrrdad… —Duna le miró extrañada—. Perrro tal vez nos esté mintiendo… Cornwell, Claus, ¿queréis comprrrobarrr si lleva más colgantes como este escondidos debajo del vestido?

—Serrrá un placerrr… —contestó el bandido. Tras lo cual, se agachó junto Duna mientras Claus empezó a coger mechones de su pelo para olerlos.

—Nuestrrro herrrmano —comentó Cornwell— no tendrá lengua, perrro tiene un olfato excelente. Mejorrr que el de un jabalí.

—¡Soltadme! —gritó Duna pegando patadas y puñetazos a todos lados— ¡He dicho que me soltéis! ¡Socorro!

—Grrrita cuanto quieras —le dijo el cabecilla mientras le quitaba los zapatos—, parrra cuando alguien venga a rescatarrrte nosotrrros ya estarrremos muy lejos con toda tu merrrcancía de luzalita.

Sus dos hermanos se echaron a reír y empezaron a decir una grosería detrás de otra.

Duna ya había dejado de gritar y sus lamentos se habían ahogado hasta convertirse en un murmullo de súplica cuando un rugido cruzó el bosque entero por encima de los truenos y la lluvia de la tormenta.

—¿Qué ha sido eso? —preguntó Cornwell soltando el brazo de Duna y poniéndose en pie.

Cinthia llegó al recibidor del palacio y lo encontró tan vacío como la lavandería. Al parecer todo el mundo tenía el día libre y ni siquiera se oía el trajín en las cocinas, estuvieran donde estuviesen.

La muchacha corrió hasta las escaleras principales pero, en lugar de subir por ellas, las rodeó y encontró justo debajo una puerta de hierro que, supuso, la conduciría directamente a las mazmorras. La abrió sin problemas y bajó los empinados escalones de piedra. A cada paso que daba, la humedad y el frío aumentaban, pero a diferencia del túnel por el que había entrado, este estaba bien iluminado con antorchas colgadas en las paredes. Rozó con el dedo la bombilla y esta se apagó lentamente. Después la guardó de nuevo y terminó de bajar las escaleras de caracol apoyándose en la barandilla de hierro.

Cuando estaba llegando a los últimos escalones, oyó que alguien hablaba a unos pasos de allí y se detuvo.

—¿Qué harás con él, hermano? —preguntó Dimitri. Aquella voz era reconocible en cualquier lugar. Pero había algo que no encajaba…

—Iré a buscarla —contestó… ¿Adhárel? ¿El príncipe Adhárel? Pero… ¡eso era imposible!

—Tened cuidado, hermano —le advirtió Dimitri—. Seguramente tengan a Duna en el lugar más protegido del castillo.

Ahora sí que todo había dejado de encajar para Cinthia. ¿Habían apresado a Duna? ¿Pero cómo? Si nadie sabía que se dirigía a Belmont excepto ella, Aya y… Dimitri. Tenía que asegurarse de que el otro era verdaderamente Adhárel. Con sumo cuidado asomó la cabeza y después volvió a esconderla rápidamente; no había ninguna duda. Adhárel estaba hablando con su hermano allí mismo, mientras Duna iba camino de una trampa segura. ¡Tenía que avisar a Adhárel! Lo único que debía hacer era salir de su escondite, contarle la verdad y condenar a Dimitri por traidor…

—¿Y con el sentomentalista?

Cinthia aguardó.

—Es probable que tengas razón, Dimitri —contestó Adhárel—. El muy canalla le tendió una trampa a Duna y la mandó directamente a la boca del lobo. Maldito… —se interrumpió—. Le quiero muerto para el alba.

Cinthia se llevó la mano a la boca para no gritar. *Sírgeric, no.*

—Así se hará, hermano —le prometió Dimitri—. Así se hará.

La muchacha esperó a que las pisadas de los dos príncipes se hubieron alejado para sentarse en uno de los escalones y pensar con claridad. Si le contaba a Adhárel la verdad, Dimitri podría decir lo contrario. Y era la palabra de un príncipe contra la suya... Además, no había forma de demostrarlo. Duna se había ido y sólo ella y Aya, las posibles cómplices de Sírgeric, lo sabían. No. No podía decirles nada sin antes haber visto a Sírgeric.

Se secó las lágrimas y se puso en pie. El joven debía de estar en alguna de aquellas celdas.

Con el oído atento a posibles pasos ajenos, tomó el pasillo de la derecha y avanzó tan rápido como pudo mientras susurraba el nombre del joven.

—Sírgeric, Sírgeric. Soy yo, Cinthia...

Los pocos reos que había en las celdas dormían y ninguno se alarmó al verla husmeando por allí.

—Sírgeric. Por favor, responde —volvió a susurrar.

—¿Cinthia? ¿Eres tú? —contestó una voz cercana.

—¡Sí, sí! Soy yo. ¿Dónde estás?

—¡Aquí mismo! —dijo Sírgeric, y una mano salió de una de las celdas.

Cinthia la vio y corrió hacia ella para encontrarse con su amigo. Sírgeric se puso de pie y abrazó a Cinthia a través de los barrotes.

—¿Cómo has llegado a aquí? —preguntó Sírgeric sin soltarla—. ¿Por qué has venido? ¿Dónde está Duna? ¡Tienes que sacarme de aquí! ¡Me han tendido una trampa y van a ejecutarme! ¡Dimitri está a la cabeza de la... !

—Ya lo sé, ya lo sé —le interrumpió Cinthia—. Shhhh, no hagas ruido o me encerrarán contigo.

—¡Pero hay algo más! ¡Lo descubrí anoche!

—Ahora no, Sírgeric. Ha ocurrido algo. —Cinthia se separó del abrazo y procedió a contarle en susurros todo lo referente a Duna, Adhárel y Dimitri.

—Traidor... —exclamó Sírgeric cuando Cinthia terminó de hablar—. En cuanto salga de aquí, Dimitri va a pagar por todas sus mentiras.

—No, Sírgeric, tienes que ayudar a Duna. ¡Ella es la que corre más peligro! Dimitri puede esperar, pero Duna se encuentra sola en un reino que está a punto de declararnos la guerra.

De pronto se escuchó una tosecilla proveniente del interior de la celda de Sírgeric. Cinthia miró hacia el interior pero la oscuridad le impidió ver nada.

—¿No estás solo? —le preguntó.

Sírgeric negó con la cabeza y se internó en las sombras de la celda. Habló con alguien en susurros y al poco reapareció de nuevo acompañado de un niño que se frotaba los ojos y bostezaba.

—Cinthia, te presento a Marco —dijo Sírgeric, acercando al niño a los barrotes—. Marco, esta es Cinthia.

—Mucho gusto —saludó el niño haciendo una pequeña reverencia y empezando a toser. Tenía peor aspecto que Dimitri y su delgadez asustó a la muchacha. Temió que fuera a partirse en dos en cualquier momento.

—Lo mismo digo, Marco —le dijo Cinthia, y a continuación volvió a dirigirse a Sírgeric—: ¿Quién es?

El joven le acarició el pelo al niño.

—Era el hijo de Barlof.

—El hijo de… ¿Pero cómo es posible? Duna nos dijo que no tenía familia.

Sírgeric le pidió que bajara la voz.

—Es un sentomentalista. Su padre lo envió a la escuela del palacio cuando empezó a demostrar sus aptitudes. No dijo que era su hijo y a él le hizo prometer que nunca se lo diría nadie.

—¿Pero… por qué?

—Porque mi madre era belmontina —respondió el niño. Y cuando lo hizo, Cinthia recordó la mañana en que ahorcaron a Barlof.

—Tú… él… ¡Eras el niño que estaba en la plaza! ¡Al que tuvieron que llevarse!

Marco asintió con la cabeza.

—Barlof se refería al niño cuando dijo que cuidáramos de él. No sé cómo pudimos dudar de su padre…

—Tengo que sacaros de aquí enseguida —dijo Cinthia intentando abrir la puerta por la fuerza—. Si el niño está contigo es porque le espera el mismo destino.

—No vas a poder abrirla; ya lo hemos intentado.

—¿Entonces qué puedo hacer?

Sírgeric la miró con picardía.

—No necesitamos que la puerta se abra para cruzar al otro lado. ¿Te importaría darme un cabello tuyo?

Cinthia obedeció al momento al comprender para qué lo quería. El joven agarró con fuerza al niño y un instante después los dos aparecieron junto a Cinthia, libres.

—Volvamos a casa —dijo Cinthia abrazándoles.

—No. No podemos regresar a casa de Aya. Será el primer lugar que registren cuando vean que nos hemos fugado.

—¿Entonces?

—Yo iré tan rápido como pueda a Belmont para buscar a Duna. Tú llévate al niño al bosque.

—¡Pero eso es una locura! ¡El bosque es casi tan peligroso como el palacio!

Sírgeric suspiró pensativo sin saber dónde podrían esconderse. Cinthia fue a proponer algo pero entonces Marco dijo:

—Yo sé dónde podríamos escondernos.

Los dos jóvenes se miraron, dispuestos a escucharle.

Para cuando dieron la alarma, Cinthia y el pequeño Marco se encontraban escondidos bajo las calles de Bereth mientras Sírgeric iba de camino a Belmont.

Cuando abandonaron el palacio, Sírgeric robó una yegua de los establos de una granja alejada con la que pudo avanzar mucho más rápido. Acababa de dejar atrás el cruce de caminos cuando un rugido lejano le obligó a controlar la montura para que no se desbocase.

La lluvia seguía cayendo con fuerza.

Cornwell soltó las piernas de la muchacha y se acercó a la lumbre casi extinta para agarrar un tronco ardiendo.

—¡Claus! ¡Echa un ojo porrr ahí parrra ver si encuentrrras algo!

El grandullón asintió embobado sin dejar de sonreír, soltó el pelo de Duna y se perdió tras una roca.

—A lo mejorrr no ha sido nada… —murmuró Cornwell.

—Tú calla y saca el arma porrr si acaso.

De nuevo otro rugido, aún más poderoso y cercano, llegó a sus oídos.

—Cada vez está mas cerrca…

Duna se alejó lentamente aprovechando que nadie la vigilaba y corrió a guarecerse tras las rocas. Ninguno de los bandidos la vio. ¿Qué podría estar emitiendo aquellos rugidos? La única respuesta posible no podía ser cierta: el dragón nunca se había alejado tanto de Bereth.

Y entonces Claus cruzó el aire partiendo varias ramas de los árboles cercanos y aterrizando cerca de la hoguera con un sonoro golpe. Duna se quedó helada detrás de las piedras.

—¡Claus! —gritó Cornwell corriendo hacia él—. Santo Todopoderrroso… Cleo, ¡está muerrrto!

El cabecilla corrió hasta ellos y después buscó con la mirada para descubrir quién podría haberle hecho eso a su hermano.

—¡La muchacha se ha escapado! —comentó Cornwell sin dejar de acariciar el pelo de Claus.

—Deja en paz a la muchacha y sal corriendo de aquí antes de que acabemos como él.

—¡Pero es nuestrrro herrrmano! ¡No podemos dejarrrle aquí!

Cleo se acercó a Cornwell y le dio un puñetazo en la cara.

—¿Pero tu errres idiota? ¿No has visto lo que le han hecho? ¡Recoge las cosas y salgamos pitando de aquí antes de que… !

De pronto se oyó una pisada gigante y el estruendo de varios troncos partiéndose.

—Viene hacia aquí —susurró Cornwell, temblando de miedo.

De nuevo se oyó otra pisada más y varios árboles cayeron muy cerca de donde se encontraban. Uno de ellos golpeó la hoguera y la extinguió por completo. Duna se asomó para ver qué estaba sucediendo y, por primera vez en su vida, presenció la silueta del dragón.

La criatura se encontraba frente a los dos bandidos, entre la maleza y erguido sobre sus cuatro patas. La hoguera se había extinguido por completo, de modo que no era mucho lo que podía distinguirse. Entonces, Cleo sacó de su bolsillo el colgante de luzalita y en un acto temerario escupió sobre él para activarlo. Fue una mala idea.

En cuanto la luz golpeó al dragón en los ojos, se revolvió molesto y rugió aún con más fuerza, haciendo gritar a los dos bandidos, quienes salieron corriendo hacia el otro extremo del pequeño claro. El dragón, mucho más rápido y grande que ellos, dio un pequeño salto y batiendo las alas cayó justo al otro lado, cortándoles el paso. Los dos hermanos volvieron a gritar y Cleo soltó el colgante, deseando que el dragón fuera tan tonto como su hermano muerto y que se quedase contemplando la luz... algo que no sucedió.

La criatura alargó una de sus garras delanteras y cogió el tembloroso cuerpo de Cleo.

—No... ¡No porrr favor! —lloriqueaba— No me hagas nada, a mí no ¡A mí no!

El dragón volvió a rugir.

—¡Ayúdame, herrrmano! —sollozaba buscando a Cornwell con la mirada—. ¡Clávale la espada! ¡Distrrráele!

—Te... te... tenías razón, Cleo... —tartamudeó el otro bandido—. Serrrá me... me... mejorr que salga de aquí corriendo.

Y ante el asombro de Duna y Cleo, Cornwell puso pies en polvorosa y desapareció por el enorme claro que el dragón había dejado al abrirse paso entre los árboles.

Duna volvió a mirar al dragón a la luz del colgante caído en el suelo y se quedó maravillada. Era mucho más espectacular a cómo lo había imaginado. Aunque sus colores no se distinguían bien en la noche, podían adivinarse escamas brillantes cubriéndole todo el cuerpo, desde el cuello hasta las patas. Su cabeza estaba coronada por dos afilados cuernos que se curvaban hacia delante y los ojos relucían como diamantes sobre el hocico alargado y repleto de peligrosos dientes.

—¡Coooooooooooooooornwell! —gritó Cleo sorbiéndose los mocos— ¡Maldito bastarrrdo!

El dragón rugió una vez más y lanzó el cuerpo del bandido lejos de allí, por encima de los árboles. Duna lo contempló asombrada. En lugar de comerse al bandido, como era presumible, la criatura lo había rechazado. Duna no dudaba que Cleo hubiese corrido la misma suerte de haber sido engullido, pero, aun así, le pareció todo un gesto por parte del dragón. Agradecida por haberle salvado de sus captores, la muchacha decidió que, pese a estar asustada, debía presentarse ante el dragón. Pero, ¿y si era como en su sueño? ¿Y si intentaba comérsela o lanzarla de un puntapié a la otra punta del Continente? Duna sacudió la cabeza y salió de detrás de las rocas. El dragón giró la cabeza en cuanto la vio pero se quedó donde estaba. La muchacha avanzó con las piernas temblando y le hizo una reverencia sin saber si era eso lo que debía hacer... ¡nadie le había explicado cómo comportarse ante un dragón!

—Gracias —le dijo mientras volvía a incorporarse.

El dragón la miró unos segundos más sin moverse y después emitió un rugido mucho más suave que antes. A continuación, dio un paso hacia atrás y se alejó de allí batiendo las alas, perdiéndose en la noche. Duna se quedó un rato más mirando el cielo y sintiendo la lluvia sobre su rostro, ya de por si empapado. Su deseo de ver al dragón se había hecho por fin realidad.

Cuando salió del ensimismamiento recogió sus pertenencias desperdigadas por el barro y el colgante de Aya. Lo secó con la enagua para que dejase de relucir y después volvió a ponerse en marcha. Ya encontraría algún sitio mejor para pasar la noche, pensó.

2
POR LA ESPALDA

Adhárel despertó a la mañana siguiente con el mismo e intenso dolor de cabeza de cada mañana. En cuanto abrió los ojos, el recuerdo de los sucesos pasados le asaltó repentinamente e, incorporándose, gritó:

—¡Duna!

Se llevó rápidamente las manos a la cabeza intentando que el dolor remitiese y se puso en pie para vestirse. El día anterior, tras hablar con Dimitri, decidió que no perdería ni un momento y que iría en busca de Duna y de sus captores en cuanto preparase y avisase a sus hombres; pero en lugar de aquello, Adhárel había caído rendido en su cama poco antes de la medianoche.

Excelente, se dijo, *eres todo un valeroso príncipe.*

Pero ahora que estaba despierto no perdería más tiempo. Terminó de calzarse y salió corriendo en busca de sus hombres. Cuando llegó al recibidor, Dimitri le esperaba con un grupo de caballeros que hicieron una reverencia al verle.

—Dimitri, ¿qué estás haciendo?

Su hermano se adelantó.

—Pensé que no te importaría que organizase a tus hombres para partir hoy mismo, ya que anoche estabas indispuesto.

Adhárel echó un vistazo a aquellos desconocidos con capas y armaduras y murmuró:

—Pero estos no son mis hombres. Ni siquiera les había visto antes.

Dimitri se dio la vuelta y les señaló.

—Lo sé, hermano. Son la nueva hornada del ejército. Acaban de terminar su formación y ya han estado trabajando en algunas misiones de reconocimiento. Son magníficos.

—No, no lo son. Quiero a mis hombres —respondió Adhárel apartándole de su camino—. Y si me disculpas, voy a buscarles ahora mismo.

Dimitri corrió tras él y le agarró del hombro para detenerle. Después le susurró al oído:

—Pero Adhárel, dales una oportunidad. Tus hombres ahora mismo no están disponibles. Ayer les di el día libre; ellos también merecen descansar de vez en cuando.

—¿Que hiciste qué? —le preguntó Adhárel, girándose enfurecido— ¿Desde cuándo tomas tú las decisiones aquí?

El resto de hombres se miraron incómodos sin decir nada.

—Hermano… no te enfades conmigo. Pensé que… no imaginaba que fuese a suceder todo esto… algunos incluso se han marchado de Bereth para ver a sus familias.

Adhárel hizo ademán de contestar pero el portón principal se abrió repentinamente y por él entró Ruk, el tuerto.

—¿Me habéis hecho llamar, alteza? —preguntó el hombre haciendo una reverencia ante los príncipes.

—He sido yo —contestó Dimitri. Después se dirigió a Adhárel—: ¿Lo ves, hermano? En cuanto vi que necesitarías a tus hombres, corrí a buscarles, pero sólo Ruk seguía en Bereth.

Adhárel estudió con ojo crítico la situación, observó a Ruk y, poco después, asintió.

—Está bien. Me los llevaré conmigo. Confío en ti, hermano. Espero que los hayas elegido bien.

Dimitri le devolvió una sonrisa y contestó:

—Mejor de lo que imaginas.

El pequeño pelotón atravesó a caballo las puertas del palacio en dirección al bosque con Adhárel a la cabeza. Si mantenían un buen ritmo durante la mañana, en poco tiempo llegarían al reino de Belmont. Sólo harían una parada para almorzar y dar descanso a los caballos.

Tras la tormenta de la noche anterior, el camino estaba embarrado y cubierto de ramas e incluso algún que otro tronco caído. Los caballos los esquivaron con facilidad y siguieron adelante, pasando por el cruce de caminos e internándose en la parte del bosque que ya pertenecía al otro reino.

Eran siete los hombres que le acompañaban, de los cuales sólo conocía a uno, pero si su hermano los había elegido, serían los adecuados. Era agradable mirar al pasado y ver lo mucho que había cambiado Dimitri en tan poco tiempo. Algún día sería el gobernador de Bereth y aún le quedaba mucho por aprender. Pero verle tan centrado, tan preocupado por el reino, incluso por Adhárel, le infundía esperanzas de que no tardaría en conseguirlo. El príncipe sabía que su hermano no lo había tenido fácil durante su vida: siempre tras su sombra, siempre tratado como el segundón, alejado del poder... y eso había ido calando lentamente en su personalidad. Y aunque Adhárel lo sabía, no podía hacer nada por evitarlo. Y tendría que ser Dimitri quien lo descubriese para poder cambiar. Al parecer, el proceso ya había comenzado.

—¡Alteza! —le gritó Ruk situando su montura junto a la del príncipe. Adhárel tiró de las riendas de su caballo y le obligó a aminorar el paso—. Los hombres están cansados. Nos preguntábamos si podríamos parar a descansar. Belmont ya no queda lejos.

El príncipe miró al cielo y vio que el sol ya se encontraba en su cenit.

—No creo que haya ningún problema —contestó, levantando la mano para avisar a los demás de que se detendrían allí mismo. A la derecha había un pequeño claro. Los caballos fueron deteniéndose y Adhárel se apeó de su montura para atar las riendas a un árbol. El resto de los hombres le imitaron.

Tras estirar las piernas, sacaron unas hogazas de pan y se sentaron a comer. Mientras tanto, Adhárel se puso a estudiar los mapas de Belmont sin advertir las miradas de complicidad que se dirigían los hombres a su espalda.

Tendrían que rodear el reino para entrar por donde Belmont menos lo esperaba. Después deberían entrar en el castillo de algún modo y rescatar a...

—¿Alteza?

Adhárel se dio la vuelta dispuesto a exigir que no le molestasen cuando sintió un golpe seco en la nuca. El príncipe gritó de dolor y cayó al suelo como un fardo.

—Cambio de planes, alteza —dijo Ruk con una rama en las manos.

Adhárel se puso de rodillas y después, tambaleándose hacia atrás, se acuclilló para desenvainar la espada.

—No es una buena idea, alteza —comentó otro hombre. La guardia le había rodeado y cada uno le apuntaba por un flanco con su espada.

—¿Qué está... pasando aquí? —volvió a preguntar Adhárel terminando de desenvainar la espada y poniéndose completamente de pie.

—Preguntadle a vuestro hermano —respondió de nuevo Ruk, moviéndose en círculos a su alrededor—. Al parecer él sí sabe qué hacer con Belmont.

—¡Mentís! —gritó Adhárel lanzándose con la espada a por varios de los hombres y obligándoles a retroceder—. Mi hermano no ha podido...

—¡Desde luego que ha podido! —le interrumpió Ruk, alejándose de la pelea— ¿Por qué creéis si no que ninguno de vuestros hombres está aquí?

Adhárel esquivó una estocada, dio media vuelta y le clavó el acero a uno de los hombres en el estómago. El resto se puso en guardia y esta vez fueron dos los que le acorralaron.

—¡Pero tú estás aquí! ¡Tú eres uno... de mis hombres!

Ruk se echó a reír, balanceando la pesada rama entre sus manos.

—Yo soy hombre del mejor postor. Y en este caso, ese es vuestro hermano.

—Traidor... ¡Sois todos unos traidores! —gritó Adhárel lanzándose a por uno de los dos soldados que le acosaban. Tenía que llegar a su montura como fuera para escapar de allí.

Maldito Dimitri, pensaba mientras detenía estocadas de un

lado y de otro. Le había llevado a una trampa y ni siquiera lo había visto venir. Todo este tiempo había estado mintiendo y conspirando contra él y contra el reino. ¿Qué pensaba hacer? ¿Proclamarse rey de Bereth? Si Barlof hubiera estado aquí podría haberlo adivinado, pero ya se encargó su hermano de que no fuera así. Ahora no le cabía ninguna duda, su fiel amigo también había caído en la trampa de Dimitri. Y él lo había permitido a pesar de que Barlof juró que era mentira. Pero, ¿cómo había podido engañar a los sentomentalistas? ¿Qué vil truco había utilizado para ello? ¿O también formaban parte de la conspiración? No podría volver a fiarse de nadie.

—¡No os saldréis con la vuestra! —gritó de nuevo, lanzándose al suelo tras clavarle la espada a otro hombre a la altura de los riñones. Todavía quedaban cinco, y esta vez se acercaban a él desde todos los flancos.

—¡Deteneos a reflexionar! —suplicó Adhárel, intentando ganar tiempo. Los hombres le iban cercando lentamente— ¡Dimitri entregará Bereth a Belmont en bandeja!

Los hombres se miraron entre sí y se echaron a reír.

—¿No me digáis? Eso sería toda una lástima —ironizó el hombre que tenía en frente. Entonces se descubrió la armadura y le mostró el tatuaje de la bandera de Belmont que llevaba en el hombro.

—Vosotros no sois… —murmuró Adhárel.

—Bravo, alteza —dijo otro de los hombres—. Sólo habéis tardado una mañana en descubrirlo.

Con furia, Adhárel se lanzó a por ellos en un intento desesperado por llegar nuevamente hasta los caballos. Pero en ese momento, cuando esquivaba la espada de uno de los belmontinos, sintió un golpe seco en la cabeza y cayó de rodillas al suelo. La espada se le escurrió de las manos y, aunque hizo todo lo posible por mantenerse despierto, no tardó en perder el conocimiento, precipitándose en la más absoluta oscuridad.

—Que durmáis bien, alteza —murmuró Ruk tirando la rama junto al cuerpo inerte del príncipe.

3
EN LA TRAMPA

Hacía rato que había amanecido cuando Duna llegó a la linde del bosque.

Había conseguido descansar un par de horas en una cueva formada por un montículo de rocas y, a pesar de que no había dormido lo suficiente, se sentía mucho más descansada y optimista.

Tras mirar a todos lados, corrió desde el último árbol del bosque hasta la primera casa del nuevo reino. Al principio tuvo la sensación de que las construcciones eran idénticas a las de Bereth, pero, prestando más atención, pudo comprobar que no era así: las paredes de las casas, aunque de piedra, estaban agrietadas y enmohecidas; los tejados eran de una paja tan fina que algunas de las viviendas colindantes incluso los tenían rotos. Seguramente la tormenta pasada hubiera terminado por derrumbar algunos de ellos. Ante ella se extendía una explanada de cosechas de secano que brillaban bajo el sol, salpicadas por algunos charcos negros. Los pocos animales que Duna veía en las inmediaciones estaban flacos y sucios; incluso los caballos daban la sensación de no poder cargar nada sobre sus grupas.

Viendo todo aquello, la muchacha imaginó cómo tendría que vestirse para no llamar la atención, algo que no tardó en confirmar. La mujer de la casa tras la que Duna se ocultaba salió por la puerta cargando una cesta repleta de ropa, presumiblemente sucia. Llevaba el pelo revuelto y algunos mechones volaban libres de allá para acá. El vestido que llevaba estaba roto en algunas partes y el bajo quedaba oculto por una capa de barro seco. En los pies llevaba lo que parecían ser unas chanclas de esparto deshilachadas por el talón. Cuando la mujer se alejó con la cesta de ropa, Duna se miró las vestimentas y decidió que tendría que hacer algo para no llamar tanto la atención.

Se puso de cuclillas y, cogiendo con las manos un pegote de barro del suelo, cubrió su vestido para después extenderlo de arriba abajo. A continuación, cogió otro montón más y repitió la misma operación hasta que quedó totalmente irreconocible. Cuando terminó con el vestido, se llevó las manos al pelo y se lo despeinó hasta que le quedó como el de la mujer que acababa de ver. Por último, volvió a untarse las manos en barro y se puso algunos manchurrones por los brazos.

—Todo sea por la causa... —comentó mientras se incorporaba y salía de su escondite.

Convino consigo misma no hablar si no era necesario para pasar aún más desapercibida.

Las primeras casas de Belmont, al igual que sucedía en Bereth, se encontraban a un par de kilómetros de la muralla, la cual rodeaba el núcleo de la ciudad y el castillo. Con paso rápido, Duna recorrió los embarrados campos de cultivo intentando no perder detalle de lo que ocurría a su alrededor. Los pocos granjeros que trabajan en los huertos eran la viva imagen de los animales que les rodeaban. Todos estaban en los huesos y se movían arrastrando los pies y las azadas con la misma falta de energía. Nadie reparó en ella.

—Santo Todopoderoso... —murmuró Duna tragando saliva y sintiendo verdadera lástima por ellos.

¿Cómo había llegado Belmont a aquella situación? Seguramente fuese obra del tirano que reinaba en aquellas tierras. El mismo que había apresado al príncipe Adhárel para sus fines más crueles: Teodragos.

Con estos pensamientos rondándole por la cabeza y con el nombre del cruel rey resonando en sus oídos, Duna se agarró la falda y avanzó a grandes zancadas por encima de los charcos y las elevaciones del terreno supuestamente cultivado.

Poco después, y con el sudor empapándole el rostro, llegó a lo que parecía ser el portón y la muralla de la ciudad. Y sólo lo parecía porque, a diferencia de la de Bereth, aquella muralla era mucho más baja y estaba parcialmente derruida. El portón estaba vigilado por un guardia con el uniforme del reino que, en lugar de estar atento a quienes lo cruzasen, se entretenía parloteando con un par de mujeres que le daban conversación.

Quién diría viendo esto que la guerra es inminente, pensó Duna mientras cruzaba el portón con la cabeza gacha.

Ya en el interior, levantó la mirada y se quedó impresionada. El interior de la ciudad le resultó todavía más increíble que los campos que había dejado atrás. Las casas de Belmont eran mucho más altas que las de Bereth. Las más pequeñas debían superar en varios pisos a las casas más grandes del otro reino. La proximidad entre ellas y la estrechez de las calles hacían de Belmont un lugar idóneo para los días de calor asfixiante como aquel. El sol no penetraba por ninguna parte y en las callejuelas el viento corría más fresco.

Pudo apreciar mientras subía por la que parecía ser la más ancha de las calles que el color que más predominaba era el gris. Las paredes estaban hechas con roca gris, los adoquines del suelo, al menos los que quedaban, eran grises y los tejados también estaban construidos con pizarra oscura. Jamás se hubiera imaginado Belmont de aquel modo si no lo estuviera contemplando con sus propios ojos. La única palabra que encontraba para describirlo era deprimente. Y aquella sensación aumentaba a medida que los belmontinos empezaron a salir de sus casas y a abrir tiendas y negocios. Nadie sonreía, nadie saludaba y, si no era necesario, nadie levantaba la mirada del suelo. Parecían tan faltos de vida como las casas que les rodeaban.

Pero con tanta gente allí viviendo, ¿en qué se invertían todos los impuestos y diezmos que seguramente cobrase el rey a sus habitantes? Desde luego no en higiene, pensó Duna esquivando un buen montón de porquería apilado en una esquina. No volvería a quejarse del gobierno de Bereth nunca más, se prometió al ver aquello. Por lo menos por sus calles se podía pasear sin sentir la necesidad de dejar de respirar.

Duna sintió una punzada de nostalgia al pensar en Bereth pero aceleró el paso al recordar el motivo que la había llevado hasta allí.

Cuando estaba llegando al final de la calle, la mayoría de los tenderos se encontraban ya a las puertas de sus negocios, sentados en taburetes, esperando a la clientela sin intentar vender la mercancía a voz en grito como ocurría en Bereth. Prácticamente no se oía ni un ruido. Nadie reía, ni hablaba. Y entonces la muchacha comprendió qué era lo que más echaba en falta: a los niños. No había chiquillos corriendo, ni gritando, ni peleándose. No había madres regañando a sus hijos, ni paseándoles de la mano. Nada. Sólo adultos. Las mujeres y los hombres iban de una tienda a otra comprando lo que necesitasen sin intercambiar apenas dos palabras con los vendedores. Todo en el más absoluto silencio. Por un instante Duna recordó las clases con Lady Soriana en la escuela del Este. Incluso en aquella aula había más ruido y más vida que en las calles de Belmont.

Seguía pensando en aquello cuando la calle terminó abruptamente. De repente ya no había ninguna casa ni a un lado ni a otro. De nuevo pudo ver el sol en lo alto del cielo, y el castillo frente a ella le invitaba a acercarse. La muchacha recorrió un camino de tierra que conectaba la gigantesca construcción con el resto de la ciudad, un camino flanqueado por una vegetación incluso más descuidada que la de los campos de la entrada al reino. No había dado ni diez pasos cuando advirtió el enorme foso que rodeaba al castillo.

—Con eso no había contado… —comentó para sí.

Tendrían que crecerle alas si quería llegar al otro lado. Además, el puente levadizo que había enfrente seguramente sólo se bajase muy de vez en cuando y estaría más vigilado que el portón que daba acceso a la ciudad. Dio una vuelta sobre sí misma y descubrió unos misteriosos postes de hierro separados varios metros unos de otros y que rodeaban a cierta distancia la muralla y el foso del castillo. Duna no pudo imaginar para qué servirían, pero parecían crear una barrera invisible entre la ciudad y el castillo. Se encogió de hombros y volvió a estudiar la enorme construcción.

He llegado hasta aquí, pensó mientras buscaba con la mirada otra opción. No había nada que hacer. Adhárel perecería en lo más profundo de aquel castillo mientras ella esperaba junto aquel foso.

Con mucho cuidado avanzó hasta el borde y se asomó para comprobar su altura. Después observó de nuevo el castillo, buscando algún vigía que la hubiera detectado. Al no encontrar a nadie, pensó que, tal vez, lanzándose al agua encontraría la manera de... ¿Pero se estaba volviendo loca? ¿Cómo iba a tirarse a ese foso? ¡Si el golpe no la mataba seguramente las alimañas que vivían en él se encargarían de ello! Se llevó las manos a la cabeza, frustrada por la situación. El calor la estaba volviendo loca. Definitivamente, tendría que regresar a Bereth y dar la alarma, como debería haber hecho en cuanto Dimitri le contó lo sucedido. ¿Qué estaba haciendo allí sola? ¿Qué pensaba? ¿Que iba a encontrar todas las puertas abiertas y que Teodragos la saludaría cuando recogiese a Adhárel? Se había comportado como una niña estúpida.

Al menos espero que a Cinthia le haya ido mejor, deseó con lágrimas en los ojos.

Dio un paso atrás para marcharse cuando de pronto descubrió una sombra en el suelo, justo a su lado. No estaba sola. Tras la aventura sufrida con los bandidos del bosque, su primera idea fue la de echar a correr, pero después comprendió que la única salida posible era lanzarse al vacío. Algo que había desestimado hacía sólo unos instantes. No, se enfrentaría a quienquiera que fuese. A lo mejor era un pobre mendigo, tal vez...

La sombra avanzó hacia ella. Un paso. Otro. Ya casi podía sentir su aliento en la nuca.

También podría darle un empujón; si era como el resto de belmontinos que había visto, no le costaría mucho derribarle.

Entonces todo sucedió muy rápido. Duna se decantó por el empujón rápido: dio unos pasos atrás, lanzó su codo hacia donde imaginaba que estaba el estómago de quien la estuviera vigilando y después... después cayó al suelo dándose un fuerte golpe cuando su codo encontró poco más que aire. A continuación, la sombra cambió de lado, volvió a situarse a su espalda y, tapándole la boca y la nariz con las manos, la obligó a levantarse. Duna, asustada y conteniendo la respiración, dejó que el desconocido la arrastrara sin saber a dónde la llevaba. En la ciudad utilizaría las energías en llamar la atención de algún belmontino para que acudiera en su ayuda, aunque dudaba que alguno lo hiciese.

Cuando empezó a sentir más frescor y se vio rodeada por las casas grises, Duna lanzó un puntapié a la espinilla de su captor y consiguió zafarse de la mano que le tapaba la cara el tiempo necesario para atizarle en el estómago y salir corriendo. Pero, nuevamente, sin haber podido avanzar apenas unos pasos, Duna volvió a sentir una mano que le agarraba la cintura y otra tapándole la boca. Fuera quien fuese, no iba a permitir que se marchara tan fácilmente. La muchacha miró a todos lados en busca de ayuda, pero advirtió que aquella no era la misma calle por la que había venido y que en esta no había ni un alma.

—¡*Fuenfafe*! —gritó Duna intentando morderle la mano —*¡He difo que e fuelfes!*

—¡Soy yo, Duna! —dijo de pronto una voz a su espalda—. Estate quieta o no podré liberarte.

La muchacha tardó unos instantes en asimilar aquellas palabras. Dejó de oponer resistencia al escuchar su nombre y notó cómo la liberaban. Se dio la vuelta para encontrarse frente a Sírgeric.

—¡Por el Todopoderoso! —exclamó Duna abrazando a su amigo— ¡Estás bien!

—No gracias a ti, desde luego —contestó él devolviéndole el abrazo.

—¿Qué haces aquí? ¿Cómo me has encontrado?

Sírgeric se encogió de hombros.

—He cabalgado toda la noche. Hemos de salir de aquí. Cinthia me avisó de lo que estaba sucediendo y me dijo que habías venido a Belmont para rescatar a Adhárel.

—Así es, pero no puedo entrar en el castillo. El foso…

—El foso es infranqueable, créeme. He vivido al otro lado de esa muralla durante años.

—¡Tendrá que haber otra entrada!

—¿Crees que si la hubiera se habrían molestado en construir el resto de defensas?

Duna negó con la cabeza al comprender que su amigo tenía razón.

—Aun así, ahora mismo no hay nadie vigilando, podríamos…

Sírgeric la miró alarmado.

—Oh, no… —comentó.

—¿Oh, no? —le preguntó Duna poniendo los brazos en jarra— ¿Cómo que *oh, no*?

—¿Nadie te ha explicado nada sobre las defensas del castillo?

Duna le miró sin entender y volvió a negar con la cabeza. Sírgeric la agarró de los brazos, alterado, y la llevó hasta un portal oscuro.

—El castillo de Belmont —explicó el joven sin levantar la voz— tiene tres mecanismos de protección y defensa. El primero es el foso, el segundo es la explanada que lo rodea. Cualquiera que se aproxime es descubierto antes de alcanzar el castillo.

—Bueno, eso es como en todos lados —le interrumpió Duna, nerviosa al ver tan alterado a su amigo—. ¿Y cuál es el tercero?

—Los sentomentalistas.

Duna enarcó una ceja, escéptica. Cuando se aproximaba, no había visto a nadie.

—¿Has dicho algo? —le preguntó Sírgeric de repente— ¿Has dicho algo mientras estabas ahí fuera? ¿Lo que fuera?

Duna le miró sin comprender.

—No… sí… bueno, creo. Imagino que murmuraría algo al encontrarme con el foso… ¿Por qué? ¿A qué viene tanto secretismo, Sírgeric? Me estás asustando.

—¡Maldita sea! —exclamó el joven mirando en derredor— ¡Duna, esto es una trampa! Hay que salir de aquí enseguida.

—¿Una trampa? ¡Pero no podemos irnos sin rescatar a Adhárel!

Sírgeric agarró a Duna de la mano para arrastrarla fuera del portal.

—¡Adhárel está en Bereth! Dimitri te engañó para que vinieras hasta aquí.

Duna tragó saliva, asustada.

—¿Qué...? ¿Pero por qué? Pensé que Dimitri quería que yo...

—¡Que acabaras en manos de Belmont! Eres el cebo de Adhárel, Duna. ¿No lo entiendes?

La idea se fue filtrando lentamente en su cabeza. ¿*Ella* era el cebo de Adhárel?... ¿*Ella*? No sabía cómo tomárselo. A pesar de lo terrible de la situación y el engaño de Dimitri, tenía ganas de sonreír. Sin embargo, se contuvo.

—Espera, Sírgeric —dijo Duna—. Llamaremos la atención si seguimos corriendo.

—Ya no importa llamar la atención, lo que tenemos que hacer es llegar al portón. Ellos ya saben que estás aquí.

El joven aminoró la marcha para explicarse.

—En el momento en el que dijiste lo que fuera junto al foso, supieron que estabas aquí. Fue por eso por lo que te tapé la boca y te impedí que me vieses, para que no dijeras nada. Aunque para entonces no sabía que ya era demasiado tarde. ¡Creí que alguien te habría explicado algo sobre este castillo! En la escuela, Adhárel... ¡alguien! ¿Por qué crees que hay tanto terreno entre las casas y el castillo? ¿Para qué crees que están esos postes que separan la ciudad del foso?

Duna se encogió de hombros sin responder.

—En lugar de vigías, el castillo está controlado por sentomentalistas. Pueden oír a kilómetros de distancia. Crearon un perímetro que comienza en los postes para advertir la presencia de todo aquel que se aproxime al castillo desde la ciudad. Cuando hablaste, supieron que estabas aquí.

—¿Sólo perciben las voces?

—Yo tampoco soy un experto en su funcionamiento. Según nos explicaron a nosotros con la intención de disuadirnos de abandonar el castillo, los sentomentalistas con dones relacionados con la escucha se colocan como vigilantes en la muralla. De alguna manera construyeron esos malditos postes para hacer reverberar la voz hasta donde se encuentran ellos y así descubrir a los invasores. Por eso las pisadas no les valen.

—¿Y por qué no vinieron a por mí? —preguntó Duna, divisando a lo lejos el portón de la muralla— ¿Por qué no me dispararon una flecha en ese mismo momento?

Sírgeric la miró.

—Eso es lo único que no entiendo…

El joven volvió a darse la vuelta y siguieron corriendo por la estrecha callejuela. Sírgeric le sacaba unos pasos, pero la muchacha intentaba mantener el ritmo pese al cansancio. La tensión acumulada y la idea de encontrarse en mitad de una trampa le proporcionaban energía suficiente como para haber llegado hasta Bereth corriendo de haber sido necesario.

De repente, un viejo belmontino cubierto de harapos y arrastrando una carreta vacía apareció por una de las calles perpendiculares y le cortó el paso a Duna.

—¡Sírgeric! —gritó la muchacha.

El joven se detuvo en seco y miró hacia atrás. El hombre con el carro intentaba maniobrar para hacer girar el carro por la estrecha callejuela.

—¡No puedo pasar! —volvió a gritar.

—Está bien, no te preocupes. Vuelve hacia atrás y toma la primera calle perpendicular a la izquierda que encuentres, después vuelve a girar hacia la derecha. Te esperaré allí.

Duna asintió y sin perder tiempo dio marcha atrás hasta la siguiente calle que encontró y corrió por ella hasta dar con un nuevo cruce de calles. Tomó la que bajaba y la siguió sin detenerse ni un instante. Sírgeric tendría que aparecer por una de aquellas callejuelas en cualquier momento; después podrían seguir el camino juntos.

Duna iba pensando en el incompetente guardia que había visto a la entrada de la ciudad y en lo bien que les vendría ahora que siguiese apostado allí, cuando de pronto alguien salió de una de las calles laterales sin que lo advirtiese y la empujó, haciéndola caer al suelo.

—¡Sírgeric! Ten más cuidado, ¿quieres? —le recriminó Duna mientras volvía a ponerse en pie. Alguien le tendió una mano para ayudarla a levantarse. Pero antes de que pudiera cogerse a ella, la muchacha se dio cuenta de que aquel no era su amigo, sino un mendigo que la miraba asustado.

—Lo… lo siento…

Sin esperar un segundo, Duna saltó por encima de aquel hombre y siguió corriendo calle abajo. Cuando volvió a mirar para atrás, el viejo ya había desaparecido.

Sírgeric tendría que estar allí mismo, pensaba. ¿Dónde se habría metido?

De repente, respondiendo a sus preguntas, oyó unos pasos acelerados a su espalda y al girarse se encontró con su amigo que venía corriendo hacia ella gritándole que siguiera corriendo. Tras él venían varios hombres armados.

—¡Duna, no te pares!

La muchacha no esperó a que se lo repitieran y salió disparada por el último tramo de calle que faltaba. Cuando se aproximaba a las últimas casas, echó un vistazo en derredor esperando encontrarse con su amigo, pero él ya no estaba allí.

En su lugar, un grupo de tres hombres armados con espadas ganaba terreno en su dirección. ¿Dónde estaba Sírgeric? ¿Qué le habían hecho? ¿Había conseguido escapar? Fue a gritar su nombre cuando llegó al final de la calle, pero reparó en que otros dos grupos de hombres igualmente armados se aproximaban a ella por ambos lados.

—¡Sírgeric! —gritó desesperada mirando hacia todos lados— ¡Socorro! ¡Que alguien me ayude!

Nadie respondió a sus súplicas. Las pocas personas que quedaban en ese tramo de calle corrieron a ocultarse en el interior de las casas en cuanto vieron a los hombres.

Duna se preparó para enfrentarse al grupo que se aproximaba por la izquierda y avanzó hasta dar con la destartalada muralla. Desesperada, agarró una de las piedras desprendidas de la pared y se la arrojó al grupo que se aproximaba por la izquierda. La piedra golpeó a uno de los hombres, que cayó al suelo, aunque aquello no detuvo al resto del grupo.

Viendo el resultado, cogió otra piedra algo más grande y esta vez se preparó para lanzársela al que parecía ser el capitán del pelotón. Pero en el momento en el que iba a lanzarla, alguien le atizó en la nuca y cayó al suelo con la piedra aún en las manos.

—¡La quiere viva! ¡No la matéis! —fue lo último que oyó Duna antes de desmayarse.

Dimitri terminó de leer la carta que acababa de recibir y después la echó a la chimenea. Mientras miraba cómo el fuego devoraba el pergamino, su sonrisa se fue ensanchando.

El plan había concluido; al menos la parte complicada. Ahora sólo quedaba informar a su madre y al resto del reino del destino de Bereth. *El cambio se acercaba y ya nada podía detenerlo.*

Cuando se enteró de que el maldito sentomentalista había conseguido huir con el crío, había pensando por un momento que el plan se vendría abajo. Pero tras haber recibido aquella carta, ya nada podía salir mal.

—Larga vida al nuevo Bereth —dijo, mirando por la ventana.

Su vida había dado un vuelco inesperado en los últimos días. En parte por sus intrigas, dignas del mejor conspirador del Continente, en parte por el regalo que le había hecho Teodragos y sus estúpidos sentomentalistas la noche en la que había visitado Belmont.

Tras regresar de aquel ruinoso reino, Dimitri descubrió que la marca que le había aparecido en la muñeca tras el conjuro del sentomentalista belmontino se había ido extendiendo por la palma de su mano lenta pero inexorablemente. A los pocos días, aquella oscura y extraña cicatriz había llegado hasta la palma de su mano y había seguido su camino bifurcándose en cinco finas betas que se habían extendido hasta la punta de cada uno de los dedos.

En un principio había sentido verdadera repulsión por ella. A punto estuvo de cometer una locura para hacer desaparecer aquel estigma tan horrible. Si alguien lo hubiese visto, podría haber sospechado. Sin embargo, todo eso había sido antes de descubrir las ventajas que conllevaba.

Lo descubrió una noche, mientras cenaba solo en el palacio. Dimitri había ordenado despertar a un par de doncellas para que le preparasen algo antes de acostarse. Cuando la sirvienta entró con una jarra de leche humeante y una bandeja repleta de pastas y la dejó sobre la mesa, el príncipe le agarró el brazo para recordarle que a él le gustaba la leche fría; y en ese preciso instante oyó la respuesta de la muchacha. Pero no con sus oídos, sino con su mente. Dimitri miró entonces a la doncella y vio que la joven asentía dócilmente mientras una sarta de insultos y de improperios dirigidos a Dimitri se filtraban en sus pensamientos.

Dimitri le soltó el brazo, asustado, y en cuanto lo hizo, todo volvió a quedar en silencio.

La doncella se había marchado ya cuando Dimitri empezó a esbozar una idea de lo que había sucedido: de alguna manera, ahora poseía el poder de un sentomentalista. En un principio tuvo miedo, lógicamente, pero después comprendió que no había por qué tenerlo. Estaba claro que su familia no lo sabía, ni tampoco Teodragos. ¿Pero como podía ser? Jamás había oído hablar de que la sentomentalomancia se pudiese transmitir, pero ¿qué otra explicación había?

Pasó los siguientes días probándolo con todo aquel que se cruzaba en su camino. En menos de tres días conocía a las personas del palacio mejor que ellas mismas. Y eso le sirvió para rodearse de aquellos que más miedo parecían sentir por él. De aquellos que jamás tendrían el valor de traicionarle. Se encargó de ocultarle los pensamientos al rey Teodragos a base de concentración, aunque a veces no estaba seguro de conseguirlo completamente. Las consecuencias, se decía, eran un riesgo que había que asumir. A fin de cuentas, había sido el ingenuo rey el que le había otorgado aquel don.

Poco tiempo después pudo incorporarlo a su plan. La primera oportunidad se presentó con los sentomentalistas que juzgaron a Barlof. Desde el momento en que había decidido que la mano derecha de Adhárel sería el chivo expiatorio, no había dejado de pensar en cómo convencer a los sentomentalistas de que era culpable cuando en realidad no lo era. Tendría que ser juzgado por sentomentalistas belmontinos que le ayudasen con sus dones, pero para eso tenía que convencer al viejo Zennion de que se lo permitiese. Lo había dado casi por perdido, pero entonces le llegó aquel regalo divino. Además de escuchar los pensamientos de aquellos a quienes tocaba, también podía manipularlos sutilmente para hacerles pensar lo que el quería que pensasen. Así, el resto lo dejaba en sus manos, o mejor dicho, en sus mentes, para que la semilla que él había plantado germinara en sus cabezas.

No supo hasta qué punto tendría éxito hasta comprobar el resultado en los sentomentalistas de Barlof. Aunque lo mejor fue utilizarlo con Duna Azuladea. Un par de frases en el momento adecuado, unos cuantos pensamientos manipulados para convencerla de lo capacitada que estaba para rescatar a Adhárel y asunto zanjado. La muchacha se había marchado sin perder un instante a Belmont y sin detenerse a considerar en la posibilidad de una trampa. Pronto se le pasaría el efecto y se preguntaría qué estaba haciendo allí, pero, para entonces, ya sería demasiado tarde.

Dimitri se puso en pie y escribió la misiva que recibirían todos los berethianos durante la noche. Cuando terminó de redactarla, se la entregó al copista del palacio y le advirtió que las quería enviadas antes de la medianoche, sin falta. Después se desordenó la ropa, se despeinó y se dirigió a paso ligero hasta los aposentos de la reina.

—¡Madre! —gritó al irrumpir en la estancia sin detenerse a llamar a la puerta. La reina estaba en la cama, cosiendo a la luz de una bombilla. Al ver a su hijo tan alterado ordenó a sus doncellas que salieran de allí inmediatamente.

—¿Qué ocurre Dimitri?

El príncipe se sentó junto a ella y le agarró la mano.

—Ah… Adhárel ha sido… capturado —dijo con lágrimas en los ojos.

La reina se llevó una mano a la boca y le miró asustada.

—Adhárel… ¿Có… cómo ha pasado? —preguntó la reina— ¿Cuándo? ¡Hay que avisar a la guardia!

—Ha sido esta noche. Esa lavandera de la que se encaprichó Adhárel le ha traicionado —mintió Dimitri—. Le ha conducido a una trampa y Belmont le ha capturado. No hemos podido hacer nada. Cuando nos hemos enterado… ya era demasiado tarde. La Guardia Real ya ha sido avisada. Lo siento muchísimo, madre.

Dimitri abrazó con fuerza a la reina para consolarla mientras las lágrimas comenzaban a resbalar por sus mejillas.

—Dimitri… No… no lo entiendes… Tenemos que encontrarle enseguida... Hay algo más, ¡mucho más! Tu hermano está... enfermo —exclamó la reina, alterada—. Tienen que encontrarle antes de que se haga de noche.

Dimitri la miró comprensivo.

—Le encontrarán, madre... toda la guardia está buscándole. Hay partidas recorriendo...

—¿Toda? —le cortó la reina volviendo en sí— Entonces, ¿quién está protegiendo Bereth? ¡Ahora que tienen a Adhárel no tardarán en atacar! Hay que advertirles que vuelvan, tienes que avisar a los sentomentalistas. ¡Bereth está en peligro!

—Madre, cálmate, por favor...

—¡No me digas que me tranquilice! —le ordenó la mujer.

Dimitri le lanzó una mirada desafiante pero después respiró hondo.

—Hay algo más que quería decirte...

La reina miró a su hijo escéptica.

—Ahora que Adhárel se ha ido...

—¡Le han secuestrado, Dimitri! Es algo muy diferente.

Su hijo asintió y se corrigió:

—Ahora que le han secuestrado, quería decir, y mientras tú no estés bien para reinar... creo que debería ser yo quien tome las riendas de todo... y cuanto antes.

La reina cerró los ojos y asintió. Sin Adhárel, lo lógico era que Dimitri tomara el control del reino, a pesar de no estar del todo segura de que pudiera hacerlo. Las manos le temblaban sobre el regazo. Dimitri sonrió para sus adentros. Ya estaba hecho.

—En tal caso, mi primera medida, y por el bien de mi hermano Adhárel, será cumplir con las exigencias de Belmont.

La reina volvió a mirarle, esta vez asustada.

—¿Además osan pedir algo? ¿De qué se trata?

—En primer lugar, quieren terminar con la guerra. Son ya muchos años los que...

—¿A cambio de qué, Dimitri? —le interrumpió ella.

El príncipe se mordió el labio y cerró los ojos, harto de tanta interrupción. Después volvió a sonreír.

—De convertirnos en un solo reino.

Su madre abrió la boca asombrada e hizo ademán de decir algo, pero un ataque de tos se lo impidió.

—Madre, madre, no te alteres —le rogó Dimitri acariciándole la mejilla suavemente—. Sé que será lo mejor. Con ello conseguiremos que Adhárel vuelva con nosotros, ya lo verás.

Ariadne apartó la mano de Dimitri ante el asombro del joven.

—Creo que no estás capacitado para tomar esa decisión, Dimitri —le dijo mientras se incorporaba—. Es hora de que salga de una vez de esta cama.

—No, madre —contestó el príncipe cada vez más alterado y empujando a su madre de vuelta a la anterior posición—. No será necesario. Tus días de reinado han terminado. Ahora me toca a mí.

Ariadne le fulminó con la mirada, incapaz de creer lo que estaba sucediendo. Sabía que Dimitri no había sido un niño fácil, pero aquello…

—Dimitri… tú…

El joven se encogió de hombros.

—Ya va siendo hora de que ocupe el lugar que me corresponde, madre. Estoy cansado de ser siempre el segundón. De estar siempre bajo la sombra de mi estúpido hermano. De que todos me traten como al bufón de la corte. —Dimitri miró a la reina y su mirada complacida se tornó fría y carente de sentimiento. Después se puso en pie y, mientras recorría la habitación de un lado a otro, su voz fue aumentando de volumen—. ¿Por qué tienes que ponérmelo tan difícil? ¿Por qué quieres sufrir más de lo necesario? Crees que soy demasiado pequeño para tomar decisiones, ¿no es eso? El pobre Dimitri, el indefenso Dimitri… —El príncipe se volvió hacia su madre y la miró con odio y desprecio—. Todo eso ha terminado. Demostraré a todos de lo que soy capaz.

—Estás loco —le dijo su madre sin dar crédito a su oídos.

Dimitri soltó una carcajada.

—Aún no has oído lo mejor de todo, madre. Hace tiempo que llevo planeando algo a tus espaldas… y, teniendo en cuenta que ya no podrás hacer nada por impedirlo, no me hará ningún mal contártelo. Así tendrás otra prueba de que te confundiste al elegir al hijo que debía reinar.

—Nos matarás a todos… ¡Bereth caerá por culpa de tu envidia!

—¡Yo no tengo envidia de nadie! —rugió Dimitri arrojando al suelo un jarrón que había sobre la cómoda—. ¡Y menos de Adhárel! ¡Si el idiota de mi hermano hubiera sido la mitad de listo que yo, no habría caído en la trampa que le he preparado!

—Oh, Todopoderoso... —susurró la reina, llevándose las dos manos a la boca—. Fuiste tú... —tragó saliva—. Tenía la esperanza de que al menos hubiera sido obra de otra persona... de la lavandera...

Dimitri miró nervioso hacia todos lados, consciente de que había hablado demasiado.

—No quería que te enterases, madre —dijo, dulcificando la voz—. Iba a ser un secreto entre él y yo...

—Eres un monstruo ¡Es tu propio hermano!

—No quería hacerte daño —insistió el joven—. De verdad. Pero tus ganas de entrometerte en todo nos han llevado a esto. ¿No podías asentir y sonreír como has hecho siempre con Adhárel? ¡Desde luego que no! ¡Tenías que avasallarme con tus inoportunas preguntas!

—¡Tu hermano nunca vendió Bereth a Belmont! —le gritó la reina.

Dimitri le soltó un bofetón sin poder contenerse y después se apartó de ella. La reina se llevó la mano a la mejilla magullada, conteniendo las lágrimas para cuando él no la viese.

—¿Ves lo que me obligas a hacer, madre?

—No vuelvas a llamarme madre... ¡Jamás volveré a reconocerte como hijo! —le gritó la reina, dejando que las palabras resonaran en la habitación.

Dimitri abrió la boca para decir algo más pero volvió a cerrarla. Por primera vez en mucho tiempo no sabía qué responder. Sus ojos dejaron de ser fríos y distantes y por un momento la reina pensó que se echaría a llorar, como cuando era un niño. La habitación quedó en silencio, con las últimas palabras meciéndose entre los dos. El príncipe se dio la vuelta y miró a través del cristal. Aquellas palabras le habían hecho más daño del que estaba dispuesto a reconocer. Cerró los ojos y después volvió a encararse a la reina. Su mirada volvía a ser fría y dura como un témpano de hielo.

—Como queráis. Al amanecer Bereth será más grande y poderoso de lo que haya sido jamás. Y yo... —Dimitri sonrió—... yo seré el rey.

—Mientras yo siga viva, nunca serás nada.

—En tal caso, alteza, no volveréis a salir de esta habitación nunca más.

La reina se tragó las lágrimas y le miró desafiante.

—La Guardia Real me obedece a mí por encima de todo, y en cuanto les diga que...

—Ha habido ciertos cambios dentro de la Guardia Real —le cortó Dimitri poniéndose en pie y colocándose bien la casaca—. Básicamente, he prescindido de ella. Al menos de todos aquellos que no están de acuerdo con el nuevo régimen. Quiero que des la bienvenida a tu nueva... guardia personal.

Y con una sonrisa en los labios, el príncipe abrió la puerta de la habitación para dejar pasar a dos hombretones vestidos con la armadura de Belmont.

La reina miró de arriba abajo a los guardias y después a su hijo.

—¿Qué has hecho? —preguntó la reina en un murmullo—. ¿Cómo has podido...?

—Que durmáis bien, alteza —se despidió Dimitri pasando entre los dos guardias—. Si necesitáis algo, pedídselo a ellos. Estarán encantados de atender vuestros deseos... incluso de que cese vuestro sufrimiento.

Avanzó hasta la puerta y, antes de cerrarla, volvió a asomar la cabeza y dijo:

—Por cierto. —La reina lo miró con los ojos anegados en lágrimas—. El *arma* ya no está oculta en el fondo de ningún corazón. Creí que debíais saberlo.

Ariadne abrió aún más los ojos al comprender aquellas palabras y después negó repetidas veces con la cabeza al tiempo que murmuraba palabras sin sentido. Cuando Dimitri abandonó la habitación con una sonrisa pintada en el rostro, la reina dejó escapar el grito de tristeza y dolor más profundo que había proferido en toda su vida.

Era ya de noche cuando Cinthia y Marco regresaron a su refugio ocultos entre las sombras. De la mano, como dos hermanos, anduvieron hasta el portal de una vieja casa de piedras mohosas y allí se detuvieron. Iban cargados con unos cuantos alimentos básicos para aguantar el tiempo que fuese necesario en el improvisado escondite que Marco había elegido. Al parecer había sido allí donde Barlof y él se reunían para evitar miradas indiscretas.

Marco sacó una llave dorada que le colgaba del cuello, abrió la puerta y entraron. Cinthia cerró la puerta tras el niño y después movieron juntos la mesa que había en el centro de la estancia, descubriendo una trampilla en el suelo. Marco procedió a abrirla. Tras bajar por unos escalones de madera, volvieron a cerrarla tras ellos. A continuación, Cinthia encendió unas cuantas velas y el pequeño cuarto quedó iluminado. No había más que dos colchones de paja y unos taburetes pequeños junto a una mesa, pero tampoco necesitaban más por el momento. Cinthia se tumbó sobre un colchón y Marco sobre el otro.

—¿Qué haremos ahora? —preguntó el niño, ansioso.

—Buscar aliados. Esa debería ser nuestra primera misión —contestó Cinthia, sacando una hogaza de pan. Partió un pedazo y se lo lanzó al niño.

—¿Y dónde vamos a encontrarlos?

Cinthia meditó unos instantes. Nunca se había encontrado en una situación parecida y jamás se había detenido a pensar qué haría llegado el caso. Duna era la que siempre había tomado las decisiones. Pero después de saber lo que estaba sucediendo, por muy difícil que le pareciese, no podía quedarse de brazos cruzados. Un hombre inocente había muerto, el príncipe del reino encabezaba una horrible conspiración, habían estado a punto de asesinar a Sírgeric y ahora Duna también estaba en peligro. No, definitivamente tenía que hacer algo.

—Habrá que esperar. Primero tendremos que averiguar qué nos quiere decir. —Cinthia se sacó del dobladillo de la falda un pergamino que habían encontrado tirado por la calle. Todas las puertas del reino tenían la misma misiva clavada en la madera. Era una invitación formal para asistir al palacio. Y no era precisamente para un baile.

—Odio a ese hombre… —dijo Marco entre dientes.

—Lo sé. Yo también le odio, pero no debemos precipitarnos. Ten paciencia.

Marco se echó sobre el colchón, resignado.

—Tu amiga Duna luchará, ¿no?

—¡Desde luego que sí! —le contestó Cinthia con una sonrisa. Al oír el nombre de su amiga sintió una punzada de añoranza—. Ella siempre está dispuesta a pelear…

4
LA DONCELLA EN LA TORRE

Duna se despertó a la mañana siguiente con un persistente dolor en la cabeza y el cuello. Con los ojos cerrados, la muchacha se preguntó por qué su cama se había vuelto tan incómoda. Musitó algo enfadada y fue a desapelmazar la almohada cuando se dio cuenta de que no estaba en su casa. Entonces todos los recuerdos de la noche anterior acudieron a su mente sacándola de la somnolencia en un doloroso instante.

—¡Adhárel! —gritó de repente, incorporándose.

Con el corazón desbocado y la respiración entrecortada, Duna miró a su alrededor y comprobó, en primer lugar, que era de noche y, en segundo, que estaba tendida sobre un suelo de piedra. La ventana acristalada que había en la pared frente a ella dejaba vislumbrar un cielo negro con algunas estrellas desperdigadas. Temerosa de perder el equilibrio si se levantaba, la muchacha recorrió con la mirada la estancia desde donde se encontraba para averiguar cómo había ido a parar allí. Bueno, eso en realidad era sencillo: Belmont la había capturado. Seguramente se encontrara en una prisión en algún lugar de aquel horroroso castillo con su estúpido foso. Giró la cabeza y vio que si bien había dormido en el suelo, había un viejo camastro junto a la pared a unos pasos de ella. *Muy considerado por parte de quien la hubiera traído hasta allí*, se dijo. Junto a la cama había una mesita de noche con un candelabro apagado sobre ella. Aquel era todo el mobiliario que se veía a primera vista.

Cuando se hubo recuperado y el dolor de cabeza remitió, Duna se puso en pie lentamente y se quedó mirando su prisión desde su nueva perspectiva. Tanto las paredes como el suelo eran de piedra. El techo era alto, muy alto, y allá arriba podía adivinarse una enorme lámpara que seguramente en el pasado hubiera contenido más de una bombilla. El resplandor de la luna que se filtraba por la única ventana creaba sombras inquietantes en las paredes que la rodeaban. Tenía miedo. Aquel fue el segundo pensamiento lógico que tuvo en todo ese tiempo. Después de la desorientación, se dio cuenta de que estaba sola y perdida. Y de que, posiblemente, la única persona que conocía su paradero estaba muerta o en su misma situación. ¿Se pasaría allí el resto de su vida? ¿La dejarían encerrada hasta que muriese de hambre? Seguramente moriría antes de sed o se volvería loca. Nunca más volvería a ver a Aya, ni a Cinthia, ni a Adhárel; posiblemente no volvería a visitar Bereth nunca más. ¡Ni ningún otro lugar del Continente! Y aunque intentó mantenerse firme, las lágrimas empezaron a recorrer sus mejillas mientras se mordía con fuerza el labio. Se obligó a dejar de llorar.

Y todo aquello había sucedido por culpa del traidor: Dimitri. Sabandija asquerosa, pensó. Se sentía tan tonta por haberle creído. Un gusano, eso es lo que era. Un monstruo sin escrúpulos. Cuanto más pensaba en él, más crecía su ira y más ganas tenía de romper algo. Para tranquilizarse, comenzó a recorrer la habitación a grandes zancadas.

No. No podía terminar allí. No podía dejarles vencer. Encontraría la manera de escapar de aquella prisión y volvería para contarle a Bereth la verdad acerca de Dimitri. Demasiados inocentes habían sufrido ya por culpa de sus mentiras; ya iba siendo hora de que pagase por ello.

Cuando logró tranquilizarse, se acercó a la ventana y tiró

del picaporte convencida de que estaría sellada a cal y canto. ¿Quién en su sano juicio dejaría a una prisionera en una celda de la que pudiera escapar? No obstante, la ventana cedió y las bisagras rechinaron al moverse.

—Oh, vaya...

Con cuidado, abrió completamente la ventana y se asomó al exterior. Primero oteó el horizonte. No había nada. Buscó a ambos lados en busca de alguna construcción o monumento que le resultase familiar, pero, a la luz de la luna, todo lo que la rodeaba era una larga y yerma llanura sin apenas vegetación. ¿Dónde diablos estaba? Hasta entonces había imaginado que se encontraba recluida en algún lugar del castillo de Belmont, pero ahora...

Cuando miró hacia abajo, el aire le revolvió el flequillo. Estaba a mucha más altura de lo que había imaginado.

—Santo Todopoderoso... —musitó comprendiendo por qué la ventana no estaba cerrada. La única salida posible era lanzarse al vacío.

Giró sobre sus talones y respiró hondo con los ojos cerrados. Aquello no podía estar sucediéndole. Esperaría a que amaneciese para pensar en otro plan de huída, aunque las posibilidades cada vez eran más escasas. Fue a dar un paso hacia el camastro cuando de repente un rugido lejano le heló la sangre y le hizo dar un brinco de miedo. Se dio la vuelta justo a tiempo de contemplar, atónita, la silueta de un dragón recortada contra la luz de la luna. No era un dragón cualquiera, pensó. Sin duda tenía que tratarse del dragón de Bereth...

Cuando su aletargada mente llegó a aquella conclusión, sintió cómo la embargaba una nueva esperanza. Si el dragón estaba allí sería por algún motivo. ¿La habría seguido desde el bosque? ¿Vendría a buscarla a ella? Pletórica y sin pensar en lo que hacía, Duna se encaramó al alféizar de la ventana sujetándose con fuerza al marco y después comenzó a gritar haciendo aspavientos con la mano libre.

—¡Estoy aquí!

En ese momento, la figura del dragón pareció desvanecerse en la noche sin más ruido que un violento aleteo. Duna se disponía a gritar de nuevo cuando de pronto la enorme criatura apareció por detrás de la torre y rugió directamente sobre la ventana de Duna.

—¡No! ¡Socorro! —gritó la muchacha, no tan segura ya de querer tener tan cerca aquella criatura.

Cuando Duna hubo bajado de la ventana y dado unos pasos hacia el interior de la habitación, el dragón apartó las garras de la roca y volvió a remontar el vuelo sin alejarse demasiado de allí.

Duna retrocedió lentamente hasta topar con la cama, donde se sentó sin dejar de mirar a través de la ventana. El dragón no había venido a rescatarla, meditaba sin apartar los ojos del cielo nocturno. El dragón era su custodio. El dragón estaría ahí cada vez que intentase salir o cada vez que alguien intentara rescatarla. El dragón acabaría con ellos y también sería el responsable de que Duna pasase el resto de sus días encerrada en aquella habitación.

No le hicieron falta palabras para comprenderlo. Cuando el dragón la había mirado no había encontrado ni rastro de reconocimiento o piedad en sus ojos. Lo único que había visto había sido la más profunda y absoluta oscuridad.

Con igual lentitud que el resto de sus movimientos, Duna se dejó caer todo lo larga que era sobre el viejo y sucio camastro sintiendo la madera crujir bajo su peso. A continuación, cerró los ojos y, mientras esperaba a que el sueño la alcanzase, pudo escuchar el aleteo acompasado del dragón girando en torno a la torre, siempre vigilante. Entonces pudo advertir, por primera vez, lo pequeña que se sentía encerrada en aquella altísima torre de piedra.

5
«MÁS GRANDE, MÁS FUERTE, MÁS PODEROSO»

Dimitri terminó de acicalarse frente al espejo de su dormitorio y después se puso una capa color burdeos sobre los hombros. Perfecto. Ni un pelo fuera de su sitio, ni una mancha en el traje y ni una sola persona capaz de arruinar aquel momento. Todo Bereth estaría bajo sus pies en un abrir y cerrar de ojos. Sin Adhárel y su madre, el reino entero le pertenecía. Y quien pensase lo contrario… bueno, quien pensase lo contrario dejaría de pensar muy pronto. Él era el nuevo rey y nadie volvería a estar por encima nunca más… Los pensamientos se interrumpieron en su cabeza. Una punzada de dolor le recorrió la parte interna de la muñeca. Se la agarró con la otra mano y acarició con delicadeza la misteriosa marca que Teodragos y su sentomentalista le habían dejado como recuerdo de su visita a Belmont.

—Está bien, está bien… —murmuró Dimitri sin dejar de masajearse el brazo—. Contendré mis pensamientos.

De acuerdo, no estaba solo. No todo el mundo estaría por debajo de él. Si había llegado hasta allí había sido también gracias a sus contactos. La astucia no lo era todo cuando no se tenían los medios para llevar las ideas a la práctica.

Por suerte, lo que ni el rey Teodragos ni ninguno de sus sentomentalistas sabía era que Dimitri se guardaba un as en la manga. Un as que ellos mismos le habían regalado sin advertirlo.

¡Basta ya de perder el tiempo!, se reprendió dándose media vuelta y colocándose el cinto con la espada a la cintura. Todo Bereth le aguardaba y no les quería hacer esperar.

Salió de su habitación y anduvo por los silenciosos pasillos del palacio hasta llegar a uno de los salones. Allí le esperaba todo el servicio que no había sido despedido o encerrado en los calabozos y algunos guardias belmontinos. Al pasar junto a ellos todos agacharon la cabeza y esperaron a que hubiera pasado para volver a incorporarse. Después, uno de los sirvientes abrió la puerta que daba a un enorme balcón y se asomó para encontrarse con todo los aldeanos de Bereth allí reunidos. Excelente, se dijo, la carta parecía haber llegado a cada rincón del reino.

—¡Queridos súbditos! —exclamó Dimitri desde lo alto. Cinthia y Marco se adelantaron un poco entre el gentío para escuchar mejor. Los dos iban bien tapados y era imposible reconocerles—. Os he hecho llamar a todos y cada uno de vosotros sin distinciones de edad, profesión o clase porque hay algo que debo comunicaros…

Se produjo un pequeño revuelo en la plaza que terminó apaciguándose unos instantes después. Cinthia vio por el rabillo del ojo cómo Marco fulminaba al príncipe con la mirada.

—Algo terrible ha sucedido dentro de nuestras fronteras —siguió el príncipe—. Un accidente del que difícilmente podremos recuperarnos. Una pérdida que arrastraremos el resto de nuestras vidas con tristeza, pero también con la fuerza suficiente como para sobreponernos a ella y luchar para salir adelante. —Dimitri hizo una pausa. Cinthia y el niño se miraron, intrigados, como el resto de berethianos. ¿De qué estaba hablando? El príncipe cerró los ojos y respiró unas cuantas veces antes de proseguir—. Vuestra reina Ariadne y vuestro príncipe Adhárel, mi madre y mi hermano, fallecieron hace dos noches por culpa de un terrible accidente acaecido en el interior del palacio.

—¿Cómo? —gritaron al unísono Marco y Cinthia. Los gritos dc incredulidad, las negaciones de cabeza y algún que otro desvanecimiento repentino se sucedieron en los segundos siguientes. Otros, en cambio, optaron por cerrar los ojos y rezar al Todopoderoso.

—¿Pero qué demonios está diciendo? —preguntó Cinthia.

—Miente —le aseguró Marco—. Está mintiendo como un bellaco. ¡Fíjate en su aura!

Cinthia sonrió.

—Bueno, yo no puedo verla, pero te creo.

—Es cierto, lo siento —se disculpó el niño.

Todo el mundo parecía conmovido por la noticia, pero no podían contarle a nadie que estaba mintiendo. Lo único que conseguirían sería meterse en un buen lío. ¿Quién iba a dudar del príncipe? La gente lloraba y se abrazaba desconsolada. Dimitri esperó el tiempo necesario para que las aguas volvieran a su cauce y después continuó.

—Pero ellos no querrían veros así. El reino de Bereth siempre ha sido fuerte, ha sabido enfrentarse a las adversidades y ahora no puede ser menos. —El príncipe hizo una enigmática pausa y miró al cielo—. La reina, mi madre, antes de morir me encargó la misión de continuar con su legado si a ella o a mi querido hermano les pasaba algo. ¡Aciago el día en que me lo dijo! Me pidió que mantuviese a Bereth a flote. Que lo liderase hacia el futuro. Que Bereth no se perdiese en las brumas de la historia y que permaneciese a la cabeza del Continente —volvió a mirarles y sonrió. Cinthia sintió un escalofrío imaginando lo que vendría a continuación—. He meditado mucho sobre estas palabras. He trazado mil planes en mi cabeza para que sus deseos pudieran verse cumplidos. Y, al final, he dado con la solución.

Todo el mundo le escuchaba atento, conteniendo la respiración. El silencio llenaba cada boca y la tensión era casi palpable en la plaza.

—Todos habéis oído hablar alguna vez de Belmont —Cinthia puso los ojos en blanco—. Algunos incluso habéis estado allí. Y sin embargo, ninguno lo conoce realmente. Nuestro reino y el suyo han estado siempre enfrentados por motivos pasados que ya hemos olvidado. Y aunque los acuerdos de paz muchas veces han estado cerca de convenir a los dos reinos, siempre ha habido algo que no terminaba de gustar a un bando o al otro.

La gente se removía inquieta. ¿Dónde quería ir a parar? Los cuchicheos crecían en la plaza. El príncipe parecía tenso. Se pasó la mano por el pelo y después se agarró a la barandilla.

—Lo que quiero deciros, súbditos míos, es que tenemos que acabar con este enfrentamiento. Que todos vivimos en un mismo Continente y que debemos unir nuestras fuerzas para progresar, crecer y evolucionar. Mi madre y mi hermano estarían orgullosos de mí ante la idea que cruzó mi mente la noche de su muerte. Una idea que ha evolucionado en una decisión que quiero poner en práctica ante todos vosotros. ¡No más enfrentamientos con Belmont! ¡Basta ya de regirnos por el odio! ¡Nosotros no somos diferentes a ellos! ¡El derramamiento de sangre terminará esta misma mañana!

Un murmullo general cruzó la plaza.

—¿No más guerras? —dijo una mujer junto a Cinthia.

—Esto me huele a chamusquina... —comentó otra, detrás.

Cinthia y Marco se miraron sin saber bien qué pensar.

—Está asustado —le susurró Marco a Cinthia—. Se lo veo en el aura. Tiene miedo, inseguridad. Ya no parece tan convencido como al principio.

—No me extraña —respondió ella—. Imagínate estar en su situación y saber que si mete la pata, pueden echar el castillo abajo.

—Me encantaría presenciarlo —bromeó Marco.

—¡Amados súbditos! —exclamó Dimitri, llamando la atención de todos los presentes—. Quiero que le deis la bienvenida a una nueva era. Una era en la cual Bereth será más grande, más fuerte... más poderosa. No habrá reino que se le iguale en todo el Continente. Formaréis parte de la historia y vuestros hijos estudiarán el día de hoy sintiéndose orgullosos de sus padres, de quienes hicieron eso posible. Mis queridos berethianos, hoy hemos despertado siendo pequeños, pero nos acostaremos como gigantes. Las fronteras de Bereth ya no terminan en el bosque, las fronteras se extienden más allá del antiguo reino de Belmont. Ahora las dos mitades de un mismo reino se han unido para no separarse jamás y vosotros, amigos míos, lo habéis hecho posible. ¡Saludad a los nuevos hijos de Bereth!

En ese instante, ante el asombro de los allí congregados, en cada almena, torre, ventana y balcón del palacio aparecieron guardias belmontinos con armaduras en la que se podía contemplar un dragón enfrentado a un cuervo. La nueva bandera del reino, pensó Cinthia. Hubo un sobrecogimiento general al ver aquello. Los berethianos se apelotonaron unos contra otros cuando se vieron rodeados por aquellos hombres desconocidos y amenazadores. Marco se abrazó a Cinthia, asustado.

—¿Qué ves? —le preguntó.

—Son monstruos —susurró el niño—. Están tranquilos y seguros. No les preocupa tener que disparar. A quien sea.

—Todopoderoso… —murmuró Cinthia con un nudo en la garganta—. Esperemos que no cometan ninguna locura.

—¡No debéis tener miedo! —les tranquilizó el príncipe—. Ya no habrá más guerras. Se han terminado los rencores. Bereth y Belmont se han convertido en un mismo reino, un reino de paz. Y con esta bandera —dijo, dándose media vuelta y cogiendo la tela que le cedía uno de los sirvientes—, todos formaremos parte del mismo legado.

Con energía, desdobló la tela y la dejó colgando del balcón para que todos pudieran contemplarla. En ella, al igual que en las armaduras de los soldados, el dragón de Bereth y el cuervo de Belmont se miraban de frente tocándose las patas en señal de paz… o de guerra.

Hubo comentarios, murmullos de desaprobación y algún que otro gritito de miedo. Cinthia deseó que la cosa no pasase de allí. Seguramente los soldados que les apuntaban con las ballestas no serían tan indulgentes con quienes se mostraran contrarios a la unión.

—Está ansioso —dijo Marco sin apartar los ojos del príncipe.

—¿Qué ves?

—Que no ha terminado todavía. Tiene algo más que decir...

Dicho y hecho. En ese momento, el príncipe continuó.

—Y para demostraros con hechos y no sólo con palabras todo esto, quiero que conozcáis a la persona con la que he podido contar en todo momento para llevar a cabo este plan. Vosotros tampoco tardaréis en descubrir cómo es en realidad su majestad Teodragos VI.

Dimitri dio un paso hacia atrás y dejó paso al rey de Belmont. El barbudo hombretón le sonrió y, de un empujón que sólo Marco percibió por el color de las auras, le apartó de su camino y agarró con fuerza la barandilla de piedra del balcón.

—¡Querido pueblo de Bereth! —anunció. El silencio era absoluto. Nadie aplaudió, pero tampoco le abuchearon. Sin embargo, los rostros de la gente decían lo que callaban. Sabía que no agradaba, pero eso no le importaba—. Es para mí un verdadero honor poder hablaros desde la cuna del reino. Desde hoy, como ya os ha dicho el príncipe Dimitri, la guerra con Belmont ha terminado... Pero también hay algunas cosas que van a cambiar.

La gente masculló y se revolvió más inquieta que antes.

—¿Pasa algo? —le preguntó Cinthia.

—No lo sé... —dijo Marco.

En ese instante, un grupo de guardias mucho más numeroso que el anterior y con unas capas de otro color aparecieron en los extremos de la plaza. Los berethianos se apiñaros aún más en el centro, aterrados.

—Son hombres de Belmont.

—¡Es una trampa! —le dijo Marco a Cinthia, sin dejar de mirar al rey gordinflón—. Teodragos ha jugado su propia partida. ¡Está utilizando al idiota de Dimitri!

—Shhh... —le conminó Cinthia—. No hables tan alto o nos meteremos en un lío.

—Pero...

—Desde hoy —continuó el rey—, y a pesar de que Dimitri ha olvidado comentarlo, habrá toque de queda en todo el reino. —El pueblo entero se revolvió y alguno incluso lanzó alguna que otra injuria contra el rey. Teodragos no les hizo ningún caso y prosiguió, sonriente—. Quienes desacaten cualquiera de las nuevas leyes, será enviado al calabozo sin contemplaciones. Qué se le va a hacer... me gustan las cosas sencillas...

—¿Y qué haréis cuando estén llenas? —gritó un hombre entre el gentío.

—Entonces tendrán que empezar a rodar cabezas —contestó Teodragos encogiéndose de hombros.

El pueblo entero estaba encolerizado y la poca tranquilidad que había conseguido Dimitri se había desvanecido por completo. Lo que querían hacer con Bereth era más de lo que nadie iba a soportar. No permitirían que el reino fuese vendido a Belmont sin pelear...

—¡Silencio! —rugió Teodragos al tiempo que la guardia apuntaba a la multitud con sus lanzas. Todo el mundo guardó silencio—. Bien, el toque de queda será a la puesta de sol. Nadie podrá pasearse por el reino a partir de ese momento. La norma ha sido pensada para vuestra seguridad. —El hombre sonrió maliciosamente antes de continuar—: La Guardia Suprema tendrá libertad absoluta para irrumpir en cualquier hogar a cualquier hora del día para guarecerse, alimentarse o simplemente para descansar. Estáis obligados a darles cobijo. No seáis egoístas o el castigo será mucho peor que la hogaza de pan que podáis perder —se burló el rey.

Marco se apretujó aún más contra Cinthia. Las auras de todo el pueblo eran terriblemente oscuras. Presagiaban que en cualquier momento saltaría la chispa y nada podría detenerles. Muchos deseaban matar a aquel hombre, pero, en la mayoría de los casos, el miedo ahogaba sus ansias de lucha.

—No quiero perder la ocasión de daros el pésame a todos por la pérdida de la familia real —añadió—. Por suerte para todos, Dimitri sobrevivió y será él quien os gobierne bajo mi tutela. Estoy convencido de que lo hará espléndidamente. Ahora podéis marcharos a vuestros hogares. Como os ha dicho Dimitri, bienvenidos a un Bereth más grande, más fuerte y más poderoso.

Y tras decir esto, el hombre se metió en el palacio mientras dos sirvientes cerraban las puertas del balcón. A Cinthia no se le escapó la forma en que Dimitri había observado al rey mientras volvían al interior del palacio.

¿Algún imprevisto, principito?, se dijo para sí.

Los aldeanos se quedaron allí unos instantes más sin saber qué hacer o sin recordar adónde tenían que ir. Habían acudido al palacio esperando recibir alguna buena nueva y, sin embargo, habían contemplado la rendición y la invasión de Belmont sobre Bereth, por mucho que quisiesen llamar a los dos reinos con el mismo nombre. Aquel sitio había dejado de ser su hogar y se había convertido en su prisión.

—Vámonos de aquí enseguida, antes de que pase algo —le dijo en voz baja Cinthia a Marco. Después cogió de la mano al niño y juntos salieron de los terrenos del palacio hacia su escondite.

—¡No podemos dejar que se salgan con la suya, Cinthia! —gruñía el niño mientras corría junto a la muchacha. Los dos iban tapados con harapos y una capa vieja para que no les reconociesen— ¡Dimitri y ese rey mentiroso van a terminar con Bereth!

—¡Shhhh! —le regañó Cinthia sin detenerse—. No vuelvas a decir nada en la calle, ¿me oyes? ¡Podría oírte alguien!

—Entonces…

—Entonces nada, ahora mismo tenemos que permanecer ocultos hasta que llegue el momento oportuno.

El niño se detuvo en seco y puso los brazos en jarras.

—¡Pero yo quiero luchar ahora! ¡Quiero vengar a mi padre!

Cinthia también se detuvo y se agachó para mirarle a los ojos y acariciarle el pelo. Sentía demasiada lástima por el niño como para enfadarse con él.

—Lo sé, Marco, lo sé… pero tenemos que esperar a que llegue el momento adecuado. Si ahora entrásemos en el palacio para vengar a tu padre, la *Guardia Suprema* —dijo con voz burlona— nos encerraría en los calabozos o algo mucho peor… ¿Quieres volver ahí dentro o preparar un plan de ataque antes?

El niño negó con la cabeza y Cinthia le sonrió.

Cuando llegaron al refugio establecieron una serie de prioridades para los próximos días: Marco se encargaría de hablar con sus compañeros sentomentalistas y les propondría luchar en contra de la tiranía de Teodragos. Cinthia, mientras tanto, buscaría el modo de convencerles del todo.

—Ahora que van a ser utilizados como armas más que nunca —meditó—, seguramente estén encantados de pelear.

—No te olvides de que es porque somos los más poderosos —añadió Marco, hinchando el pecho de orgullo.

—¿Sabrás cómo ponerte en contacto con ellos sin que nadie más se dé cuenta?

Marco se incorporó en su colchón y arqueó las cejas haciéndose el interesante.

—Sin ningún problema.

—¿A qué demonios ha venido todo eso? —estalló Dimitri en cuanto las puertas del balcón se cerraron. El rey pasó por su lado y le sonrió con indiferencia.

—Dimitri, Dimitri, Dimitri... no te pongas así, ¿quieres? Llevémonos bien.

—¡Deja de decirme cómo tengo que ponerme! —replicó el príncipe soltándose de los guardias y cortándole el paso a Teodragos—. Si no fuese por mí, nunca habrías llegado ni a rozar la muralla de Bereth. Quiero que me expliques qué es lo que ha pasado ahí fuera. Ahora.

—Cambio de planes —dijo el rey inspeccionándose las uñas.

—¿Qué?

—De última hora, Dimi. No pude hablar contigo antes.

El príncipe cerró los puños con fuerza.

—No... me... llames... Dimi.

El rey hizo un gesto de desagrado.

—Sí que tienes mal humor. Menudos despertares... —los guardias sonrieron—. A ver, ¿qué es lo que te ha ofendido tanto?

—¡Todo! ¿A qué viene eso del toque de queda? ¿Y qué es eso de la Guardia Suprema? Pensé que habíamos acordado que tu guardia se uniría a la de Bereth.

—Lo sé, lo sé... pero luego pensé que no era justo. —El hombretón agarró con un brazo los hombros de Dimitri y juntos miraron hacia un horizonte imaginario dibujado por la mano libre de Teodragos—. Imagínalo por un momento,

Dimi…tri. Tú y yo juntos, gobernando no sólo estos dos pequeños Reinos sino el Continente entero. Con la fuerza de nuestros dos ejércitos y con todos los sentomentalistas que tenemos de nuestro lado, podríamos ser los gobernadores de todo. —Se detuvo unos instantes para que la idea calase en el príncipe. Después prosiguió—: Pero para eso tendremos que modificar algunos detalles sin importancia.

El príncipe reprimió, no, ni siquiera tuvo la intención de manipular sus pensamientos tal y como había hecho tantas otras veces con otras personas. Por alguna razón que desconocía, sabía que con Teodragos no funcionaría. Mientras le agarraba por los hombros, Dimitri sintió que su poder menguaba, como si se contrarrestara con el de Teodragos. ¿Y si era eso? No sería descabellado pensar que el rey también hubiese recibido aquel extraño don. O algo peor, se dijo: que el rey hubiera *tenido* ese don desde siempre. Y que, de ese modo, le hubiese llegado a Dimitri. Lo más inquietante de todo era que, posiblemente, el rey lo hubiera utilizado contra él alguna vez en el pasado.

—¿Te refieres al toque de queda? —preguntó Dimitri, soltándose y volviendo a mirarle ahora con otros ojos.

Teodragos asintió. Si había *sentido* sus pensamientos, no daba muestras de ello.

—No podemos preocuparnos porque un aldeano estúpido se cruce en nuestro camino durante una práctica nocturna y que termine con una flecha clavada en el pecho, ¿no? Porque ¿sabes qué pasaría entonces? —Teodragos no aguardó a la respuesta—: ¡Todo Bereth se nos echaría encima acusándonos de asesinato! Y nosotros no queremos eso, ¿verdad, Dimitri? Por eso he impuesto el toque de queda: para que mis… nuestros soldados se ejerciten en la oscuridad.

El príncipe asintió como un niño bueno al escuchar la explicación. Teodragos sonrió como un padre sonreiría a su hijo, algo que a Dimitri no le pasó desapercibido, y por un instante fugaz sintió remordimientos por lo que estaba haciendo. En ese momento percibió una punzada de dolor en la muñeca. Sus pensamientos habían llegado demasiado *lejos*.

—No, no, no… —dijo suavemente Teodragos—. Estás haciendo lo correcto. Al principio los aldeanos estarán un poco enfadados, ellos no son capaces de ver el progreso aunque lo tengan delante de sus narices. Pero con el tiempo se irán calmando, y dentro de nada se habrán olvidado de que existe un toque de queda: se irán a sus casas antes del anochecer de manera automática. Y entonces nosotros podremos expandir nuestro gran imperio más allá de Belmont. Los dos juntos. Como iguales.

—Visto de ese modo... —comentó Dimitri bajando los ojos.

—Así es como hay que verlo —dijo Teodragos con seriedad—. Nosotros hemos nacido para conquistar el Continente entero, Dimitri. No podemos limitarnos a dos reinos sin importancia. Tenemos la fuerza, la inteligencia, las armas y el valor para gobernar cada rincón de cada reino y hacernos con cuanto deseemos poseer. —Entonces sonrió con ternura y palmeó en la espalda al príncipe—. ¡Ahora vayámonos a almorzar!

Dimitri le miró con reservas pero después le devolvió la sonrisa.

—Sígueme. Por aquí.

Y Teodragos, haciendo una señal a sus hombres, cruzó las puertas tras el príncipe.

6
AL RESCATE

Duna se despertó a la mañana siguiente muerta de frío. La ventana se había quedado abierta durante toda la noche y el gélido viento nocturno había estado entrando y saliendo sin nada que se lo impidiese.

La muchacha se acurrucó aún más sobre el camastro y tembló sin querer levantarse. ¿Para qué iba a dar un paso fuera de aquella cama? Parecía el único lugar seguro en toda la habitación. No pensaba volver a asomarse a la ventana. El dragón seguramente acabaría con sus huesos en cuanto se asomase. Ahora que prestaba atención, se daba cuenta de que no se oía nada. El dragón no estaba volando alrededor de la torre como había hecho sin descanso durante la noche y llenando de pesadillas los sueños de Duna. ¿Estaría descansando? ¿Se mantendría oculto para hacer creer a Duna que se había marchado? ¿Estaría devorando sin piedad a algún noble caballero que hubiese venido a buscarla? ¿A Lord Guntern?... No lo creía posible. Nadie sabía que estaba allí y, además, el dragón, hasta donde sabía no se comía a los humanos… aunque tampoco parecía cruel cuando le vio en el bosque y ahora…

Aquí estaba Duna, aguardando a la muerte en lo más alto de una torre que casi rasgaba las nubes, sobre un camastro y lloriqueando por su destino.

—¡Yo no tendría que estar aquí! —gritó repentinamente al techo de la habitación— ¡Tendrías que estar tú! ¡Esta es tu guerra, no la mía!

Cuando se le cortó la voz por las lágrimas, volvió a tumbarse boca abajo, apretando con fuerza el rostro contra la almohada. El cuerpo entero se le convulsionó por el llanto. ¿A quién quería engañar? Si ahora estaba allí era por algo…

Porque, aunque le pareciese imposible, absurdo, incomprensible y vergonzoso, Duna se había enamorado de Adhárel perdidamente. No sabía cómo había podido suceder; antes de entrar a trabajar en el palacio odiaba todo lo que tuviese que ver con él. Cada vez quc Cinthia farfullaba tonterías acerca de él, Duna prefería marcharse de la habitación a seguir escuchándola; cuando alguna vez se había cruzado con su séquito en el pueblo, no había podido evitar pensar lo guapo que le parecía… aunque también lo incompetente que probablemente fuera. Porque había algo que no podía negar: se sentía atraída por él. Y ahora que le había visto trabajar sabía que no era un *cabeza hueca* y que se preocupaba por su pueblo. Era valiente y servicial, y tenía aquella sonrisa tan bonita…

Ya es suficiente, se dijo. Es hora de madurar. Le gustaba Adhárel ¡Le quería! ¿Por qué se negaba a admitirlo? ¿Qué tenía de malo o de vergonzoso? Ahora que le conocía un poco más sabía que no era orgulloso ni despectivo como su hermano. Era gentil, amable, parecía tener carácter y, además, se había fijado en ella. ¡Se había fijado en ella! ¡Ni siquiera un porquerizo se hubiera acercado a Duna sabiendo que no había terminado la escuela! Y allí estaba el príncipe, el futuro rey de Bereth sonriéndole e intentando pasar más tiempo con ella. Y sin berones de por medio, como Lord Guntern.

Duna volvió a darse la vuelta sobre el colchón y se quedó mirando el techo, intentando controlar una sonrisa. Creyó que ya estaba preparada. Podía hacerlo. Total, la otra opción para pasar el rato era lanzarse por la ventana…

Tomó aire, como siempre que se tiene que decir algo importante, aunque sea a las piedras de una pared, y a voz en grito dijo:

—¡TE QUIERO, ADHÁREL!

Cuando terminó de pronunciar su nombre sintió que se quedaba mucho más tranquila. Había sido estúpido, lo sabía, pero para ella había significado reconocerlo abiertamente. Era una lástima que no hubiese nadie allí para escuchar su confesión...

—¿Duna? —oyó de pronto a lo lejos. Genial, pensó, ya estaba comenzando a volverse loca. El primer síntoma siempre eran los delirios.

—¿Duna? —volvió a repetir la voz. Y aunque seguía percibiéndola igual de lejos, le pareció que era un poco más real. La muchacha se sentó en la cama mirando hacia la ventana, preparada para correr si volvía a escuchar algo.

Pasaron unos segundos pero no pasó nada. Tan sólo se oía el trino de algún pájaro. Definitivamente se estaba volviendo loc...

—¿Duna?

Aquella vez no esperó a que se repitiese por cuarta vez. Se lanzó hacia la ventana y se asomó apoyada en el alféizar.

Allá abajo, en el lejano suelo, la muchacha descubrió a un joven que intentaba escalar la pared de la torre. El príncipe. Su príncipe.

—¡Adhárel! —gritó ella casi tan fuerte como antes. Ya no le importaba que le hubiese escuchado gritar que le quería, porque le quería. Y al verle allí abajo, intentando rescatarla, a pesar de la altura y del dragón, le confirmaba que hacía bien amándole... Santo Todopoderoso, ¡el dragón!—. ¡Adhárel! ¡Vete de aquí! —volvió a gritar—. ¡El dragón! ¡Te atacará! ¡Huye ahora que puedes! ¡Sálvate!

Unos días antes lo habría creído imposible, pero después del recibimiento de la noche anterior, estaba completamente segura de que el dragón no se detendría a la hora de matar a un ser humano.

No estaba segura de si Adhárel le habría oído o de si no había gritado con suficiente fuerza. El príncipe seguía peleándose con la pared, buscando en las grietas agarraderos para las manos y los pies. Cada pocos metros, caía al suelo levantando una polvareda. Mientras tanto, Duna miraba al cielo en busca del dragón, esperando verle aterrizar junto al príncipe en cualquier momento y zampárselo de un bocado o lanzarlo por los aires.

—¡Sal de aquí! —volvió a gritar la muchacha, desesperada. Y en un murmullo, añadió—: Por favor…

—¡No… me iré… sin ti…, Duna! —gritó el príncipe con las fuerzas que le quedaban.

La muchacha no pudo evitar sentirse sumamente alagada, ni que las mejillas se le sonrojasen.

—¡Voy a intentar lanzarte algo para que puedas subir! —le gritó, dándose media vuelta y buscando por la habitación algo que le sirviese. Las ventanas no tenían cortinas, pero la cama sí tenía sábanas.

Corrió hasta el mueble y con furia sacó la que cubría el mohoso colchón y la que había encima. Después les hizo un nudo y comprobó que aguantarían. Perfecto… más o menos.

A continuación, ató un extremo a una argolla que había junto a la ventana y después le lanzó las sábanas al príncipe.

—¡Ya está! —gritó al tiempo que se asomaba de nuevo.

Entonces vio dos cosas. La primera, que el atillo de sábanas no llegaba ni a la mitad de la torre…

Y la segunda, que un grupo de unos veinte hombres se acercaban a caballo por la extensa llanura.

—¡Adhárel! —gritó otra vez—. ¡Se acerca alguien!

El príncipe dio media vuelta y pareció buscar su espada en el cinturón. No la tenía. Duna volvió a mirar a lo lejos y comprobó que los hombres, ahora mucho más cerca, iban protegidos con armaduras que centelleaban a la primera luz del sol. Parecían soldados de Bereth… ¿o eran de Belmont? ¡Quizá fueran a ayudar a Adhárel! Una oleada de esperanza inundó a Duna. En un abrir y cerrar de ojos estaría libre.

Pero en ese momento vio que Adhárel había cogido la rama de un arbusto y que apuntaba con ella a los hombres, dispuesto a… ¿pelear? Maldita sea, aquellos hombres no venían a rescatarla, ¡venían a impedir que Adhárel llevase a cabo su cometido!

Los hombres llegaron hasta Adhárel y le rodearon sin bajarse de sus caballos. Con el palo, el príncipe intentó atizarles en las piernas para hacerles caer.

—¡Dejadle en paz! —gritó Duna, impotente—. ¡Cobardes!

Los hombres reían sin dejar de dar vueltas alrededor del príncipe hasta que uno le agarró el palo y lo lanzó lejos de allí.

Duna no podía seguir mirando sin hacer nada. Volvió al interior de la habitación y arrastró con todas sus fuerzas la mesilla que había junto al camastro hasta la ventana. Después, en un último esfuerzo, la elevó hasta el alfeizar y, rezando para que no le cayese a Adhárel encima, la dejó caer al vacío. El desquebrajar de la madera sonó a los pocos instantes y Duna se asomó para ver lo que había conseguido. Uno de los hombres se encontraba tirado a los pies de la torre sin su caballo, que había salido corriendo. El resto de los soldados miraban hacia arriba asombrados mientras Adhárel tiraba a uno más de su montura y comenzaba a patearle.

Pero las buenas noticias no duraron mucho. En cuanto sus compañeros vieron lo que estaba haciendo Adhárel, dejaron de mirar a la ventana y se lanzaron a por el príncipe. Cuatro de ellos bajaron de los caballos y con unas sogas que llevaban en los cinturones, lo inmovilizaron.

—¡Nooooooooo! —gritó Duna, desesperada.

Los hombres terminaron de maniatar al príncipe y le subieron a uno de los caballos. Cuando estuvieron listos, espolearon sus monturas y se alejaron de la torre tan rápido como habían llegado.

Duna se quedó en el alfeizar, inmóvil. Había creído tan cerca la libertad; se había imaginado bajando de su prisión y reuniéndose con Adhárel, que ahora el vacío era mucho más profundo y humillante que antes. Un último retazo de juicio le impidió lanzase por la ventana. Uno muy, muy pequeño.

Con las lágrimas rodándole por las mejillas, Duna volvió hasta el camastro, ahora desnudo, se tumbó en él y se preguntó si volvería a ver a Adhárel… y dónde se habría metido el dragón.

7
REUNIÓN EN LA ESCUELA

Cinthia agarró de la mano a Marco y juntos abandonaron la seguridad del portal en dirección al lugar de reunión acordado con el resto de sentomentalistas.

Tal y como le había asegurado Marco, no tuvo ningún problema en traspasar las barreras de protección del palacio y llegar hasta las clases de sus antiguos compañeros aquella misma noche para pasarles el mensaje. El poder oculto del niño era realmente asombroso y el chico sabía como sacarle el máximo partido, llegando a volverse invisible para los ojos de aquellos que no deseaba que le vieran.

Cinthia, mientras tanto, se había quedado esperando en el escondite, desesperada y angustiada, tal y como habían acordado. Cuando regresó, Marco le explicó el plan y juntos prepararon todo para encontrarse con lo sentomentalistas de palacio unas horas más tarde.

Atravesaron las pedregosas calles de Bereth hasta llegar a la escuela del oeste pasada la medianoche y, por consiguiente, el nuevo toque de queda. Al parecer, a ningún berethiano se le había ocurrido desobedecer la orden directa del cruel Teodragos; mucho antes de que el sol se hubiese puesto, ni siquiera los hombres más valientes se habían atrevido a poner un pie fuera de sus casas. Cada vez que escuchaban pasos o el posible tintineo de una armadura, Cinthia y Marco se ocultaban en las sombras para seguir adelante en cuanto se alejaban en la noche. El poder del niño no sólo les servía para saber cuándo alguien tenía fines ocultos o cuándo les estaban mintiendo. También podía averiguar, a cierta distancia y sin necesidad de verles, si las personas que se acercaban a ellos tenían buenas o malas intenciones. Cinthia estaba empezando a coger cariño a aquel crío. Cada vez le costaba más ver a los sentomentalistas como criaturas diferentes a los humanos corrientes. Es más, cada vez se sentía más avergonzada de haber pensado cosas tan horribles de ellos sin haber conocido a uno solo. Prejuicios, pensaba, la raíz de casi todos los malentendidos.

Cuando llegaron a la verja exterior de la Escuela del oeste, Cinthia aupó a Marco para que saltase por encima y pudiese abrir el pestillo desde el interior. En el momento en que el niño consiguió abrir la portezuela, se oyeron los pasos de un grupo de soldados.

—¡Date prisa! —susurró el niño, apresurando a Cinthia a entrar. Después, corrieron hasta el edificio y se pegaron a la pared para pasar desapercibidos. Los soldados pasaron marchando uno detrás de otro con lanzas y espadas y, poco a poco, se fueron perdiendo calle abajo.

—Por poco… —comentó Cinthia mientras se secaba el sudor de la frente.

—Vamos. Nos esperan dentro.

Rodearon el edificio hasta encontrar la puerta trasera.

—¿Cómo vamos a entrar? —preguntó Cinthia—. Seguramente esté…

La puerta se abrió sola

—... cerrada —concluyó, claramente sorprendida.

La puerta terminó de abrirse y ante ellos apareció un joven algo mayor que Marco pero más pequeño que ella. Tendría unos quince años.

—Creí que os habíais rajado —comentó el joven apoyándose en la puerta con la típica superioridad de los adolescentes.

—Aparta de en medio —replicó Marco empujando al chico, quien le sacaba más de una cabeza. Cinthia les miró algo desconcertada pero después siguió al niño. El joven cerró la puerta tras ellos.

—Vaya con el enano —dijo el joven detrás de Cinthia—. ¡Qué humos!

—¡No soy un enano! —respondió Marco dándose la vuelta—. Y si quieres conservar todos los dientes, déjame en paz.

Cinthia fue a intervenir cuando una voz en lo alto de las escaleras se le adelantó.

—¡Henry! ¡Marco! Dejad de gritar ahora mismo o nos descubrirán a todos.

Cinthia se quedó paralizada en el sitio. Aquella voz era la de un adulto. ¿Sería una trampa? Fue a decirle algo a Marco, pero el niño ya subía las escaleras sin mostrar preocupación alguna. La muchacha se encogió de hombros y le siguió, pensando en el hecho de que aquella escuela fuese tan parecida a la del Este. Más que parecida, se dijo Cinthia, era simétrica. La escalera, las paredes, las puertas en cada descansillo… todo era idéntico, sólo que en el lado contrario: las escaleras en lugar de girar hacia la izquierda, giraban a la derecha. Y las puertas en vez de encontrarse a un lado, se encontraban al otro.

—Os gusta, ¿eh? —preguntó el chico al verla tan interesada.

—Eh… sí. Es muy parecida a la del Este —contestó ella, incómoda. Tenía la prepotencia de un adolescente y el humor de un niño.

—No sé cómo será la otra escuela. Yo no me metería ahí ni loco, es para mujeres. ¡A lo mejor a Marco le gusta!

El niño gruñó algo sin darse la vuelta y Cinthia agradeció que al menos uno de los dos jóvenes fuese responsable.

—Pues esta escuela —siguió Henry—, la construyó mi bisabuelo.

—¿Él solito? —le preguntó Cinthia, riéndose para sí.

—Bueno… no, pero trabajó en la construcción.

—Qué irónico debe parecerte, ¿no? —El chico se quedó en silencio sin saber de qué estaba hablando—. Me refiero a que tus antepasados construyesen esta torre casi como esclavos de los mandatos de algún sentomentalista de la corte del rey Rosterborth y que ahora tú seas como ellos en lugar de como tu bisabuelo.

Marco soltó una pequeña carcajada. Henry no pudo evitar sonrojarse.

—¿No sabías cómo se construyeron estas torres? —volvió a preguntar Cinthia, ya casi en el último descansillo de la torre—. Es una de las primeras cosas que me enseñaron en la Escuela del Este.

Cuando terminó de hablar, se dio la vuelta y le guiñó un ojo al chico. Al menos había conseguido que se le bajaran un poco los humos.

—¡Marco! —exclamó sonriente el hombre que les esperaba a la entrada del aula más alta—. ¡Cuánto me alegro de verte!

Mientras el niño abrazaba al hombre, Cinthia le reconoció como el maestre que había acompañado a los sentomentalistas más jóvenes al trágico ahorcamiento de Barlof. Después de devolverle el abrazo al niño, el viejo se fijó en Cinthia y le hizo una reverencia.

—Un placer conoceros. Mi nombre es Zingar Zennion, pero llamadme Zennion.

—Encantada de conoceros, maestre —contestó la muchacha al tiempo que le devolvía la reverencia.

—¿Entramos o les digo a los demás que salgan al descansillo? —preguntó Henry tamborileando el pie con impaciencia.

Zennion puso los ojos en blanco y se apartó de la puerta para dejar pasar a Marco y a Cinthia. Cuando Henry fue a entrar, el viejo le arreó una colleja en el cuello.

Cinthia había esperado encontrarse con una nutrida clase de sentomentalistas dispuestos a pelear, pero cuando echó un vistazo al interior del aula se le cayó el alma a los pies. Los cinco chicos que conversaban en voz baja entre ellos se levantaron en cuanto la vieron aparecer.

—Sólo ellos han venido esta noche —respondió Zennion a la pregunta no formulada de Cinthia.

—¿Y los demás? —preguntó Marco mirando al viejo.

—Nosotros seis hemos sido los únicos valientes que nos hemos atrevido a venir —contestó Henry, entre orgulloso y despectivo.

—Vaya… —murmuró Cinthia alicaída.

—No os preocupéis —intervino el maestre—. Muchos no han venido por miedo. Todos quieren luchar pero están asustados por las represalias. No podemos culparles, son sólo niños.

—¡Son unos cobardes! —gritó Henry golpeando uno de los pupitres.

Zennion cerró los ojos, irritado, y al instante Henry cayó al suelo retorciéndose de dolor.

—¡Ya paro! ¡Ya paro! —exclamaba mientras los otros niños contenían la risa. Cinthia se echó a un lado asustada. Unos segundos después, Henry dejó de retorcerse y abrió los ojos.

—No os asustéis —le comentó el viejo a Cinthia—. Ha sido sólo un aviso. No le he hecho nada irreparable… por ahora.

La muchacha no supo si sonreír o salir corriendo de allí. Optó por quedarse.

—Bien, dejémonos de tonterías. No tenemos tiempo que perder. ¿Qué es lo que habíais pensado? —preguntó Zennion sentándose en la silla del profesor.

—En realidad… —empezó a decir Cinthia.

Marco la interrumpió:

—¡Entrar en el palacio, buscar los aposentos del príncipe y matar al traidor de Dimitri y a todos los que se crucen en… !

—¡Marco! —le amonestó Zennion—. ¿Qué te he enseñado durante estos meses? El tiempo pone cada cosa en su lugar…

—… y a cada persona en su sitio —terminó el niño por él—. ¡Pero mató a mi padre! ¡Él le asesinó!

El niño estaba ansioso por pelear y hacerle pagar a Dimitri la muerte de su padre. En parte Cinthia le comprendía muy bien, pero necesitaban hacerle ver que aquella no era la mejor forma de luchar o todo se vendría abajo. A veces notaba que el niño tenía demasiado odio acumulado en su corazón para lo joven que era.

—No lo mató él solo —dijo Zennion—. Si quieres que paguen todos los responsables, tendrás que tener paciencia. ¿Me has entendido?

El niño asintió apesadumbrado, secándose con la manga algunas lágrimas que se habían escapado de sus ojos. A pesar de aquel gesto, Cinthia vio la ira llameando en sus brillantes pupilas.

—¿Entonces... ? —volvió a preguntar Zennion dirigiéndose a Cinthia.

—No sabemos cuál será nuestro siguiente paso.

El viejo asintió comprensivo mientras los jóvenes resoplaban molestos.

—Genial... —comentó Henry poniéndose de pie—. Ya podemos volver al palacio antes de que nos descubran conspirando.

—Siéntate ahora mismo —le ordenó el viejo. El muchacho se sentó al instante—. Si no hay plan, tendremos que pensar en uno.

Cinthia se frotó las manos con nerviosismo.

—Señor... facilitaría mucho las cosas si nos dijeseis qué... —¿Poderes? ¿Dones?— capacidades especiales poseéis vos y el resto de los niños.

Zennion sonrió y asintió mientras daba una palmada y los niños se colocaban en fila frente a la pizarra.

—¿Qué sabéis de los sentomentalistas, Cinthia?

—Que son especiales —contestó ella esforzándose por no ofenderles—, que deben presentarse ante la corte del reino, que deben ser leales a la corona, que nunca se han dado casos de mujeres sentomentalistas —algo que a Duna le crispaba los nervios— y que tienen dones relacionados con la naturaleza.

—Ese último es el punto más importante de todos. Los demás pueden saltarse con facilidad; incluso, para que te quedes más tranquila, te diré que he llegado a conocer a alguna mujer con facultades especiales. —Los niños pusieron cara de asombro—. Bien. Una de las principales reglas que se le enseña a un sentomentalista es la de no dar a conocer su poder si no es necesario.

—¿Por qué? —preguntó ella.

—Muy sencillo: porque de ese modo el enemigo no sabrá a qué se enfrenta ni descubrirá sus puntos débiles. Por ejemplo —dio una palmada y el primer joven dio un paso al frente—, Morgan es capaz de aumentar la temperatura de los líquidos sólo con pensar en ello. Podría parecer un don poco efectivo, pero, sin embargo, no lo es. A parte de para calentar la olla en su casa —los niños soltaron una carcajada—, puede hacer que le suba la fiebre a un hombre hasta el punto de dejarle inconsciente.

Cinthia abrió los ojos asombrada.

—¿Y a cuántos hombres podría aumentar la temperatura al mismo tiempo?

—A muy pocos —contestó Zennion—. Con los adultos es más complicado conseguir resultados efectivos. Pero Morgan está trabajando para que no sea así. Si tiene un buen día, podría librarnos de un par de guardias con facilidad.

—Entonces esperemos elegir el día correcto —bromeó la muchacha haciendo reír a todos. Después, Morgan volvió a su sitio y dio un paso adelante el siguiente niño, mucho más enjuto y de aspecto débil.

—Simón es el niño más frágil de toda la escuela —explicó Zennion. Cinthia le miró para ver si estaba bromeando pero se dio cuenta de que no era así—. Su cuerpo no podría soportar ni el más leve de los catarros. Sin embargo, su parte no corpórea se las apaña perfectamente para equilibrar la balanza.

—¿El alma? —preguntó Cinthia.

—Algo así. No nos gusta ponerle nombres a estas cosas. Nos limitamos a denominarla parte no corpórea. Como decía —prosiguió—, esa parte de Simón se escabulle siempre que puede de la prisión de su cuerpo enfermo y viaja hasta un cuerpo sano para... tomar prestadas las defensas necesarias contra todo lo que le rodea.

—¿Roba otros cuerpos?

—Tampoco nos gusta llamarlo así. Simplemente toma prestada algo de ayuda. Ahora mismo lo está haciendo con todos nosotros y vos ni siquiera os estáis dando cuenta.

Cinthia dio un respingo y se cubrió el cuerpo con los brazos, asustada. Los niños volvieron a reír.

—No sirve de nada que os protejáis. Simón no puede evitarlo, es algo que hace sin pensar... a no ser que de verdad quiera lastimar a alguien.

—Creo que ya lo entiendo —se arriesgó la muchacha—. Si Simón quisiese herir a alguien... ¿sólo tendría que concentrarse en tomar prestadas sus defensas?

—Exactamente —corroboró el maestre—. Concentrando su poder en un único enemigo y obligándose a extraer grandes cantidades de defensas de él. Simón se revitalizaría por completo durante un buen rato y dejaría a la otra persona inerte, retorciéndose de dolor en el suelo.

—Vaya… —murmuró asombrada la muchacha.

—Gracias —contestó el niño mientras volvía a su sitio y el siguiente joven daba un paso al frente.

—Por otro lado, Andrew es capaz de transformar cualquier cosa en algo completamente distinto. Sin duda posee uno de los dones más poderosos que he conocido nunca.

—¿No tiene ninguna limitación?

—En cierta medida, sí. Sólo cuenta con la materia que posee. —Zennion, al ver la expresión de Cinthia, se aclaró la garganta y explicó—: Pongamos que quisiese convertir una calabaza en una… carroza.

—¿Para qué iba a querer convertir una calabaza en una carroza? —preguntó el niño mirando al maestre.

—Es sólo un ejemplo, sólo un ejemplo. Bien, pues podría crearla. Aparecerían las ruedas, las puertas, la silla del cochero… todo. Pero sería del tamaño de la calabaza, o incluso más pequeña. Y estaría hecha enteramente de la hortaliza, de sus pipas y de las raíces inferiores…

—¿Pero resistiría? ¿Podría alguien montarse en ella?

—Si fueses un ratón, sí. La carroza tendría el mismo aguante que la calabaza. Sin embargo… si en lugar de una calabaza utilizase un picaporte de hierro para convertirlo en una pequeña arma, el don se volvería de lo más útil para nuestra empresa, ¿no creéis?

Cinthia aplaudió la explicación con una sonrisa. El niño hizo una reverencia y volvió a su puesto.

—Los dos siguientes, Tail y Henry, a quien ya conocéis, son hermanos y poseen unas capacidades muy similares —Zennion dio una palmada y sólo Tail dio un paso al frente.

—No me gusta que me compraren con nadie —dijo Henry cruzándose de brazos.

Zennion volvió a dar una palmada y esta vez, aunque profiriendo un grito, Henry dio un paso al frente.

—Como os decía, Tail y Henry tienen dones muy similares. Los dos juegan con los sentidos de la gente.

—¿Gusto, olfato, tacto, vista y oído?

—¡Qué lista! —exclamó Henry, recuperado.

—Sí —respondió Zennion amablemente, haciendo un esfuerzo por no contestar al niño—. Mientras que Tail es capaz de bloquear todos los sentidos, Henry puede aumentar aquellos que desee.

—Para que lo entendáis —le interrumpió Henry—. Imaginaos que estamos rodeados por un grupo de soldados de Belmont.

—Y no tenemos escapatoria —le cortó Tail.

—Lo único que tendríamos que hacer sería dejar sin visión a unos cuantos, ya que Tail no podría cegarlos a todos.

—Y aumentar el oído del resto hasta que se volviesen locos —finalizó el otro hermano.

Cinthia sonrió ante la explicación y después Marco dio un paso al frente.

—Creo que ya conocéis el poder de este niño tan aventajado.

Marco sonrió y Cinthia le guiñó un ojo.

—Sois realmente asombrosos… —comentó la muchacha—. Todos. Es increíble que siendo tan poderosos, no seáis vosotros los que controléis los Reinos.

—¡Eso mismo pienso yo! —dijo Henry mirando a Zennion.

El viejo se masajeó las sienes y dijo:

—Tenéis razón al pensar que somos poderosos. Pero tened en cuenta que somos muy, muy pocos. Y que nuestros dones se debilitan con la edad y con el esfuerzo. Los soldados nos superan en número. Rebelarnos sería un suicido.

—A mí no me lo parece —masculló Henry.

—Ya sabes lo que les pasa a los rebeldes en esta escuela, ¿verdad, Henry?

El miedo cruzó unos instantes el rostro del chico, pero después se quedó mirando desafiante al viejo maestre.

—Pero vamos a atacar, ¿verdad? —preguntó Marco saliéndose de la fila.

—Sí —respondió Zennion, olvidándose de Henry—. Lo haremos. Pero como ya os dije antes, corremos un riesgo muy grande.

—¡A mí no me importa! —exclamó Tail— ¡Yo también quiero luchar!

—Lo sé, lo sé. Todos lucharemos. Pero tened en cuenta que no sólo nos enfrentaremos con soldados. Ellos también tendrán sentomentalistas en sus filas.

—¿Por qué no se unen también a nosotros? —preguntó Cinthia—. Dudo que Belmont les trate como se merecen…

El maestre negó con la cabeza.

—Según he podido averiguar, y ahora que Belmont y Bereth parecen ser un mismo reino, sus sentomentalistas no son muy numerosos. No llegarán a la decena, quizá menos de cinco. —Henry fue a interrumpirle pero Zennion levantó una mano—. Aunque sumamente poderosos. Son adultos todos ellos y se han vuelto unos verdaderos expertos de sus poderes. Hasta límites insospechados.

—Maldita sea —dijo de repente Morgan, mirando por la ventana—. Ha empezado a llover a cántaros y algunos guardias se están resguardando en el jardín de la Escuela.

—¡Alejaos de las ventanas inmediatamente! —exclamó el Maestre—. ¿Las puertas están bien cerradas?

—Todas, maestre —contestó Simón.

—Bien, quiero que les reduzcas el oído un poco, Tail. Yo estaré pendiente de que a nadie se le ocurra subir. Sentaos todos en el suelo y no hagáis ningún ruido que nos pueda delatar.

—¡Pero si estamos en el último piso! —protestó Henry.

—Por una vez en tu vida —le contestó Zennion—, deja de cuestionarlo todo, cierra el pico y obedece.

Cinthia hizo lo que le decían y luego preguntó:

—¿Es ese vuestro... poder? ¿Sois capaz de leer la mente?

Zennion se agachó con lentitud a su lado y se sentó con la espalda contra la pared.

—Algo así. La mente es muy compleja y en parte puedo hacer muchas cosas con ella. No tengo un don específico. Al menos yo no lo he visto nunca así. Lo he entrenado desde joven y ahora mismo puedo desde leer la mente a alguien hasta infringirle los más terribles dolores modificando un poco sus pensamientos.

La muchacha recordó lo que le había sucedido a Henry y asintió.

—¿Entonces fuisteis vos uno de los sentomentalistas que juzgastéis a Barlof?

El maestre negó apesadumbrado. Todos los niños escuchaban atentamente. Marco el que más.

—¿No? Duna me explicó que antes de llevar a la horca a alguien, se le hacía un juicio sólo con sentomentalistas que pudieran leer la mente. Así el acusado no podía mentir.

—Y así es —contestó Zennion—. Pero, a diferencia de otras veces, Dimitri me dijo que no era necesaria mi presencia. Me convenció de que sería una buena oportunidad para que otros sentomentalistas de la escuela pudieran demostrar sus avances. Al principio insistí en que algo tan importante como la traición de la mano derecha del príncipe Adhárel me concernía a mí más que a nadie en el palacio. Pero no quiso escucharme. Dijo que ya tenía un grupo de sentomentalistas jóvenes preparados para el juicio y que no podía perder el tiempo con alguien tan viejo como yo.

—Maldito canalla... —dijo Marco cerrando los ojos con furia.

—Sí que lo es... —dijo el maestre—. Y pensar que yo le eduqué durante toda su infancia. Nunca imaginé que pudiera llegar a pasar algo así.

—Entonces, ¿quienes le juzgaron? Duna me dijo que vos estabais en el comedor cuando ella y Adhárel llegaron.

—Sentomentalistas de Belmont.

—¡¿Qué?! —exclamó Henry. Pero casi al mismo tiempo, Tail le miró y le enmudeció al instante.

—Gracias —le dijo el maestre al niño. Henry hizo unos cuantos aspavientos de enfado y al poco tiempo recuperó la voz—. Debió de introducirlos Dimitri en el palacio. Lo peor fue que le hicieron algo más.

—¿El qué? —preguntó Morgan.

—Le implantaron recuerdos que no eran suyos.

—¿Cómo pudieron hacer eso? ¡Es imposible! —dijo Andrew—. ¿Cómo pudieron *crear* un recuerdo?

—Ya os advertí que eran poderosos. Consiguieron modificar el recuerdo del día que se ausentó de palacio. —Cinthia miró de reojo a Marco y este bajó los ojos apesadumbrado—.

Y lo transformaron en el recuerdo que ellos quisieron. Cuando lo vi no pude más que confirmar lo que ya había dicho Dimitri: que Barlof era culpable.

Marco comenzó a llorar desconsoladamente.

—Pe...pe... pero era mentira —sollozó.

—Ahora ya lo sé —Zennion apartó la mirada de la muchacha—. Cuando ejecutaron a Barlof y vi tu reacción, supuse que se debía a que eras más sensible que el resto de niños. Más tarde, mientras dormías, te oí murmurar algo en sueños y me propuse descubrir por qué te había afectado tanto la muerte de aquel hombre. —Zennion guardó silencio unos segundos, entristecido—. Jamás me perdonaré el no haberlo hecho antes. Si no me hubiera dejado llevar por mi orgullo, podría haber salvado a un hombre inocente.

Todos quedaron en silencio reflexionando sobre sus palabras mientras Marco seguía sollozando suavemente.

—Ya no vale la pena lamentarse —dijo Cinthia—. No vamos a arreglar nada con recuerdos tan dolorosos. Les haremos pagar por todo. A Dimitri, a Teodragos, a sus sentomentalistas, a todos...

—¡Pero si ni siquiera tenemos un plan! —dijo Henry. Aunque intentase ocultarlo, estaba tan compungido como los demás.

—Pensaremos en uno. Tenemos tiempo hasta que los soldados se vayan para pensar en él.

—En realidad —dijo Andrew—, tenemos hasta que amanezca. Después esto empezará a llenarse de gente.

—Andrew tiene razón —comentó Zennion—. Así que tendremos que darnos prisa.

De repente Marco dejó de llorar, se secó las lágrimas y dijo:

—Creo que acabo de tener una idea.

—¿Tú? —preguntó Henry, escéptico— ¡Venga ya! No nos hagas reír...

—¡Cállate, Henry! —exclamaron todos a la vez.

El chico se cruzó de brazos y el resto se congregó alrededor de Marco para escuchar su idea.

8
EL TESORO MÁS PRECIADO

Duna estaba despierta cuando el dragón regresó. Debía de ser pasada la medianoche. Aunque después de estar encerrada en aquel lugar durante más de dos días, podría haber estado amaneciendo y la muchacha no se habría enterado. No, aún llevaba la cuenta gracias al sol. De eso podía estar segura.

Sentía un hambre feroz y las tripas hacía tiempo que ya habían dejado de rugir, ¿para qué?, pensaba... si tuviese algo que llevarme a la boca ya lo habría hecho. Moriría de hambre en menos tiempo del que imaginaba. Para su sorpresa, el problema del agua lo había solucionado mejor. Había encontrado un pequeño tarro de madera bajo la cama tras el fugaz intento de rescate de Adhárel. Estuvo a punto de lanzarlo por la ventana con la mesita de noche, pero se lo pensó mejor y supuso que tal vez le sería útil más adelante. Y así fue. Un rato más tarde se desató una tormenta inesperada que cubrió el cielo entero. Y casi al mismo tiempo sintió cómo la lluvia le caía sobre la frente y la despertaba de su ensimismamiento. La lluvia se filtraba por un pequeño agujero en la pared. Estaba tan muerta de sed que hacía tiempo que había dejado de sentir húmeda la boca. Cuando la primera gota le golpeó, no pudo si no abrir la boca y esperar cuanto fue necesario hasta calmar su sed. Cuando se encontró mejor, movió el camastro para que no se mojase y colocó en el suelo el pequeño tazón. Cada vez que estaba apunto de desbordarse, Duna bebía con voracidad hasta vaciarlo. Pero el hambre… El hambre era otra historia.

La muchacha rodó sobre la cama hasta quedar boca abajo y, de ese modo, mantener distraída a su tripa. No surtió ningún efecto.

De pronto, el dragón rugió más allá del techo.

—¡¿Quieres dejar de hacer eso de una vez?! —gritó contra la almohada, desesperada.

El dragón volvió a rugir en las alturas. Duna se dio media vuelta y se quedó boca arriba.

—¡Maldita sea! ¡Espero que te lo estés pasando bien allá arriba, lagarto estúpido!

Estupendo, se dijo, ya empezaba a volverse loca: estaba hablando a gritos con un dragón. De pronto, el feroz rugido se convirtió en un bramido de ira y el aleteo de la criatura retumbó por toda la habitación. No había que ser muy avispado para darse cuenta de que algo le había enfurecido. Duna se levantó al instante para ver lo que estaba sucediendo fuera. Corrió hasta la ventana y se asomó. ¿Adónde iría con tanta prisa el dragón? ¿Habría venido alguien a rescatarla?

De repente, un fogonazo procedente de las fauces del dragón la dejó paralizada. Duna abrió la ventana y se encaramó al alfeizar para poder ver mejor a pesar del miedo que sentía. La enorme criatura seguía escupiendo llamaradas sin dejar de dar vueltas en torno a la base de la torre. Duna temió que cuando se apagase la última brizna, hubiese un cuerpo calcinado saludándola desde el suelo. Tras un último fogonazo que deslumbró a la muchacha, el dragón remontó el vuelo y sin reparar en Duna ascendió hasta quedar de nuevo sobrevolando la torre.

Cuando el humo se hubo disipado, y antes de que las últimas llamas se hubieran extinguido, las plantas a la sombra de la torre aparecieron chamuscadas y ennegrecidas. Si alguna vez hubo alguien ahí abajo, ya no quedaba ni rastro de él: el dragón se había encargado de ello.

La muchacha fue a bajar de la ventana cuando de pronto oyó un ruido. Estaba pensando que lo había imaginado cuando volvió a repetirse. Sin estar segura de lo que hacía, Duna volvió a asomarse por la ventana y escrutó la noche sin saber exactamente qué buscaba.

—¡Duna! —le llamó alguien desde abajo, intentando hacer el menor ruido posible.

—¿Sír... Sírgeric? —preguntó la chica al reconocer la voz. No veía más que una silueta recortada en el terreno recién carbonizado.

—Sí —volvió a susurrar el chico—. Soy yo.

Duna soltó un gritito, asombrada.

—¿Qué... qué haces aquí? ¡Vete antes de que el dragón te descubra!

—No pienso irme sin ti.

El dragón sobrevolaba la torre con un aleteo acompasado. No parecía haber reparado en la presencia del ladrón.

—¿Pero cómo voy a salir de aquí? ¡No hay puertas!

—Ya contaba con eso.

Duna guardó silencio cuando la figura del dragón sobrevoló su cabeza.

—¿Y qué piensas hacer entonces? —volvió a preguntar Duna a la oscuridad.

—Lánzame tu pelo y subiré yo.

Duna se quedó perpleja ante la ocurrencia de Sírgeric.

—¿Bromeas? ¿Recuerdas cómo llevaba el pelo la última vez que me viste? Vale... ¡Pues ahora imagínatelo una dedo más largo!

El dragón gruñó en lo alto, alarmado por el repentino grito de Duna. La muchacha se ocultó y esperó a que la criatura volviese a elevarse. No tendría que haber gritado, pero el humor de Sírgeric no resultaba nada adecuado en aquel momento.

—Te lo estoy diciendo en serio —volvió a escuchar la voz de su amigo—. No necesito que me lances todo tu pelo, bastará con un mechón.

—¿Y para qué quieres un mech... ? —Duna se dio por vencida. Tenía que empezar a confiar en el joven—. De acuerdo. Espera ahí abajo.

—Como si tuviese algo mejor que hacer... —le oyó decir antes de volver al interior de la habitación para buscar algo con lo que cortarse el pelo.

Dio una vuelta en redondo y no encontró nada que pudiese servirle. No había nada afilado a la vista. Estaba ya convencida de que tendría que arrancárselos con la mano cuando, de pronto, vio en una esquina de la torre un fragmento de tejado desprendido que había caído por el agujero en el techo. Corrió a por él y cogiendo con la mano el extremo menos afilado, comenzó a friccionar un buen mechón que le caía por el cuello hasta que se desprendió completamente. Cuando lo tuvo, hizo un nudo con el mismo y corrió de vuelta a la ventana.

—¡Sírgeric! —le llamó—. ¡Ya lo tengo!

—Ahora lánzamelo.

La muchacha se encogió de hombros, alargó el brazo, abrió la mano y dejó caer el mechón al vacío.

Después esperó a que sucediese algo, sin saber exactamente qué. Se asomó aún más para ver si conseguía entender qué estaba haciendo Sírgeric, pero no consiguió distinguir nada.

—¿Sírgeric? —le llamó—. ¿Sigues ahí?

No hubo contestación.

—¡Sírgeric! —gritó un poco más alto—. ¿Me escuchas?

—Perfectamente —contestó una voz a su espalda.

Duna pegó un grito, asustada, y a punto estuvo de precipitarse por la ventana. Por suerte, el muchacho la agarró a tiempo.

—Sírgeric... —dijo Duna mirando a su amigo como si fuese un fantasma y volviendo la vista al exterior— ¿Cómo lo has...? Creí que... ¡Esto es increíble! —decidió, lanzándose a los brazos del joven.

—Menuda bienvenida —dijo el joven, bajándola del alféizar y dejándola en el suelo—. Me alegra comprobar que estás bien, Duna.

La muchacha le abrazó.

—Yo también me alegro de verte. ¡Rápido! Salgamos de aquí.

—No —contestó él, separándose—. Espera, Duna...

—¿Qué? ¡Llevo aquí demasiado tiempo como para aguantar un minuto más!

El muchacho suspiró.

—Si has esperado tanto tiempo, ¿podrás aguantar un rato más? Tenemos que hablar.

Duna enarcó una ceja, pero asintió y se alejó de la ventana.

—Te he traído algo de comida. Imaginé que tendrías… —antes de que terminase de hablar, Duna ya le había arrebatado la bolsita que llevaba en el cinturón y estaba extrayendo el mendrugo de pan y el trozo de queso que contenía— … hambre.

La muchacha asintió sin dejar de comer, con la cara iluminada por una sonrisa.

—Esto es tuyo —dijo Sírgeric dejando caer al suelo los cabellos de la muchacha.

—*Da no dos quiedo pada naa* —contestó Duna con la boca llena.

—Eso pensé… —Sírgeric dejó que la muchacha saciase su hambre—. Así que esta es tu pequeña casita de veraneo. Me gusta… un poco sombría, pero tiene buenas vistas.

Duna le fulminó con la mirada y el chico dejó de reírse.

—Lo siento, lo siento… Imagino que lo habrás pasado fatal. —Duna asintió, alicaída. Después, Sírgeric continuó hablando—. Yo por mi parte tampoco lo he pasado muy bien que digamos. Mientras te seguía por los callejones de Belmont, un puñado de soldados cayó sobre mí y tuve que vérmelas y deseármelas para escapar vivo de allí… Pero para cuando lo conseguí, se llevaban tu cuerpo inerte a rastras. Imaginé que no te habían matado. Supuse que te querrían utilizar como cebo para pedir algún tipo de recompensa. —La muchacha dejó de comer y escuchó atentamente a su amigo—. Después me oculté en el interior de una casa y esperé a que los soldados me diesen por desaparecido. Pasé el resto del día allí y cuando cayó la noche me acerqué todo lo que pude al castillo para ver qué hacían contigo. No tardó en salir de allí un carruaje con barrotes donde presumiblemente ibas tú. Les seguí a una distancia prudencial hasta dar con esta torre. Después sólo tuve que esperar el momento oportuno para venir a rescatarte.

La muchacha dejó la bolsita en el suelo y se levantó.

—Y si estuviste vigilando la torre todo ese tiempo, ¿por qué has venido durante la noche, justo cuando el dragón vigila? ¿No viste que por las mañanas esto está sin protección?

Sírgeric negó con la cabeza y se sentó al borde de la cama.

—Eso es lo que piensas tú. Pero en realidad no es así.

—¿Cómo no va a ser así? ¡Sírgeric, llevo aquí más de dos días encerrada! Yo sabré cuándo alguien me vigila y cuándo no.

El joven le hizo un gesto con la mano para indicarle que se sentase a su lado.

—No te enfades, por favor.

Duna se sentó junto a él y se cruzó de brazos.

—Como quieras. Pero explícame cómo tienes pensado sacarme de aquí. ¿También vas a utilizar tus poderes conmigo? —Sabía que no estaba siendo demasiado justa con su amigo, pero la comida le había devuelto la energía suficiente como para volver a comprender la gravedad de su situación.

Sírgeric apartó la mirada. No tuvo que decir nada.

—¡No me lo puedo creer! —gritó la muchacha— ¡No has pensado cómo vamos a salir de aquí! Y para colmo, ya no soy la única que tiene que escapar sin que me vea el dragón. ¡Ahora tú también tienes que pasar desapercibido!

El dragón rugió en ese instante y Duna se dio cuenta de lo alto que estaba hablando. Con un movimiento fugaz, la chica empujó a Sírgeric y este rodó por la cama hasta desaparecer al otro lado. En ese mismo instante, la enorme criatura miró a través de la ventana con su profundo ojo velado.

Duna le sonrió inocentemente e hizo el gesto de bostezar antes de tumbarse en la cama. Unos segundos después, el dragón remontó el vuelo.

—¿Ves a lo que me refiero? —preguntó la muchacha, indicándole que ya podía levantarse—. Por poco te pilla... Sírgeric, lo siento de verdad, pero si no puedes ayudarme a escapar, será mejor que vuelvas a casa con Cinthia y con Aya para darles la noticia.

—No digas tonterías, Duna —replicó el muchacho—. No voy a volver sin ti.

—Pues te vuelvo a preguntar cómo lo vamos a hacer. ¿Ese don tuyo nos va a ayudar?

Sírgeric respiró hondo y dijo:

—No, esta vez no. Además, no creo que nos sirviese de mucho.

Duna puso los ojos en blanco y se contuvo para no atizar un puñetazo a su amigo. Después preguntó:

—Entonces, ¿*qué* vamos a hacer? ¿Y cómo que no nos serviría de mucho? ¿Por qué?

—El dragón…

—¿Sí? ¿Qué pasa con él?

—El dragón está hipnotizado.

Duna enarcó las cejas antes de soltar una risotada.

—¿Que qué?

—Que está hipnotizado. Que no es dueño de sus acciones…

—Sé lo qué significa, gracias.

—Sabía que no me creerías… ¿No has visto sus ojos? No tienen color. Están… vacíos. ¡Negros! Esa es la primera señal de que una criatura está hipnotizada.

—¿Desde cuando te has vuelto tú un experto en dragones?

Sírgeric se levantó y se puso frente a la muchacha.

—No soy un experto en dragones, pero sí en sentomentalomancia. Conozco cómo funcionan muchos poderes, y más si he tenido que sufrirlos en mis carnes…

La muchacha dejó de sonreír al escuchar aquello.

—¿Cómo que en tus carnes?

—El hipnotismo es uno de los dones que posee uno de los sentomentalistas más poderosos de Belmont. Ese hombre fue mi maestre durante mi estancia en ese diabólico reino y alguna vez usó su poder conmigo… —Duna fue a pedir disculpas, pero Sírgeric continuó—: Escúchame, Duna, ese dragón de ahí fuera está hipnotizado y te seguiría hasta el fin del mundo sólo para traerte de vuelta a esta torre. No dejará de hacerlo hasta que rompan el hechizo o…

—Hasta que muera —adivinó la muchacha. El joven asintió alicaído—. Ya sabía yo que el dragón que me salvó en el bosque no era el mismo. Mi dragón nunca hubiese intentado carbonizarte.

Sírgeric se relajó viendo que al menos Duna le creía.

—¿*Tu* dragón? —bromeó—. Menudas confianzas…

Duna le golpeó el brazo y después dijo:

—Todavía no me has contestado a algo…

Sírgeric la miró, nervioso.

—¿Por qué has venido por la noche en lugar de por la mañana? Si el dragón es tan peligroso no entiendo la necesidad de venir en plena noche…

Sírgeric se masajeó las sienes mientras daba unos pasos por la habitación.

—Porque mientras el dragón no ronda por las mañanas… hay soldados que vigilan la torre.

—¿Y son más difíciles de evitar que una criatura de esa envergadura, con garras, dientes y que escupe fuego?

El joven sonrió.

—Te aseguro que sí.

Duna volvió a suspirar, entristecida.

—Por eso Adhárel no consiguió rescatarme. Si hubiera sabido que había guardias vigilando... —no pudo reprimir el llanto—. A saber qué habrán hecho con él...

Sírgeric dio un paso hacia atrás rascándose el hombro, incómodo.

—En realidad… en realidad eso no tuvo mucho que ver, Duna.

La muchacha le miró sin comprender. Entre ofendida y enojada.

—¡¿Cómo que no?! Adhárel vino a rescatarme, pero le tendieron una trampa. Seguramente consiguió escapar de Belmont y vino hasta aquí a por mí.

—No, Duna —replicó Sírgeric, cada vez más molesto.

—¡Desde luego que sí! ¡Lo que sucede es que le tienes envidia!

El muchacho se rió sin ganas.

—¿Envidia de qué?

—¡De que él fuese mucho más valiente que tú y se atreviese a venir a pesar de los soldados!

—¡Pues no veo que haya llegado muy lejos! Al menos yo he conseguido llegar hasta aquí arriba.

—¡Sólo gracias a tu poder! —replicó ella.

—Y a mi ingenio —añadió él.

—¿Y para qué? ¡Dime! ¡Mejor estaría sola que contigo!

Sírgeric fue a replicar cuando asimiló las palabras de la muchacha. Su rostro debió de descomponerse de tal manera que la muchacha también se dio cuenta de lo que había dicho después de pronunciar las palabras.

—Sírgeric... lo... lo siento... —se disculpó—. No... no sé qué me está pasando. Es todo esto. No he podido hablar con nadie en tanto tiempo que... Oh, lo siento muchísimo —dijo, cubriéndose el rostro con las manos.

—Da igual. Yo tampoco estoy siendo muy amable que digamos.

Duna levantó la mirada.

—En eso tengo que darte la razón —dijo, desviando la mirada hacia la ventana—. Adhárel puede estar en estos momentos pudriéndose en algún calabozo.

—No lo creo...—masculló el joven. Duna se volvió hacia él, de nuevo enfadada.

—¿Quieres dejar de hablar así y decirme claramente lo que tengas que decirme?

Sírgeric se revolvió el pelo, inseguro.

—Lo siento, tienes razón. Es que es... difícil. Seguramente no me crearás. Yo no lo hice al principio, he tenido que meditarlo mucho antes de darme cuenta de que era...

—¡Vale ya! —le interrumpió ella—. Te aseguro que en los últimos días me he vuelto de lo más crédula.

Sírgeric respiraba con dificultad, nervioso, intranquilo. Intentaba elegir las palabras con precaución antes de pronunciarlas, pero siempre parecían ser las equivocadas.

—Está bien, pero déjame que te lo cuente desde el principio.

—Tómate el tiempo que necesites —comentó Duna con ironía, acomodándose en la cama.

El joven se aclaró la garganta y mientras daba vueltas alrededor de la habitación, comenzó a hablar con el batir de las alas del dragón como acompañamiento.

—Durante mi estancia en la cárcel de Bereth los días previos a que Cinthia me viniese a rescatar, sucedieron dos cosas que no había previsto. La primera fue que tuve que compartir celda con un niño de nueve años llamado Marco que después resultaría ser el hijo de Barlof. —Duna fue a decir algo pero el joven se lo impidió—. Eso no es importante ahora mismo. El caso es que el niño, en cuanto me vio en su misma situación, me contó que estaba llevándose a cabo una conspiración en Bereth y que el causante de todo, incluso de la muerte de su padre, era Dimitri. Después de que me explicase cómo lo sabía, algo con lo que tampoco voy a entretenerme ahora mismo, pasé a preguntarme por qué Adhárel permitía que todo aquello estuviera sucediendo. Había una pieza que no encajaba en ese rompecabezas y no la encontré hasta la noche anterior a que Cinthia nos rescatara.

«Era de noche y los pocos presos que había en los calabozos dormían y murmuraban palabras sin sentido, seguramente como yo. Sin embargo, el sueño no conseguía vencerme en un lugar como aquel y me pasaba las horas nocturnas divagando con mis pensamientos... hasta que les oí hablar. No sé si fue casualidad, pero por segunda vez era partícipe secreto de una conversación de la que no tendría que haberme enterado. —Sírgeric detuvo el relato para sentarse junto a Duna—. Al principio no le di ninguna importancia, imaginé que serían dos soldados hablando de banalidades, pero entonces uno de ellos se quejó de tener que reunirse allí abajo y el otro le contestó que sólo allí estaban seguros de que nadie pudiera oírles y de que ningún ojo pudiera verles... y que los pocos que estuvieran haciéndolo, dejarían de existir en pocos días.

«En ese momento, lejos de amedrentarme por las insinuaciones, decidí prestar más atención a sus palabras. Te aseguro que me costó más de lo que puedas imaginar asimilar lo que escuché a continuación, pero ahora sé que es cierto. Empezaron a hablar de los planes que tenían para Bereth; la unión de los dos Reinos y todo eso. Pero después pasaron a hablar de ti...

—¿De mí? —preguntó Duna, sobrecogida e intrigada.

—Sí, de lo que te tenían preparado... y de lo que harían con el príncipe Adhárel.

Duna se llevó las manos al pecho, consternada.

—¿Le... le van a... matar?

—No, Duna. Les es más útil vivo.

—¿Entonces? —insistió la muchacha, sin entender.

—Vivo, pero no consciente.

—¿A qué te refieres?

Sírgeric se frotó las manos. Tenía que decírselo ya.

—Por favor, te suplico que…

—¡Dímelo! —gritó Duna, poniéndose en pie.

—Está bien. Adhárel…

—¿Sí?

—El dragón…

—¿Qué?

—Duna, Adhárel es el dragón.

Ya estaba. Ya lo había dicho. Ya podía respirar tranquilo. Sin embargo, el aire no parecía querer penetrar en sus pulmones. Duna seguía mirándole con una media sonrisa pintada en la cara.

—¿Perdón? —preguntó con insultante tranquilidad.

—Que Adhárel-es-el-dra-gón —repitió el joven, marcando cada sílaba.

Duna le miró unos instantes sin moverse, para después soltar una tremenda carcajada. Una carcajada que retumbó por toda la habitación y por la cual Sírgeric se quedó totalmente desconcertado. Duna siguió riendo mientras su amigo se debatía entre acompañarla o zarandearla para que volviese en sí. Estaba empezando a dibujarse una media sonrisa en sus labios, cuando, paulatinamente, la risa natural de Duna fue transformándose en una nerviosa. A Sírgeric no le pasó desapercibido el cambio y para cuando se hubo levantado de la cama, Duna había caído de rodillas al suelo y ocultaba las lágrimas entre sus manos.

—Duna, ¿estás… estás bien? —se aventuró a preguntar el muchacho.

—¿Por… por qué dices eso? —sollozó ella con un hilo de voz— ¡¿Por qué quieres burlarte de mí?!

—No quiero burlarme de ti, Duna. Eso sería lo último que haría. Te… te estoy diciendo la verdad, ¡te lo juro!

El muchacho se acercó para abrazarla, pero antes de llegar siquiera a tocarla, Duna levantó la cabeza y le apartó de un empujón.

—¡No me toques! —gritó.

—Duna…

—¡Vete!

Sírgeric se puso de nuevo en pie.

—Ya te he dicho que no me iré de aquí sin ti.

—¡Me da igual lo que digas! —gritó otra vez, sin dejar de llorar—. ¡Ya has dicho suficiente! ¡Vete y no vuelvas! ¡Vete y...!

Sírgeric se había ido acercando lentamente a ella y la última frase la había terminado sobre su hombro, llorando desconsoladamente y abrazándole con una fuerza inusual en ella.

—Duna... tranquila. Tranquila —le susurraba al oído sin dejar de acariciarle el pelo—. No llores, por favor.

Mientras le rogaba que se calmase, Sírgeric se preguntó dónde estaría el dragón y por qué no había aparecido todavía para ver lo que sucedía... tal vez estuviese cazando lejos de allí. Unos minutos después, Duna dejó de temblar, y al poco se secó las lágrimas sin apartarse del hombro de su amigo.

—Es imposible... tiene que serlo... el tamaño del dragón... Adhárel... Sería imposible ocultar algo así... ¿Estás... estás seguro de lo que dices? —preguntó con la voz entrecortada.

—Completamente —contestó él, atrayéndola hacia sí con fuerza—. Jamás te engañaría para hacerte daño, Duna. Eres mi amiga.

—Lo sé... pero... es tan...

—¿Recuerdas la Poesía Real?

Duna asintió sin separarse de él.

—Marco me la recitó hace poco en el calabozo. En ese momento até cabos y me di cuenta de que era verdad. Adhárel fue encantado por algún sentomentalista muy poderoso cuando nació y desde entonces ha alternado su naturaleza humana con la de dragón. Es la única explicación posible.

—Él es el arma...

El joven asintió.

—Pero... pero... —susurraba Duna, sorbiendo las lágrimas—. Él vino a buscarme aquí, a la torre...

—El príncipe sólo cambia de apariencia cuando se pone el sol. Por las noches se convierte en el dragón de Bereth y cada amanecer recobra su aspecto humano. Deben de haber hipnotizado al dragón, pero no al príncipe.

La muchacha se separó lentamente de Sírgeric.

—No lo entiendo. ¿No son la misma... el mismo...? —no sabía cómo terminar la frase.

—Lo son. Pero si mi intuición no me falla, por las mañanas el dragón regresa a Belmont donde mantienen preso a Adhárel hasta que vuelve a anochecer. Lo del otro día, cuando intentó rescatarte, debió de ser un divertimento para los soldados que le custodiaban.

Duna volvió a sentir las lágrimas aflorando en sus ojos.

—Tanto tiempo... tanto tiempo y nunca me lo dijo... ¿Cómo ha podido?

—Quizá ni siquiera él lo sepa —aventuró el joven.

—¿Cómo no va a saberlo? ¡No es algo que se pueda olvidar con facilidad!

—Tal vez cuando despierta no recuerda lo que ha pasado durante la noche. No lo sé, son sólo suposiciones.

—Pobre Adhárel... —suspiró Duna—. ¡Pero alguien tendría que saberlo! Alguien ha tenido que estar protegiéndole todo ese tiempo. ¿Cómo... cómo si no ha podido volver cada mañana al palacio?

Y en el momento en que se preguntó eso, recordó de golpe el baile.

—Es la reina —dijo, sin alterar la voz pero con los ojos bien abiertos.

—¿Perdón? —preguntó Sírgeric.

—¡La reina Ariadne es quien le protege!

—¿Cómo has llegado a esa conclusión?

Duna hizo memoria antes de responder.

—Fue... fue ella quien obligó a Adhárel a abandonar el baile minutos antes de la medianoche. Ella sabía lo que le sucedía a su hijo y... y no podía permitir que nadie le viese transformarse en dragón.

Sírgeric meditó aquellas palabras.

—O sea, ¿que la reina lo supo siempre y no hizo nada para evitarlo? ¿Ni siquiera se lo dijo?

Duna se encogió de hombros, mucho más tranquila. De repente le asaltó una duda.

—Sírgeric... Me preguntaba si tu plan de rescate incluía... bueno, si incluía a Adhá... al dragón.

El muchacho esbozó una sonrisa y asintió.

—¿Y en qué habías pensado si puede saberse? —preguntó Duna, levantándose, resuelta a ayudar a su amigo a salir de allí. Ya que su príncipe no iba a venir a rescatarla, más bien todo lo contrario, tendría que ser ella quien escapase de allí.

—No era una idea demasiado brillante, si te soy sincero…

—Sírgeric, por favor —insistió.

—De acuerdo. Veamos. Según creo, Adhárel y el dragón comparten una misma alma, pero diferentes conciencias. Es decir, el dragón no sabe quién eres, sin embargo, y sin él saber por qué, tiene la irrefrenable necesidad de protegerte. —Al escuchar la explicación, Duna recordó cómo le había salvado de los bandidos en el bosque—. Sin faltar al respeto —prosiguió—, podría parecerse a la relación de un perro con su amo: no le quiere, pero siente aprecio por él y obedece sus órdenes.

—No sé adónde quieres llegar.

—Quiero decir que tiene que haber algo *más* que una al príncipe con el dragón. Si Adhárel te quiere de verdad, y por todo lo que ha hecho no lo dudo... y el dragón de alguna forma te reconoce lo suficiente como para hacer lo que hizo. Creo que el posible lazo de unión es...

—¿El amor? —preguntó Duna, haciéndose una idea de adónde quería ir a parar Sírgeric.

—Eso creo yo…

Duna se aguantó las ganas de decirle que aquello era una estupidez. Decidió, por primera vez, creer en él sin dudar un instante.

—Está bien. Pongamos que es cierto… ¿Qué plan habías pensado?

Sírgeric sonrió mucho más tranquilo y se dispuso a explicarle paso a paso en que consistía su plan.

—Esperaré escondido detrás de la cama para que no me vea —dijo Sírgeric como último apunte—. Después, todo dependerá de ti. ¿Estás segura de que quieres hacerlo? Tal vez podríamos pensar en otro plan.

—No. Ya dijiste que si escapásemos de cualquier otra manera, el dragón nos perseguiría hasta darnos caza. No estoy dispuesta a arriesgar tu vida también.

—Pero es peligroso... podría salir mal, podría estar equivocado... —el joven se revolvió el pelo, nervioso—. Cuanto más lo pienso, menos me gusta la idea.

—Sírgeric. Voy a hacerlo. No me lo pongas más difícil y escóndete, por favor.

El muchacho obedeció y se ocultó bajo el mueble mientras veía cómo su amiga se encaramaba al alféizar de la ventana, dispuesta a enfrentarse al dragón.

—¡Adhárel! —gritó Duna a la noche. La luna parecía ser su único oyente. No estaba segura de si el dragón reconocería aquel nombre, pero tenía que empezar intentando aquello—. ¡Adhárel, ven aquí!

De repente, un poderoso aleteo surcó la noche y, un momento después, la inmensa criatura se presentó ante ella, manteniéndose a unos metros de la ventana, batiendo las alas sin mover el cuerpo. El intenso viento despeinaba los cabellos de Duna y azotaba su cuerpo.

—¡Escúchame! —volvió a gritar, intentando oír su propia voz por encima de todo aquel estruendo—. ¡Sé que estás ahí en alguna parte! ¡Adhárel, te quiero! ¡Por favor, haz un esfuerzo y entiende mis palabras!

Como respuesta, la criatura soltó un fuerte rugido que dejó sin aliento a la muchacha. Tenía que ser más persuasiva. Tenía que creérselo de verdad. Maldita sea, ¡pero ese no era su príncipe! Agarrándose con más fuerza a la piedra, volvió a gritar:

—¡Te lo suplico, Adhárel! ¡No dejes que te hagan esto! ¡Escúchame! Tienes que creerme... ¡te quiero! ¡Por favor, ayúdame a escapar!

De nuevo, el dragón bramó con ira contenida y coleteó con fuerza, atizando la pared de piedra y desprendiendo algunos fragmentos de la torre.

—No funciona —susurró Duna girando la cabeza hacia la habitación.

—No desesperes —le llegó la voz amortiguada de Sírgeric—. Sigue intentándolo.

—Como si fuera tan sencillo —masculló Duna. Tomó aire

una vez más y se volvió de nuevo hacia el gigantesco dragón con la intención de impregnar cada una de sus palabras con toda la sinceridad de la que era capaz— ¡Adhárel! ¡Adhárel, soy yo! ¡Soy Duna! ¿No me reconoces? Te lo ruego, Adhárel... Recuérdame.

Otra vez, la portentosa criatura bramó con fuerza sobrenatural y se alejó unos metros, batiendo las alas en lo que parecía una lucha sin control. Dio varias vueltas en el aire sin parar de rugir y después volvió a quedarse frente a Duna. Sus ojos seguían siendo tan negros como la noche que les rodeaba.

La tristeza y la falta de confianza comenzaron a hacer mella en la muchacha. Era absurdo… no conseguiría nada. Notó cómo las lágrimas resbalaban por sus mejillas. Cerró los ojos y, tragándose las lágrimas, tomó una decisión.

—Adhárel… mi príncipe… —susurró ya sin fuerzas. Sólo le quedaba una cosa más por probar. Si salía mal... bueno, si salía mal tampoco alteraría en mucho su destino.

Sírgeric no pudo reaccionar a tiempo. Para cuando se dio cuenta de lo que su amiga iba a hacer, ya era demasiado tarde. El muchacho salió de un salto de su escondite y recorrió los pocos metros que le separaban de Duna en un abrir y cerrar de ojos, pero cuando alargó la mano, la muchacha ya se precipitaba al vacío.

—¡Duna! —gritó aterrorizado.

La muchacha sintió la caída en cada centímetro de su cuerpo. El viento, la falta de aire en los pulmones, la velocidad creciente… sintió todo y, sin embargo, no pudo interiorizar nada. En breves momentos recibiría el golpe que la mataría y entonces todo habría terminado.

Pidió perdón en silencio a Aya, a su fiel amiga Cinthia, a Sírgeric... pero por encima de todos, se disculpó ante su príncipe.

Qué lejos le parecían en ese momento la trama de Dimitri o la incipiente boda con Lord Guntern. Ya nada importaba. Sólo esperaba que sus seres queridos no sufrieran por ella demasiado.

Los pensamientos transcurrían fugaces e incontrolables por su mente mientras el suelo se acercaba vertiginosamente. De repente, y como había esperado, se produjo el golpe... aunque no fue como imaginaba. Sintió dolor, desde luego, pero sólo en el estómago y en el pecho. El estómago parecía querer salírsele por la boca, impidiéndole respirar. Fue entonces cuando comprendió que no estaba muerta y que, si hacía un esfuerzo, podría abrir los ojos.

Cuando lo hizo, descubrió que el tiempo parecía haberse detenido y que había dejado de caer tan rápido como antes. Aún no estaba en el suelo, de eso estaba segura. Poco a poco, fue recobrando la conciencia y descubrió que no podía moverse; no porque no quisiera, si no porque algo le aprisionaba el cuerpo. Tardó unos segundos más en comprender qué ocurría: el dragón la sujetaba entre una de sus fuertes garras.

Al principio creyó que todo había terminado; que la criatura la devolvería a su torre. Pero cuando notó que las garras que le arropaban se relajaban en torno a ella, comprendió que, lejos de su primera impresión, el dragón la estaba depositando suavemente en el suelo.

Cuando sus pies tocaron tierra, Duna se alejó unos pasos del portentoso dragón, quien la miraba fijamente.

—Me has... salvado... —se atrevió a decir.

El dragón ronroneó suavemente. Nada quedaba ya de la temible criatura de antes. Sus ojos... ya no eran negros; ya no estaban vacíos. Eran de la misma tonalidad que los del príncipe, algo en lo que se fijaba por primera vez

—Gracias... —dijo, haciendo una pequeña reverencia. El dragón asintió al mismo tiempo y la muchacha pudo jurar que esbozaba una sonrisa.

Con el corazón latiéndole fuertemente en el pecho, Duna dio un paso hacia la criatura y esta bajó el cuello hasta que sus ojos quedaron un poco más altos que los de ella. Duna dio otro paso y, sin hacer caso del temblor que recorría su mano, la alzó para después posarla sobre la rugosa piel del dragón. Bajo el resplandor de aquella luna, las enormes escamas reflejaban la luz despidiendo suaves destellos perlados. El tacto le resultó frío, pero no helado.

—Adhárel... —susurró al mismo tiempo que acariciaba el enorme hocico del dragón. La criatura cerró los ojos y se dejó hacer. —Mi príncipe...

El dragón abrió los ojos y empujó el hocico hacia Duna cariñosamente.

—Tenemos que salir de aquí antes de que salga el sol. ¿Podrías... podrías llevarme?

Duna estaba convencida de que el dragón la entendía perfectamente aunque no pudiese contestar con palabras. Asintió suavemente y tendió su enorme garra para que Duna subiese a ella. La muchacha se encaramó con agilidad y después las garras se enroscaron en trono a su cintura. Hacía tiempo que no se sentía tan segura.

—De acuerdo, pues ahora... —de pronto, un silbido lejano la interrumpió—. Oh, vaya, me había olvidado de Sírgeric.

El dragón también miró hacia arriba y gruñó, nervioso.

—No, no, no tengas miedo. Es un amigo —explicó la muchacha—. Recógelo a él también, por favor. Y vayámonos de aquí enseguida.

Sin esperar un segundo más, el dragón comenzó a batir con fuerza las alas y al poco ya se encontraban frente a la ventana de la habitación.

—¡Duna, estás viva! ¡Lo has conseguido! —vitoreó el muchacho alejándose un poco de la ventana, intimidado por el dragón—. ¡Por un momento creí que te habíamos perdido para siempre!

—Dijiste que no sólo los sentomentalistas tenían poder. Ahora sé que es cierto.

Sírgeric sonrió con ganas.

—Vamos, sube. Nos llevará de vuelta a Bereth.

—¿Estas segura? ¿No es… peligroso?

Duna enarcó una ceja.

—¿Ahora quién es el que tiene miedo? ¡Ya no está hipnotizado!

El joven asintió decidido y, tras encaramarse a la ventana, el dragón le tendió la otra pata delantera para que subiese.

—Gracias… —dijo, asombrado por lo que estaba haciendo.

En cuanto se hubo acomodado, el dragón cerró las garras a su alrededor y batió las alas una sola vez para alejarse de la torre. Y sin más dilación, emprendió el viaje de vuelta al reino de Bereth.

Duna miró una última vez hacia atrás para contemplar, sobrecogida, lo solitaria y amenazadora que parecía aquella torre que había sido su prisión y su hogar durante los más extraños y, por desgracia, inolvidables días de su vida.

El soldado oteó preocupado el horizonte. El amanecer comenzaba a pintar las montañas a lo lejos. Dio unos pasos con la lanza en alto para desentumecer los músculos y después volvió a dirigir la mirada a lo lejos. Se hacía tarde. El dragón tendría que haber llegado hacía tiempo.

Sólo tendrás que quedarte aquí y cerrar la verja en cuanto él entre. Esas habían sido las palabras exactas del sentomentalista. Maldito embaucador. Un soldado de su rango no tendría que haberse dejado manipular de esa forma.

Incómodo, volvió a observar el horizonte. Los primeros rayos de sol le obligaron a apartar la mirada. Esperaría unos minutos más y después actuaría. Quizá estuviera cazando, o durmiendo, o volviendo ya... ¡Por el Todopoderoso! ¡Era un dragón, no un perro!

Pero las órdenes habían sido precisas: *si cuando amanezca, el dragón no ha regresado, da la alarma*.

Tal vez iba siendo hora... No quería hacerlo mal en su primera guardia.

De nuevo escrutó el cielo y, viendo que no había ni rastro de la criatura, decidió, finalmente, dar el aviso.

9
DESVELANDO SECRETOS

El dragón sobrevoló el bosque de Bereth casi rozando las copas de los árboles. Sabían que si volaban demasiado alto, tarde o temprano alguien podría descubrirles cruzando el oscuro firmamento.

—¡Está a punto de salir el sol! —gritó Duna a Sírgeric desde la otra garra.

—¡Deberías decirle que fuese aterrizando! Podemos seguir el camino a pie.

Duna asintió a su amigo y después levantó la cabeza.

—¡Adhárel! ¿Podrías…? —antes de terminar la pregunta, el dragón comenzó a descender. Duna miró asombrada a Sírgeric. El joven se encogió de hombros y cerró los ojos para disfrutar del descenso. Aterrizaron en un claro en mitad del bosque lo suficientemente grande para el dragón.

Cuando hubo plegado las alas, dejó a Duna con extremada suavidad mientras obligaba a Sírgeric a saltar desde una altura bastante elevada.

—Muy considerado por tu parte… —mascculló el joven, molesto. El dragón, por respuesta, se dio media vuelta y echó a andar entre los árboles, arrancándolos de raíz a su paso. Sin perder un minuto, echaron a andar tras él a grandes zancadas para no retrasarse.

—¿Qué vamos a hacer ahora? —preguntó Duna—. Creo que todo esto empieza a ser demasiado grande para nosotros, Sírgeric.

—Para nosotros quizá sí, pero no para él —contestó echando un vistazo al dragón.

De pronto, la criatura se paró en seco, estiró el cuello y emitió un rugido devastador.

—¿Qué le pasa? —Duna avanzó hacia él— ¿Tiene que regresar a Belmont?

—No creo que sea eso. ¡Mira!

El dragón se tambaleó unos pasos hacia ambos lados y después se desplomó sobre el suelo, retorciéndose de agonía.

—¡Se está muriendo!

La muchacha hizo ademán de acercarse a él pero Sírgeric la agarró del brazo para impedírselo.

—¡Espera! ¡Podría matarte sin querer!

La criatura soltó un último gruñido y quedó tendido en el suelo, inmóvil. Los dos jóvenes se quedaron paralizados. En silencio. Y, poco después, la figura del dragón comenzó a menguar. Menguó y menguó hasta que, en el lugar del enorme monstruo, sólo quedó un joven desnudo igualmente inmóvil.

—Adhárel… —susurró Duna llevándose una mano a la boca. Contemplar la transformación con sus propios ojos había resultado mucho más impresionante que escucharlo de boca de Sírgeric. Por desgracia, le había servido por encima de todo para darse cuenta de que aún no lo había asimilado. Hasta ese momento había intentado engañarse pensando que sí lo creía. ¡Incluso había llegado a llamar al dragón por el nombre del príncipe! Pero haberlo visto… haber visto cómo el dragón se *transformaba* en el príncipe había sido demasiado para ella. Sin duda, no estaba preparada. Sintió que le faltaba el aire y cayó al suelo de rodillas. Sabía que tenía que luchar y controlarse. Que tenía que ser fuerte y aguantar… pero le era imposible.

—¡Duna! ¡Está despertando!

En algún momento indeterminado para Duna, Sírgeric había llegado hasta el príncipe y le había cubierto con su capa.

—¿Me oyes, Duna? ¡Tenemos que llevarlo a casa!

La muchacha oía la voz de su amigo distante, apagada. No se veía capaz de responderle. En su mente una frase se repetía una y otra vez: «*Adhárel es el dragón, Adhárel es el dragón, Adhárel…*»

Sírgeric se acercó a ella y la zarandeó para hacerla volver en sí. Estaba haciéndole preguntas y le pedía que le respondiese. Tenía que hacer un esfuerzo o su amigo se preocuparía.

—Duna, por favor, vuelve. No vamos a poder hacerlo sin ti.

La muchacha se entregó a su cometido y las voces en su cabeza fueron apagándose.

—No puedo… —masculló más para ella que para él—. No puedo, Sírgeric… lo siento.

—Claro que puedes, Duna. Vas a tener que ser tú quien se lo cuente.

—¿Qué?... ¿Yo? —¿Cómo iba a hacerlo si ni siquiera lo había asimilado?

—Tendrás que ser fuerte. Por él, por ti, por todos. Duna, no puede seguir en la ignorancia. No ahora que todo parece estar desmoronándose. Te necesita.

—Me… —Duna miró a su amigo al escuchar la última frase. ¿Tendría razón? ¿Adhárel la necesitaba? Miró por encima del hombro de Sírgeric y vio a Adhárel en el suelo. Estaba empezando a moverse. No, no podía dejarle. Si no conseguía asimilar todo lo que había sucedido, tendría que fingir. Debía ser fuerte por él, por Adhárel.

—Vayamos con él.

Duna se levantó con ayuda de Sírgeric y juntos se acercaron al príncipe. En ese instante, Adhárel abrió los ojos.

—¿Du… Duna? —masculló casi en sueños. Ella se arrodilló y le pasó la mano por el cabello. Con todo, se sentía un tanto incómoda sabiendo que Adhárel no llevaba encima más que la capa de Sírgeric.

—Sí, Adhárel, soy yo. Ya ha pasado todo.

El príncipe le sonrió y se incorporó lentamente.

—¿Cómo… cómo he llegado aquí? ¿Dónde están los guardias? Recuerdo que me apresaron y después… después encontré esa torre no sé cómo y tú estabas allí encerrada y…

—Shhh, shhh… relájate. Te lo explicaremos todo por el camino. Ahora hemos de llegar a algún lugar seguro.

—¿Dónde estamos? —preguntó el príncipe, mirando hacia todos lados.

—En el bosque de Bereth —contestó Sírgeric, acercándose a la pareja.

El príncipe le miró con recelo sin saber quién era.

—Emm… Adhárel, te presento a Sírgeric. Sírgeric, Adhárel.

El joven hizo una reverencia mientras decía:

—Un placer conoceros, alteza.

—¿Nos hemos visto antes?

—Creo que no —contestó con una sonrisa de lo más inocente.

—Juraría que sí.

Duna intervino, algo nerviosa.

—Adhárel, tenemos que irnos ya. La casa de Aya no debe de quedar muy lejos.

—¿Te has vuelto loca? —inquirió Sírgeric— ¡Será el primer lugar en el que nos busquen!

—¡No le habléis así! —intervino Adhárel.

—¡No me digáis como tengo que comportarme mientras llevéis *mi* capa como única prenda!

Adhárel abrió los ojos desmesuradamente al comprobar que lo que decía era cierto y después se cubrió mejor con ella. Duna se dio media vuelta mientras notaba cómo se sonrojaba. Sírgeric sonrió divertido.

—No… no creo que pase nada por reponer fuerzas en la cestería, Sírgeric —comentó Duna con la intención de desviar la conversación.

—Como quieras. Pero nos quedaremos lo menos posible. No quiero ni pensar lo que le pasaría a Aya si nos descubriesen en su casa… ¡y con el príncipe nada menos!

—¿Quién ha dicho que yo vaya a acompañaros? He de volver al palacio enseguida. ¡Me tendieron una trampa! Tengo que poner al corriente a todos: ¡Dimitri es un traidor!

—Qué novedad… —murmuró Sírgeric. Adhárel le fulminó con la mirada—. Mirad, príncipe, vayamos por orden. Si aparecéis de esa guisa en el palacio en estos momentos, tardarán menos que un suspiro en apresaros y cerraros la boca.

—¿Entonces es mejor que me quede aquí de brazos cruzados? ¡¿Y dónde está mi ropa, si puede saberse?!

—¿Y nosotros qué sabemos?

El príncipe le miró asombrado.

—¡Ya sé de qué te conozco! ¡Eres el sentomentalista de Belmont! ¡El de las mazmorras!

—Es cierto que nos conocimos en circunstancias poco favorables para fraguar una buena amistad, pero al menos no me llaméis traidor.

—¡Queréis dejar de gritar de una vez! —exclamó Duna poniendo los brazos en jarra—. Tú —dijo, señalando a Sírgeric—, no nos lo pongas más difícil. Y tú —señaló a Adhárel—, levántate y no seas tan despectivo con Sírgeric. Sin él no estaríamos aquí ninguno de los dos. Está bastante claro quién es el único traidor en todo este embrollo. Primero iremos a casa de Aya y después decidiremos nuestro siguiente paso. ¿Os ha quedado claro?

Por respuesta, Adhárel se puso en pie cubriéndose con la capa y Sírgeric asintió poniéndose en marcha.

—Duna, una última pregunta —dijo el príncipe en cuanto Sírgeric se hubo alejado—. ¿Ha pasado por aquí el dragón? Lo digo por el enorme destrozo que hay a nuestro alrededor…

Duna tragó saliva, incómoda.

—No imaginas lo cerca que ha pasado.

Adhárel estuvo a punto de preguntarle a qué se refería, pero Duna ya había echado andar tras su amigo.

Cuando llegaron a la linde del bosque, Sírgeric les hizo un gesto para que se detuvieran. Después, indicándoles que esperaran, se perdió entre los últimos árboles para ver si había soldados al acecho. Poco después, regresó con buenas noticias.

—El camino está despejado. Seguramente no hayan dado el aviso todavía de que Adhárel… —se interrumpió al mirar al príncipe—. Aún no han dado el aviso.

—¿Tenemos vía libre hasta la cestería?

—Hasta la mismísima puerta.

A Duna se le iluminaron los ojos.

—Pues no perdamos más tiempo. ¡Me muero de ganas de ver a Aya otra vez!

Echó a correr sin esperarles y cuando Sírgeric iba a seguirla, algo se lo impidió.

—Espera, ¿qué ibas a decir antes? —le preguntó el príncipe.

—Aguantad un poco y ella os lo contará, alteza. No quiero adelantar acontecimientos.

Adhárel le soltó el brazo y dejó que se marchara. Después fue tras él.

Cuando Duna se encontró ante la puerta de la casita de Aya, la aporreó con los nudillos desesperada hasta que le llegó la voz de la mujer desde el interior.

—¡Ya va! ¡Ya va! Santo Todopoderoso, cada vez sois más maleduc…

La puerta se abrió en ese instante y Aya se quedó paralizada en el dintel. Abrió y cerró varias veces la boca sin proferir un solo sonido, atónita.

—Ya he vuelto, Aya —dijo Duna con lágrimas en los ojos.

La mujer se mordió los labios para contener las lágrimas pero fue inútil. Sin poder evitarlo, agarró a Duna y las dos se fundieron en un abrazo largamente esperado.

—Mi niña —sollozaba la mujer—. Mi niña. Has vuelto.

—Claro que he vuelto, Aya. ¡Os he echado tanto de menos!

Los dos jóvenes llegaron en ese momento. Sírgeric fingió un ataque de tos para llamar la atención. Aya se separó de Duna y abrazó con fuerza al muchacho.

—Gracias, Sírgeric. Gracias por haberla traído de vuelta.

—Ha sido un placer, señora Aya.

La mujer se separó de él con lágrimas en los ojos y por primera vez se fijó en el joven rubio que les acompañaba. Tardó varios segundos en entender por qué le era tan familiar aquella cara. Cuando lo hizo, el labio inferior se le separó del superior tanto como fue posible y procedió a hacer una reverencia detrás de otra, musitando:

—Es un milagro… es un milagro… Sólo puede ser obra de un milagro.

—No… no es necesario, por favor —decía Adhárel, halagado por la mujer, pero incómodo. No comprendía por qué decía aquello, pero no le dio mayor importancia.

Duna se acercó a Aya y, sujetándola por la cintura, la acompañó al interior de la casa. La mujer no dejó de hacer reverencias hasta que la puerta se cerró tras Sírgeric y Adhárel.

—Adhárel, acompáñame —dijo el muchacho—. Arriba tengo algo de ropa para dejarte.

El príncipe sonrió una vez más a la mujer y después desapareció junto a Sírgeric por las escaleras.

—Es... era... el... —tartamudeaba Aya.

—Sí, es el príncipe Adhárel. Por favor, Aya, no pierdas la compostura —bromeó Duna sin dejar de sonreír.

—Pero, yo creí que... Dimitri dijo...

—No tenemos mucho tiempo —le interrumpió Duna—. En cuanto sepan que nos hemos fugado vendrán a buscarnos y este será el primer lugar en el que lo hagan.

—¿Te vas a volver a ir? Pero... ¡pero si acabas de llegar!

—A mí tampoco me hace mucha gracia. ¿Dónde está Cinthia? ¿Aún está durmiendo?

Aya negó con la cabeza.

—No he vuelto a ver a Cinthia desde que os marchasteis —explicó con la voz entrecortada—. Sé que está bien porque recibo cartas suyas. En ellas me pide que no me preocupe y que aguante... pero me cuesta mucho.

La joven sintió un nudo en el estómago.

—¿Puedo ver las cartas? —preguntó.

—Desde luego.

Aya se dio media vuelta y bajó a la cestería, donde escondía en un lugar seguro las cartas de su sobrina. Cuando volvió, Sírgeric y el príncipe conversaban con Duna.

—Es lo mejor que he podido encontrarle. Ya sé que no son las sedas a las que está acostumbrado pero...

—Sírgeric... —le regañó Duna.

—Son perfectas —intervino Adhárel.

Aya volvió al salón y le tendió los sobres a Duna.

—Aquí las tienes —después se dirigió al príncipe—. Por favor, alteza, tomad asiento. ¿Deseáis beber algo? No es mucho lo que tenemos en este humilde hogar, pero seguro que quedan algunas pastas, o té. Sí, seguramente el té sea de vuestro agrado.

—El té será perfecto.

Aya asintió cortésmente y se marchó a la cocina.

—Deberíamos correr las cortinas —opinó Duna.

Sírgeric fue hasta la ventana y lo hizo, sumiendo la estancia en la más absoluta oscuridad.

—Aya, ¿dónde están las bombillas?

La voz de la mujer les llegó amortiguada desde la cocina.

—Ya no hay bombillas, cielo. La Guardia Suprema fue lo primero que hizo: requisarnos a todos las reservas anuales.

—¿Qué? ¿Cómo han osado? —preguntó Adhárel, enfurecido—. ¿Qué es eso de la Guardia Suprema?

Aya apareció con una bandeja de madera sobre la que llevaba una jarra de té, varias tacitas y una vela encendida.

—El nuevo invento de vuestro hermano, alteza —explicó mientras les servía—. Es la unión de los soldados berethianos con los belmontinos.

—¿Mi hermano ha permitido eso?

—Eso y mucho más —dijo Aya—. Como Bereth no le parecía lo suficientemente grande, vuestro hermano movió los hilos necesarios para establecer con Belmont un pacto que nos ha llevado a esto.

—¿Mi... hermano? —Adhárel no daba crédito a sus oídos. ¿Cómo no lo había visto venir?

—Vuestro hermano es cruel, alteza —susurró Aya, como si temiese que las paredes pudieran escuchar—. Nunca nadie había hecho tanto daño a un reino como lo ha hecho él. No sólo ha vendido su alma al enemigo, sino que también nos ha vendido a nosotros. Belmont está asolando cada comercio, granja y casa bajo la bandera de Bereth. Y nadie puede detenerles. Si sólo han transcurrido unos días y ya han hecho todo esto... no quiero imaginar cómo estaremos cuando llegue el invierno.

Adhárel no podía creer todo lo que había cambiado su amado reino en tan poco tiempo.

—¿Y mi madre? ¿Qué se sabe de la reina?

Aya tragó saliva.

—Alteza, hasta hoy creí que vos y vuestra madre habíais fallecido en un accidente. Fue lo que Dimitri nos dijo el día que se proclamó rey.

—Maldito canalla —dijeron Sírgeric y Adhárel al unísono, rechinando los dientes.

—Me las pagará —juró el príncipe—. Aunque sea lo último que haga.

—Escuchad esto —interrumpió Duna, sin necesidad de acercarse a la luz de la vela. El sol empezaba a atravesar las cortinas. La mujer y los dos muchachos prestaron atención.

—*No te preocupes por mí. Me encuentro más cerca de lo que imaginas. Pajarito y yo estamos bien escondidos en nuestra madriguera. Si algún día vuelve la princesa, dile que estamos listos para luchar. Los sentomentalistas están de nuestro lado.*

Nadie dijo nada durante un buen rato. El eco de las palabras fue desvaneciéndose hasta desaparecer. Sírgeric fue el primero en hablar.

—Le dije que no hiciera nada hasta que regresásemos.

—¿Por qué iba a empezar a obedecer ahora? No lo ha hecho en diecisiete años... —bromeó Aya.

—Cuánto me alegro de que haya sido así —intervino Sírgeric—. ¡Ha conseguido ponerse en contacto con los sentomentalistas de Bereth!

—No sólo eso —dijo Duna—. ¡Están de nuestra parte! ¡Lucharán con nosotros!

—¿Luchar? —preguntó Aya, asustada—. Aquí nadie va a luchar.

—¡Claro que sí, Aya! No permitiremos que Bereth se quede como está.

—Si Belmont buscaba guerra —añadió Adhárel—, acaba de dar con ella. Tenemos que ponernos en contacto con vuestra amiga para estudiar las distintas estrategias posibles, elegir la más conveniente y...

—No hay tiempo para todo eso, la carta no terminaba ahí —le interrumpió la muchacha—. *No podemos arriesgarnos más a que todo empeore. El tiempo se nos echa encima y sólo el Todopoderoso sabe si estamos haciendo lo correcto. Pajarito opina, al igual que el resto, que la batalla debería librarse cuanto antes. He intentado convencerles de que tendríamos que esperar a que regresara la princesa, pero están cansados de aguantar esta situación. Si no hay ningún imprevisto, atacaremos el palacio y liberaremos a Bereth de la represión durante la próxima Luna Llena. Si no vuelves a recibir otra carta mía, quiero que sepas que siempre te...*

—¡Deja de leer! —gritó de repente Aya, llorando desconsolada—. Por favor, deja de leer...

—Lo siento, Aya... Sólo estaba...

Sírgeric se acercó a la mujer y la estrechó entre sus brazos, como había hecho con Duna.

—No va a pasarle nada, señora Aya. Nosotros vamos a estar allí con ella.

Aya no dejaba de llorar.

—Escuchadme, señora —dijo Adhárel, levantándose y agarrando su mano—. Os doy mi palabra de que no dejaremos que le pase nada.

La mujer le miró con los ojos enrojecidos y asintió, un poco más tranquila.

—Pues entonces deberíamos ir decidiendo un plan cuanto antes —comentó Duna—. Aya, ¿cuándo recibiste esta carta?

—Hace tres días, creo...

Los tres muchachos se miraron.

—Oh, Santo Todopoderoso... —exclamó Duna, sobrecogida.

—Esta noche es la *próxima* Luna Llena —concluyó Sírgeric.

—No perdamos más tiempo, tenemos que organizar muchas cosas.

—Un momento, Duna. Antes deberías... hablar con el príncipe sobre algo, ¿no crees?

—¡No hay tiempo que perder! Sólo disponemos de... —Duna perdió el hilo de sus palabras cuando sus ojos se cruzaron con los de Adhárel. Con los del dragón—. Tienes razón... Imagino que podemos permitirnos un breve descanso.

Adhárel asintió conforme y Duna le pidió que subiese con él a la habitación.

—No hagáis tonterías mientras estéis arriba —canturreó Sírgeric mientras se tumbaba cuan largo era sobre el sillón del salón. No tardó mucho en quedarse dormido.

—¿Qué quieres decirme, Duna? —le preguntó el príncipe ya en su habitación. Duna rehuyó sus ojos y miró a través de la ventana.

—No sé por dónde empezar...

—Intenta que sea por el principio —bromeó Adhárel, acercándose a ella por detrás. Duna cerró los ojos y después se apartó, sentándose sobre la cama.

—¿Qué es lo último que recuerdas, Adhárel?

—Bueno... me tendieron una emboscada. Me debieron de golpear con algo porque lo siguiente que recuerdo es una fría celda donde pasé el resto de días inconsciente. Después, tampoco sé cómo exactamente, aparecí en mitad de una inmensa llanura con una torre al fondo. Me puse a andar y cuando llegué descubrí que tú estabas allá arriba, encerrada. Y quise salvarte... Pero en ese momento llegaron esos soldados, me apresaron, caí desmayado y luego... bueno, luego desperté desnudo en mitad del bosque contigo y con Sírgeric. ¿Me vas a explicar cómo...?

—Quiero que sepas que nada de lo que te voy a decir es... mentira. Te lo juro por mi vida, Adhárel. Jamás querría hacerte daño —dijo Duna, dándose cuenta de que sus palabras habían sido muy similares a las de Sírgeric.

—Me estás asustando —el príncipe se sentó a su lado.

—Adhárel, creo... creo que he desentrañado la Poesía Real.

—¿De veras? —preguntó él, asombrado—. ¿Cómo lo has hecho? ¡Es genial! ¡Ahora podremos utilizarla contra Belmont!

—No, Adhárel. Por favor, escúchame. No sé si podré seguir si me interrumpes.

—Discúlpame.

—Como bien habías deducido, La Amante sin lugar a dudas es tu madre, aunque no he conseguido desentrañar el motivo de ese nombre. El Mensajero, el Heraldo... Bueno, el anciano creo que se refiere a un poderoso sentomentalista que tu madre conoció hace mucho tiempo. —Duna respiraba con dificultad, intentando ser lo más clara posible. Adhárel escuchaba con atención—. Tu madre le pidió que crease un arma que le ayudase a proteger el reino...

—¿El arma? ¿Ya sabes qué es el arma? ¿Dónde está?

—No, Adhárel. La pregunta no es *qué es el arma*, sino *quién es el arma.*

El príncipe la miró extrañado.

—Duna, creo que no te entiendo…

—¡Adhárel! ¡Tú eres el arma! ¡Tú eres la estúpida arma! —exclamó ocultando sus lágrimas.

—Debes de estar equivocada. Eso es… eso es... imposible.

—¡No! ¡No lo es! ¡Es cierto, Adhárel! Por mucho que desease que no lo fuera… lo es…

—Pero no lo entiendo. ¿Yo? No veo que sea diferente a mis hombres. No tengo nada de especial.

—No por las mañanas. Pero sí por las noches.

Adhárel sonrió.

—Pero Duna, ninguna noche estoy despierto. No recuerdo haber vivido una sola noche desde… desde…

—Desde nunca Adhárel. Lo sé. *Si no puedes protegerlo, haz de mi tesoro un arma, y la mantendrás oculta…*

—*…Pues nadie deberá usarla,* conozco el final de la poesía. ¿Qué quieren decir esos versos?

Duna se humedeció los labios, angustiada, y se acercó al príncipe.

—¿Recuerdas cómo te hiciste esta cicatriz? —le preguntó, rozándole la barbilla.

—Fue hace mucho tiempo… Supongo que jugando, como cualquier niño.

Duna negó lentamente con la cabeza.

—¿Y el brazo? ¿Sabes cómo te heriste? ¿Por qué lo llevabas vendado?

—¡Claro! Es un poco vergonzoso, pero me caí de la cama y…

—No, Adhárel —le corrigió Duna—. Todo eso son excusas. No es la verdad.

El príncipe tragó saliva y la miró fijamente.

—¿Adónde quieres ir a parar?

—A que el arma es el dragón, Adhárel. Por eso sólo aparece durante las noches.

—¿Pero no acabas de decir que el arma soy yo?

—¡Tú eres el arma! —exclamó. Después, en voz baja, añadió—: Tú eres el dragón…

—¿Qué soy qué? ¿Te pasa algo Duna? ¿Cómo voy a ser yo el dragón? Eso es… ¡absurdo!

Duna levantó los ojos y le miró directamente.

—Te aseguro, Adhárel, que es cierto. Y creo que es mejor para todos que lo sepas.

El príncipe se puso en pie, apartándose de ella.

—No sé qué clase de broma es esta, Duna, pero si intentas hacerme pagar el modo en que te traté durante tu estancia en el palacio te estás pasando

—¡No estoy intentando hacerte pagar nada! —gritó, poniéndose en pie y sin dejar de llorar— ¿Quieres saber cómo escapé de la torre? ¿Cómo llegamos a Bereth? ¡Tú nos sacaste de allí! ¡Tú, Adhárel! ¡Nadie más que tú! Nos llevaste a Sírgeric y a mí en tus garras y juntos volamos hasta el bosque.

—Estás desvariando, estás desvariando… —murmuraba el príncipe, alejándose cada vez más de ella—. No había ni rastro del dragón cuando desperté…

—¡Tú eras el dragón, maldita sea! ¡Por eso estabas desnudo!

Adhárel fue a contestar pero las palabras se le atragantaron. *Por eso estaba desnudo... por eso no recuerdo ni cómo llegué al bosque, ni soy capaz de imaginar una sola noche despierto... ¿Cómo puede ser...?*

—Lo siento muchísimo, Adhárel. Créeme… lo siento…

Jamás me caí de la cama. Durante alguna batida me acertaron en el brazo. Las cicatrices…

—Soy… soy el dragón —murmuró Adhárel, mirando a través de la ventana y viendo su reflejo en el cristal—. Toda mi vida lo he… lo he sido.

Las lágrimas resbalaban por sus mejillas. Cerró los ojos para ocultarlas, pero estas salieron despedidas con más fuerza.

—Adhárel… —Duna se puso en pie y avanzó hacia él.

—Todo este tiempo he intentado darme caza a mí mismo… He sembrado el pánico en el reino, he destruido hectáreas de bosque, he…

—No sigas, Adhárel. No te martirices de ese modo. No has sido tú, no conscientemente…

Duna se acercó a él y le abrazó con fuerza. Y aunque al principio él siguió absorto en sus pensamientos, poco a poco fue correspondiendo al abrazo. Duna levantó la mirada anegada en lágrimas y vio que los ojos color bosque de Adhárel también lloraban. Sin pronunciar una palabra, Duna levantó la cabeza y cerró los ojos. Al instante siguiente, los labios del príncipe fueron al encuentro de los suyos y se fundieron en el beso que tanto habían anhelado ambos. El beso que confirmaba sus sentimientos y que demostraba que no existía barrera que el amor no pudiese traspasar.

Pero ninguno de los dos pensó en todo aquello. Sólo se dejaron llevar por los labios del otro, por las caricias de sus manos, por la respiración acompasada y por el latir de sus corazones. No supieron cuánto tiempo estuvieron besándose, pero cuando se separaron, el sol penetraba en la habitación a raudales.

Duna fue a disculparse por lo ocurrido, pero el príncipe le posó suavemente el dedo índice en los labios y negó con la cabeza.

—Te quiero, Duna. Te quiero como a nadie en este mundo. Si no hubiera sido por ti, nunca hubiera conocido la verdad sobre mí.

La muchacha recibió aquellas palabras como una brisa de aire fresco y le abrazó aún con más fuerza.

—Siento todo esto, Adhárel. Ojalá no hubiese tenido que decírtelo yo.

—Mejor tú que otra persona, Duna.

—¿Qué vamos a hacer ahora? Tengo miedo...

Los dedos del príncipe acariciaron su pelo.

—No tengas miedo. Yo estaré aquí para protegerte. Acabaremos con todo esto y después hablaré con mi madre. Ella sabrá qué hacer...

Con cuidado, Adhárel llevó a Duna hasta la cama y la dejó tendida sobre ella.

—¿Te vas a ir? —preguntó ella, asustada.

—No, claro que no. Estaré aquí, contigo.

Y después de decir esto, se tumbó a su lado arrimándose todo lo que pudo a ella.

—Te quiero, Adhárel. Esta noche... Esta noche... —pero no pudo terminar la frase. Después de tanto tiempo sin dormir, el sueño pudo con ella y le fue imposible resistirse a su llamada. El príncipe tampoco la habría escuchado, en cualquier caso, pues él también se había dejado arrastrar por el sueño.

10
LA MÁQUINA DE ELECTRICIDAD

El rey de Belmont y el príncipe Dimitri ascendían a la torre oeste para comprobar la magnificencia de las máquinas de electricidad.

—Siempre he querido estudiarlas con detenimiento, ¿sabías? —comentaba de buen humor Teodragos.

—Algo había oído —mascullό incómodo el príncipe. Mostrarle el arma más secreta y peligrosa del reino no le resultaba nada atrayente.

—He oído hablar tanto de ellas. Pero nunca las he visto en… funcionamiento.

—No ha habido motivos para utilizarlas.

—Lo sé, lo sé, mi querido amigo. Por eso me gustaría asegurarme de que no se han oxidado.

—Las máquinas reciben un cuidado diario, majestad —replicó Dimitri intuyendo los deseos del rey.

—Pero Dimitri, no creo que haya ningún problema en que disfrutemos de ellas un ratito, ¿no es cierto?

—¡Desde luego que lo hay! ¡No son juguetes!

Teodragos se detuvo casi al final de la escalera y cambió de actitud.

—Te he entregado a mis hombres para que defiendan tu maldito reino, te he cedido el honor de compartir bandera con el cuervo de Belmont, he hecho un pacto contigo, ¿y no me vas a dejar ver las estúpidas máquinas que por derecho me pertenecen?

Dimitri balbuceó incoherencias.

—Eso creía. —Teodragos sonrió—. Ahora, no me hagas perder más tiempo y enséñame esa maravilla.

Después se dio media vuelta y de un empujón abrió la puerta de hierro que daba a una de las máquinas. Dimitri entró tras él, arrastrando los pies y odiando sentirse tan pequeño al lado de aquel hombre.

—¡Por el mismísimo Todopoderoso! —exclamó el rey avanzando unos pasos por aquella inmensa habitación de piedra.

La sala de las máquinas ocupaba toda la parte superior de la torre. La estancia tenía un techo altísimo, donde crecía un enorme cilindro de cristal que contenía la energía acumulada que chisporroteaba en su interior. El tubo terminaba en una laberíntica estructura que rodeaba la enorme habitación y que estaba formada por tubos de hierro y espejos colocados en diferentes posiciones y de tamaños variables, encargados de transmitir la energía desde el contenedor de cristal hasta la última sucesión consecutiva de espejos de lupa, encargados de variar la dirección del rayo final.

—Es mucho más compleja de lo que imaginaba —dijo Teodragos mientras el eco de sus pisadas retumbaba por toda la torre—. ¡Y por todos los infiernos, muchísimo más grande!

Dimitri no sabía si sonreír orgulloso o pedirle que se fueran ya de allí. El rey iba acercándose a cada tubo y a cada espejo para observarlo con más detenimiento.

—Cristales. Esa era la solución… —murmuraba para sí—. Los restos de energía van quedándose en los tubos de hierro y a los cristales sólo les llega la electricidad más pura y potente. Muy interesante, muy interesante. Y… ¡Oh! ¿Qué tenemos aquí? —Teodragos casi corrió hasta el extremo de la máquina y la estudió con ojo experto—. ¡Espejos de lupa! Cada cual más pequeño que el anterior. Ya veo, ya veo…

—Hace que el rayo llegue únicamente a donde se precise y no se disperse por el camino —dijo alguien tras Dimitri. El príncipe dio un respingo y con un ágil movimiento sacó su espada para apuntar al intruso.

—Si me matáis ahora no sé quién podrá cuidar de ellas... —comentó con tranquilidad el enclenque encargado de las máquinas.

Dimitri apartó el arma de Lord Arot sin dejar de atravesarle con la mirada.

—¿Qué haces aquí? —preguntó el príncipe.

—Vengo a revisarla como cada mañana, Dimitri.

—Alteza para ti —le corrigió con aspereza.

En ese momento, Teodragos llegó hasta ellos. Lord Arot intentó mantener la calma, pero la pérdida de color en sus mejillas delató su miedo.

—Así que tenemos aquí a un experto en estas preciosidades. Vaya, vaya... —canturreó el rey con su potente voz. Lord Arot asintió sin decir ni una palabra—. En ese caso habrá que aprovecharlo.

—Deberíamos dejarle ir.

—Tú cállate —le espetó el rey, apartándole de su camino y agarrando al esmirriado Lord Arot por la solapa de su camisa—. Quiero que me enseñes a utilizarla y que me hagas una demostración de su poder.

—Pe... pe... pero alteza, señor... ma... majestad no pu... puedo hacerlo funciona... nar ahora. No sé si...

—Si valoras en algo tu vida y la de tu familia, te recomiendo que te des prisa en cumplir mis deseos. ¡Ahora!

Con fuerza, Teodragos arrastró al hombre hasta lo que parecía ser el mando de control del portentoso amasijo de hierro y cristal.

—¡Hazla funcionar! ¡Enseguida! —volvió a bramar el rey.

—S... s... sí, alteza. En seguida, majestad...

—¿Se puede saber por qué tienes tanta prisa en utilizar la máquina? —preguntó el príncipe recolocándose la camisa.

—¡Está claro!, ¿no? En cualquier momento podríamos sufrir un ataque sorpresa y ¿entonces qué, Dimitri? ¿Lucharías tú por nuestro reino? ¿Darías tu vida por mí?

—¿La darías tú por mí? —replicó Dimitri.

—Desde luego que sí, compañero —respondió Teodragos con una sonrisa de oreja a oreja—. Pero para no tener que llegar a ese punto, mejor es asegurarse de que funcione perfectamente... y de que este mequetrefe no nos haya engañado estropeándola a propósito.

Dimitri meditó la respuesta del rey unos segundos y después dio un paso hacia atrás, complacido.

—Tú, haz caso a su majestad en todo lo que te ordene.

—Sí... sí, a... alteza...

—Bien —dijo Teodragos volviendo a observar la máquina—. Ahora, arranca esta maravilla.

—Como deseéis...

Lord Arot cruzó la habitación con sus enclenques piernas hasta lo que parecían ser los mandos. El rey se acercó a él y le ordenó que fuese explicando en voz alta lo que iba haciendo.

—L... lo primero que se ha de hacer es a... activar la tu... turbina de madera que hay de... dentro del tubo para que la energía eléctrica comience a activarse. Pa... para eso, hay que co... colocar el pie en este pedal y presionarlo como si de un fu... fuelle se tratase.

—Interesante —comentó el rey sin apartar la vista de Lord Arot. Cuando el hombre empezó a pedalear con el pie, una enorme placa de madera que recorría en vertical todo el tubo de contención comenzó a girar lentamente haciendo que la energía eléctrica se agitase en su interior. La electricidad chisporroteaba iluminando las paredes de piedra con distintas tonalidades.

—Lo sigui... guiente que hay que hacer es abrir la trampilla pa... para que salga el flujo de e... electricidad que se qui... quiera disponer. Se... se hace mediante esta llave —Lord Arot señaló una pequeña manivela que había frente a él—. Está programado con distintas medidas. Sólo hay que girarla ta... tanto como energía se quiera utilizar.

—Bien, ponla al máximo.

—¿Pe... perdón, Majestad? —tartamudeó asombrado Lord Arot.

—¿No me has oído, imbécil? ¡Quiero que lo pongas al máximo!

Dimitri cogió al hombrecillo por el cuello y le presionó la cara contra los mandos.

—¡Te he dicho que obedezcas en todo al rey! ¡Hazlo ya!

Con lágrimas en los ojos, Lord Arot asintió frenéticamente y fue girando la manivela hasta que se oyó un *clic*. En ese momento, la turbina de madera dejó de rotar y una mínima cantidad de electricidad escapó del tubo metálico inferior, se reflejó en el siguiente espejo y volvió a penetrar en otro tubo hasta su salida, donde volvió a rebotar contra otro espejo para volver a desaparecer a través de otra pieza metálica. El procedimiento se desarrolló bajo la atenta mirada de los allí presentes, hasta que la energía llegó a un recipiente de cristal justo antes de la última fila de cristales de lupa.

—¿Qué ha pasado? —preguntó Teodragos, que había esperado algún tipo de explosión.

—E… en ese contenedor de cr…cristal se va con… concentrando toda la electricidad virgen para después lanzarla de golpe.

—Ya veo. Quiero más. Eso no daría ni para rellenar una bombilla.

—En re… realidad, alteza, esa es la ca… cantidad exacta de una bombilla.

—¡¿Acaso te he preguntado, gusano?! ¡Quiero más! ¡Y como sigas haciéndome perder el tiempo, voy a probar la máquina contigo! ¡Vamos!

Lord Arot se quedó mudo y movió la manivela una, dos, tres veces... Y con cada nueva posición, nuevos *clics* resonaron por la torre.

—¿Ese es el máximo? —preguntó Teodragos, suspicaz.

—Eh… bu… bueno, má… más o menos.

—¿Cómo que más o menos?

—Verá, alteza, nu… nunca se ha utilizado más...

—¡Oh! —exclamó el rey elevando el tono de voz— Ya veo... Así que nunca se ha utilizado más, ¿eh?

—N… no, señor —contestó Lord Arot agradecido porque el rey lo hubiese entendido.

—Es una lástima…

—N... no os preocupéis, alteza. Con esto hay energía más que suficiente para una prueba.

—No me refería a eso —dijo, y Lord Arot le miró sin comprender—. Me refería a que será una lástima tener que prescindir de tus servicios.

El miedo se dibujó en el rostro del hombre, pero antes de que pudiese siquiera pedir ayuda, Teodragos sacó con un ágil movimiento una daga que llevaba colgada al cinto y se la clavó en el pecho.

—Una verdadera lástima —concluyó extrayendo el arma del cuerpo y limpiándola con su capa carmesí. Dimitri se quedó paralizado y con los ojos como platos.

—¿Por qué lo has hecho? —preguntó el príncipe. El gorjeo gutural de Lord Arot se fue apagando hasta expirar.

—Se lo advertí. ¿Crees que a mí me agrada hacer estas cosas? ¡Desde luego que no! Ese hombre debía de tener mujer e hijos. Imagínate cómo se sentirán cuando se enteren de que una losa de piedra le cayó encima mientras trabajaba en la torre.

Dimitri no pudo contener un gesto de asombro.

—¡Pero si has sido tú quién le ha matado!

El rey negó lentamente al mismo tiempo que le ponía una enorme mano sobre el hombro.

—Tú te encargarás de que no lo parezca.

Dimitri inhaló aire con fuerza para tranquilizarse y después se apartó del hombre.

—Veré qué puedo hacer.

—Muy bien. Ve ahora, antes de que alguien pregunte. Yo me quedaré aquí un rato probando el invento.

El príncipe envolvió el cadáver de Lord Arot con su capa y lo sacó de la sala a rastras.

—Ahora juguemos tú y yo solitos —comentó Teodragos, volviéndose hacia los mandos de la máquina en cuanto la puerta se cerró a sus espaldas.

Colocó su enorme pie en el pedal y con suavidad fue presionándolo y soltándolo, mirando el contenedor como un niño pequeño. Después, movió la manivela una vez más y una última fracción de energía recorrió el trayecto desde el tanque hasta el recipiente de cristal, fundiéndose con la que ya había. El cristal se dilató unos milímetros y pareció que iba a desquebrajarse, pero al momento se estabilizó.

El rey se apartó de los mandos y con curiosidad colocó la yema del dedo índice sobre el cristal. De pronto, cientos de rayos se pegaron al otro lado del cristal, imantados por su dedo.

—Fascinante —comentó el rey sin dejar de sonreír. Pero cuando fue a quitar el dedo, vio que una fuerza invisible se lo impedía. Era como si los diminutos haces de luz que se habían congregado alrededor de su yema estuvieran tirando de él. Desesperado, Teodragos tiró con fuerza y un chispazo le recorrió el brazo entero antes de poder liberarse.

—¡Maldita sea! —sintió la tentación de atizarle una buena patada a la máquina, pero se contuvo por miedo a lo que pudiese ocurrir.

Enfurruñado, volvió a los mandos y sopesó cuál de las dos palancas que tenía enfrente debía accionar a continuación. Si hubiera dejado al encargado de las máquinas con vida hasta que se lo hubiese explicado, no tendría ese dilema, pensó. Pero lo hecho, hecho estaba. Y lamentar la fortuita muerte de aquel hombre no le serviría de nada. Tenía la mitad de probabilidades de acertar. Podría haberse detenido a pensar cuál era la adecuada, pero, ¿para qué? Teodragos nunca había sido un hombre de ideas sino de acciones, y no iba a cambiar ahora. Con determinación, accionó la que más cerca le quedaba y unos engranajes crujieron y chirriaron en algún punto indeterminado de la maquinaria. De repente, la piedra de la pared que había frente a los cristales de lupa se deslizó por unos raíles hasta entonces invisibles, mostrando todo Bereth ante la enorme máquina.

—Vaya... —comentó Teodragos asombrado.

El último fragmento de la máquina, junto con los controles, rotó lentamente hasta quedar apuntando al exterior por el orificio que se había abierto en la pared.

—¡Excelente! —exclamó, colocándose tras ella y agarrando la segunda palanca. Había acertado a la primera y no iba a perder más tiempo.

Con un sólo movimiento, Teodragos tiró de ella y, de pronto, toda la electricidad que se había acumulado en el último receptáculo salió disparada por una boquilla hasta el primer espejo de lupa, y de éste al siguiente, y luego al siguiente... así hasta que llegó al último, del cual salió un potente haz azulado que cruzó el cielo hasta colisionar, en la distancia, contra un granero apartado que al instante estalló en llamas.

Teodragos abrió la boca asombrado al ver la potencia y el alcance del rayo e imaginando lo que se podría hacer con varias máquinas como aquella. Cuando volvió a mirar al horizonte, el granero sé había volatilizado en una nube de humo que ascendía al cielo. Eufórico, soltó una potente carcajada que retumbó en las paredes y que debió de escucharse incluso fuera del palacio. Por fin, el poder estaba en sus manos.

No había terminado de formular aquel pensamiento cuando un soldado de la Guardia Suprema irrumpió en la estancia.

—¡Majestad! —exclamó tomando aire a bocanadas y haciendo el saludo reglamentario.

—¿Qué sucede? —gruñó Teodragos algo cohibido por si le había oído reír tan escandalosamente.

—El dragón... —masculló.

—¿Qué pasa con él?

—No ha regresado, majestad. N… no volvió a Belmont. Acabamos de recibir el aviso. Y la doncella… —el guardia tragó saliva—. Tampoco estaba en la torre.

El rostro del rey se fue encolerizando hasta adquirir un tono rojizo. Con el puño cerrado y en tensión, golpeó la pared de piedra y bramó:

—¡Encontradles enseguida! ¡Quiero sus cabezas empaladas antes de esta noche!

11
NOCHE DE LUNA LLENA

Cinthia miró al cielo a través de la ventana de la torre. Desde la primera reunión con los sentomentalistas de palacio, la escuela se había convertido en el cuartel general de los insurrectos en cuanto el edificio quedaba vacío.

La muchacha meditaba sobre la última carta que le había enviado a Aya unos días atrás. Le había dejado claro que la primera noche de luna llena atacarían el palacio, pero la fecha se había acercado asombrosamente rápido y, sin saber cómo, ya había llegado la noche acordada. Cinthia no podía dejar de imaginar lo feliz que estaría con Duna y Sírgeric a su lado. Les echaba de menos, les necesitaba con ella. Quería que estuviesen allí.

—Ya está todo preparado. Los demás nos esperan abajo. —Marco cogió las últimas cosas y salió de la habitación.

—Ya voy, pajarito. —Ese había sido el mote elegido por todos para referirse al niño debido a su condición de tránsfuga.

Tras la primera reunión con los chicos, además de la Escuela, el bosque había sido el lugar escogido para las reuniones durante el día. De ese modo habían podido practicar, además de con sus poderes, con armas reales.

En un principio Cinthia se sintió desubicada. Había pasado de estar encerrada cada mañana en la Escuela aprendiendo modales, a pelear con espadas, esquivar estocadas y a prepararse para el ataque.

Tras probar distintas armas —unas más grandes que otras—, había dado con un arco bastante antiguo que Zennion guardaba en el Palacio. La primera vez que lo usó, y tras una serie de indicaciones bastante simples, Cinthia acertó en el blanco con sorprendente facilidad. Desde entonces, no había querido saber nada más de espadas o dagas; el arco sería su arma y practicaría con ella hasta manejarlo a la perfección.

Cinthia volvió a mirar el cielo, rezó una plegaria en silencio y apretó con firmeza el arco y el carcaj de flechas que tantos quebraderos de cabeza le habían dado durante los últimos días. A continuación, rezó una pequeña plegaria por ella y por sus amigos y salió de la habitación.

—¡Oh, no! No, no, no… ¡Nos hemos quedado dormidos! ¡Hemos perdido el día entero en la cama!

Duna y Adhárel bajaron corriendo las escaleras tras escuchar los gritos de Sírgeric.

—¡Aya! ¿Por qué no nos has despertado antes? —preguntó Duna, igual de nerviosa.

Aya gritó desde su habitación.

—No… yo… bueno, estabais tan cansados. Pensé que no os vendría mal dormir un poco.

—¡Un poco, Aya! Pero no el día entero.

—¿Qué vamos a hacer ahora? ¡No hemos podido preparar nada! ¡El sol se pondrá en un par de horas y…

¡BOOM!

Duna pegó un grito y se pegó al príncipe. Sírgeric se levantó del sofá de un brinco, asustado, y se asomó a la ventana.

Con cuidado, descorrió las cortinas y miró por si les estaban atacando. No parecía haber nadie en las inmediaciones. Sólo vio por encima del muro exterior una columna de humo negro no muy lejos de allí.

—¿Qué ha sido eso? —preguntó Duna, asustada.

—¡Deben de estar disparándonos! —exclamó Adhárel, sin soltar a Duna.

—Ahí fuera no se ve nada —Sírgeric se levantó del sofá y fue a la cocina—. ¿Qué diablos ha podido provocar eso? ¡Ni siquiera un cañón de la guardia tiene tanta potencia! Como no haya sido una...

—¡Bomba! —se oyó de pronto gritar a Aya — ¡Nos atacan! ¡Preparaos para defender la casa!

Al momento, apareció en lo alto de la escalera en camisón y empuñando una afiladísima espada. Los tres chicos la miraron de hito en hito.

—Cálmate, Aya —le suplicó Duna—. No parece que haya sido un ataque.

—¡Desde luego que lo ha sido! —la mujer bajó a trompicones hasta el salón— ¡Ya lo decía mi difunto marido! Algún día esta casa tendrá que resistir los ataques del enemigo. Por eso reforzó el tejado con una capa de barro.

Duna se separó de Adhárel.

—¡Aya, por favor! No ha sido un ataque, ya te lo he dicho.

—O al menos no parecía ser esa su intención... —comentó el príncipe.

—Quizá sólo se trate de un tipo con muy mala puntería —bromeó Sírgeric.

—Niño, no bromees con estas cosas —le dijo Aya, bajando la espada por fin.

Duna se alejó de ellos y descorrió la cortina para observar el humo.

—Santo Todopoderoso, el granero del señor Tompic ha desaparecido…

—¿Allí había un granero? —preguntó Sírgeric colocándose a su lado—. Quién lo diría...

—Sólo conozco un arma capaz de hacer eso. —Todos se giraron para mirar al príncipe—. Pero no consigo imaginar por qué mi hermano la iba a utilizar para destrozar el granero de un pobre hombre...

—¿De qué se trata, Adhárel?

—Son las máquinas de electricidad. —Aya dejó caer la espada al suelo, consternada—. Como sabréis, se crearon para defender el reino de posibles invasiones. Pero no deja de ser toda una ironía que sean esas mismas máquinas las que atraigan a los reinos colindantes para atacar a Bereth y quedarse con ellas...

—Sí que es irónico, sí...

—¿Pero por qué iban a utilizarlas ahora? ¡Belmont ya pertenece a Bereth!

—No lo sé... tal vez estarían haciendo prácticas de tiro.

—Todo un consuelo —comentó Sírgeric.

—¡Maldito loco! —gritó enfurecida Aya. De pronto recordó ante quién estaba y añadió—: Disculpadme, alteza. A veces olvido que hablamos de... de vuestro hermano.

—No os disculpéis. A veces a mí también se me olvida.

Todos se quedaron en silencio ante la franqueza de Adhárel.

—No podemos perder más tiempo —saltó Sírgeric, impaciente—. ¡Cinthia ya debe de estar en el palacio! ¡Necesita nuestra ayuda!

—Tiene razón —intervino Duna—. No conseguiremos nada discutiendo. Habrá que darse prisa, habrá que...

—¡Calmaos los dos! —exclamó Adhárel, tomando el control de la situación—. Aya, por favor, si fuerais tan amable, ¿podríais prepararnos algo de comer? Al menos yo estoy muerto de hambre...

—¿Cómo puedes tener ganas de comer en una situación como esta?

—Sentaos. Avanzaremos más si dejamos a un lado los nervios.

Sírgeric bufó molesto pero obedeció y se sentó junto a Duna en el sillón frente al príncipe. Aya ya había ido a por la comida.

—¿Qué habéis pensado para entrar?

—¡Evidentemente nada! ¡Si no, no estaríamos así!

—Sírgeric, cálmate. No vamos a avanzar más rápido gritándonos los unos a los otros.

—No habíamos pensado nada, Adhárel —intervino Duna, intentando ser lo más diplomática posible. Sin poder evitarlo, su mente viajó hasta el beso que había compartido con el príncipe unas horas antes.

—De acuerdo. En ese caso habrá que improvisar.

—¿Perdona? —Sírgeric arqueó las cejas, incrédulo.

—No podemos contar con nada seguro, Sírgeric —respondió Adhárel—. Os puedo ayudar a comprender la distribución del edifico por si nos separamos, pero nada más... Imaginaos lo que ha debido de cambiar la organización de guardias y vigilancias del palacio con Dimitri en el poder y los belmontinos respaldándole.

—Hay que ir con cuidado. Sin duda van a estar esperándonos. Ya se han debido de enterar de que hemos escapado...

—Duna tiene razón. Si no nos damos prisa vendrán a buscarnos aquí.

En ese momento, Aya entró con una bandeja en las manos. Llevaba tres platos de sopa humeante.

—En ese caso —dijo la mujer—, comeos esto y marchaos de aquí en cuanto terminéis.

—Si al menos conociéramos la Poesía de Belmont, podríamos intentar desentrañar su secreto.

—¡Ja! —exclamó Sírgeric—. Tengo la sospecha de que Belmont cayó hace tiempo bajo la Maldición de las Musas por culpa de su Poesía.

—¿De qué hablas? —le preguntó Duna.

Sírgeric la miró a ella y después al príncipe, extrañado.

—Exactamente, ¿qué rayos os enseñan en esa escuela? —preguntó, tomándose una cucharada de caldo. Adhárel le fulminó con la mirada antes de responder a Duna.

—Lo que Sírgeric quiere decir, Duna, es que es posible que Teodragos destruyese su Poesía hace tiempo.

—Pero eso… ¿eso se puede hacer?

—Bueeeno… —respondió Sírgeric—. Poder, se puede. Pero la Maldición asolará el reino.

—¿Qué? ¿Me podéis explicar de una vez todo eso de la maldición y dejaros de galimatías?

—La Maldición de las Musas —dijo Adhárel— afecta a aquellos reyes que destruyen voluntariamente la Poesía que han escrito la noche antes de ser coronados.

—Piensan —siguió Sírgeric— que de esa manera el punto débil de su reinado desaparece y que nadie podrá vencerles jamás. Sin embargo, no podrían estar más equivocados. Sucede que cuando el rey destruye la poesía, las Musas maldicen su orgullo envejeciendo su reino.

—¿Envejecen al reino? ¿Cómo? —quiso saber Duna.

—Los niños desaparecen de un día para otro, la gente pierde las ganas de vivir, las ganas de luchar… Pierden la vida sin dejar de respirar.

—Y parece ser que eso mismo es lo que le pasó a Belmont cuando su rey destruyó la Poesía, aunque no hay nada confirmado.

Duna recordó entonces las sombrías calles del reino vecino; los pocos habitantes que vio y la falta de chiquillos jugando por los callejones… La maldición, al menos en Belmont, se había cobrado su precio.

—Todopoderoso… Por eso querían quedarse con Bereth —dedujo Duna—. ¿Qué mejor que tener un reino donde no tengan que destruir la Poesía para reinar? ¿Además de la tranquilidad de que no les va a afectar en absoluto su contenido?

Adhárel meditó el comentario de la muchacha.

—Tiene sentido. Pero no creas que la Poesía se destruye siempre completamente. Podría apostar la vida a que Teodragos se arrepiente más de una vez al día por haber destruido lo que escribió aquella noche.

—¿Por qué iba a hacerlo?

—Muy sencillo —dijo Sírgeric—. Las Poesías pueden ser utilizadas en contra del reino si eres un enemigo; pero también se pueden usar a favor si se consigue averiguar lo que esconden y se sabe reaccionar a tiempo.

—Creo que el ejemplo más claro, Duna, es el de Bereth. —La muchacha miró al príncipe a los ojos, angustiada—. Si mi madre hubiese hecho caso de estas palabras no habría podido cambiar lo que iba a suceder, pero sí podría haberla utilizado a su favor. Sin embargo, pensó que era mejor ocultarlo. Ocultármelo. Siempre se anteponen el orgullo y la vergüenza.

—Adhárel…

—No digas nada, Duna. Si mi madre sigue viva, y tengo el

convencimiento de que así es, tendrá que rendir cuentas muy pronto. No serviría de nada que nos lamentásemos ahora. Además, se está haciendo tarde.

Sírgeric dio un último sorbo a su plato y lo dejó sobre la mesa. Adhárel ya se lo había terminado, pero Duna ni siquiera lo había probado. Aya volvió al poco tiempo para recoger las cosas y, cuando regresó al salón, les pidió que antes de marcharse la acompañaran al almacén. Quería darles algo.

—Yo ya estoy vieja —dijo la mujer cuando llegaron al piso inferior y mientras rebuscaba entre las cajas apiladas.

—Oh, Aya, no digas eso.

—¡Claro que lo estoy, boba! No me quejo, es una realidad. Y por eso no voy a acompañaros esta noche. Pero quiero ayudaros tanto como pueda. —En ese momento tiró de la aldaba de un enorme arcón de madera y este se deslizó hasta el suelo— ¡Aquí está el condenado!

—¿Qué tienes guardado ahí dentro? —preguntó Sírgeric, mirando con curiosidad el mueble.

—Mi difunto marido, el Todopoderoso lo ampare, me dejó algunas cosas más además de la casa y la cestería. Este arcón no se ha vuelto a abrir desde que se marchó, pero creo que ha llegado el momento.

Los tres jóvenes se congregaron alrededor de la mujer. Aya corrió todos los pestillos del baúl con mano experta y después levantó la enorme tapa. Juntos se asomaron para ver qué había dentro y ninguno pudo reprimir un grito de sorpresa. El arcón estaba repleto de armas de todo tipo.

—¡Señora Aya! —exclamó Sírgeric— ¡Está usted llena de sorpresas!

—No imagináis lo útiles que nos serán esta noche… —comentó Adhárel—. Os lo agradezco mucho.

—¡Dejadlo ya! Vais a hacer que me sonroje. Coged lo que necesitéis y marchaos antes de que sea demasiado tarde.

El príncipe fue el primero en sacar una preciosa espada con la empuñadura labrada en un metal brillante como el oro.

—Creo que esta me viene como anillo al dedo —dijo, esgrimiéndola en el aire—. Es perfecta.

—Yo prefiero algo más cómodo de manejar —comentó Sírgeric, sacando un par de dagas cubiertas por una tela. Las separó con agilidad y se las colocó una a cada lado de la cintura—. ¡Listo!

Duna les miró preocupada y después volvió la vista al interior del arcón. No le gustaba la idea de tener que utilizar armas... y, sin embargo, no parecía haber otra opción. Los enemigos no dudarían en acuchillarles si les daban la mínima oportunidad. Tal vez era el hecho de ver tan cerca la lucha, el saber que todos sus amigos estarían involucrados; sentía verdadero pavor por lo que se avecinaba.

—¿A qué esperas, Duna? ¿Quieres que elija yo por ti? —sugirió el príncipe.

—Sí, por favor —contestó, incapaz de escoger.

Adhárel se agachó y rebusco hasta que pareció dar con algo.

—Lo tengo. —Con cuidado extrajo una espada más pequeña que la suya, pero más grande que las dagas de Sírgeric. La empuñadura era extremadamente sencilla y la hoja parecía estar tan afilada como el primer día—. ¿Sabrás manejarla?

Duna la cogió con las dos manos pero al momento se dio cuenta de que con una era más que suficiente, ya que no pesaba apenas.

—Creo que sabré defenderme.

—En ese caso —intervino Aya de nuevo con lágrimas en los ojos—, debéis marcharos enseguida. No perdáis más tiempo. Que el Todopoderoso os acompañe.

Los tres jóvenes se miraron una vez más, se volvieron hacia Aya y después se marcharon sin decir una palabra.

Cuando Cinthia bajó de la torre, se encontró con los chicos hablando algo inquietos en corro. La muchacha se acercó a ellos y enseguida la pusieron al tanto.

—Lo oí cuando salíamos de clase —decía Simón al resto del grupo—. Al parecer, toda la Guardia vigilará el palacio esta noche y las que hagan falta hasta que les encuentren.

—¿Hasta que encuentren a quién, Simón? —preguntó Cinthia.

—Al príncipe Adhárel y a otra muchacha que tenían apresada. Los dos escaparon anoche de Belmont y la Guardia Suprema cree que podrían venir a Bereth y que incluso intentarán entrar en el palacio.

—Oye, Cinthia —dijo Morgan—. A lo mejor la chica que se ha escapado es tu amiga, ¿no?

—El Todopoderoso te oiga. Ojalá nos los encontremos y sea verdad que van a atacar esta noche. En principio iremos por nuestra cuenta, pero si nos encontramos con ellos durante la noche, les acompañaremos. ¿Entendido?

—¡Entendido! —exclamaron todos al unísono. Después cogieron las armas y salieron del patio de la escuela en dirección al palacio real.

—Entraremos por donde menos nos esperan —dijo Adhárel mientras cruzaban el prado hacia la gran muralla de Bereth. Habían elegido para pasar desapercibidos los atuendos más desgastados que habían encontrado y los habían cubierto de barro para darles un aspecto aún más desaliñado.

—¿A través del bosque? —sugirió Duna.

—No, por la entrada principal.

—¿Estás loco? Habrá montones de guardias esperando que…

Sírgeric dio una palmada.

—¡El principito tiene razón! No imaginarán que entraremos por ahí ni en un millón de años.

—¿Y cómo vamos a hacerlo?

El príncipe miró a su alrededor y entonces se le iluminaron los ojos.

—Ahí tienes tu respuesta —dijo, señalando a lo lejos. Una carreta avanzaba a paso lento hacia la muralla con un balanceo acompasado.

Para entonces, el sol empezaba a ocultarse en el horizonte.

—¡Deteneos! ¡Os lo suplico! —Sírgeric corrió cojeando hasta la carreta y consiguió detenerla. Adhárel y Duna se encontraban ocultos entre la maleza no muy lejos de allí.

—¿Qué sucede, joven? —preguntó el comerciante sin bajarse del carro.

—Me hecho daño en la pierna y apenas puedo moverla. ¿Seríais tan amable de acercarme a la muralla? Mi familia me espera para cenar y debo llegar antes del toque de queda.

—Toques de queda... —el hombre suspiró entristecido—. Este reino se parece cada vez más a una prisión. ¡Dónde vamos a llegar!

—¿Podéis llevarme? —insistió Sírgeric.

—Desde luego, sube. Mi nombre es Krotem, viajero de corazón y comerciante vagamundos —le ofreció la mano a Sírgeric.

—Phillip —mintió escueto el joven, estrechándosela. Viendo que no decía más, el hombre volvió la vista al frente y azotó a los caballos para volver a poner en marcha la carreta sin darse cuenta de que dos polizones se habían colado en ella.

Krotem y Sírgeric hablaron sobre el tiempo, de su trabajo, de la unión de Bereth y Belmont...

—No me gusta la idea en absoluto —comentaba el comerciante respecto a ese tema—. Los reinos no pueden juntarse así como así. Hay ciertas reglas que deben cumplirse. Puede haber alianzas o acuerdos, pero no convertirse en uno solo. ¡Y menos si han estado en guerra entre ellos hasta el día anterior! Las personas mirarán con prejuicios hasta a sus propios vecinos y la guerra volverá. Ya lo creo... Pero no al otro lado de las murallas, sino dentro. Y eso será mucho más peligroso. Muchísimo más. Te lo aseguro. Pero en fin, ellos sabrán. —Sírgeric asintió en silencio meditando acerca de lo que acababa de escuchar. Al cabo de un rato, el hombre preguntó—: Y dime, ¿a qué os dedicáis, si puede saberse?

—Soy... juglar —el joven miró hacia otro lado.

—¡Vaya, juglar! He visto montones en mi vida y nunca pierdo la oportunidad de detenerme a escuchar a uno nuevo. ¿Y dónde has trabajado?

—Sólo en Bereth y en Belmont.

—Bueno, en ese caso la unión de los Reinos te habrá venido de perlas. Ahora no tendrás que salir de un reino para ir al otro.

Sírgeric no supo si el hombre estaba bromeando o si estaba volviendo a quejarse. Optó por reír débilmente y dejarlo pasar. En esto llegaron al enorme portón de la muralla y Krotem bostezó sonoramente.

—Bueno, aquí se separan nuestros caminos.

—Si pudiera entrar con vos, os lo agradecería. La pierna sigue molestándome bastante.

El comerciante le echó un vistazo sospechoso a la pierna que Sírgeric se masajeaba, pero al momento volvió a sonreír.

—Sin problemas, compañero.

En ese momento dos guardias aparecieron en la entrada de la muralla.

—¿A qué venís y qué lleváis ahí? —preguntó uno de ellos.

—Son telas lo que traigo en mi carro para vender. Mi nombre es Krotem y soy comerciante de Hamel.

—Venís de muy lejos —comentó el otro guardia—. ¿Y vos? —Sírgeric sintió un escalofrió en la espalda.

—Mi nombre es… Phillip. Soy juglar y vengo desde el antiguo reino de Belmont en busca de sustento y de reconocimiento.

El soldado suspiró.

—Pareces joven. El mundo de la farándula es muy difícil, muchacho. Ya lo iréis descubriendo con el tiempo…

—Eso he oído, señor.

—¿Podemos pasar ya? —preguntó con impaciencia el comerciante—. Se hace tarde y aún he de buscar posada para pasar la noche.

Los soldados conversaron unos instantes entre ellos y después les cedieron el paso. El comerciante se volvió entonces a Sírgeric.

—¿Dónde dormiréis?

—No os preocupéis por mí. La casa familiar está muy cerca de aquí.

—Como queráis, pero recordad que el toque de queda comienza cuando se oculta el sol.

—Lo tendré en cuenta. Muchas gracias por el paseo.

Sírgeric bajó del carromato y se alejó por la primera bocacalle que encontró. Después esperó oculto hasta que Duna y Adhárel aparecieron.

—Recordadme que expulse a esos dos de la Guardia cuando todo haya terminado. Menuda manera de vigilar que tienen…

—¿Ahora qué? —preguntó Duna.

—Veamos hasta donde podemos llegar antes de que empiece el famoso toque de queda. Después tendremos que extremar las precauciones.

Duna y Sírgeric asintieron y juntos se pusieron en marcha hacia el palacio. Unos minutos más tarde, los berethianos fueron encendiendo los farolillos a las puertas de sus casas y una trompeta sonó a lo lejos. El toque de queda había dado comienzo otra noche más.

Las tres sombras cruzaron el callejón en cuanto la patrulla de soldados giró la esquina. Adhárel iba en cabeza, indicándoles a los otros dos cuándo pararse y cuándo avanzar. Apenas había luz por las calles aunque la luna llena brillaba con fuerza sobre el reino. Sin hacer ni un solo ruido, los tres llegaron al muro que rodeaba el palacio y aguardaron al siguiente movimiento.

Sobre sus cabezas, por encima del muro, dos centinelas marchaban vigilantes, custodiando el paso. Adhárel les hizo un gesto a sus compañeros para advertirles de la presencia de los dos soldados. Bajo la sombra del muro no eran visibles para los vigías, pero en cuanto diesen un paso fuera de su escondite les descubrirían. El príncipe habló con señas a Sírgeric y este entendió al instante lo que le quería decir. Después, para asombro de Duna, el joven salió de su escondite, se alejó tres pasos del muro, y antes de que ninguno de los soldados pudiese dar la alarma, Sírgeric extrajo de su cinturón las dos dagas y las lanzó una a cada uno de ellos, acertándoles de pleno en el pecho y haciéndoles caer a los pies de Adhárel y de Duna; todo en menos de un minuto. Antes de que le viese nadie, Sírgeric volvió para reunirse con ellos.

—No era necesario. Podrías haberte deshecho de ellos sin necesidad de matarles —le dijo el príncipe en voz baja.

—No quería arriesgarme a fallar —replicó Sigeric con una sonrisa.

—¿Pe... pero estáis locos? ¡Podrían haber caído dentro de la muralla!

—Contábamos con ello —dijo Sírgeric con suficiencia—. La verdad es que hasta ahora está siendo más fácil de lo que imaginaba.

—Todavía no hemos empezado —le recordó Adhárel—. No des nada por seguro. Habrá guardias patrullando en todos los pasillos.

—¿Entonces cómo vamos a entrar?

—Por los jardines —contestaron Duna y el príncipe al unísono. Después se sonrieron mutuamente.

—¿Pero *cómo*?

Duna le miró divertida y Sírgeric no necesitó más.

—Está bien, esperaré sentado a que alguno de los dos cruce al otro lado. Pero que conste que parece que sólo yo hago el trabajo sucio.

El príncipe aupó a Duna sobre los hombros para que pudiese agarrarse al borde del muro. La muchacha se asomó para ver si había alguien y cuando comprobó que nadie vigilaba aquella parte del jardín, se encaramó para después dejarse caer al otro lado.

—¡Ya estoy! —dijo casi en un susurro.

Entonces Sírgeric agarró al príncipe, estrujó entre los dedos los cabellos que le acababa de dar Duna y al instante siguiente aparecieron al otro lado.

—¿Te han dicho alguna vez lo útil que resulta ese poder? —preguntó Adhárel, asombrado.

—Alguna que otra. ¿Ahora adónde vamos? Mejor será no quedarse quietos en el mismo sitio durante mucho tiempo.

—Seguidme —dijo Adhárel.

Corrieron de un arbusto a otro evitando las miradas de los guardias que patrullaban en absoluto silencio los jardines. De vez en cuando, Adhárel corría hasta una estatua, les hacía una señal y antes de que llegasen a él, el príncipe ya se había movido a otro lugar. La luz de la luna, más que ayudar, resultaba de lo más molesta cuando tenían que pasar desapercibidos. Pero al menos les servía para averiguar cuándo se acercaba alguien. Unos minutos más tarde llegaron a la fuente.

—¿Estáis seguros de que es por aquí? —preguntó Sírgeric, escéptico.

—¡Shh! —Duna acababa de ver una sombra que se acercaba a ellos. Los tres se apretujaron tras la fuente, conteniendo la respiración.

—¿Seguro que no era una rata? —dijo una voz, presumiblemente la de un soldado.

—Te aseguro que era algo mucho más grande —le contestó otro.

—Pues yo aquí no veo nada.

—Si al menos nos dejasen patrullar con bombillas…

—Conténtate con que no nos hayan echado después de haber dado la alarma esta tarde.

—¿Cómo iba a saber yo que el causante de todo era su majestad jugando con la maquinita?

—Anda, terminemos con esta absurda guardia de una vez. Total… si el plan marcha como está previsto, este reino dejará muy pronto de existir.

El soldado se rió con ganas.

—Hay que tener sangre fría para hacer lo que su majestad tiene previsto.

—Tengo ganas de volver a Belmont y poder decir que participamos en la conquista del único reino que poseía electricidad, y que además lo conseguimos utilizándola en su contra.

El otro soldado se echó a reír y juntos se alejaron de allí, dejando a Sírgeric, Duna y Adhárel atónitos ante lo que acababan de descubrir.

—¿Van a… ? —quiso preguntar Duna, pero las palabras se le atragantaron.

—Santo Todopoderoso… —susurró Sírgeric—. Bereth…

Adhárel respiraba con dificultad, entrecortadamente. Sin que ninguno de sus amigos lo advirtiese, apretaba con fuerza el mango de su espada deseando cortarles el cuello a aquellos dos soldados y al resto de belmontinos que habían invadido sus tierras.

—No lo permitiré. Si es necesario moriré en el intento, pero Bereth no sufrirá el destino que le han preparado —el príncipe miró a sus amigos—. Nos equivocamos. Teodragos no quiere la gente. Sólo necesita el terreno; los berethianos le dan igual.

—¿Qué vamos a hacer ahora?

—¡Hay que avisar a todo el mundo! —exclamó Duna sin dejar de pensar en Aya.

—No. Lucharemos, como teníamos previsto. No nos daría tiempo a dar la alarma y seguramente no serviría de nada. Al menos ahora sabemos dónde encontrar esta noche a ese retorcido rey.

—Y al monstruo de Dimitri —añadió Sírgeric.

Adhárel asintió y sin decir nada más, metió la mano en el agua para dejar a la vista la trampilla que daba al paso subterráneo.

—Las damas primero —dijo Sírgeric. Duna metió los dedos en la fuente antes de bajar por la escalera. Humedeció el colgante de luzalita que llevaba al cuello y este se iluminó al instante.

—Mejor así.

Y se internó en las sombras del subsuelo seguida por Sírgeric y Adhárel, quien cerró la trampilla tras él. Tan sólo la luzalita confería algo de luz al tenebroso pasadizo.

—Hacía años que no veía algo como eso —dijo Adhárel, apresurando el paso tras Duna—. Se podrían hacer tantas cosas con ella... El reino entero podría tener luz en sus casas sin tener que esperar a la entrega anual.

Sin hablar más, recorrieron el largo pasillo hasta la puerta de las lavanderías.

—¿Dimitri no conoce este pasadizo? —preguntó extrañado Sírgeric.

Adhárel empujó con fuerza la portezuela hasta abrirla.

—No lo creo. —Duna cerró la puerta cuando hubieron pasado. Se toparon con una oscuridad mucho más profunda que la del pasillo.

—Da miedo —murmuró Sírgeric—. Enciende esa cosa otra vez, Duna.

—Quizá veáis mejor con esto —dijo de pronto una voz desconocida oculta entre las sombras. De repente, varias bombillas relucieron por toda la lavandería y se vieron rodeados por una gran cantidad de guardias armados que las sostenían. Ruk dio un paso hacia ellos lanzando su bombilla al aire y recogiéndola de nuevo con pericia.

—Vaya, vaya, vaya, príncipe... parece ser que vuestro hermano siempre sabe qué vais a hacer, cuándo y cómo...

—Ruk... —Adhárel sentía la sangre hirviéndole en las venas— ¿Cómo habéis podido dejar que esto sucediera?

—Oh, vamos, príncipe, a Bereth le convenían aires nuevos y Teodragos se los dará.

—De eso que no te quepa la menor duda... —dijo Sírgeric en voz baja.

—Ahora, deponed las armas y acompañadnos a los calabozos.

—¡Jamás! —exclamó Duna desenvainando su espada.

—¡Uhhh! —canturreó el tuerto, haciendo reír al resto de guardias—. La muchacha tiene un juguete nuevo que no sabe utilizar... ¡qué miedo!

Duna bufó enfadada y apretó con más fuerza la empuñadura.

—Ruk, por favor —dijo Adhárel—, escúchame. Teodragos destruirá Bereth esta misma noche si no se lo impedimos.

—¿Y qué, príncipe? ¡Estoy harto de este reino! Cansado de vuestra familia, cansado de todo. Con Teodragos se me reconocerá como es debido. En tan sólo unos días he sido nombrado capitán de la Guardia Suprema.

—¡No son más que mentiras! Ese hombre acabará con tu vida en cuanto dejes de serle útil.

—Por favor, Adhárel, no me lo pongáis más difícil y decidle al bufón y a la muchacha que bajen las armas si no quieren terminar sin cabeza.

—¿A quién llamas bufón? —preguntó Sírgeric, intentando ganar tiempo para averiguar cómo salir de allí. Algunos soldados se habían ido acercando a ellos por los lados y ahora, sin saber muy bien cómo, se encontraban en mitad de la lavandería y rodeados por todos los flancos.

—Sólo lo diré una vez más...

—Guárdate tus amenazas para quienes las teman —le interrumpió Duna—, proyecto de cíclope inacabado.

—Serás… —siseó el hombre, lleno de rabia—. Vosotros lo habéis querido. Soldados, no dejéis ni uno con vida.

Los soldados dejaron las bombillas en los resquicios de la pared y desenvainaron sus espadas al unísono. Adhárel hizo lo propio. Sírgeric sacó las dos dagas y Duna agarró con decisión la empuñadura de su espada.

Entonces los soldados dieron varios pasos hacia ellos, obligándoles a agruparse aún más en el centro de la sala. Apiñándoles como ganado.

—¿Qué vamos a hacer? —murmuró Duna.

—Cubrámonos las espaldas —respondió Adhárel.

De pronto, varios soldados se lanzaron a por ellos con las espadas en alto. Adhárel detuvo una estocada y, de una patada, envió al soldado tambaleándose contra sus compañeros. Sírgeric, por su lado, inmovilizó la espada de uno de los guardias entre las dos dagas y con el codo le golpeó en los ojos. Duna intentaba, desesperada, no perder la espada con cada nuevo golpe de los soldados que la asediaban. Sentía en sus débiles brazos la tensión y las vibraciones que viajaban desde la hoja hasta sus manos. Por suerte, el arma no pesaba mucho y podía manejarla más rápido que ellos, a pesar de que nunca antes hubiera cogido una. Por eso, cuando uno de ellos se despistó para reírse de su torpeza, Duna no perdió la oportunidad de clavarle la punta de la espada en la bota, haciéndole proferir un grito de dolor antes de caer en el interior de una de las enormes palanganas vacías.

—¡Bien hecho! —la felicitó Adhárel sin dejar de pelear contra otros dos soldados. Con un ágil movimiento, agarró a uno de ellos por detrás del cuello y se protegió con él como si de un escudo se tratase hasta que otro compañero terminó con su vida de una estocada dirigida a Adhárel. Después se deshizo del cadáver y, con una asombrosa pirueta, terminó tras el otro guardia. Después sólo tuvo que atizarle con fuerza con el mango de la espada en la cabeza para que cayese inconsciente.

—¡Ayudadme! —gritó Sírgeric desde el otro lado de la sala. Varios guardias le aprisionaban contra la pared. Duna advirtió que sólo tenía una de las dagas en la mano y que la otra se le había caído no muy lejos de donde ella se encontraba. Viendo que un nuevo soldado corría a por ella, la muchacha le esquivó rodando por el suelo y cogió el arma de su amigo. Antes de que el soldado tuviera tiempo de reaccionar, Duna imitó el movimiento que le había visto hacer a Sírgeric y lanzó la daga hacia el soldado; sólo que en lugar de atinarle en el pecho o en la cabeza, le dio en la pierna; aunque le hizo caer de todas formas. Entonces, sin perder un minuto, Duna echó a correr hacia Sírgeric para luchar contra el grupo de soldados. Para cuando llegó, su amigo ya había perdido la otra daga y aguardaba con temor la estocada final.

—¡No! —gritó Duna, desconcertando a los soldados que había frente a ella. Uno de ellos fue más ágil y veloz que los demás, y en un momento, Duna se encontró junto a su amigo, de espaldas a la pared y con cuatro espadas apuntándoles al gaznate.

—Me parece que aquí termina la aventura... —comentó con pena y miedo Sírgeric.

Al otro lado de la lavandería, dos espadas entrechocaban en un duelo a muerte. Adhárel y Ruk peleaban con pericia sin advertir la situación en que se encontraban Duna y Sírgeric.

—Preparaos para morir —dijo con una malévola sonrisa el soldado que tenían frente a ellos. Levantó la espada, cogió impulso, miró a sus víctimas y profirió un grito de rabia justo antes de descargar su ira... que al momento se transformó en un gemido de dolor cuando la punta de una flecha apareció en su pecho ante el asombro de todos. La espada se deslizó de sus manos lentamente hasta el suelo y el soldado cayó de rodillas. Antes de tocar el suelo ya estaba muerto.

Duna no esperó a descubrir quién había lanzado la flecha y, sin pensárselo dos veces, le clavó la espada a otro de los guardias, terminando con su vida. Sírgeric tampoco se estuvo quieto y, dándole un puñetazo al tercer soldado en la cara, le quitó su daga y empujó a otro al interior de uno de los lavaderos.

—Esto es mío —dijo, recuperando su daga de la mano del soldado caído.

En ese momento, un grupo de desconocidos entró por la puerta que daba al pasadizo, encabezados por una joven con el pelo recogido en una coleta.

—¡Cinthia! —exclamó Duna en cuanto reconoció a su amiga. La joven portaba un arco en la mano y un carcaj repleto de flechas a la espalda. En ese momento, Sírgeric también la vio y corrió hasta la joven. Sin siquiera saludarse, el joven la estrechó entre sus brazos. Cuando se dieron cuenta de que la batalla continuaba, se separaron algo incómodos.

Los jóvenes que la acompañaban se desperdigaron por toda la lavandería, peleando contra los soldados que quedaban en pie, algunos con armas y otros sin ellas. Uno en particular se había detenido en la entrada del pasadizo con los ojos cerrados; parecía estar dormitando. De pronto, uno de los soldados reparó en él y se acercó con cautela para pillarle desprevenido; pero, sin motivo aparente, cuando se encontraba a tan sólo unos pasos de él, el soldado dejó caer el arma al suelo y comenzó a temblar y a gemir de dolor mientras se iba poniendo cada vez más y más pálido hasta que las rodillas le fallaron y se derrumbó en el suelo, inconsciente. Entonces el joven abrió los ojos y sonrió con orgullo.

Duna no apartó la mirada del chico hasta que por el rabillo del ojo intuyó una sombra que se le echaba encima. Cuando se dio la vuelta, vio a un soldado que corría hacia ella con la espada en ristre, dispuesto a cortarla en canal si no hacía algo rápido. Intuitivamente, Duna se tiró al suelo justo a tiempo de ver una flecha que volaba sobre su cabeza directa a la garganta del hombre. La muchacha se giró para encontrarse con Cinthia sonriéndole mientras cogía otra flecha de su espalda y la colocaba en el arco para lanzarla contra otro guardia que intentaba huir para dar la alarma. Sírgeric la miraba tan asombrado como Duna. Era imposible que aquella joven pudiese ser la misma Cinthia que conocían.

De repente, una sonora carcajada retumbó en la habitación.

—Parece ser, príncipe, que no sois tan buen espadachín como nos hacéis creer —decía Ruk, apuntando con la espada al príncipe desarmado. Cuando Duna fue a acercarse, el hombre agarró a Adhárel por la espalda. Con una mano le aprisionaba el cuerpo, con la otra sujetaba un cuchillo dirigido a su cuello.

—Un paso más y su majestad perderá la cabeza.

—¡Soltadle! —gritó Duna. El resto de jóvenes se congregaron a su alrededor.

—¡He dicho que no os mováis! —volvió a gritar el hombre—. Si alguien da un paso más, le mato. Ahora voy a salir por esa puerta y más os vale no cruzaros en mi camino.

—Du… Duna… —murmuró Adhárel sintiendo la hoja de la espada contra su piel.

—Adhárel… —susurró ella. Pero Ruk ya se alejaba hacia la puerta sin soltar al príncipe.

De repente, Duna empezó a oír un murmullo acompasado a su alrededor, como si los recién llegados estuvieran rezando una plegaria en voz baja. Ruk también la percibió. Pero en su cabeza, los murmullos fueron aumentando de volumen paulatinamente sin saber cómo ni por qué.

—¡Dejad de hablar! —gritó alterado.

Ya no sólo oía sus voces, ahora era capaz de oír también la sangre manando de las heridas de sus soldados, las gotas repiqueteando contra la piedra, el viento a lo lejos, las voces de otros soldados fuera de la lavandería, fuera del palacio, fuera de las murallas, lejos de Bereth…

—¡Bastaaaaaaaaaaaaaa! —bramó aturdido antes de perder el conocimiento y caer a los pies de Adhárel, aparentemente sin vida.

El príncipe le golpeó con el pie tan sorprendido como Duna y después corrió a abrazarla. Cuando se separaron, todos los jóvenes habían hecho una reverencia a su alrededor.

—Gracias —les dijo.

—Duna, Sírgeric, príncipe Adhárel —dijo Cinthia—, os presento a Morgan, Simón, Andrew, Henry, Tail y Marco. Los sentomentalistas de Bereth.

12
LA BATALLA EN LA TORRE

Es un verdadero placer conoceros —dijo Adhárel, haciendo una pequeña reverencia.

—Y más en esta situación —añadió Sírgeric sin apartar los ojos de Cinthia.

—No puedo creer lo mucho que os he echado de menos.

Duna le revolvió el pelo.

—Y nosotros a ti.

Uno de los jóvenes carraspeó un poco incómodo.

—¿Y qué vamos a hacer ahora, si puede saberse?

—Zennion no va a poder ayudarnos esta noche —contestó Cinthia—. Así que ahora que los hemos encontrado, nos pondremos a su disposición.

—Sois muy amables, pero no tenéis que correr riesgos por nosotros. —Lo que menos quería el príncipe era que alguno de aquellos críos resultase herido.

—¡Desde luego que lucharemos! —exclamó Henry de nuevo— ¿Verdad chicos?

Todos asintieron con fervor. Adhárel miró a Duna, esta miró a Sírgeric, Sírgeric miró a Cinthia y esta se encogió de hombros.

—En ese caso… Sabed que el palacio estará tan bien protegido como lo estaba la lavandería. Pueden tendernos más trampas como esta, aunque viendo vuestros dones no es algo que deba preocuparnos. —Los chicos se rieron por el cumplido—. Si no me equivoco, Teodragos estará en la torre este o la oeste con las máquinas de electricidad.

—Piensa destruir Bereth —aclaró Duna. Los que no lo sabían, emitieron gritos de angustia.

—Por eso tenemos que darnos prisa.

—¿Cuál es el camino más rápido a esas torres? —preguntó Sírgeric.

—Las escaleras principales.

—Podríamos dividirnos… —opinó Marco con su voz infantil.

—No es mala idea… Veamos: sois seis sentomentalistas. Podemos ir Duna y yo con tres de vosotros y que Cinthia y Sírgeric vayan con otros tres.

—De acuerdo —dijo Cinthia—. Que Marco, Simón y Henry vengan con nosotros. Morgan, Andrew y Tail con vosotros.

Los jóvenes se separaron, cada grupo con sus cabecillas.

—Nosotros iremos a la torre oeste, vosotros id al ala este. En caso de que no encontréis nada allí, teletransportaos de inmediato.

—Duna va a terminar quedándose calva como siga regalándome pelo…

—Que te lo dé Adhárel esta vez.

El príncipe se cortó un mechón con la espada y se lo entregó a Sírgeric.

—No te lo tomes como un cumplido.

—Oh, por un momento pensé que me estabais pidiendo en matrimonio.

Todos se echaron a reír con nerviosismo.

—Entonces haremos eso. Iremos juntos hasta la escalera principal, por si acaso nos están esperando también ahí arriba, y después nos separaremos.

Los diez prepararon sus armas para el combate, respiraron profundamente y abrieron la puerta que daba a las escaleras.

Después, en fila de a uno, subieron hasta el primer descansillo, donde Adhárel les hizo detenerse para aproximarse él solo hasta la puerta del vestíbulo. Con suma precaución, la abrió lo necesario y miró el interior. Estaba vacía. Con la mano le hizo un gesto al resto del grupo y de dos en dos fueron saliendo de allí y corrieron a ocultarse tras unos bustos que había al comienzo de la escalera principal. El palacio parecía desierto. El silencio era absoluto. Sus respiraciones resonaban por todo el vestíbulo, o al menos eso era lo que les parecía.

—Ahora vosotros id por allí —susurró el príncipe a Sírgeric y a Cinthia, señalándoles el camino—. Torced por el pasillo y seguid recto hasta las primeras escaleras que os encontréis a mano izquierda. La sala de la máquina está al final.

Cinthia y Sírgeric asintieron, y asegurándose de nuevo que no venía nadie, hicieron ademán de partir pero, de pronto, Marco les agarró de la ropa. Cinthia fue a replicar, pero el niño negó con la cabeza y señaló una puerta que al segundo siguiente se abrió. De ella salieron un par de soldados armados que volvieron a desparecer en dirección a los jardines.

—Ahora, sí —dijo el niño. Y su grupo salió del escondite y corrió hasta el pasillo que les había indicado Adhárel. Cinthia fue la última en desaparecer, despidiéndose con la mano antes de seguir a los demás.

—Nosotros no tenemos a Marco, así que tendremos que ser mucho más precavidos con nuestros movimientos —dijo Adhárel en voz baja. A continuación, se deslizó como una sombra hasta la escalera este y les hizo un gesto a los demás para que le siguiesen. Cuando los cinco subían los escalones, la puerta de la lavandería se abrió de golpe y un soldado ensangrentado salió de ella casi a rastras. Después se alejó por otra puerta.

—¡Dará la alarma! —susurró Duna.

—Entonces habrá que darse más prisa.

Y con esto, siguieron ascendiendo la escalera hasta el siguiente piso, donde un par de soldados con lanzas hacían guardia. Duna miró a los niños y empezó a desenvainar la espada, pero una mano se lo impidió.

—Estos podéis dejármelos a mí —dijo Morgan. Adhárel le cedió el paso y el niño se puso en cuclillas en la esquina del pasillo y cerró los ojos. Durante un instante no pareció que fuese a suceder nada. Duna y Adhárel se miraron nerviosos por el tiempo tan valioso que estaban perdiendo, pero de pronto uno de los guardias se llevó la mano a la cabeza y tuvo que apoyarse en la pared del pasillo para no caer. Al poco, al otro guardia le sucedió lo mismo. A los dos les caía el sudor por la frente y parecía que les costase respirar. Morgan cerró con más fuerza los ojos y se concentró pacientemente hasta que los guardias no pudieron soportarlo más y terminaron cayendo al suelo.

—¿Están muertos? —preguntó Adhárel.

—Por ahora, no. Sólo tienen una fiebre de caballo y cuando se despierten no podrán ni abrir los ojos del dolor de cabeza.

—Bien hecho.

El joven sonrió agradecido, pero entonces escucharon un grito no muy lejos de allí. Se trataba de una mujer y provenía de alguna de las habitaciones cercanas.

—Madre… —murmuró Adhárel saliendo del escondite y corriendo por el pasillo en dirección a una de las puertas.

—¡Adhárel! ¡Puede ser una trampa! —Duna salió tras los pasos del príncipe.

—No me importa.

El príncipe le dio una patada a la puerta y esta se abrió de par en par. En su interior, dos guardias estaban maniatando a la reina Ariadne a los barrotes de la cama.

—¡Soltadme os dig...! —la reina vio entonces a su hijo y se quedó sin palabras. Adhárel no esperó a que la confusión se disipase y, desenvainando su espada, se enfrentó a los dos soldados con una fiereza sólo comparable a la del dragón. Adhárel terminó con los dos soldados en poco tiempo y después corrió a desatar a su madre, quien seguía mirándole atónita.

—Madre, ¿te han hecho daño? Les haré pagar por todo, te lo juro…

—Ah… Adhárel… estás… vivo…

—Claro que sí, madre. Vamos, salgamos de aquí enseguida ¿Puedes caminar?

La reina no podía dejar de temblar mientras las lágrimas le recorrían las mejillas. En cuanto sus manos estuvieron libres, se abalanzó sobre su hijo para besarle y abrazarle como nunca antes lo había hecho. Como había deseado tantas veces al creerle muerto.

—Mi hijo… mi hijo… Lo siento tanto…

—Madre, no llores, por favor... Vamos, salgamos de aquí. Este no es un lugar seguro.

—Tu hermano, Adhárel… Dimitri se ha vuelto loco. Bereth y Belmont...

—Lo sé madre, lo sé. Vamos, levanta.

Duna se acercó a ellos y le tendió el brazo para que la reina se agarrase. Ella ni siquiera pareció advertir su presencia. A pesar de lo deshecha que se la veía, Duna comprobó que había recuperado el color en las mejillas y que ya no estaba tan pálida como la última vez que la vio.

Juntos la sacaron de allí mientras los sentomentalistas hacían guardia en el pasillo.

—La dejaremos en un lugar seguro y después seguiremos avanzando hacia la torre.

—¡Pero se darán cuenta de que no está en su habitación!

—Si la escondemos bien, no la encontrarán.

—Yo conozco el sitio adecuado —comentó Tail—. No está lejos de aquí. Es una habitación que Zennion utiliza para castigarnos. Siempre está vacía y en ella sólo hay una silla y una mesa.

—Guíanos.

El chico salió corriendo por el pasillo hasta la primera bifurcación. La alfombra que cubría el suelo amortiguaba sus apresurados pasos mientras le seguían. Cerca de unas escaleras que llevaban al siguiente piso, Tail se detuvo en seco ante una puerta mucho más desgastada que las demás.

—Es aquí.

Con precaución, el niño giró el rechinante picaporte y la puerta se deslizó con dificultad hasta abrirse del todo. Adhárel y Duna entraron con la reina en brazos y la sentaron en la silla frente a la mesa. La reina dio un respingo en cuanto advirtió dónde se encontraba.

—Adhárel…

—No te pasará nada, madre. Atrancaré la puerta para que nadie pueda entrar.

—Fue aquí…

—¿De qué hablas, madre? —el príncipe estaba colocando algunas maderas del suelo para que, al salir, la habitación quedase cerrada por dentro.

—Fue aquí... fue aquí donde escribí la Poesía, Adhárel... fue aquí donde me condené... donde te condené... donde nos condenamos...

—Madre, te lo suplico, ahora no... —le agarró con delicadeza la cara para que le mirase a los ojos—: No te muevas de aquí, pase lo que pase. Oigas lo que oigas. ¿De acuerdo?

La reina no parecía estar escuchándole. Entonces Duna recordó el tiempo que había pasado en la torre y corrió a atrancar la única ventana que tenía la habitación, por si acaso.

—Adhárel, deberíamos irnos ya... —sugirió Duna.

—Sí. —El príncipe volvió a mirar a su madre—. Estaré de vuelta antes de que te des cuenta. Intenta descansar. Y recuerda: no salgas bajo ningún concepto.

El príncipe salió de la habitación dejando a la reina sumida en sus pensamientos y balanceándose muy suavemente sobre la silla.

—Estará bien —le aseguró Duna, poniéndole la mano sobre el hombro—. Vamos.

Adhárel cerró la puerta y escuchó cómo se corría el improvisado pestillo. Después deshicieron el camino hasta las escaleras y ascendieron los escalones de dos en dos, vigilando siempre que no apareciese por sorpresa un grupo de soldados.

—¿Dónde está todo el mundo? Creí que iba a ser todo más complicado.

—Espera a que den la alarma. Cuando descubran que sus vigías están muertos al otro lado de la muralla y que nos hemos deshecho de la patrulla que tendría que habernos escoltado amablemente a los calabozos, tendremos problemas.

—Me encanta tu forma de intentar tranquilizarme —comentó Duna, irónica.

—Lo sé.

—¡Alteza, Duna! —Andrew había alcanzado el final de las escaleras y les hacía gestos desde arriba. Alguien se acercaba.

—¿Qué vamos a hacer? —preguntó Duna— ¡No tenemos escapatoria!

—En ese caso habrá que luchar.

Andrew bajó hasta donde estaban ellos, dejando a Tail vigilando:

—¡No! Esperad. Esta vez me toca a mí.

—¿Podrás con todos? —le advirtió Duna.

—Son sólo cuatro. Tened listas vuestras armas.

El chico les guiñó un ojo y volvió a subir hasta donde estaba Tail. Cerró los ojos, como hacían el resto de sus compañeros cuando querían concentrarse y se quedó en estado de trance sin que aparentemente sucediese nada. De pronto, uno de los soldados soltó un grito de asombro.

—¿Pero qué rayos le ha pasado a mi espada?

—¡Maldita sea! Esto tiene que ser obra de sentomentalistas.

—¡Rápido, bajemos a ver!

Los soldados corrieron a la escalera sin advertir la zancadilla que muy astutamente Andrew les había preparado. El pelotón entero cayó rodando ante los ojos del príncipe, Duna y el resto de chicos. Los guardias fueron incapaces de moverse de tan mal que habían aterrizado unos sobre otros.

Adhárel atizó en la cabeza al único que estaba consciente y siguió a los demás por el pasillo hacia el último tramo de escaleras que les quedaba por recorrer.

—Un momento. —El príncipe se detuvo en el primer peldaño de la escalera de caracol—. Arriba puede que no haya nadie... o estar lleno de guardias. Teodragos podría estar esperándonos. ¿Estáis seguros de que...?

—Alteza, por favor —le interrumpió Morgan—. No hemos llegado hasta aquí para dar la vuelta ahora. Subiremos con vos.

—Si tenemos suerte —añadió Duna—, la torre estará vacía.

—Subamos entonces.

Adhárel encabezó la marcha, seguido muy de cerca por Duna, quien agarraba con tensión la empuñadura de su espada, preparada para desenvainarla en cuanto fuese necesario. La escalera era de caracol, y la única sujeción que tenían para no caerse con aquella pendiente era una fina barandilla de hierro. Sus respiraciones resonaban casi al unísono mientras ascendían a paso lento pero seguro. Cuando el príncipe llegó arriba, asintió hacia Duna con la cabeza, esta hizo lo mismo con Morgan, y Morgan, a su vez, avisó a Andrew. Por último, Tail dio su aprobación. Entonces Adhárel abrió la portezuela de hierro y entró en la habitación espada en alto dispuesto a terminar con... ¿la nada?

La habitación estaba completamente vacía. No había soldados, ni reyes, ni príncipes.

—Nos hemos equivocado de torre —advirtió Adhárel—. Rápido, tenemos que llegar a la otra antes de que...

Pero en ese momento el portón de hierro se cerró a sus espaldas y quedaron atrapados en la enorme sala. En la oscuridad, lo único que brillaba era el inmenso receptáculo de electricidad que chisporroteaba enérgicamente en su interior. Los chicos no podían dejar de mirarlo.

—Oh, no... —susurró Duna mientras se apelotonaban unos contra otros vigilando las, ahora, tan amenazadoras sombras.

—*Oh, no...* —repitió una voz grave como el trueno y oscura como la noche—. Ni yo lo habría expresado mejor.

Adhárel agarró el antebrazo de Duna para tranquilizarla mientras intentaba dilucidar de dónde provenía la voz. Al parecer, sí que habían acertado con la torre.

—Sal si te atreves y da la cara.

—No creo que estés en la mejor situación para dar órdenes ni amenazar a nadie, Adhárel —replicó una voz muy familiar.

—Dimitri... ¡Deja de ocultarte como una rata y enfréntate a mí, traidor!

—Como quieras...

De repente se hizo la luz en la sala y montones de bombillas lucieron colgadas de las paredes, ascendiendo hasta el mismísimo techo. De detrás de la enorme máquina empezaron a salir soldados armados que fueron rodeándoles al igual que habían hecho otros en la lavandería. Teodragos y Dimitri no tardaron en aparecer frente a ellos de la nada.

—Sentomentalistas —susurró Tail a sus compañeros.

—Muy observador —bromeó el rey, soltando una profunda carcajada—. ¿De verdad pensasteis por un segundo que os lo pondríamos tan fácil? Habéis venido justo a tiempo para ver en primera fila la... remodelación de vuestro reino.

—¡No te lo permitiré! —gritó Adhárel apuntándole con la espada. Pero al segundo, todas las lanzas de los guardias se giraron hacia ellos, impidiéndole dar un paso más.

—Estate quieto, hermano. Así nadie saldrá herido.

—¡No me llames hermano!

—Oh, bueno. Hace unos días perdí a mi madre, creo que podré soportar esto también.

Duna se pegó a Adhárel.

—Eres un monstruo.

—¡Desde luego que lo soy! Pero soy un monstruo con un enorme reino sólo para mí. —Teodragos carraspeó y Dimitri rectificó—: Para los dos.

Los chicos temblaban aterrorizados. Por primera vez en mucho tiempo volvían a ser sólo unos niños. No querían ni pensar en lo que les estaría pasando a sus compañeros. Y en ese momento, como si hubiesen escuchado su pregunta no formulada, el tiempo pareció detenerse unos instantes y de pronto aparecieron en mitad de la sala Cinthia, Sírgeric y los otros tres sentomentalistas. La mayoría de ellos estaban sangrando por alguna herida.

—¡Es una trampa! —gritó Sírgeric antes de ver siquiera dónde se encontraban y quiénes les estaban rodeando.

—¡Santo Todopoderoso! —exclamó Duna asustada por la repentina aparición y por el estado en el que se encontraban sus amigos.

—Vaya, vaya... así que tenemos una visita inesperada —comentó Teodragos claramente sorprendido.

—Somos cinco en realidad —le corrigió Sírgeric.

El rey arqueó la ceja.

—¡Oh! ¿Tenemos entre nosotros a un bufón?

Duna se acercó a Cinthia y le susurró al oído:

—¿Qué os ha pasado?

—Nos tendieron una trampa. Viene hacia aquí otro grupo más de guardias —contestó la muchacha sin dejar de sostener a Marco.

—¿Qué cuchicheáis vosotras dos? —preguntó Dimitri con arrogancia.

Adhárel debió de intuir lo que Henry iba a hacer con su

don y le pidió que se detuviese. La sangre le manaba por muchos de los rasguños que tenía por todo el cuerpo. Junto con Marco, que apenas podía mantenerse en pie, era el que había salido peor parado.

Cinthia siguió hablando sin amedrentarse.

—Nos rodearon por todos los flancos y los chicos casi no pudieron concentrarse para utilizar sus dones.

—¡Yo... yo lo intenté! —tartamudeó Henry, limpiándose con el jubón la sangre que le manaba de un corte en el brazo.

—Todos lo intentamos —balbuceó Marco—. Pero yo ni siquiera lo advertí... No les vi hasta que les tuvimos encima... no entiendo cómo ha pasado...

—¡Maldita sea! —exclamó divertido Teodragos— ¡Me estáis quitando protagonismo!

Adhárel volvió a ignorar al rey.

—Sírgeric, llévate a los heridos fuera del palacio. Ya.

Los niños gruñeron en señal de protesta pero Adhárel les hizo callar con una sola mirada.

—Ahora, Sírgeric.

El joven asintió, y antes de que ningún soldado pudiese hacer nada, sacó un mechón de pelo grisáceo del bolsillo, cogió con la otra mano a Henry y a Marco y desapareció.

—¡Eh! ¿Adónde han ido? —preguntó Dimitri.

—¡Diablos! —rugió Teodragos, esta vez enojado de verdad.

Unos segundos después, Sírgeric volvió a aparecer con un jubón limpio y sin manchas de sangre. Los demás le miraron asombrados.

—¿Qué pasa? No me gusta ir sucio.

—¿Por qué has vuelto? —le increpó Cinthia.

—¿De verdad pensabas que iba a dejaros solos?

Teodragos aplaudió como un niño pequeño.

—¡Eso está mejor! Por un momento pensé que ibas a perderte nuestra fiestecita privada.

—Suéltanos, Teodragos —le dijo Adhárel—. Regresa a tu reino ahora que puedes y no vuelvas nunca más.

Dimitri y el rey se echaron a reír.

—¡Pero hermano! ¿No te has enterado de que ahora *este* es su reino?

—Juro que te mataré con mis propias manos, Dimitri. Te lo juro.

—Bueno, bueno, niños... dejad de pelearos. Ahora disfrutad del espectáculo.

El rey se aproximó a los mandos de la máquina y, tras presionar y mover las palancas correctas, la enorme criatura de hierro y cristal se puso en funcionamiento.

—¿Dónde está Lord Arot? —preguntó Adhárel, preocupado de no verle por allí.

—Nos abandonó esta misma mañana... —respondió Teodragos sin soltar los mandos—. Una losa le cayó encima, ¿verdad, Dimitri?

El joven asintió, algo incómodo.

—¡Sois un bellaco! —gritó Cinthia.

—Cálmate, ¿quieres? No es tan fácil controlar esta máquina. Necesito concentración.

—Adhárel, tenemos que hacer algo —le susurró Duna al oído cuando Teodragos no prestaba atención.

—Lo sé, pero no se me ocurre nada.

—Los chicos pueden ayudarnos —sugirió Cinthia.

—Pero están cansados... Nunca antes habían hecho un esfuerzo tan grande.

—Tendrán que intentarlo una última vez —intervino Sírgeric.

Adhárel asintió.

—Id pensando cómo. Yo intentaré distraerles —después, se giró hacia Teodragos y Dimitri, quienes estaban enfrascados en hacer funcionar la máquina—. ¿Lo haces porque en Belmont ya no queda nada?

El rey se dio la vuelta.

—¿Qué está diciendo ese idiota?

—¡Sabes perfectamente a qué me refiero! Eres un rey sin Poesía.

Aquello, en el Continente, era el mayor insulto que un rey podía recibir.

—¿Cómo osas siquiera...?

—¡Sabes que tengo razón! Eres un cobarde y siempre lo has sido. ¡Desde que te coronaron lo has sido y morirás siéndolo!

Teodragos se levantó y se acercó a él. Mientras un soldado

apuntaba al príncipe con su lanza, le arreó un puñetazo en toda la cara. Adhárel luchó por no mostrar el dolor que sentía y volvió a la carga:

—¿Quién sino un cobarde destruiría la Poesía Real? ¡Has condenado a tu pueblo, Teodragos! Lo condenaste el día en que subiste al trono.

—¡No permitiré que me hables así! —cogió por el chaleco al príncipe y lo lanzó al suelo.

—¡Adhárel! —gritó Duna, asustada. Pero no pudo dar un paso ya que Teodragos se lo impidió. El príncipe sangraba profusamente por la boca.

—¿Qué es lo que temes, Teodragos? ¿No te gusta desenterrar viejos fantasmas?

Una nueva patada en el estómago le cortó la respiración.

—¡Veamos a quién no le gustan los viejos fantasmas! —Teodragos dejó a Adhárel en el suelo y empezó a andar alrededor de los demás—: ¿Quién conoce aquí la Poesía de Bereth?

—¡No le escuchéis! —exclamó Duna, pero el rey la hizo callar de un bofetón.

—¿Y quién de vosotros no ha oído alguna vez hablar de ese temible dragón que ronda por los alrededores de Bereth? ¿Y alguien sabría decirme qué tienen en común estas dos cosas aparentemente inconexas?

Dimitri rió con las palabras del rey. Adhárel intentaba levantarse pero no encontraba las fuerzas necesarias.

—¿Nadie? —Teodragos agarró con fuerza la barbilla de Andrew—. Yo os lo diré: a él —dijo señalando al príncipe—. ¡Damas y caballeros! ¡Tengo el orgullo de presentaros al único y verdadero dragón de Bereth!

Los sentomentalistas, los soldados y hasta el mismísimo Dimitri se quedaron mirando a Adhárel, esperando que sucediese algo extraordinario, pero nada ocurrió.

—Seré lo que quieras que sea… —dijo Adhárel, sin rendirse—. Pero… jamás habría traicionado y enviado a la muerte a mi pueblo como hiciste tú.

Teodragos bufó sulfurado y volvió a patear a Adhárel.

—¡No! ¡Basta! —Duna miró al príncipe— Adhárel, por favor, déjalo ya.

—¡Haz caso a tu amiguita o acabarás peor de lo que estás!

Dimitri se había mantenido apartado, disfrutando de la paliza que su hermano estaba recibiendo... aunque estaba algo preocupado por lo que estaba saliendo a la luz.

—No... permitiré... que hagas lo mismo con Bereth... —balbuceó Adhárel con sus últimas fuerzas—. Destruir un reino... es más que suficiente.

El rey se agachó junto a él y le habló al oído:

—Te atrapé una vez y estuve a punto de matarte. Y volveré a hacerlo. No sé cómo deshiciste el encantamiento de hipnotismo ni tampoco me importa, pero para cuando acabe con este reino, tú volverás a estar a mi merced y custodiarás mi castillo durante las noches y te pudrirás en mis mazmorras durante el día.

—Eso... habrá... que verlo...

—¡Ahora, muchachos! —gritó de pronto Sírgeric.

Los guardias apuntaron con sus lanzas sin saber exactamente a quién y Dimitri sacó su espada esperando un repentino ataque por parte de los niños. Teodragos también se puso en pie, alerta. Pero ninguno supo qué hacer cuando los niños, en lugar de lo esperado, cerraron los ojos con fuerza, sin moverse.

Al momento, uno de los guardias dejó caer su lanza e intentó tomar aire varias veces sin, aparentemente, conseguirlo. Aquel fue el primero en caer. Mientras unos se llevaban las manos a la frente perladas de sudor, otros se tapaban los oídos y gritaban desesperados para que terminase lo que fuera que les estuviera sucediendo. Algunos más alejados no pudieron siquiera dar un paso antes de caer al suelo inconscientes ante el asombro de Dimitri y del rey, quienes no sabían cómo reaccionar.

—¡Maldita sea! —bramó Teodragos— ¡Deteneos ahora mismo!

Tail, por su parte, comenzó a hacer estallar todas la bombillas que relucían en la sala, haciendo saltar miles de brillantes chispas de luz que cayeron sobre los pocos guardias que seguían en pie y que tuvieron que salir corriendo a apagar sus vestiduras, las cuales habían prendido en llamas. Cuando las chispas desaparecieron y la única luz que iluminaba la sala fue la de la luna que entraba por la ventana, no quedaban más guardias en la sala, y Cinthia, Sírgeric, Duna y los chicos habían sacado sus armas y apuntaban con ellas al rey y al aterrorizado Dimitri.

—¡No sois los únicos que tenéis sentomentalistas! —les amenazó Teodragos sin amedrentarse. Llevándose los dedos a la boca, soltó un silbido que resonó por toda la torre.

Adhárel rodó hasta sus amigos. Pero antes de que pudiera levantarse, la puerta de hierro volvió a abrirse y tres encapuchados irrumpieron en la habitación.

—Oh, oh… —masculló Cinthia cargando el arco. La muchacha fue a apuntarles cuando uno de los encapuchados se deslizó como una sombra hasta ella y de un golpe le partió el arma en dos y tiró los trozos lejos de allí—. ¡Eh! —exclamó la muchacha, pero con otro movimiento aún más rápido que el anterior, el encapuchado apareció a su espalda y de un puntapié la envió al suelo.

—¡Cinthia! —Sírgeric corrió hasta ella y sacó de su bolsillo el mismo mechón de pelo gris. Mas, antes de llegar a rozar la mano de la muchacha, otro de los encapuchados corrió hasta él adivinando sus intenciones y le obligó a abrir la mano para que soltase los cabellos. El encapuchado los cogió con delicadeza y, ante los ojos de Sírgeric y de Cinthia, se pudrieron hasta convertirse en polvo.

—Tú… —farfulló Sírgeric reconociéndole al instante.

—Volvemos a vernos, Sinsentido.

El encapuchado se quitó la capa y Sírgeric pudo comprobar que, como había adivinado, se trataba de uno de sus maestres de Belmont.

El último de los encapuchados se abalanzó sobre el grupo de niños desfallecidos y con sólo tocar las armas que empuñaban sin fuerza, estas se fueron deshaciendo en sus manos, obligándoles a soltarlas antes de quemarse.

—Ahora estamos en igualdad de condiciones —dijo, quitándose la capucha y dejando a la vista un rostro picado por la viruela y con los ojos de un azul casi blanco.

Teodragos, por su parte, se había precipitado sobre el mecanismo de la máquina en cuanto los sentomentalistas aparecieron por la puerta. Colocando un pie en el pedal y activando las palancas, la máquina comenzó a cobrar vida y a extraer la energía del enorme tonel de cristal. Unos segundos después, la pared de roca comenzó a deslizarse y el extremo de la máquina comenzó a salir a través de ella.

—¿Adhárel, puedes ponerte en pie? —le preguntó Duna al príncipe.

—Sí… —contestó haciendo un esfuerzo por levantarse.

De repente, la voz de Dimitri les llegó a sus espaldas.

—He soñado tantas veces con este momento… —y con la punta del arma apartó a Duna hasta quedar a una distancia prudencial y después la situó sobre el pecho de Adhárel.

—Clávamela —dijo— y termina de una vez, traidor. Es así como te gusta jugar, ¿verdad? Siempre sucio. Aprovecha ahora que no tengo con qué defenderme.

—Puedo esperar —Dimitri elevó la punta hasta su garganta—. Lo que más me duele de todo esto es que nunca entenderás por qué lo hice.

—Desde luego que lo entiendo: siempre has deseado el poder. Y cuando comprendiste que sólo matándonos a madre y a mí lo conseguirías, no dudaste ni un momento.

—No sabes lo que dices…

—¡Cuántas veces te he oído llorar por las noches desde que éramos pequeños! ¡Desde que comprendiste que yo iba a ser el rey!

—¡Eso no es cierto! —gritó el joven—. ¿Ves cómo crees saberlo todo y siempre te equivocas? ¡Yo tendría que haber nacido primero! ¡Yo tendría que haber sido el sucesor directo! Pero no… Dimitri siempre tendría que estar en segundo lugar. Toda su vida. Mientras tú, Adhárel, recibías la mejor formación, los mejores hombres, hasta los mejores aposentos.

—¡Madura de una vez, Dimitri! ¡Por tu culpa morirán inocentes! ¿De verdad vas a poder soportar el peso de sus muertes sobre tus hombros porque a mí me dieron una cama más cómoda?

—¡Ellos no son inocentes!¡ ¡Ellos son como tú y como madre! ¿Crees que no me he dado cuenta de cómo se burlan y se ríen de mí siempre que me ven a tu lado? ¡Parezco tu lacayo más que el hijo de la reina de Bereth! —Dimitri respiró hondo varias veces mientras volvía a sonreír como si nada hubiera pasado—. Pero todo eso terminará esta noche. Contigo caerá el último obstáculo y entonces yo y sólo yo reinaré en Bereth.

—¡No si podemos impedirlo! —gritó Duna desenvainando su espada en un descuido de Dimitri y lanzándose contra él inesperadamente. Adhárel se tambaleó uno instantes antes de recuperar el equilibrio. Se limpió la sangre del labio y corrió a ayudar a Duna.

Al mismo tiempo, los jóvenes sentomentalistas esperaban agotados a que les diese muerte el hombre de los ojos claros. El sentomentalista acercó sus manos a Tail, el primero de los prácticamente inconscientes jóvenes, dispuesto a carbonizar hasta el último aliento del niño. Pero la puerta de hierro volvió a abrirse en ese instante y en el momento en el que el sentomentalista se dio la vuelta para mirar qué ocurría, un golpe invisible de aire lo lanzó volando contra la pared opuesta. No contento con eso, el recién llegado avanzó hasta el sentomentalista y, posando sus finos dedos sobre la frente del hombre, le hizo perder lentamente el juicio hasta que quedó tendido en el suelo con la mirada perdida y la respiración muy lenta y acompasada. Con suerte, algún día podría recuperar la capacidad del habla.

—¡Y lo repetiré con cualquiera que vuelva a intentar ponerles un dedo encima a estos niños!

—Ze… Zennion… —murmuró Andrew, sonriendo levemente.

—Vámonos de aquí. Ya habéis hecho más de lo que podíais, ahora dejad que otros terminen lo empezado.

Y con sumo cuidado y sin que nadie lo advirtiese, el viejo Zennion fue ayudando a levantarse a todos los niños, para después hacerles bajar a un lugar seguro lejos de aquella torre. Antes de cerrar la puerta, echó un último vistazo al interior y se preguntó a cuántos volvería a ver con vida.

El sentomentalista agarró a Sírgeric del cuello, dispuesto a utilizar las mismas artes a las que había recurrido con los cabellos para terminar con él.

—Te pudriré por dentro hasta que ni los gusanos quieran saber nada de ti. Ya me dirás qué se siente…

—¡Noooo! —Cinthia se lanzó sobre el hombre como una fiera para salvar la vida del joven. El sentomentalista, debido al impacto imprevisto, tuvo que soltar a Sírgeric, quien cayó al suelo mientras tosía, intentando recuperar el aliento.

El sentomentalista se giró y sin apenas esfuerzo se quitó a Cinthia de encima, agarrándola por las muñecas y alzándola en el aire.

—Está bien, en ese caso, muere tú primero —al igual que había intentado hacer con Sírgeric, el hombre posó sus largos dedos sobre el cuello de Cinthia y esta, lentamente, fue perdiendo las fuerzas.

Para cuando Sírgeric consiguió levantarse y lanzarse espada en mano contra el encapuchado, Cinthia parecía haber dejado de respirar. El filo atravesó las vestiduras y la carne del sentomentalista haciéndole caer al suelo junto con Cinthia. Ninguno de los dos parecía estar vivo.

—¡No! —el joven corrió hasta ella— ¡No! Cinthia… No te mueras por favor, Cinthia, no…

Con mano experta, Sírgeric comprobó que el pulso aún le latía débilmente pero que la respiración se había detenido. Sin perder un instante, el joven presionó repetidas veces sobre el pecho de la joven y después inhaló aire por su boca. Volvió a repetir el proceso varias veces mientras las lágrimas le corrían hasta la barbilla. Ya casi sin fuerzas, Sírgeric repitió la operación una última vez cuando una milagrosa bocanada de aire entró en la boca de Cinthia, obligándola a toser y devolviéndola a la vida.

—¡Ci… Cinthia! —el joven no podía creerlo.

La joven abrió los ojos débilmente y le miró.

—Gracias… —dijo ella.

—Gracias a ti —dijo él, y la besó con tal intensidad que, por unos instantes, olvidaron dónde se encontraban.

Duna esquivaba con dificultad los repetidos ataques que Dimitri le lanzaba con una rabia insensata.

—Tú... fuiste... quien desencadenó... todo, Duna Azuladea —decía sin dejar de asestar espadazos y mandobles con la pericia de un espadachín experimentado—. Si no hubieras venido... a trabajar al palacio..., quizá nada de esto hubiera... ocurrido.

De nuevo Dimitri comenzó a golpear a diestro y siniestro hasta que Duna perdió pie y cayó al suelo. La espada le resbaló de las manos. Dimitri avanzó hasta ella y le puso el filo en el gaznate.

—¿Tus últimas palabras, *criada*?

—Suelta la espada o serás tú quien pierda la cabeza.

Adhárel se había acercado lenta y sigilosamente por detrás de su hermano y, sin que él lo advirtiese, le había colocado la espada a la altura de la nuez.

Dimitri tiró al suelo la espada de mala gana y levantó los brazos en señal de rendición. Adhárel le dio una patada y le tiró al suelo, ayudando después a Duna a levantarse sin dejar de apuntar a su hermano.

—¿Estás bien?

—Perfectamente —contestó ella.

¡BOOM!

De repente se produjo un descomunal fogonazo en la torre que dejó a todos desconcertados. Unos segundos más tarde, algo estallaba en llamas a lo lejos. Teodragos aplaudió emocionado sin advertir que todas las miradas estaban puestas en él.

—¡Perfecto! ¡Perfecto!

—Está como una cabra... —murmuró Sírgeric.

—¡Teodragos! —gritó Adhárel, dándose la vuelta y encarándose al rey.

El hombre soltó los mandos y le miró con desprecio.

—¿Aún sigues con vida? ¿Te ha gustado el lanzamiento? ¡En mi opinión ha sido magnífico!

—Aléjate de ahí ahora mismo. Tus guardias han huido. Tus sentomentalistas están muertos. ¿De verdad quieres seguir luchando?

—¡Desde luego!

—Ríndete ahora que sigues con vida.

—¡Jamás!

—Entonces atente a las consec… ¡Ahg! —Adhárel sintió una punzada de dolor en el costado derecho y fue incapaz de terminar la frase.

—¡¡Adhárel!! —oyó gritar a Duna.

Con la cabeza dándole vueltas, el príncipe advirtió la cavernosa risa de Teodragos y los gritos de desesperación de sus amigos como un eco infinito. Cuando se giró para ver qué había ocurrido, se encontró con un reguero de sangre que nacía de la espada que sujetaba Dimitri y que terminaba en su espalda. Incapaz de mantenerse por más tiempo en pie, cayó de rodillas mientras varios escalofríos le recorrían el cuerpo. Justo antes de perder el conocimiento, Adhárel vislumbró, entre la neblina que empezaba a cubrir su visión, el rostro de Duna cubierto de lágrimas.

—Adhárel… —oyó a lo lejos—. Adhárel, aguanta, por favor…

Quiso decirle que ya no le dolía tanto como en un primer momento. Que los escalofríos estaban remitiendo paulatinamente y que ya no sentía ni frío ni calor. Pero apenas podía balbucear las palabras oportunas.

—D… Du… Duna —se oyó decir— N… no llo… llores, p… por fa… favor… Va… vaya donde va… vaya t… t… tus oj … os il… umina… rán mi cam… mino…

—Shh, Shh… no hables Adhárel. No hables. Te quiero. Te quiero, mi príncipe, te quiero…

Él también quiso decirle que la quería. Que temía tener que seguir el camino sin ella a su lado. Que la necesitaba, que siempre fue su única princesa, que jamás la abandonaría, que…

La neblina fue cubriendo rápidamente toda su visión hasta que de pronto ya no vio, ni oyó, ni sintió nada más.

El reloj del palacio marcó las doce de la noche y las campanas repicaron como en señal de luto.

—En fin… —comentó Teodragos secándose una lágrima inexistente—. Bien está lo que bien acaba.

Duna se puso en pie con los ojos anegados en lágrimas y lentamente se giró hacia Dimitri, que aún sostenía la espada en las manos, asombrado por lo que acababa de hacer.

—Eres un monstruo —le dijo Duna con voz ronca—. Un asesino, un hijo de víbora, un cobarde... eres cruel... un tirano, egocéntrico, prepotente... ¡Nunca llegarás a ser ni la sombra de lo que fue él!

Sírgeric y Cinthia corrieron a su lado, pero Duna los apartó de un empujón.

—¿Vas a dejar que te hable así? —preguntó Teodragos a su espalda.

Dimitri no sabía qué hacer, por lo que empezó a retroceder a cada paso de Duna. La furia, la venganza y el odio brillaban como antorchas en los ojos de la muchacha. Unos ojos de alguien que no tenía nada más que perder.

—Voy a matarte —siguió diciendo en voz muy baja—. Voy a matarte como tú has hecho con él...

—¡No seas tan dura! ¡Por una vez que el chico hace algo útil! ¡Y a la primera! —comentó Teodragos.

Dimitri quiso responderle algo ingenioso, algo digno de su tan afamada lengua viperina, pero ni las ideas le llegaban al cerebro ni la saliva regaba su lengua. Sin advertirlo, Duna hizo una finta tan rápida como un destello y, al momento siguiente, el filo de su espada estaba limando suavemente el cuello de Dimitri.

—Te deseo los sufrimientos más dolorosos allá donde vayas.

Y cuando el filo comenzaba a producir el primer hilo de sangre en la garganta de Dimitri, el cuerpo de Adhárel se convulsionó dejando a todos sin respiración.

—No... me lo puedo... creer —farfulló Teodragos, que había vuelto junto a la máquina.

Las extremidades de Adhárel se agitaron violentamente mientras un halo de luz plateada comenzó a cubrirle todo el cuerpo. La cabeza empezó a balancearse de un lado a otro un segundo antes de que el cuello empezase a estirarse de manera grotesca y de que el cuerpo se le deformase destrozando las vestiduras que llevaba puestas. Los brazos y las piernas también crecieron al mismo ritmo que el resto del cuerpo y, de pronto, unas protuberancias comenzaron a nacerle en los omóplatos. Cinthia, Sírgeric, Teodragos, Dimitri y Duna fueron apartándose al mismo tiempo hasta quedar entre su cuerpo y la pared de la torre. El rostro del príncipe se estiró hasta formar un hocico animal. Y tras un fogonazo procedente del mismísimo corazón de la criatura, el majestuoso dragón de Bereth apareció ante sus ojos.

El silencio más absoluto reinó durante unos instantes en la torre mientras todos admiraban estupefactos a la criatura. Dimitri fue el primero en dar un paso hacia la derecha con intención de huir de allí. Pero antes de que pudiese alcanzar la puerta, el dragón abrió sus ojos color bosque para deleite y admiración de todos y con un movimiento seco le cortó el paso, destrozando con su garra parte de la pared y la puerta.

Duna dio un respingo al comprobar que no estaba muerto y la cara se le iluminó de gozo, sintiendo que lloraba otra vez.

Dimitri gritó asustado mientras corría hasta donde había dejado caer su espada. Cuando la tuvo entre sus manos, apuntó al dragón, el cual se había puesto en pie haciendo peligrar la estructura de la torre. La criatura miró con curiosidad al príncipe y a la espada que temblaba incontrolable entre sus manos. El dragón intentó arrebatársela, pero Dimitri le embistió con ella entre sus escamas y el dragón rugió enfurecido.

—No debería haber hecho eso… —opinó Sírgeric en voz baja cerca de Cinthia.

El dragón se movió mucho más rápido esta vez y lanzó la espada volando por los aires. Dimitri quedó ante la feroz criatura temblando como una hoja.

—¿Q… qué v… v… vas a hace… er? ¡S… soy t… tu herman... no, Adhá... rel! ¿N… no me rec… cuerd… das?

El dragón rugió de nuevo y dio media vuelta para mirar a Duna. Sin necesidad de palabras, ella asintió y el dragón emitió un rugido cargado de rabia. Entonces, con la otra pezuña, envió a Dimitri contra la pared de roca, haciendo que se golpeara la cabeza con una de las piedras.

—¡Veamos cómo te las apañas con algo de tu tamaño, monstruo! —gritó de repente Teodragos a la espalda del dragón.

—¡Adhárel! —exclamó Duna, corriendo hasta donde se encontraban Sírgeric y Cinthia— ¡Cuidado! ¡Va a utilizar la electricidad contra ti!

El dragón quiso darse la vuelta para hacer frente a la amenaza, pero su enorme envergadura le impedía moverse con facilidad. Desesperado, comenzó a agitar las alas y a aporrear las paredes con las cuatro patas.

Los tres amigos corrieron al tiempo que esquivaban los fragmentos de roca que se iban desprendiendo de la pared sin saber qué hacer. De repente, Sírgeric y Cinthia perdieron de vista a Duna en la nube de polvo que se había levantado.

—¡Duna! —gritó su amiga— ¡Duna!

Por su parte, la muchacha había corrido hasta la máquina para apartar a Teodragos de los mandos.

—¿Qué estás haciendo, niña? —el rey forcejeó con ella para que le dejase apuntar.

—¡No permitiré que le dispares! —Duna había sacado fuerzas de flaqueza y de alguna manera estaba logrando alejar al rey de las palancas. Teodragos ya había conseguido cargar la máquina.

—¡Para ser una aldeana eres bastante dura de pelar, pero no lo suficiente! —dijo.

De un empellón, el rey consiguió apartarse de ella, y con el sudor corriéndole por la frente empujó de nuevo la máquina para que quedase apuntando al dragón, el cual seguía encolerizado, destrozando cada vez más la estructura.

—¡Moriremos todos! —gritó Duna, desesperada al ver que Teodragos no se rendía.

—¡Mejor morir luchando que vivir con la vergüenza!

Y subiéndose sobre la máquina, terminó de darle la vuelta. A continuación, se puso de cuclillas y, alzando los brazos en señal de victoria, gritó:

—¡Larga vida al príncipe Adhárel!

Sin embargo, cuando intentó bajar para disparar el arma, la cola del dragón le barrió, lanzándole contra el contenedor de cristal que albergaba toda la electricidad.

—¡Nooooooooo... !

Teodragos se convulsionó mientras las descargas eléctricas recorrían cada músculo de su cuerpo y le absorbían la vida rápidamente. De repente, una finísima grieta en el cristal comenzó a extenderse por todo el gigantesco tubo augurando su inminente resquebrajamiento.

—¡Va a estallar! —gritó Sírgeric bajo la nube de polvo.

El dragón seguía rugiendo enloquecido.

—¡Hay que salir de aquí!

Un violento zumbido procedente del contenedor empezó a extenderse por toda la torre. En ese instante, el dragón soltó un chillido de desesperación y con un nuevo golpe a la pared destrozó todo el circuito de espejos y metales. En consecuencia, las piedras terminaron de desquebrajarse y se abrió un agujero al exterior por el que se precipitaron muchas de ellas. El horroroso sonido era para entonces insufrible y las brechas en el cristal estaban a punto de encontrarse.

—¡Adhárel! —llamó Duna al dragón— ¡Tienes que sacarnos de aquí! ¡Te lo suplico, date prisa!

Y, en un destello de lucidez repentino, pensó que a Adhárel le gustaría juzgar a su hermano, en caso de que siguiera vivo, antes que perderlo para siempre. Así que la joven señaló el cuerpo de Dimitri y el dragón lo entendió a la perfección.

De pronto, sintió una sacudida y, para cuando quiso darse cuenta, la garra del dragón la agarraba firmemente mientras salían por el agujero recién abierto en la pared y saltaban al vacío. Remontaron el vuelo justo en el momento en el que la torre oeste estallaba en miles de pedazos bajo un resplandor que sumió al reino entero durante unos segundos en una luz tan potente como la del mediodía.

13
EL CUENTO DE LA REINA

—Os pido perdón. Os suplico que ante todo intentéis comprender los motivos que me llevaron a actuar de ese modo —dijo la reina Ariadne—. Si bien entiendo que muchos de vuestros sufrimientos los he causado yo, imaginad por un instante todo lo que he tenido que pasar desde que escribí la terrible profecía en verso con tan sólo diez años.

Son muchos los detalles que no conocéis; no por orgullo ni por miedo, sino por vergüenza. Pero si algo he aprendido durante los últimos días es a no temer lo que no puede hacernos daño y a confiar en quienes pueden ayudarnos sin pedir nada a cambio. Tal vez, y digo sólo tal vez, si hubiera aprendido esta lección antes, nada de esto habría ocurrido. Por eso voy a compartir con vosotros todo lo que a lo largo de mis ya numerosos años he callado y guardado para mi tormento y seguridad de los que me rodeaban. Así, al menos, podré por fin compartir esta carga tan pesada que no puedo seguir llevando sola.

Tras la inesperada explosión en la torre oeste, el dragón había llevado a los tres amigos y al cuerpo de Dimitri al bosque, donde se habían mantenido ocultos hasta que hubo pasado la noche. Cuando despertaron, con Adhárel de nuevo convertido en humano, descubrieron que, misteriosamente, Dimitri había desaparecido. ¿Habría escapado? ¿El dragón lo habría devorado durante la noche? ¿Se lo habrían comido los lobos?... No volvieron a saber más de él.

Cinthia, Duna, Sírgeric y Adhárel regresaron al palacio como héroes de guerra, dispuestos a poner cada cosa en su sitio y a intentar olvidar aquel trágico episodio que no había hecho ningún bien a nadie.

Lo primero que hicieron fue reagrupar a todos los sentomentalistas que no habían huido durante la trágica noche —algo por lo que Adhárel no les culpaba— para volver a levantar la torre oeste del palacio y sus inmediaciones calcinadas tras la explosión. La tarea les llevó muy poco tiempo y, para la madrugada del quinto día, nadie podría haber dicho a ciencia cierta qué parte del palacio era nueva y cuál no.

Aquella misma mañana, el príncipe ordenó a los escribanos que enviasen una misiva urgente a todos los rincones del reino pidiéndoles, con sumo respeto, que se presentasen en el palacio tras la puesta de sol para darles el tan esperado comunicado de que el terror había pasado ya, y para demostrarles que el toque de queda había quedado abolido.

Hay retazos de la memoria —prosiguió la reina— que me cuesta mantener vivos y que después de tanto tiempo, simplemente, los he dejado marchar. Por eso tendréis que disculpar que no pueda daros tantos detalles como me gustaría.

Mi historia, mi verdadera historia, mejor dicho, y no la que estudian los jóvenes de hoy en día en el reino, es mucho más oscura de lo que nadie podría imaginar. A mi favor he de decir que nunca se la conté a mis propios hijos, pero que tampoco la compartí con otros. Ha sido mi secreto y mi vergüenza, pero ante todo fue mi elección. Esta historia comienza exactamente siete años después de que fuese nombrada reina de Bereth. Durante mi decimoséptimo cumpleaños.

Después de la comida oficial con los altos dignatarios del reino y los posibles pretendientes para mi matrimonio concertado, pude escapar sin ser vista en un descuido de mis doncellas a pa-

sear por el reino con mi valentía como única escolta y mis altivas formas como compañeras. Si bien es cierto que mis asesores nunca me impidieron visitar el reino, tampoco me dejaron que lo hiciese sola.

Por eso aquel día el reino me pareció tan especial. Por eso y porque le conocí a él...

Cuando Adhárel se asomó al balcón para hablar con los berethianos, sintió que no era el mismo. Que de alguna forma había cambiado, y las palabras fluyeron de su boca con decisión, coraje y sentimiento. Les habló de un nuevo Bereth, les pidió perdón de corazón por haber permitido que hubiera sucedido todo aquello y les juró que no volvería a repetirse algo semejante. Y ellos le escucharon, le creyeron y cuando terminó, le vitorearon y aplaudieron. Después regresaron a sus casas e hicieron lo que él les había pedido: que arreglaran entre todos los hogares que hubieran sufrido desperfectos como consecuencia de la ambición de Belmont. También se construyó un monumento de cristal y hierro con las piezas de la máquina del ala este en el lugar donde una vez estuvo el viejo granero del señor Tompic, como recuerdo de lo que había sucedido. Juraron no volver a utilizar la electricidad más que para alumbrar los hogares de los berethianos hasta que las reservas se agotasen.

Dos días después de la reconstrucción de la torre, no quedaba ni un sólo belmontino en el reino de Bereth. Todos los soldados desaparecieron sin dejar rastro, como el humo de las piras hechas con las banderas de la unión y no quedó ninguno para cuando las antiguas volvieron a ondear. Algunos soldados berethianos también se marcharon, tal vez asustados por las represalias que les aguardaban tras su traición, tal vez por orgullo. Adhárel nunca se lo preguntó y tampoco lo hicieron los que se quedaron. No hubo reprimendas ni sanciones para los soldados rasos. Los oficiales que habían ostentado altos cargos y que habían ayudado a hacer más propicia la invasión fueron desterrados de Bereth sin contemplaciones.

Debía de ser un año mayor que yo. Nunca se lo pregunté y él tampoco me lo preguntó a mí. Éramos dos completos desconoci-

dos que se habían encontrado por casualidad y de manera inesperada. Me dijo que se llamaba Adair. Yo no le dije mi verdadero nombre. Nadie me conocía fuera del palacio y quería que siguiese siendo así. Al principio no vi en él más que a un amigo diferente a los que estaba acostumbrada a tratar. Vivía cerca del bosque, en las afueras y sólo se acercaba al reino para las clases diarias en la escuela del Este. Estaba en el último curso.

Con el paso del tiempo fuimos haciéndonos más y más amigos hasta el punto de arriesgarme cada noche a huir de palacio sólo para reunirme con él. Y así pasaron los días, las semanas, los meses... Hasta que un día, cuando llegué al palacio después de estar con él, mis asesores me obligaron a reunirme con ellos. Debía elegir un marido pronto. Y fue entonces cuando comprendí lo mucho que le amaba y lo lejos que estábamos el uno del otro por muy cerca que sintiéramos nuestras respiraciones.

Nunca seríamos iguales y debía terminar con la farsa antes de hacerle más daño.

Recuerdo que llovía cuando terminó la reunión. Mi pretendiente estaba elegido y en pocos días se celebraría la boda. Así de fácil, así de rápido. Volví a escaparme como hacía cada noche cuando me creían dormida y corrí hasta nuestro lugar secreto. De aquella noche sólo puedo decir dos cosas: que nunca pude amar tanto a una persona y que jamás la olvidaré. La misma noche en la que le declaré mi amor también le dije la verdad sobre mi posición. Él se enfadó. Yo no dije nada. Lloramos abrazados hasta que amaneció, después volví al palacio y no le volví a ver. Lo que yo no podía imaginar era que, sin estar a mi lado, Adair iba a estar más dentro de mí de lo que imaginaba. No me pidáis detalles de los meses siguientes porque soy incapaz de recordarlos. Bastará con decir que estaba embarazada de ti, Adhárel. Y que, a pesar de lo que toda la corte y mi nuevo marido creían, tú habías sido engendrado antes de la boda. Nadie sospechó nada y yo tampoco quise desmentirlo. Pero por las noches tenía miedo. Soñaba que el rey se levantaba y que acababa con tu vida al descubrir que no era tu verdadero padre. Y entonces llegó al palacio aquel misterioso sentomentalista procedente de tierras lejanas...

El cadáver de Teodragos VI, rey de Belmont, se incineró junto con el resto de los guardias de Belmont en un lugar lejano donde nadie acudió a velarles. Respecto a Dimitri, todos le olvidaron rápidamente. Pero, a partir de entonces, estaría en orden de busca y captura bajo el poder del reino.

Sí que hubo, sin embargo, una ceremonia por todas las vidas inocentes que el cruel rey y sus hombres habían sesgado.

Los jóvenes sentomentalistas que habían luchado junto al príncipe fueron condecorados con la Insignia del Dragón, el mayor cargo honorífico que se podía alcanzar en Bereth, y los seis pasaron a formar parte de las filas del ejército del reino sin dejar las clases del maestre Zennion. Se convirtieron, de ese modo, en los sentomentalistas más jóvenes que el ejército había tenido nunca.

Decía provenir del Norte. No pensaba quedarse en Bereth más de lo necesario. Después seguiría su camino a otras tierras. Los consejeros del rey, de mi marido, contaban maravillas de aquél hombre y sólo hizo falta que hablase con él una vez para descubrir que eran ciertas. Aquel hombre podría ayudarme. Por ello, sin saber por qué y arriesgando mi vida y la tuya, le mandé una carta para pedirle que se reuniese conmigo en lo más profundo del bosque de Bereth aquella misma noche. El rey no estaba en palacio y tenía que aprovechar la oportunidad.

Después de acostarte, te saqué en secreto del palacio y juntos corrimos hasta el lugar acordado sin estar segura de si él aparecería. Mis dudas se disiparon al verle apoyado con absoluta calma en un árbol. Me confesé ante él como no lo había hecho ante una persona en meses. Lloré y él me consoló. Fue un completo desconocido y al mismo tiempo fue mi mejor amigo, mi aliado. Después me preguntó qué quería hacer al respecto. Le supliqué que hiciese cuanto estuviera en su mano por convertirte en el arma más poderosa de Bereth para que el rey nunca pudiera hacerte daño mientras yo no estuviera vigilando, mientras durmieses.

Él me advirtió que una vez transformado no habría vuelta atrás, y yo insistí. Me volvió a repetir que todo tenía un precio en esta vida y que si estaba segura de querer pagarlo. Yo le grité que lo hiciese de una vez y él cerró los ojos y asintió. Trato hecho, dijo. Y cumplió mi deseo...

Le conocí con el nombre de Maese Kastar.

Aya también fue condecorada por haber luchado desde las sombras todo aquel tiempo, sin rendirse. Muy a su pesar, con el recuerdo de su difunto marido siempre presente, la mujer tuvo que mudarse. La casa estaba ya muy vieja y además había encontrado un sitio mucho más grande, cómodo y espacioso en el palacio real para vivir. La reina Ariadne se mostró muy comprensiva al cederle una de las caballerizas para poner su taller de cestería y Aya olvidó rápidamente la vieja casa donde había pasado tantos años de su vida.

Lord Guntern, sin embargo, no tuvo tanta suerte. El egocéntrico señorito había perdido todas sus tierras y posesiones durante una partida de cartas que sus amigos más allegados le habían preparado una tarde especialmente aciaga para él. Viéndose sin nada, abandonó Bereth de la noche a la mañana y regresó al hogar de sus padres. Desde allí, envió una última carta a Duna que decía así:

Mi amada Duna:

Parto a tierras lejanas para volver a convertir el apellido Loresford en sinónimo de gloria y honor. He oído que has estado ocupada con temas institucionales que no podrían de manera alguna compararse con los míos. Eso está bien, por fin has aprendido el papel que ha de desempeñar una mujer en el hogar.

Cuando esté preparado volveré a buscarte. Imagino el dolor y la tristeza que inunda tu corazón ahora que sabes que no volverás a verme en mucho tiempo. Espero poder...

Aya nunca llegó a terminar de leer la carta ni tampoco se la entregó a Duna; no sintió ningún remordimiento por ello.

Cuando vi lo que te había hecho, en lo que te había convertido, le supliqué que te volviese a dejar como antes. Lloré las lágrimas más amargas que jamás he derramado, pero aunque de verdad lo sentía, el sentomentalista me había dado la oportunidad de negarme y yo la había rechazado. Con menos de diecinueve años había comprendido más de lo que una persona normal podría llegar a entender en toda una vida. El sentomentalista se marchó a la mañana siguiente jurándome que nunca contaría mi secreto. Y yo al mismo tiempo me hice la promesa de que no utilizaría al dragón, de que no te utilizaría a ti como el arma que podrías haber sido.

Al principio fue sencillo ocultarte: cada noche bajaba contigo a las mazmorras, te metía en una de ellas y me quedaba contigo, pidiéndote perdón por no dejarte salir de allí. Pero los años fueron pasando y tú fuiste creciendo. Como niño eras alegre, guapo, educado... y como dragón... bueno, como dragón cada vez eras más grande; de una envergadura asombrosa. Y cierto día me decidí a permitirte salir. Por entonces yo ya estaba embarazada de Dimitri.

Aquella noche bajé como tantas otras contigo en brazos sin saber que una sombra nos seguía de cerca. Ya en las mazmorras te transformaste como cada noche dentro de la celda, pero cuando quise abrirte la puerta, el rey apareció de pronto y me cortó el paso. Me gritó con tanta fuerza y tanta rabia que sólo fui capaz de arrodillarme para suplicarle perdón por haberle ocultado nuestro secreto. Pero él no quiso escucharme y tirándome del pelo me levantó y me golpeó como muchas otras veces había hecho hasta hacerme sangrar. Mientras tanto, el dragón que ya eras comenzó a chillar y a rugir con fuerza sin poder salir de la celda. El rey estaba encolerizado. Le había entrado uno de esos ataques que yo tanto temía y que ningún consejero me mencionó el día en que lo elegí por esposo.

De repente, con un último rugido, escupiste fuego por primera vez; y no me arrepiento al pensar que fue gracias a ello que yo me salvé esa noche. El rey falleció por las quemaduras y con tu ayuda lo llevé a lo más profundo del bosque, al lugar donde una vez hice la promesa con aquel sentomentalista. Y allí le enterramos. A la mañana siguiente, el reino entero buscó a su rey por todas partes pero no le encontraron. Desde aquel día fui la reina de Bereth, tu madre y la de Dimitri... quien no tardó en cambiar y volverse como su padre. Al principio no quise verlo, pero cuanto más mayor se hacía, más miedo me daba. Más me recordaba a él y más hacía que te prefiriese a ti. Tú habías sido engendrado en el amor, Dimitri no...

Sírgeric y Cinthia también recibieron la Insignia del Dragón, pero, a diferencia de Aya, declinaron la oferta de la reina de vivir en el palacio, al menos por el momento. Y a los pocos días se despidieron de todos sus amigos para emprender un largo viaje que les llevaría a todos los rincones del inmenso Continente. Tal vez en el futuro, le dijeron a su majestad, volverían para ostentar algún cargo importante en la corte... pero sólo tal vez.

Sé que no he sido buena. Que he tomado muchas decisiones equivocadas desde bien pequeña, pero tampoco he tenido una vida fácil. El haberte escondido todas las noches y el haberme mantenido en vela muchas de ellas hicieron que enfermase muy a menudo, obligándote a tomar las riendas del reino antes de lo esperado. Y ya que se me brinda la oportunidad, quería decirte lo orgullosa que me siento de cómo lo has hecho, Adhárel. De verdad.

Tampoco he sido muy buena madre sin tener en cuenta lo relacionado con el dragón. ¿Entendéis al menos por qué no podía aceptar el amor que vi en vuestros ojos, los tuyos y los de Duna, durante la fiesta de tu vigésimo primer cumpleaños? Me recordabais tanto a mí y a Adair. Mi corazón no iba a poder soportar que mi hijo también pasara por lo mismo. Pero si hay algo contra lo que no se puede luchar, eso son los deseos del corazón. Porque las consecuencias pueden ser mucho peores.

Por ello, cuando estéis preparados y no cuando os lo ordene, podréis contraer matrimonio bajo mi consentimiento. La ley que tanto daño a hecho a esta familia queda abolida desde hoy bajo mi mandato como soberana del reino de Bereth.

—Madre... —Adhárel se levantó de la silla junto a la cama donde la reina reposaba y la abrazó y la besó con cariño. También él estaba llorando—. Gracias... por esto, y por haberme contado la verdad.

—No merezco tus palabras, Adhárel.

—¿Cómo que no?

—No, hijo mío. No mientras la maldición pese sobre ti.

Adhárel se separó de ella. Duna también se levantó de su silla y le cogió la mano.

—Podremos vivir así, majestad.

La reina negó con la cabeza, sin mirarles.

—Me hago vieja, hijos míos. Y de aquí a un tiempo no seré capaz ni de levantarme de la cama.

—Madre, no digas eso. Tan sólo tienes treinta y siete años y ahora que ya no debes velar por mí cada noche, descansarás mejor. Pronto te recuperarás y podrás volver a...

—No es eso, hijo mío. Me cure o no, mi reinado llega a su fin.

—¿Qué quieres decir, madre?

—He sido reina regente hasta que has sido lo suficientemente mayor como para hacerte cargo tú solo de Bereth. Pero, cuando cumplas los veintiún años, tendrás que comenzar a gobernar tú.

—Y lo haré tan bien como me has enseñado.

—No, hijo mío. No lo entiendes. No podrás reinar mientras sigas convirtiéndote cada noche en dragón.

—Pero —intervino Duna—, la maldición... Vos habéis dicho que no hay nada que hacer...

—También creí que no volvería a veros con vida, y por lo que me habéis contado fue la forma de dragón la que salvó la vida de mi hijo en la torre.

—¿Quieres decir que hay alguna solución para mí?

—Quiero decir que deberíais intentar encontrarla.

—Pero madre...

—Escúchame, Adhárel. El tiempo juega en vuestra contra: no lo malgastéis. Si para la noche de tu vigésimo primer cumpleaños no has regresado curado, Bereth pasará a formar parte de otro reino... o a pertenecer a tu hermano, si es que algún día se atreve a regresar.

Adhárel la miró asustado.

—No... madre...

La reina asintió.

—Id ahora. Partid de Bereth esta misma semana ¡Hoy mismo! Cada segundo cuenta.

—¿Adónde queréis que vayamos?

La reina miró a Duna y después a su hijo.

—En busca de quien te hizo esto. Buscad a Maese Kastar y convencedle. Él tiene que conocer la cura.

—¿Por qué iba a dármela a mí si nunca te la dio a ti?

—Porque yo ya he aprendido la lección, hijo. Y no es justo que tú sufras por ello.

—No puedo, madre. No puedo dejarte así, en este estado.

—Adhárel, por favor, hacedlo cuanto antes. Hoy es pronto, pero mañana quizá sea tarde. No os preocupéis por mí, estaré bien.

El príncipe lloraba entristecido.

—Te echaré de menos, madre.

—Yo también a ti, mi vida.

Volvió a abrazarla una última vez y después salió de la habitación secándose las lágrimas con la manga. Duna se quedó esperando a que saliese.

—Cuida de él, Duna —le pidió la reina—. Te necesita más de lo que cree.

—Lo haré, majestad.

—Llámame Ariadne a partir de ahora.

La muchacha asintió y se agachó para abrazar a la mujer.

—Estaremos de vuelta muy pronto.

—Eso espero, pequeña... eso espero.

EPÍLOGO

Dimitri sintió el dolor antes de despertarse. Un dolor lacerante, un dolor como nunca antes había sentido. Notaba palpitar cada centímetro de su espalda como si una manada de reses le hubiera pasado por encima. Y las piernas también las sentía. Desde luego que las sentía. Si hubiera corrido durante varios días sin detenerse no habría llegado a tal grado de dolor. Los brazos también reclamaban su atención. Parecía que las venas estuviesen abrasándole por dentro y que sólo amputando podría detener el dolor. Pero todo aquello, más que asustarle o entristecerle, le parecía lo más maravilloso que había sentido jamás: estaba vivo. A pesar de todo lo sucedido, seguía con vida. No importaba que su mente se negara a creerlo, su cuerpo decía lo contrario.

Lentamente, abrió los ojos, pero tuvo que volver a cerrarlos rápidamente debido al punzante dolor en las pupilas. Sintió la boca seca, la tierra bajo su cuerpo, cada rasguño y cada moratón, incluso creía imaginar el estado de sus ropas. Pero todo le daba igual. Una y otra vez se repetía que había sobrevivido.

Al principio se sintió desubicado, pero, cuando por fin consiguió abrir los ojos e incorporarse con dificultad, comprendió que estaba en el bosque. Y que no estaba solo.

A su alrededor dormían plácidamente la muchacha que lo había echado todo a perder, sus dos amigos y su hermano. Y lo mejor de todo era que Adhárel se encontraba desprotegido hasta la desnudez y de nuevo en su forma humana.

Si hubiese querido, Dimitri podría haberle matado. Pero hubo dos motivos por los que no lo hizo.

El primero fue que no tenía ningún arma a mano, y que una lucha cuerpo a cuerpo contra él, en su estado, no sólo le habría resultado imposible de ganar, sino que, además, habrían despertado al resto. Podría haber utilizado una piedra lo suficientemente grande como para partirle el cráneo, pero, con un vistazo rápido a su alrededor, se dio cuenta de que allí no había ninguna.

El segundo motivo por el que Dimitri no mató a su hermano fue que, en el preciso instante en que había conseguido ponerse en pie, Duna dijo algo en sueños y Dimitri comprendió que pronto despertarían. Había amanecido hacía rato y sus posibilidades de escapar menguaban a cada segundo que pasaba.

Así pues, zarandeándose como si se encontrase ebrio, anduvo hasta la linde del claro y se escabulló entre los árboles sin mirar atrás.

Se había burlado de la misma muerte, había conseguido salir airoso donde otros habían fracasado y, lo mejor de todo, seguía libre para planear su siguiente paso.

Por el momento aguardaría hasta recuperarse, alimentando a su corazón con la ira, el odio y el rencor que sentía hacia todos los que le habían hecho fracasar.

Y pronto, se decía, obtendría su venganza.

Haría pagar con creces a cuantos le habían hecho sufrir.

Y que todos tuvieran algo muy claro:

Cuando atacase, ni un dragón podría detenerle.

AGRADECIMIENTOS

Son muchas las personas a las que debo agradecer que *Cuentos de Bereth* esté ahora mismo en tus manos. A muchos de ellos ni si quiera les conozco personalmente, pero aun así, creo que se merecen estar en esta lista:

A Carlota, por todo prácticamente: por sacar tiempo cada semana para leer la novela con un bolígrafo en la mano, por las tardes que pasamos corrigiendo los primeros borradores, por sus sugerencias y comentarios, por sus valiosísimas correcciones, por darme ánimos siempre que los he necesitado, por escribir la Poesía de Ariadne, por disfrutar con la novela tanto como yo, por obligarme a seguir adelante, por inspirar muchas situaciones y por otro millar de cosas que se quedan en el tintero. Gracias.

A Irene, por confiar en *Cuentos de Bereth* como ningún otro profesional lo había hecho hasta entonces. Por pelear tantísimo para que esta novela se publicase, por repetirme una y otra vez que no me rindiese, por los cambios de última hora que tan bien le han venido a la historia, por salvar a ese personaje que, para mí, estaba muerto desde el principio. Básicamente, por haberme dado esperanzas cuando ya las había perdido todas. Gracias.

A mi madre, por leerse el primer manuscrito de la novela y corregirme cuantos errores encontró sin ser tan dura como debería haberlo sido. Por habernos enseñado, junto a mi padre, el placer que supone leer un libro. Gracias, mamá.

A mi padre, por recordarme el cuento de la lechera una y otra vez, por los innumerables consejos que me da a diario y que guardo a buen recaudo haciendo uso de ellos siempre que los necesito. Gracias, papá.

A mi hermana Marta, por recoger la mesa cuando no le tocaba porque yo estaba estresado con terminar de escribir o editar la novela. Gracias, enana.

Al equipo de la editorial Versátil. Por hacerme el honor de ser el primer autor que publica en esta magnífica editorial, por ponerle tanta ilusión a este libro, por aceptar mis sugerencias sobre la portada, la maquetación y el diseño… Por permitirme contar esta historia a todo aquel que quiera leerla. Gracias.

A África, por regalarme la bombilla que iluminó mi camino mientras exploraba Bereth.

A Elena, por ser la primera «lectora-objetiva» y recomendarme ciertos cambios.

A Laura, por ayudarme a confeccionar el vestido de Duna para el baile.

A Laura Gallego, a Stephenie Meyer, a Carolina Lozano y a Jorge Magano por sus valiosísimos consejos como escritores profesionales y amigos.

A mis amigos, porque estaban deseando que los incluyese en esta lista y eso es un motivo más que suficiente (si, Keko, tú y Marta estáis incluidos aquí).

A todos los autores a los que he leído, desde Perrault y los hermanos Grimm hasta Marianne Curley y Neil Gaiman. Gracias por proporcionarme historias, mundos y personajes que me aconsejan siempre que escribo y que, en multitud de ocasiones, me ayudan a encontrar el camino cuando me pierdo.

A todos los compositores que me han acompañado con sus melodías mientras escribía *Cuentos de Bereth*. Sin saberlo ni quererlo, habéis creado la banda sonora de esta aventura.

A ti, por haberme leído, por haberme dado la oportunidad de mostrarte este mundo y estas historias. Espero que hayas disfrutado.

A todos vosotros, gracias. De corazón.

ÍNDICE

Primer libro

El príncipe y la doncella

Segundo libro

El último dragón